Jan Brokken

Der traurige Champion

ROMAN

*Aus dem Niederländischen
von Ira Wilhelm*

Paul Zsolnay Verlag

Die Originalausgabe erschien erstmals
1997 unter dem Titel *De droevige kampioen*
bei Uitgeverij Atlas in Amsterdam.

Die Übersetzung wurde gefördert vom
Nederlands Literair Produktie- en
Vertalingenfonds in Amsterdam.

1 2 3 4 5   05 04 03 02

ISBN 3-552-05179-1
© Jan Brokken 1997
Alle Rechte der deutschsprachigen Ausgabe
© Paul Zsolnay Verlag Wien 2002
Satz: Filmsatz Schröter GmbH, München
Druck und Bindung: Franz Spiegel Buch, Ulm
Printed in Germany

Mutter, gib meiner Insel
einen Gutenachtkuß von mir.
Deck sie gut zu und
bete, daß sie nie mehr aufwacht.

(Graffiti auf einer Abrißmauer
in Otrobanda, Curaçao)

Traurige Menschen, traurige Insel
Traurige Insel im Wassergerinsel
vom Mahlstrom vom Mahlstrom
ohne Dolmetscher, traurige Insel.

Cola Debrot, Dezember 1969

Für Robert, fugitivus errans.

Mit Dank an Aart, Eric, Charlotte.

Das meiste in diesem Buch beruht auf wahren Begebenheiten. Dennoch ist *Der traurige Champion* ein Roman, und jede Ähnlichkeit mit wirklich existierenden Personen wäre rein zufällig; davon ausgenommen sind die Politiker Papa Godett und Miguel Pourier, die unter ihrem eigenen Namen erscheinen.

Inhalt

1. *Fichi Ellis* Der große Versöhner 11
2. *Mumu Beaujon* Macht sie doch alle tot 18
3. *Mike Kirindongo* Der launige Meister 21
4. *Riki Marchena* Wo der Teufel recht hat........... 25
5. *Len Marchena* Vaters Devise 28
6. *Riki Marchena* La fuerza de la bondad 29
7. *Diane d'Olivieira* Wahnsinn, als Lichtblitz in der Nacht 34
8. *Riki Marchena* Verliere ich jedes Gefühl von Sein 39
9. *Fichi Ellis* Wie er roch 49
10. *Mike Kirindongo* Freund, Bruder, Lumpenhund 55
11. *Riki Marchena* Das Echo der Küstenfestung 59
12. *Mumu Beaujon* Schlangen in einem Terrarium 68
13. *Ferry Marchena* Richtfest 73
14. *Riki Marchena* Zischende Salzsäure 83
15. *Len Marchena* Die jüdische Medizin 88
16. *Ferry Marchena* Das Haus auf dem höchsten Hügel von Parera 93
17. *Riki Marchena* Mama ku yu 96
18. *Len Marchena* F... deine Mutter 99
19. *Ferry Marchena* Fleur de Marie 102
20. *Tonio Lzama Lima* Lebende Legende 108
21. *Ferry Marchena* Die typische Geste eines Schüchternen................................ 112
22. *Len Marchena* Nicht noch einmal 118

23	*Riki Marchena* Topspin und Ballonschlag	121
24	*Fichi Ellis* Konzentrationsübungen	124
25	*Mike Kirindongo* Mit dem Rücken zur Platte	130
26	*Fichi Ellis* Und das Ungeheuer, genannt Neid, hielt die Klappe	133
27	*Mike Kirindongo* Ein friedliches Gefühl	135
28	*Riki Marchena* Die ewig Abwesende	137
29	*Len Marchena* Das Höschen und der Jünglingsbart	141
30	*Riki Marchena* Liebe auf einem schwimmenden Pissoir	147
31	*Mike Kirindongo* Was er wohl und was er nicht hörte	155
32	*Fichi Ellis* In blauem Neonlicht	161
33	*Tonio Lzama Lima* Die Señora und die Rückhand eines Russen	166
34	*Diane d'Olivieira* Wie er zum Symbol einer Generation wurde	170
35	*Margot Pietersz* Bèrguensa – Scham	174
36	*Riki Marchena* Alles an Margot war groß	177
37	*Mike Kirindongo* Drei Kugeln in den Rücken	181
38	*Riki Marchena* Die Wahrheit schmerzt, weil sie einen Glauben zerstört	185
39	*Fichi Ellis* Beliebt, noch beliebter, wahnsinnig beliebt	196
40	*Len Marchena* Pa'yo volverte a querer	203
41	*Riki Marchena* Mutters glänzendes Comeback	206
42	*Estella Lijfrock* Gib dem Kind keinen Namen, bevor es geboren ist	209
43	*Riki Marchena* Wen das Meeresrauschen verrückt macht	217
44	*Tonio Lzama Lima* In der Leere schwimmen	221
45	*Diane d'Olivieira* Als kennte ich die Insel nicht	223

46	*Riki Marchena* Eine Kerze in einer Kerosinpfütze	227
47	*Mike Kirindongo* Rache! Mehr nicht	231
48	*Riki Marchena* In der einen Hand Feuer, in der anderen Wasser	235
49	*Fichi Ellis* Fragen an den Flamboyant	244
50	*Riki Marchena* Ins Loch	248
51	*Len Marchena* Das Kaugummifrauchen	258
52	*Reinbert ten Bruggencate* Wie damals mit den Monogrammen	262
53	*Riki Marchena* In Weiß und mit leuchtenden Waffen	267
54	*Ferry Marchena* Schicksalsverbundenheit	270
55	*Riki Marchena* Bittermandellikör	272
56	*Mike Kirindongo* In einer Familie ist alles möglich, alles	279
57	*Riki Marchena* Baby Lagoon Beach	281
58	*Diane d'Olivieira* Halbseitig gelähmt	286
59	*Mike Kirindongo* Stimmen von einem anderen Planeten	288
60	*Riki Marchena* Und jetzt, geh!	296
61	*Mike Kirindongo* Der Junge, mit dem ich durch Europa reiste	302
62	*Fichi Ellis* Er streichelte den Belag aus Gummi	305
63	*Riki Marchena* Was uns einmal verband, ist vorbei	311
64	*Fichi Ellis* Mit seinen dreckigen Pfoten	314
65	*Riki Marchena* Ein schauendes und ein tränendes Auge	320
66	*Padre Hofman* Wo aber Gefahr ist, wächst das Rettende auch	323
67	*Riki Marchena* Tugend ist Wille zum Untergang	332
68	*Padre Hofman* Davon! Da floh er selber	335

69	*Riki Marchena* So gute Luft nur je vom Monde herabfiel	340
70	*Diane d'Olivieira* Mindestens zehn Steinchen	343
71	*Riki Marchena* Es kommt immer anders, als man denkt	346
72	*Mike Kirindongo* In seinem Hemd aus ägyptischer Baumwolle	352
73	*Riki Marchena* Kriechend zwischen hundert Spiegeln	356
74	*Tonio Lzama Lima* Maßlose Melancholie	360
75	*Mumu Beaujon* Rein	364

I

Fichi Ellis
Der große Versöhner

Manchmal frage ich mich, ob ich der einzige Mensch bin, der sich an den Tag erinnert, an dem alle ihn als Bruder, Sohn oder Liebhaber ans Herz drücken wollten.
Ein regnerischer Novembertag, kurz nach dem Finale der US-Open.
In der dampfenden Hitze warteten zweitausend Bewunderer auf ihn. Die Pan-Am-Maschine sollte jeden Augenblick auf dem Flughafen Hato landen. Zweitausend Bewunderer und der Ministerpräsident. Ob er sich noch daran erinnert?
Er war so beliebt wie nie zuvor; beliebter konnte er kaum werden. Nicht auf dieser Insel jedenfalls, nicht auf den Antillen. Die Zeitungen nannten ihn *The Parera Kid*. Wer schon einmal in Parera gewesen ist, versteht die Zärtlichkeit in diesen Worten. Jemand, der aus Parera stammte, konnte eigentlich nur eins wirklich gut: versagen. Er aber wurde, als er die Flugzeugtreppe herunterkam und den Boden von Curaçao betrat, mit so lautem Gekreisch empfangen, daß er sich die Ohren zuhalten mußte.
Ich war die erste, die ihm unten an der Flugzeugtreppe einen Kuß gab. Pressefotografen stießen mich zur Seite; ich verdeckte Miss Universe und Miss Deportivo, mit denen sie ihn fotografieren wollten. Das Gedränge irritierte ihn; er zog mich an sich und ließ die Schönheitsköniginnen warten. Auf sämtlichen Fotografien von damals schaue ich ihn an, als rette er gerade nicht nur meine Ehre, sondern die eines halben Kontinents.

Ich hatte allen Grund, stolz auf ihn zu sein. Er, mein Kumpel, hatte in den USA aufs höchste Treppchen steigen dürfen. Hätte ich ihn damals allerdings weniger angehimmelt, würde er sich später nicht derart abgrundtief gehaßt haben. Es war erschreckend: Vom einen auf den anderen Tag verhielt sich keiner mehr normal zu ihm.

Ich wußte nicht, was ich sagen sollte. Ich kannte ihn seit ungefähr sieben Jahren; war er auf der Insel, sah ich ihn fast jeden zweiten Tag. Aber das schien jetzt plötzlich keine Rolle mehr zu spielen. Das Gekreisch der zweitausend Fans machte ihn vor meinen Augen zu einem andern.

Ich stammelte, daß es diesmal doch etwas anders sei als beim letzten Mal. Damals war ich die einzige gewesen, die ihn abgeholt hatte. Er grinste: »Stimmt, nach dem Turnier in Nicaragua. Da hast du mir allerdings was geschenkt.«

Er brauchte mich nicht an das Geschenk zu erinnern. Es ist mir heute noch peinlich. Wie hatte ich nur so blöd sein können! Das Komische war, daß ich es in dem Augenblick, als ich ihm das Geschenk gab, auch schon bereute. Und so sollte es bleiben; alles, was ich für ihn tat, würde ich früher oder später bereuen.

Ich mußte dem Vertreter der Macht Platz machen. Und der Vertreter der Macht mußte den obersten Sportfunktionären Platz machen, und die obersten Sportfunktionäre einer Horde Stewardessen. Er hatte nicht genug Hände; alle wollten ihn anfassen. Kein Wunder, er sah blendend aus, und der frische Ruhm machte ihn mit jeder Minute selbstsicherer.

Nachdem ihn die Schönheitsköniginnen abgeknutscht hatten – wovon die Fotografen mal wieder nicht genug kriegen konnten, mindestens fünfmal mußte er sich küssen lassen –, zog ich ihm seine Krawatte zurecht. Zum Dank drückte er mir sein Kinn kurz an den Hals.

Inzwischen sind dreiundzwanzig Jahre vergangen, aber

ich bekomme noch immer eine Gänsehaut, wenn ich daran denke.

Er war immer freundlich und herzlich; vielleicht bestand darin sogar das Geheimnis seiner Popularität. Erfolg zu haben ist nicht besonders schwer, aber er muß einem auch gegönnt werden. Jeder wollte ihn zum Freund haben. Merkwürdig, wo er doch alles dafür tat, sich an niemanden binden zu müssen.

»Ich will gewinnen«, sagte er einmal zu mir. »Und wer zu den Siegern gehören will, ist immer allein.« Nicht, daß er darunter litt; er hielt sich für einen Einzelgänger, für jemanden, der seinen eigenen Weg gehen mußte, um das Höchste zu erreichen.

Für Dinge, die außerhalb seiner ehrgeizigen Ziele lagen, brachte er wenig Interesse auf; wenn nötig, stellte er alle Gefühle hintan. Hinter seinem warmen Lächeln verbarg sich ein eiskalter Wille. Er war in vieler Hinsicht zwiespältig ... aber wer ist das nicht?

Er ging über den roten Teppich in die Ankunftshalle. Links und rechts davon hatten sich die Junioren unseres Clubs aufgestellt. Er gab jedem einzelnen die Hand. Ein Junge fiel in Ohnmacht. Hinter den Absperrungen rund um die Landungsbahn johlten Hunderte von Mädchen: »Riki, Riki, *yeah, yeah, yeah.*«

Der Ministerpräsident hielt in der VIP-Lounge eine Rede, in der er ihn zum Volkshelden machte und die Riki hinterher als »Dünnschiß voller Stereotypen« bezeichnete. Der Erziehungsminister nannte ihn ein Vorbild für die Jugend; Abgeordnete wollten wissen, wie sie am besten an Freikarten für das nächste große Turnier in den Staaten kämen. Er war mehrmals im amerikanischen Fernsehen zu sehen gewesen, das machte ihn, damals jedenfalls, unweigerlich zu einer Berühmtheit.

Auf der Pressekonferenz fragte ihn ein Radioreporter,

ob er sich denn nun wie ein Vorbild fühle. Als Antwort nur ein abwesendes Nicken. Nächste Frage: Welchen Rat er seinen Altersgenossen geben könne? Er wurde nicht mal blaß, als er sagte: »Macht die Schule zu Ende. *Stay in school. Stay out of drugs.*« Er tat es perfekt.

Unterwegs zum offenen Wagen, der ihn zum Haus seiner Großmutter bringen sollte, mußte er mit einem Filzstift Autogramme auf Arme, Schultern, Rücken und Oberschenkel schreiben. Frauen, die so alt waren wie meine Mutter, schrien: »*We love you Riki, we love you Kid.*« Eine der Mütter nutzte das Gedränge sogar dazu, ihm in den Hintern zu kneifen.

Auf dem Parkplatz spielte ein Orchester einen eiligst komponierten Tumba mit dem Titel »*The Kid from Parera*«. Er war noch in der Nacht im Studio aufgenommen worden und wurde seit dem Morgen von sämtlichen Radiosendern der Insel gespielt. Nach zweimaligem Hören konnte man den Text schon auswendig. Es wurde der Tophit des Monats Dezember und der Schlager des kommenden Karnevals.

Im Cabriolet mußte ich mich links neben Riki setzen. Mike Kirindongo bekam den Platz rechts neben ihm. Mike war es nie gelungen, Riki zu schlagen, und er sollte zehn Jahre lang unverbesserlich die Nummer zwei bleiben. Trotzdem verlor Mike nur dann wirklich die Fassung, wenn man Riki öffentlich kritisierte. Sie hatten zusammen ein Trainingslager in den Niederlanden besucht, hatten zusammen in China gespielt, in Ungarn, in Peru, in Sarajevo. Mike betrachtete Riki ein wenig als seinen großen Bruder.

Im Auto sagte Riki zu Mike: »Es war beschissen in den USA. Das nächste Mal fahren wir zusammen. Dann habe ich wenigstens jemanden zum Lästern.« Nach einer solchen Bemerkung schien Mike alle Niederlagen zu vergessen. Ihm fehlte es an Durchtriebenheit, für Riki war er kein ernst zu nehmender Rivale. Und Riki nutzte das weidlich aus, denn er war ein Erzstratege.

Frau d'Olivieira setzte sich auf den Beifahrersitz. Sie war Rikis erste Trainerin gewesen. Auch sie wollte so tun, als wäre alles wie immer, aber auch jetzt gelang ihr das nicht, sie war nur kokett. Ich habe nie verstanden, warum alle so verrückt nach ihr waren. Riki verehrte Frau d'Olivieira, als hätte er seinen Erfolg nur ihr zu verdanken. Aber er wurde auch bockig, wenn sie sich in seine Angelegenheiten mischte. Trotzdem kroch er vor ihr auf den Knien wie vor einer kaltherzigen Mutter.

Rikis zweiter Bruder, Len, wollte als letzter in den Wagen steigen, aber gegenüber seinen Brüdern war Riki unerbittlich. Er rief: »Familienmitglieder in die hinteren Autos!« Ich glaube, ich war die einzige, die begriff, daß das nicht komisch gemeint war.

Hinter uns bildete sich eine richtige Karawane aus Sportwagen und Motorrädern. Unter lautem Gehupe setzte sich alles in Bewegung. Von weitem hörte man leise das Lied, das an diesem Nachmittag noch viele Male die Stille von Santa Martha stören sollte.

Es dauerte Stunden, bis wir das Stadtviertel Cornet erreichten. Hier wohnte Rikis Großmutter. Am Straßenrand standen überall Bewunderer, alles sang für ihn. Man ließ blaue und gelbe Luftballons steigen, die Farben der Landesflagge. Der Umzug ähnelte in vielem einem Karnevalsumzug.

Frau d'Olivieira auf dem Vordersitz umschrieb es anders.

»Das ist das Fest der Versöhnung«, sagte sie. »Es wurde auch Zeit.«

Sie hatte sie ganz unrecht. Der dreißigste Mai 1969 schien vergessen zu sein. Zum ersten Mal seit dem Aufstand hatten wir wieder einen Helden. Einen Helden, dem wir zujubeln konnten, egal, ob wir von Sklaven, indischen Kulis oder den weißen Herren abstammten. Die Insassen dieses Autos waren der beste Beweis dafür; meine Haut war braun-gelb, Rikis braun-schwarz, und Mike war kohlrabenschwarz. Frau d'Olivieira war weiß. Jüdisch-weiß, wohlgemerkt.

Sämtliche Laternenmaste in Cornet waren beflaggt. Die meisten Bewohner des Viertels waren an diesem Morgen schon um vier Uhr aufgestanden, um die Wände der jammervollsten Schuppen mit ein paar Farbtupfern zu versehen und Podeste für die Orchester zusammenzuzimmern. Rikis Großmutter saß in einem blumengeschmückten Sessel auf der Veranda vor ihrem Haus.

An der Gartentür schloß der berühmte Doppelchampion Tonio Lzama Lima seinen Neffen in die Arme. Es war der einzige Moment, wo ich Riki wirklich gerührt sah. Er hatte den ganzen Nachmittag gelacht, manchmal übermäßig laut, und meistens mit der Hand vor dem Mund, ein paarmal auch gekünstelt. Ich kannte ihn gut genug, um zu wissen, was er dachte: »Heute Hosianna, morgen Hohn!« Er analysierte seinen Ruhm, wie andere darüber nachdenken, wo sie sich ihre Erkältung geholt haben. Aber als sein Onkel Tonio ihn umarmte, schniefte er und schüttelte den Kopf, als könnte er nicht glauben, was mit ihm geschah. Schließlich stieß er seinen Onkel weg, rannte auf seine Großmutter zu und gab ihr einen lauten Kuß auf die tausend Runzeln ihrer Backe.

Welita Flora behielt ihre Würde. »Ich bin es gewohnt, mit Champions umzugehen«, rief sie, die Brust von venezuelanischem Stolz geschwellt, den Nachbarn zu. »Nur mit dem Essen darfst du sie verwöhnen. Ansonsten brauchen sie Strafe, nichts als Strafe.«

Das Fest dauerte bis zum Morgen. Der einzige, der es nicht genoß, war Riki Marchena. Er hegte einen ausgesprochenen Widerwillen gegen das Tanzen, was für einen Antillianer recht ungewöhnlich ist.

Mitten in der Nacht schlief er in einem der Nebenzimmer auf dem Sofa ein, ohne daß ihn jemand vermißt hätte. Das Fest ging ungestört weiter; auf dem Hof und in den Seitenstraßen von Cornet spielten fünf Salsa-Bands.

Ich setzte mich vor ihn auf einen Stuhl. Vielleicht hätte ich ihn wecken sollen. Vielleicht hätte ich ihm damals sagen müssen, wie sehr ich ihn liebte. Aber ich schwieg und starrte vor mich hin. Ich nahm nur seinen Geruch in mich auf.

Seinen Geruch.

Manchmal, gegen Ende eines gemischten Doppels, legte ich ihm kurz die Hand auf den feuchten Arm. In der Umkleidekabine roch ich dann an meinen Fingern. Genau so würde er riechen, wenn er mir an einem heißen Nachmittag die Kleider vom Leib risse.

Jetzt, nach so vielen Jahren, kann ich es ja zugeben. Schon sein Schweißgeruch erregte mich.

2

Mumu Beaujon
Macht sie doch alle tot

Er stinkt.
Gestern kam er wieder zu uns rüber.
Er wollte Mamas Auto waschen. Will er immer, wenn wir beim Saliña-Shopping-Center parken.
Mama hat einen G. M. C. Jimmy. Ein richtig großes Auto. Wenn er das wäscht, kann er schon mal zehn Gulden dafür verlangen. Das ist 'ne Menge Geld. Und Mama gibt's ihm auch noch!
Außer gestern. Weil, gestern, da hatten wir einfach keine Zeit.
»Mach nur die Fenster, das reicht«, sagte Mama.
Aber er wollte unbedingt das ganze Auto waschen. Wollte einfach nicht hören, fing immer wieder von vorn an: Das ganze Auto.
Bis ich's satt hatte. Ich sprang aus dem Auto: »He, Mann, du stinkst!« brüllte ich ihn an.
Er sah mich mit seinen trüben Augen an und machte ein paar Schritte vorwärts. Er schwankte.
»Und dreckig bist du auch«, sagte ich. »Mich würden sie nicht mal in die Schule reinlassen, wenn ich aussähe wie du.«
Er hustete. Nicht mal das konnte er, ohne eklig zu sein. Mit viel Schleim und so. Nachdem er ausgespuckt hatte, fragte er mich nach meinem Namen.
Ziemlich schwach. Man läßt sich doch nicht beleidigen, und fragt dann den, der einen beleidigt hat, wie er heißt.

»Muriel Beaujon«, sagte ich. »Aber vergiß es. Alle nennen mich Mumu.«

»Wie alt bist du, Mumu?«

Und wo wohnt Mumu? ... Und wie viele Geschwisterchen hat Mumu? ...

Glaubt der, er kann mich auf den Arm nehmen?

»Ich werde dir gerade auf die Nase binden, wie alt ich bin! Du bist ein *Choller*. Und alle Choller stinken.«

Er schüttelte den Kopf. Wie ein richtig armes Schwein. Fast hätte ich noch Mitleid mit ihm gekriegt.

»Wer hat dir gesagt, ich wäre ein Choller?«

Tatsächlich, der Typ verarschte mich!

»Das sieht man doch«, rief ich. »So mager wie du bist. Du kannst ja nicht mal richtig auf den Beinen stehen. Du bist dreckig und treibst dich auf der Straße rum, wäschst Autos. Und du willst kein Choller sein?«

Er fragte mich, weshalb ich das glaubte. »Chollers klauen doch«, sagte er. »Und ich habe meinen Lebtag noch nie was gestohlen.«

Alle Achtung, der hatte Mut! Pah, noch nie was gestohlen!

Ich rief: »Ach, komm schon. Das glaubst du ja selber nicht! Alle Chollers klauen. Manchmal entführen sie sogar kleine Kinder, um Geld zu kriegen. Weißt du, was man mit den Chollers machen sollte?«

Auf dem Asphalt sah ich einen kleinen Käfer. Ich zertrat ihn mit meinem Absatz, bis ich es krachen hörte.

Krrk, krrk.

»Das sollte man mit den Chollers machen. Und keinen auslassen.«

Da wollte er die Autofenster plötzlich nicht mehr waschen. Er war sofort verschwunden.

Ich stieg wieder ins Auto und sagte zu Mama. »So, das wäre geritzt. Und jetzt ab die Post, sonst kommen wir noch zu spät!«

Mama schüttelte den Kopf. Sie sagte, ich müsse auch zu armen oder bemitleidenswerten Leuten nett sein. Typisch Mama!

»Wenn die Leute nicht so lasch wären«, sagte ich zu ihr. »Dann gäb's auf der ganzen Insel keinen einzigen Choller mehr.«

Sie seufzte.

»Ach, Mumu. Du bist doch erst neun. Ein neunjähriges Mädchen könnte ruhig mal ein bißchen lieb sein.«

Ich hielt lieber meinen Mund. Ich und lieb, das hätte sie wohl gern! Ist die Welt vielleicht lieb?

3

Mike Kirindongo
Der launige Meister

Er schaute nie zu, wenn ich spielte. Nie. Manchmal gab er mir während des Trainings ein paar Ratschläge. Das war alles. Er wollte einen Freund nicht vor den Kopf stoßen; er lobte meine Ausdauer und schwieg ansonsten. Dabei wußte ich genau, was er von meinem Spiel hielt. Er fand es langweilig, erzgediegen und berechenbar. Uninspiriert.

Seiner Meinung nach mußte jedes Spiel aus Überraschungen bestehen, aus blitzenden Momenten. Es sollte begeistern. Aber auch aus dramatischen Tiefpunkten. Denn die machten einen erst wütend, und er war überzeugt davon, daß das beste Spiel auf Zorn beruhte.

Ich habe nur wenige seiner Spiele verpaßt. An den meisten Turnieren nahmen wir beide teil; war ich mit meinem Spiel fertig, sah ich mir seines an. Er war ein kreativer Spieler. Aus jedem Spiel machte er etwas Besonderes, auch wenn er es verlor. Seine Gegner trauten manchmal ihren Augen nicht; er zauberte mit den Bällen, ließ sie verschwinden oder wie Manna vom Himmel regnen, es war die reinste Magie.

Das Merkwürdige daran war, daß er immer mit dem gleichen Material spielte. Ich wechselte hin und wieder den Schläger. Nahm mal einen mit langen Noppen. Mal mit kurzen. Aber er spielte immer mit glattem Belag. Abwechslungsreich war er im Kopf. Wie ein Schachspieler dachte er sich gewagte Eröffnungen aus und überrumpelte seinen Gegner mit einer ausgekochten, überraschenden Taktik.

Er hatte Angst vor dem Verlieren. Das sah man ihm an.

War klar, daß die Niederlage nicht mehr abzuwenden war, fing er am ganzen Körper an zu zittern. Nur vor der Langeweile hatte er noch mehr Angst. Ein Leben ohne Abwechslung war für ihn nicht lebenswert; in der Langeweile sah er einen Vorboten des Todes.

Er beobachtete. Er klapperte alle Turniere ab. Für einfallsreiche Spieler nahm er sich alle Zeit. Er studierte sie von links, von rechts, von hinten und von vorn. Er notierte alles in einem kleinen blauen Buch, das immer in der Hosentasche seines Trainingsanzugs steckte. Im Lauf der Jahre füllte er unzählige dieser Bücher mit seinen Notizen. Und mit Zeichnungen. Jede ungewöhnliche Situation hielt er in einer Skizze fest.

Mein Interesse für Dinge erlahmte mit der Zeit, seines nie. Er konnte sich mit der gleichen Intensität dem Spiel einer Vierzehnjährigen widmen wie Stanley Kubricks 2001, einem Film, den er, glaube ich, mindestens dreißigmal gesehen hat. So ein junges Ding von vierzehn, sagte er, sei noch nicht von einem Coach verdorben.

Daß er selber nie einen Betreuer gehabt hatte, war wohl auch der Grund für seine Kreativität. Als er seine ersten Turniere spielte, war er ein paar Jahre älter als ich. Damals war von einem professionellen Trainer auf der Insel weit und breit noch nichts zu sehen. Diane d'Olivieira brachte ihm zwar das Spielen bei und war auch guten Willens, aber sie plagte sich doch ziemlich mit dem Training. Diane hatte ihre letzten Turniere in den vierziger Jahren absolviert; von den neuesten Techniken wußte sie so gut wie nichts. Die mußte Riki selbst entdecken, indem er viel darüber las oder so oft wie möglich anderen Spielern zusah.

Aber es lag sicher auch an seinem Charakter. Auf unseren Reisen war er hundertmal neugieriger als ich. In Peking lieh er sich das Fahrrad unseres Dolmetschers, um vierzehn Kilometer quer durch die Stadt zu einem Tempel zu fahren, an dem ihn nur ein einziges Detail interessierte: die glasierten violetten Dachziegel. In Budapest wollte er unbedingt im Konzertsaal des Konservatoriums etwas von Liszt hören. Ich begleitete ihn nur widerwillig, für mich war eine Musik, die nicht in die Beine ging, nichts für einen Antillianer.

Wir kamen aus einer vollkommen anderen Welt; während unserer Reise nach Budapest wurde uns zum ersten Mal bewußt, daß es so etwas wie einen Eisernen Vorhang gab. An der Grenze holten sie uns aus dem Zug, weil wir kein Visum hatten; zwei Tage später saßen wir immer noch auf dem Polizeirevier. Das waren die kältesten Tage meines Lebens; nach diesem Abenteuer konnte ich mich für Liszt nicht mehr erwärmen.

Geht der nach dem Konzert doch glatt zum Pianisten hin. Und löchert ihn mit Fragen ... Wie er die Finger geschmeidig halte? Wie er sich vor einem Konzert konzentriere? Ich traute meinen Ohren nicht. Riki und Musik? Er kannte zwei Melodien von Ray Barretto und ein halbes Gitarrensolo von Jimi Hendrix, das war alles.

Seit diesem Gespräch zog er sich jedesmal eine Stunde vor Spielanfang Wollhandschuhe an. Etwas übertrieben für die Tropen, würde ich sagen. Er neigte zu einer gewissen Exzentrik; manche nennen so etwas Wichtigtuerei. Und nach dem Spiel kamen die Fäustlinge unweigerlich wieder zum Einsatz. Langsam aufwärmen, langsam abkühlen. Das hatte er alles vom ungarischen Pianisten gelernt.

Es ließ ihn keinen Augenblick los, er war immer besessen davon. Nahmen wir beide an einem Turnier teil, waren wir meistens zusammen in einem Hotelzimmer untergebracht. Oft sprang er dann mitten in der Nacht aus dem Bett und setzte sich an den Schreibtisch, um die Variante eines Aufschlag-Returns aufzuzeichnen.

Er fand nie Ruhe. Nicht einen einzigen Tag. Nicht eine

einzige Sekunde. Was für sein Spiel galt, galt auch für sein Leben. Variation war alles. Nicht nur ein Mädchen nach dem anderen, sondern auch immer wieder ein anderer *Typ* Mädchen. Helle Haut, dunkle. Asiatische, europäische. Magere, gelenkige und quirlige, und dann wieder ›Die Dame mit den Strammen Schenkeln‹. Doch niemals hätte er wegen einer Frau auch nur eine Minute Training verpaßt.

Bewunderung ist ein schwaches Wort. Seine unglaublichen Einfälle raubten mir den Atem. Ich konnte ihm stundenlang zusehen. Es gab bessere Spieler als er, aber keinem Weltmeister hätte ich mit ähnlichem Vergnügen zugeschaut. Keiner spielte so einfallsreich und so leidenschaftlich wie er.

Immer noch treffe ich Peruaner, Venezuelaner, Panamesen und Kolumbianer, die sich an einen bestimmten Aufschlag von Riki erinnern. Oder an einen unnachahmlichen Return. In beidem war er der launige Meister gewesen.

Manchmal bekomme ich noch einen Brief von einem ehemaligen Spieler aus Kenia oder Ägypten, der mich fragt, was denn aus Riki Marchena geworden sei.

Daß er sein Glück später in der Philosophie gesucht hat, überraschte mich gar nicht. Für ihn stand nichts fest. Womit er heute Erfolg hatte, stellte er morgen wieder in Frage. Einmal sagte er zu mir: »In meinen Gedanken bin ich fast immer allein.« Früher habe ich diesen Satz nie verstanden. Aber langsam begreife ich, was er damit meinte.

4

Riki Marchena
Wo der Teufel recht hat

Der eine kullert mit den Augen wie jemand, der die Syphilis hat, und der andere torkelt, als hätte er seit der Muttermilch nichts anderes gesoffen als Rum.
Ganoven sind das. Gefährliche Ganoven.
Schon seit Tagen sind sie hinter mir her. Ich weiß nicht, was sie von mir wollen. Der kleinere von beiden ist in sein Messer verknallt, so ein teuflisch scharfes *cuchú hulandés*, womit die Fischer von Boca San Michiel die Barracudas aufschlitzen. Und sein Kumpel fingert ständig am Abzug seiner Knarre herum. Bei jeder Gelegenheit angelt er sie aus der Hosentasche. Noch keine achtzehn und wedelt schon mit so einem Ding. Kein Wunder, daß es mit dieser Insel bergab geht.
Als ich den Burschen bei meinem Dealer zum ersten Mal begegnete, sagte ich zu ihnen, was jeder friedliebende Mensch sagt, wenn er einen Fremden trifft:
»*Kon ta bai?* Guten Tag!«
Doch statt einer Antwort deutete der Größere auf meine Armbanduhr. Ausgerechnet der Lange mit dem Triefauge. Eine besonders teure Armbanduhr. Hat der Typ natürlich gleich gewittert. Schmales Goldband. Eine Damenuhr, die mir viel bedeutet. Wir hatten uns gleich in den Haaren.
Der Kleine zog sein Messer. Aber er hatte meine Kraft unterschätzt. Ich bin zwar mager, aber in meinem linken Arm habe ich die Muskeln eines Boxers. Damit hielt ich ihn auf Distanz. Sein Kumpel kam ihm zu Hilfe, und ich starrte

plötzlich in den Lauf eines Revolvers. Er hielt mir das Ding so nah vors Gesicht, daß der Stahl meine Augenbraue kitzelte. Dann spürte ich das Fischermesser an meiner Kehle.

Ich hörte auf, mich zu wehren. *Si diabel tin rason, bo tin ku dun'é*, sagt man bei uns – was ungefähr so viel heißt wie: »Wo der Teufel recht hat, da hat er recht.« Die Kerle waren so nervös, daß sie mir eine Schnittwunde an der Hand und ein paar nicht so tiefe Wunden an den Armen verpaßten.

Als sie die Uhr nicht gleich von meinem Handgelenk abbekamen, brachen sie in Panik aus. Nach erfolglosem Gezerre gaben sie sich mit den paar Steinchen *Base* zufrieden, die ich gerade gekauft hatte. Darüber ärgerte ich mich allerdings erst recht. Laß ich mich doch glatt wie der erstbeste Amateur erwischen! Dabei habe ich doch meine besonderen Vorsichtsmaßnahmen.

Ich kaufe allein, ich rauche allein. Um nicht von einem Dealer abhängig zu werden, kaufe ich immer bei zwei oder drei verschiedenen Händlern und nie längere Zeit bei einem allein. In ihrer Nähe treibt sich eine Menge Gesindel herum. Kriegt man mit denen Ärger, dann tun die Dealer so, als sähen sie nichts. Keiner hängt mehr am Leben als ein Dealer.

Widerliche, abgerissene Kerle, in ihren Augen glänzte die Habgier wie Gelbsucht. *Wir wollen, was du hast ...* war ihre Devise ... »*und hast du was dagegen, machen wir dich alle.*« ›Allemachen‹ bedeutete für diese Burschen nur, einmal mit dem Messer auszuholen, einmal den Revolver mit dem abgesägten Lauf abzufeuern. Zur Not ein paar Blutflecke ...

Sie trollten sich, ich rappelte mich auf. Zur Notaufnahme ins Krankenhaus. Die Wunde an meiner Hand mußte genäht werden.

Zurück nach Saliña, um in irrer Hitze vier oder fünf Autos zu waschen, dabei hatte ich schon den ganzen Morgen den Schwamm und die Fensterleder geschwungen ...

Am nächsten Morgen hockten sie mir schon wieder auf der Pelle. Triefauge zog diesmal gleich seinen Revolver. Kein besonders schöner Anblick. Die Visage des Scheißkerls war übrigens auch nicht besser.

5

Len Marchena
Vaters Devise

Meine früheste Erinnerung.
Vater brachte Riki und mich zur Schule. Wir saßen zu dritt auf der Vorderbank des Pontiacs. Es war Rikis erster Schultag, und er zitterte wie ein Kolibri. Er tat, als brächten wir ihn direkt ins Irrenhaus. Er würde sich mit dem Lehrer nicht verstehen, er würde kein einziges Wort Niederländisch lernen. Er wußte es schon im voraus – Riki ahnte jedes Unheil, das ihm drohte.

Vater legte ihm den Arm um die Schulter, drückte ihn kurz an sich und seufzte, als müsse er selber wieder die Schulbank drücken, um von den erbarmungslosen Patern das zähe Niederländisch zu lernen.

»Du mußt einfach immer nur lachen, Riki!« sagte er. »Mehr erwartet man von den *buchi 'pretu* nicht.«

Ja, ich kann mich noch gut daran erinnern.

Riki versuchte zu lächeln, und ich dachte: »Donnerwetter! Schwarze Jungs? Sind wir das?«

Ich war acht Jahre alt, und mir war noch nie aufgefallen, welche Farbe meine Haut eigentlich hatte.

6

Riki Marchena
La fuerza de la bondad

Rasch mit ein paar Brettern die Vordertür meines Hauses zugenagelt. Jetzt muß ich noch etwas für die Fenster auftreiben. In dem einen ist überhaupt kein Glas mehr und im anderen steckt nur noch eine Scherbe. Das Haus steht gleich an der Straße. Auch wenn die Fenster zu klein sind, um durchkriechen zu können, so ist doch genug Platz, um einen Arm oder eine Hand durchzustecken oder eine Knarre mit abgesägtem Lauf.

Ich ...

Ich gehe immer durch die Hintertür ins Haus, damit mich keiner sieht. Obwohl ich dann über einen Berg leerer Rumflaschen klettern muß. Mein Nachbar leidet unter chronischem Durst. Er behauptet, das käme vom salzigen Passat. Den ganzen Tag sitzt er auf der Veranda und säuft. Ist eine Flasche leer, wirft er sie zu mir aufs Grundstück. Genau vor die Hintertür. Er ist derart geübt darin, daß bisher nicht eine Flasche zu Bruch gegangen ist. Der Vorteil ist, daß ich meine Tür nicht abzuschließen brauche, weil er ständig draufstarrt, um die Flugkurve des nächsten Wurfes abzuschätzen.

Bevor die Ganoven mich auf dem Kieker hatten, fühlte ich mich in dem Häuschen sicher. Dort schlief ich gut, denn es hatte ein regendichtes Wellblechdach. Davor habe ich unter freiem Himmel geschlafen oder in Häusern mit eingestürzten oder verrosteten Dächern. In der Regenzeit bin ich nachts ständig tropfnaß aufgewacht. Habe seitdem einen so herzzerreißenden, bellenden Husten, daß ich sämtliche Hunde der Nachbarschaft damit anstecke.

Das Häuschen ist ziemlich heruntergekommen. Liegt an der Straße zwischen dem Landhaus Paradies und Cher Asile. Versteckt unter einem Dividivi-Baum, der am Verrekken ist. Seitlich hat es eine Luke und einen Sims, auf dem man Bierflaschen abstellen kann. Dazu ein kleines Vordach, das aber die weißen Ameisen inzwischen fast ganz gefressen haben. War früher mal ein *Snek* gewesen, deshalb steht über dem Vordach noch in kerzengeraden Buchstaben *La fuerza de la bondad*.

Im *La fuerza de la bondad* konnte man *kabritu* essen und *cerbes* trinken, wie die Aufschrift auf der Seitenwand sagt. Weil aber das Paradies immer mehr verkam und auch das Cher Asile langsam verfiel, lohnte sich das Geschäft nicht mehr. Als ich vor ein paar Wochen die Tür eintrat, konnte ich mir kaum vorstellen, daß hier einmal knusprige Ziegenkeulen brutzelten. Es roch nach Katzenpisse.

Die Nachbarn sagten mir, daß das Haus einer älteren Dame gehöre, einer Venezuelanerin, die vor einigen Jahren nach Marie Pompoen gezogen war. Ich fand ihre Adresse heraus und besuchte sie. Mit ein paar gutplazierten Spracheigenheiten, die typisch für die Bewohner der schlammigen Maracaibo-Bucht sind, wickelte ich sie um den Finger. Sie packte mich bei den Armen, und wenn ich mich an diesem Tag rasiert hätte, hätte sie mich umarmt, als wäre ich ihr Sohn. Aber ich hatte mich schon seit Wochen nicht mehr rasiert.

Egal. Sie hatte nicht das geringste dagegen, daß ich ohne Gegenleistung in dem Häuschen schlief, wo sie fünfunddreißig Jahre lang das Palaver von Männern anhören mußte, die ihre Tage bei einem *Snek* verlungerten. Ich mußte ihr nur versprechen, mit Feuer aufzupassen. Die Wasserleitung war gesperrt, und ein einziger Funke könnte das Ende von *La fuerza* bedeuten.

Im Haus, in dem nichts an ein Zimmer oder eine Küche erinnerte, häuften sich die Lumpen, weil ich jedes Kleidungsstück mitnehme, das ich unterwegs finde. Irgendwo müssen auch noch ein paar größere Stücke von einem grünen Teppich liegen, den ich gefunden habe. Ich schlaf drauf, damit sie mir keiner klauen kann.

Kurz, nachdem ich mir bei der Venezuelanerin die Erlaubnis zum Wohnen geholt hatte, habe ich mir überlegt, ob ich das Häuschen vielleicht herrichten sollte. Teppich auf den Boden, Scheiben in die Fenster, vielleicht sogar ein paar Tropfen Farbe auf Decken und Wände. Aber so weit kam es nie.

Keine Lust.

Zwischen Havanna und Tobago gibt's keinen, der so faul ist wie ich. Ich werde schon vom Schuhezubinden müde. Mein Königreich ist meine Matratze. Manchmal kann ich gar nicht mehr begreifen, daß ich jahrelang ein derart ermüdendes Leben geführt habe. Vor zehn oder zwanzig Jahren muß ich eine ganz andere Lebenseinstellung gehabt haben.

Jetzt kann ich mühelos achtundvierzig Stunden am Stück schlafen. Und wenn ich aufwache, habe ich nicht mal Lust aufzustehen. Zum Glück rauche ich, irgendwann treibt mich dann die Gier auf ein Pfeifchen aus dem Haus. Ohne meine Sucht würde ich einfach liegen bleiben.

Ich denke, das viele Schlafen ist wie eine ... eine langsame Gewöhnung an das, was mal kommt. Ich glaube sowieso, daß ich nicht mehr so furchtbar lange zu leben habe. Nicht, daß es mir im Moment besonders schlecht geht, nein, das nicht, aber ich habe mit der Vorsehung eine Abmachung getroffen. Ich bleibe ehrlich, aber nur, wenn mich der da oben vor Schmerzen und Krankheit bewahrt. Und ich muß sagen, Er hat wirklich Wort gehalten. Das Allerschlimmste ist mir erspart geblieben, ich bin fast nie krank gewesen, und es hat mir nie an etwas gefehlt. Hunger habe ich nie leiden müssen, und Durst auch nicht. Wer weiß, wieviel Liter Limonade ich am Tag in mich hineinschütte, der kann das ruhig für ein Wunder halten.

Aber lange halte ich das nicht mehr aus. Schon bevor die Ganoven auf der Bildfläche auftauchten, hatte ich so ein Gefühl, daß ich es bald mit Leuten zu tun bekomme, die es nicht gut mit mir meinen. Hier auf der Insel hängt die Gewalt ständig wie eine Gewitterwolke in der Luft, und daß sie sich gerade über meinem Kopf entlädt, ist nichts Besonderes. Gibt's irgendwo Schwierigkeiten, trifft's mich garantiert. Früher flogen die Mädchen auf mich, heutzutage haben mich die Ganoven auf dem Kieker. Ein Wort genügt. Ich habe mich zwar inzwischen daran gewöhnt, aber diesmal habe ich ein mulmiges Gefühl.

Wenn ich nicht schlafe, lasse ich die wichtigsten Ereignisse meines Lebens an mir vorüberziehen. Ich überlege, welche Bedeutung sie für meine Entwicklung gehabt haben, ich ziehe Bilanz.

Merkwürdigerweise spüre ich dabei überhaupt keine Wehmut. Die Vergangenheit ist für mich so etwas wie die meterhohen Wellen an der Nordküste: Ich sehe gerne zu, wie sie zerstieben. Taucht ein bestimmtes Gesicht vor mir auf, dann regt sich nichts in mir. Keine Nostalgie verschleiert meinen Blick. Ich hebe nicht verwundert die Augenbraue und ich runzle auch nicht verbittert die Stirn. Manche haben aufs Meer gedeutet, weil ich ihrer Meinung nach darin ersaufen soll. Andere haben mir eine helfende Hand zugestreckt. Schön. Aber gut oder böse, das ist mir ziemlich egal. Daß ich versagt habe, ist ganz allein meine Schuld. Meine Erfolge rechne ich nicht. Ich habe meinen Körper schon längst verlassen. Denke ich über mein Leben nach, dann so, als wäre es das eines anderen. Ich halte nicht besonders viel von mir, was aber nicht heißen soll, daß ich mich verachte. Warum sollte ich? Ich bin, wie ich bin! Beileibe kein Held, aber ein Schurke bin ich auch nicht.

Das einzige, worüber ich mir Gedanken mache, ist, daß die Leute ein falsches Bild von mir in Erinnerung behalten könnten. Sterben ist schon schlimm genug, aber noch schlimmer ist es, umsonst gelebt zu haben. Ich will nicht als Witzfigur enden wie der Wohltäter von Otrobanda. Das ist ein Holländer, der sich in der Geschichte dieser Insel einen Ehrenplatz sichern wollte, indem er uns widerspenstigen Wilden mit der europäischen Kultur bekannt machte: Er hat in seinem Vorgarten die Metallskulptur eines berühmten italienischen Bildhauers aufgestellt. Ein Krieger auf einem Pferd. Aber wir erinnern uns an diesen Helden der Kultur nur noch, weil er jedes Jahr kurz vor der Heiligen-Martha-Prozession, die an seinem Haus vorbeikam, den riesigen Eisenpimmel vom Pferd schraubte.

7

Diane d'Olivieira
Wahnsinn, als Lichtblitz in der Nacht

Er war letzten Sonntag hier. Von Saliña bis hierher nach Mahaai sind es immerhin drei Kilometer. Allmählich ist das für ihn eine Weltreise. Vollkommen erschöpft ließ er sich in der Küche auf einen Stuhl fallen und kippte drei Flaschen Cola hinunter. Meistens trinkt er doppelt so viel; meine Küchenhilfen können die Flaschen nicht schnell genug herbeischaffen. Er nahm ein paar Bissen vom *Funtji*, ein Rest vom Vortrag, aß seinen Teller nicht leer. Er zitterte am ganzen Körper.

Ich fragte ihn, ob er die Autos waschen wolle. Er schüttelte den Kopf. Ich erkundigte mich, ob er mit Daniel oder Micha eine Runde Tennis spielen wolle? Micha, mein zweiter Sohn, setzt meistens hundert Gulden gegen ihn. Aber er sagte, es sei zwecklos, das Pack nähme ihm das Geld sowieso gleich wieder ab.

Schwarze Flecken im Gesicht. Blutunterlaufene Augen. Braune Zähne. Nur noch Haut und Knochen, eingefallene Wangen. Er muß in der letzten Woche mindestens zwei Kilo Gewicht verloren haben. Der Bart verkrustet. Die Fingernägel schwarz. Ein Hemd, das seit mindestens drei Monaten nicht gewaschen worden war. Eine Hose, die viel zu weit war und sämtliche Brauntöne aufwies. Ich fragte mich, wie oft er da wohl hineingeschissen hatte.

Wenn ich ihn auf sein Aussehen ansprach, sagte er, in seinem Häuschen gäb's kein Wasser und er könne ja wohl schlecht jeden Tag bei einem Freund an der Haustür klingeln, um sich zu waschen. Oder er behauptete, er habe kein Geld für die Reinigung. Außerdem sähe er sowieso nie in den Spiegel und es sei ihm scheißegal, wie er aussähe. Es koste ihn schon Mühe genug, sein Inneres einigermaßen in Ordnung zu halten.

Er saugt sich die Ausreden einfach so aus den Fingern.

Aber letzten Sonntag hing er in seinem Stuhl und zitterte, als hätte ihm das Gelbfieber die Körpertemperatur auf das Doppelte der Außentemperatur gejagt. Meine Pflegerin, ein furchtbar nettes Mädchen aus Surinam, hält es für möglich, daß ein Dealer ihm giftiges Zeug angedreht hat. Vielleicht stimmt das ja. Allerdings halte ich Riki trotz aller Rücksichtslosigkeit gegenüber sich selbst für sehr vorsichtig. Wie schlimm es um ihn auch steht, er muß wohl wissen, was er raucht und wieviel; denn sonst läge er schon längst auf dem Friedhof.

Ich hatte Angst, daß Igor ihn zu Gesicht bekäme. Mein Mann will ihn nicht mehr sehen. Er hat ihn schon zwei- oder dreimal auf unserem Grundstück mit seinem Pfeifchen hinter einem Baum erwischt. Igor hat eine Heidenangst vor der Polizei, was ich durchaus verstehen kann, wenn man bedenkt, daß seine Vorfahren aus Rumänien, Rußland, Polen und Ungarn flüchten mußten und das letzte Mal aus Kolumbien, wo sie sich bis Anfang des zwanzigsten Jahrhunderts vollkommen sicher gefühlt hatten. Igor will keine Schwierigkeiten. Zwar kann man gegen diesen dürren Felsen von Insel eine ganze Menge vorbringen, aber Leute wie wir werden hier in Ruhe gelassen, und das seit dreihundert Jahren.

Neulich herrschte er mich an, daß ich dem Junkie jetzt lange genug geholfen hätte. Ich mußte ihm eine Szene machen, wie früher, als wir gerade verheiratet waren. Er gab erst klein bei, als ich damit drohte, mich mit dem Rollstuhl in den Teich zu stürzen. Das passiert nämlich nur über meine Leiche: daß jemand Ricardo Marchena aus meinem Haus wirft.

Ich bin mit meinem Rollstuhl ganz nah an ihn ran gefahren und habe ihn im allerstrengsten Ton, zu dem ich fähig bin, gefragt, was los sei. Obwohl ich inzwischen nicht mehr allein aus meinem Bett komme und mich zwei starke Arme in den Rollstuhl heben müssen, hat Ricardo unerklärlicherweise immer noch Respekt vor mir.

Er zeigte mir eine frische Narbe an der Hand und Wunden an den Armen. Zwei Ganoven hätten ihm übel mitgespielt. Er wisse nicht einmal, was sie von ihm wollten. Richtig gefährliche Ganoven. Sie seien schon seit Tagen hinter ihm her.

Er spielte mir hin und wieder schon mal den Verzweifelten vor, wenn er keinen Cent mehr in der Tasche hatte. Aber diesmal war es ernst. Ich sah die Angst in seinen Augen. Und den Wahnsinn. Ich habe ihn tausendmal gewarnt: Laß die Finger von diesem Crack, du holst dir nicht nur den Tod, du wirst auch noch verrückt davon.

Er starrte in sein Glas Coca-Cola und murmelte: »*Jetzo erst gehst du deinen Weg der Größe! Gipfel und Abgrund – das ist jetzt in Eins beschlossen!*«

Er lächelte und sagte Dinge wie: »*Ach, so gebt doch Wahnsinn, ihr Himmlischen! Wahnsinn, daß ich endlich an mich selber glaube!*« Er sprach über *Delirien* und *Zuckungen*, über *plötzliche Lichter* und *Finsternisse*, über Angst vor *Frost und Glut, wie sie kein Sterblicher noch empfand*. Er stöhnte: »*Laßt mich heulen und winseln und wie ein Tier kriechen: nur daß ich bei mir selber Glauben finde!*«

Ich wußte, wo er das herhatte.

Wahnsinn als ein Zeichen der Auserwähltheit. Wahnsinn

als ein Lichtblitz in der Nacht, als Quelle von Wissen und Erkenntnis.

Ich antwortete ihm: »Du irrst dich, Ricardo. Das hat nichts mit Auserwähltheit zu tun. Ich habe im Haus meines Großvaters Hunderte von Wahnsinnigen gesehen. Du mußt dich dagegen wehren.«*

Letzten Monat hat er mir seine Version der Schöpfungsgeschichte erzählt.

Die verbotene Frucht, von der Adam und Eva gegessen haben, war überhaupt kein Apfel. Seiner Meinung nach war es eine Frucht von der Hanf- oder Cocapflanze gewesen.

Marihuana und die meisten Kokain-Derivate stimulierten ja den Sexualtrieb. Unter Einfluß dieser Droge haben Adam und Eva sich hemmungslos ihren Trieben hingegeben. Doch als der Rausch verflogen war, da fing die Paranoia an.

Voller Angst und Panik haben sich die beiden umgeschaut und gedacht: Da kommt Gott, da kommt Gott! Sie hatten gegen Gottes Willen von der verbotenen Frucht gegessen, und waren davon sehr erregt gewesen. Erst hinterher sei ihnen bewußt geworden, etwas Schlechtes getan zu haben.

»Genau so ist es, wenn man Base raucht«, sagte er.

Zwei Ganoven.

Danach habe ich Daniel auf seinem Handy angerufen und ihn gebeten, Ricardo nach Saliña zurückzufahren. Er antwortete: »Nein, Mam. Wirklich nicht! Ich habe ihn letzte Woche nach Hause gebracht. Es hat drei Tage gedauert, bis ich den Gestank aus dem Auto hatte. Du weißt, Mam,

---

* Großvater: Doktor Capriles, Diane d'Olivieiras Großvater, war der erste Arzt auf den Westindischen Inseln, der sich der Behandlung Geisteskranker widmete.

Mam, ich tue dir gern einen Gefallen, aber noch einmal den Gestank und ich muß kotzen.«

Und ich sagte: »Danny, mein Schatz, du hast recht. Ich muß es endlich einsehen, er ist wirklich eklig.«

8

Riki Marchena
Verliere ich jedes Gefühl von Sein

Ich habe mich noch nie jemandem anvertraut. Mir war egal, was man sich von mir erzählte. Als Kind war ich immer allein; ich bin immer ein Einzelgänger gewesen. Ich hatte Prinzipien und das liebste war mir ein Sprichwort aus dem Papiamento *miho bo só, ku den mal kompanjo*: »Besser allein als in schlechter Gesellschaft.« Trotzdem glaubt jeder, er kenne mich; trotzdem haben alle ein Urteil über mich parat.

Ich rauche Base. Ich wasche Autos, um das bißchen Geld zu verdienen, das ich brauche. Ich hinke. Wegen eines Geburtsfehlers habe ich einen unkoordinierten Gang. Und weil ich ein Meter dreiundneunzig groß bin, finde ich auch kaum eine alte Hose, die wie angegossen sitzt. Von meiner Arbeit werde ich auch nicht gerade sauberer. Beim ersten Auto, das ich gewaschen habe, habe ich noch aufgepaßt. Aber beim zweiten oder beim dritten Auto fielen mir die Worte einer arubanischen Animierdame wieder ein. »Jede Arbeit hat ihre dreckigen Seiten.« Ich lasse mich verwahrlosen. Das stimmt. Aber deshalb bin ich noch lange kein Choller.

Ich habe versucht, es Frau d'Olivieira zu erklären. Und dieser Beaujon-Göre auch. Ein Choller klaut. Und wenn ich eines hasse, dann ist das Diebstahl. Stehlen und Lügen, das kann ich nicht ab.

Die Ganoven, die hinter mir her sind, das sind Choller. Sie klauen, rauben, stehlen. Choller gehören hinter Gitter.

Ich bin ein schwarzer Indianer. Von meinem selbstverdienten Geld rauche ich jeden Tag eine Friedenspfeife. Auf den flachen Kopf des Pfeifchens – ich habe es mir aus einer Kugelschreiberhülse und dem Oberteil eines runden Feuerzeugs selber gebastelt – lege ich die weißen Steinchen. Crack, heißt das, glaube ich, bei euch. Wir nennen's Base.

Normales Base ist ein gefährliches Zeug. Ich rauche *free base*, kolumbianisches Koks, das zu mindestens fünfzig Prozent rein ist. Nicht mit *speed* verschnitten. Von Speed rotzt du dir das Taschentuch blutig. Pfui Teufel! Mir reicht es schon, wenn ich ab und zu einen roten Batzen aushusten muß.

Ich spritze mir nichts, mit Spritzen kann man mich jagen. Ich schnupfe nicht, ich trinke keine scharfen Sachen. Ich rauche, und das nicht aus Protest oder weil ich so viele Sorgen hätte, sondern weil es mir schmeckt. Einen einfacheren Grund gibt es nicht. Trotzdem hat das noch keiner verstanden.

Mit Marihuana habe ich angefangen, da war ich ungefähr zwanzig. Nach jedem Spiel einen Joint. Base habe ich erst im Gefängnis von Aruba kennengelernt. Wie alles war auch das auf Aruba besser organisiert als auf Curaçao. Ich konnte einfach meine Bestellung aufgeben, jeden Tag: soundsoviel Steinchen. Geliefert wurde prompt, in kleinen Tütchen, die zwischen den Seiten der Zeitung klebten.

Am Tag rauche ich so zwischen drei und fünf Gramm, das kostet mich mindestens fünfunddreißig, höchstens fünfzig Gulden. Acht bis zehn Autos muß ich also für meine tägliche Ration Base waschen. Das schaffe ich leicht. Ich verstehe deshalb auch nicht, warum die Chollers wie die Raben stehlen. Vielleicht brauchen sie ja mehr als ich (was ich für unwahrscheinlich halte), oder sie klauen weniger, als man meint. Ich unterschätze das nicht, die Klauerei ist hier auf der Insel wirklich eine Plage, aber daß alles auf die

Kappe der Chollers geht, glaube ich nicht. Demagogie ist auch eine Form von Unehrlichkeit.

Würde die Welt für einen Moment weggucken, dann würden die Einwohner von Curaçao sämtliche Choller im Meer ersäufen.

Das ist so sicher wie das Amen in der Kirche.

Eine Volksabstimmung wäre überflüssig; alle Einwohner würden sich daran beteiligen, egal welcher Rasse, welcher Einkommensklasse, welcher Ausbildung oder politischen Meinung. Und ... und ...

Und wenn der letzte Choller in den Wellen der Santa-Ana-Bucht ertrunken wäre, würden sie einträchtig einen Freudentanz veranstalten.

Wie im Karneval.

Ai, ja.

Ich übertreibe nicht. Täte ich das, wäre mein Leben um vieles einfacher. Alle halten mich für einen Choller, dabei gehöre ich gar nicht zu diesem Pack. Ein hiesiges altes Sprichwort sagt: Man kann einen Esel aus dem *knuk* holen, aber damit ist der *knuk* noch lange nicht aus dem Hirn des Esels.[*]

Beim *Snek* höre ich, wie sonst ganz vernünftige Leute vorschlagen, man solle alle Choller auf die Insel Klein Curaçao verfrachten, wo's keinen einzigen Baum gibt, damit die Hitze die Arbeit des Henkers erledige. Ich höre sie sagen, daß man Klein Curaçao in eine Art Teufelsinsel verwandeln solle. Und dann schauen sie alle auf mich. Ich kann ihre Lust, mich zu vermöbeln, förmlich spüren. Aber das wollen sie nicht etwa, weil ich unvorsichtigerweise meine Hand auf den Hintern ihrer Tochter gelegt habe; sie wollen mich zusammenschlagen, weil sie Angst haben. Sie

---

[*] *knuk*: Kurzform von *kunuku*: Feld; aber auch das Land im Gegensatz zur Stadt.

halten mich für einen von den Süchtigen, die so durchgebrannt sind, daß sie auf der Suche nach einer Flasche Obstsaft sämtliche Küchenfenster einschlagen oder für ein paar Gulden eine halbe Familie über die Klinge springen lassen.

Das Zeug zeigt die wahren Seiten deines Charakters. Wer eher weich ist, den macht Base zum Arschkriecher; einer, der zu Aggressionen neigt, wird durch das Zeug richtig wild. Die Kerle, die hinter mir her sind, sind meiner Meinung nach vollkommen irre und haben eine Wut auf die ganze Welt. Mit Base sind sie zu allem imstande. Wie der Choller Ernesto, der die Knarre auf seine eigene Mutter gerichtet hat. Liebe Mamma, ich kann nicht anders, ich brauche Stoff ... Gib mir Geld oder ich schieße! Aber *dushi Mamma* sagte, daß sie keinen Geldscheißer habe. Da drückte Ernesto ab.

Nicht alle Choller sind so. Bevor ich *La fuerza de la bondad* hatte, traf ich in einem der Choller-Häuser einen Mann, der hatte einen bekannten Nachnamen und ausgesprochen gute Manieren. Ich fragte ihn, ob er mit der bewußten Familie verwandt sei, und er nickte. Sein Papiamento war um Klassen besser als das seiner Schwester, der Ministerin; er erklärte mir zum Beispiel, daß das Wort Choller eigentlich nur mit einem l geschrieben werden dürfte. Das ist wieder mal typisch für Curaçao; die Zeitungen überschlagen sich mit den abscheulichsten Meldungen über die Choller, und keiner hat sich die Mühe gemacht, mal im Wörterbuch nachzuschlagen, wie man das Wort richtig schreibt. Mit einem l also und einem Akzent. Chòler. Außerdem stammt es nicht, wie alle behaupten, vom spanischen Wort *cholar* ab, was soviel wie »hinken« oder »das Bein nachschleifen« bedeutet, sondern es ist ein ziemlich altes Wort aus der papiamentoschen Gaunersprache. *Chòl un armbant* heißt soviel wie ein Armband stehlen, um es weiterzuverkaufen und das Geld in Alkohol oder Dope umzusetzen. Um genau zu sein müßte man jemanden, der so etwas tut, eigentlich einen *chòldor* oder einen *chòldo* nennen. Aber weil das Papiamento, wie mir der Bruder der Ministerin erklärte, als Sprache ernst genommen werden will, soll es auch ein bißchen international klingen. Und Choller klingt so englisch wie Crack oder Clocker. Oder Junk. Das heißt ja auch nichts anderes als »Abfall«.

...

Abfall.

Manchmal würde ich es gern mit großen Buchstaben auf eine Mauer schreiben.

»Es gibt kein Gesetz für den richtigen Weg. Kein Denker der Welt hat diesen parat. Er ist für jeden Menschen ein anderer.«

Gezeichnet: ZARATHUSTRA.

...

Ich bekomme es beim *Snek* oft zu hören:

»Riki, wir wollen dir ja gerne glauben, daß du nicht klaust und dein Geld auf ehrliche Weise verdienst. Aber wenn du mal im letzten Stadium bist, dann brauchst du ein bißchen mehr Geld für deinen Scheiß und dann kommst du mit dem Autowaschen nicht mehr hin. Dann kriegst auch du lange Finger.«

Ai, nee, Mann.

Wenn ich eins hasse, dann Diebstahl. Auf dieser Insel wird immer lustig drauflos geklaut. Vom niedrigsten Politiker bis zum höchsten Beamten. Arm wie Kirchenmäuse fangen sie in der Politik an und in kürzester Zeit sind sie so stinkreich, daß man es bis ans andere Ufer des Ozeans riechen kann.

Mein Urgroßvater, ja, der durfte stehlen. Die Weißen hatten ihm seine Freiheit geraubt, was ihm das Recht gab, alles zu klauen, was bei den *makamba** nicht niet- und nagelfest war. Aber seit der Abschaffung der Sklaverei ist das für alle verboten. Wenn ich mich nicht irre, wurde die Sklaverei hier auf der Insel 1863 abgeschafft. Und das ist schon verdammt lange her, Mann!

…

Ich habe auch ein Messer. Nicht um jemanden damit anzugreifen, sondern ein Stanley-Messer. Wenn es soweit ist, daß ich stehlen muß, um leben zu können, schneide ich mir damit die Pulsadern auf. Ich will mit einem reinen Gewissen sterben. Das dürfte nicht allzu schwierig sein: Wenn ich es aber nicht schaffe, dann zwei, drei Schnitte und die Augen zugemacht.

…

Na ja.
So weit ist es noch nicht.

…

Ich verdiene mir mein Geld allein. Ich kaufe mein Dope allein. Ich rauche allein.

Drei weiße Steinchen auf der Aluminiumfolie meiner Pfeife, und alle Müdigkeit ist weg. Alle Sorgen. Aller Kummer. Ich inhaliere tief und mit langen Pausen dazwischen. Wenn es mich nicht ab und zu schüttelt, verliere ich jedes Gefühl von Sein. Beim Rauchen höre ich mehr, rieche ich besser, sehe ich schärfer. Rauche ich nicht, weiß ich oft nicht, ob ich überhaupt noch am Leben bin.

---

* *makamba*: Während der Sklavenzeit schimpften die weißen Herren die Schwarzen »Nigger«. Weil die Sklaven keine Schimpfworte benutzen durften, wählten sie für die Weißen eine Bezeichnung, die diese von keinem ihnen bekannten Wort ableiten konnten. Die *makamba* waren ein Stamm im östlichen Kongo, der als plump, träge und etwas dämlich galt. Mit *makamba* waren übrigens vor allem die Niederländer gemeint, niemals aber zum Beispiel die Juden.

Ich rauche den ganzen Tag, wenn ich auf meiner Matratze liegen, oder draußen, über der Bucht von Versali. Ein höherer Aussichtspunkt bedeutet höheren Genuß. Fort Nassau. Die Kuppel bei der Küstenfestung. So nah bei den Wolken höre ich den Wind heulen, sehe die Vulkanberge am Horizont schimmern. Schau ich runter auf die Brecher, die gegen die Nordküste donnern, dann spüre ich die unheilvolle Kraft, die von dieser Insel ausgeht ...

Wenn ich es nicht mehr aushalte, lasse ich mich von der Aussicht auf eine der Buchten im Süden besänftigen. Die liegen immer so da, als wollten sie mit ihrer spiegelglatten Wasseroberfläche jeden Lichtstrahl an den Himmel zurückschicken ...

Auf dem Felsen bei Fort Nassau oder beim Aussichtsposten der Küstenfestung bin ich so zufrieden wie der Prophet Zarathustra. Der hat sich mit dreißig Jahren ins Gebirge zurückgezogen. Hier genoß er seinen Geist und seine Einsamkeit und wurde, um es mit Nietzsches Worten zu sagen, »*dessen zehn Jahre nicht müde*«.

...

Ich genieße wie jemand, der sich schon längst vom Leben verabschiedet hat.

Ai, ja.

Wenn ich jetzt ein Mädchen mit einem schön hohen Hintern sehe, dann will ich nicht mehr gleich mit ihr ins Bett. Ich denke nur noch: Was für ein schönes Mädchen! Ich mache das Mädchen nicht an, ich frage es nicht nach seiner Adresse, ich versuche nicht, es anzufassen. Und trotzdem fühle ich mich dem Mädchen näher als den Frauen, mit denen ich die Nächte verbracht habe. Ich präge mir das Mädchen genau ein, gehe ihm ein Stückchen nach, damit ich sehen kann, wie es sich bewegt. Ich folge ihr in eine *fruteria*, um seine Stimme zu hören. Später in meinem Häuschen lausche ich dieser Stimme dann noch die halbe Nacht. Sie ist sanft und leise.

Dieses Mädchen enttäuscht mich nicht.

Manchmal gehe ich zur Kaya Kintjan Nummer 25. Dort habe ich früher manchmal vor einem Fenster gestanden und einem Mädchen beim Baden zugesehen. Ich kann es mir jederzeit wieder vorstellen. Dann kriege ich am ganzen Körper eine Gänsehaut; sie schüttet sich eine Schale voll kaltem Wasser über den Kopf. Ihre Schultern zucken, sie reißt den Kopf herum, als sähe sie plötzlich eine riesige Spinne, ihre rosafarbenen Brustwarzen schrumpfen zu schwarzen Punkten.

Es ist gar nicht wichtig, ob das Mädchen wirklich dort steht oder nicht. Die Wirklichkeit besteht sowieso aus unzähligen Wirklichkeiten. Und die sind mindestens so erfunden wie ein Traum. Wirklich wichtig ist nur das, was man aufnimmt, was einen interessiert, was man genießt und worüber man nachdenkt.

...

Mein Leben verläuft in geordneten Bahnen. Es geht kein bißchen wüst zu, ich habe alles perfekt unter Kontrolle. Nur ein Überfall kann mir gefährlich werden. Dadurch, daß ich allein kaufe und nie in Gesellschaft von anderen rauche, bin ich dem bisher aus dem Weg gegangen. Raucht man mit anderen zusammen, dann kriegt man sich leicht wegen jedes auf den Boden gefallenen Steinchens in die Haare. Und finde dann mal so ein verlorenes Körnchen im Rinnstein wieder ... Der Länge nach auf dem Bürgersteig liegen und schreien: *Du Riesenarsch, du bist gegen mein Pfeifchen gestoßen.* Vergiß es, Mann.

Es ist wirklich übel, daß die Burschen hinter mir her sind. Habe ich nicht verdient. Wenn ich nur wüßte, was sie von mir wollen! Die Uhr habe ich natürlich sofort ausgezogen. In der Matratze versteckt. Meiner Meinung nach haben sie die Gucci schon längst wieder vergessen. Es muß also einen anderen Grund geben ... Vielleicht haben sie etwas über mich erfahren ... vielleicht denken sie, ich habe noch immer Geld wie Heu ...

Heute morgen, in Saliña. Ob das die beiden waren? Ich habe fast wie im Reflex reagiert. Nichts wie weg!

...

Mein Arbeitsgebiet erstreckt sich von Parera bis Cornet und vom Berg Altena bis zu Saliña Ariba. Höchstens drei Quadratkilometer. Ich kenne jeden Sandweg in Parera und jedes Haus in Cornet, ich habe den Großteil meiner Kindheit hier verbracht.

Die meisten Autos wasche ich in Saliña. Dort finde ich immer ein paar Kunden. Saliña ist tagsüber ein Geschäftszentrum, aber auch nachts kommen eine Menge Leute hierher, wegen der Discos. Aber es stimmt schon: Je später der Abend, desto weniger Kundschaft. Am liebsten sind mir die festen Kunden, die Geschäftsleute, die in einem sauberen Auto nach Hause fahren wollen.

Ich habe mir sogar einmal überlegt, einen Carwash aufzumachen. Nur gut, daß nichts draus geworden ist. So eine Autowaschanlage dürfte ungefähr eine halbe Million Gulden kosten. Dann arbeitet man den Rest seines Lebens nur, um so ein Ding abzubezahlen. Etwas Traurigeres, als sich jeden Tag für eine Maschine abzurackern, kann ich mir nicht vorstellen.

Wahrscheinlich fehlt es mir an Geschäftssinn. An einem Sonntagmorgen habe ich einmal zum alten d'Olivieira gesagt: »Ich bin fertig. Ich habe alle Autos gewaschen, und jetzt gehe ich schlafen.«

Shon Igor hat sein ganzes Leben geschuftet, um aus einer Autogarage, in der nicht mal ein halbes Auto Platz hatte, das d'Olivieira Tropical Cars zu machen. Er schaute mich an, als wäre ich ein kleines Kind: »Wenn du schläfst, mein lieber Riki, verdienst du nichts!« Worauf ich ihm antwortete: »Wenn ich schlafe, brauche ich auch kein Geld.« Da mußte sogar er lachen. Juden können prima lachen. Deshalb sind sie dem schwarzen Mann auch so nah.

Immer wieder wirft man den Schwarzen vor, daß sie von Haus aus faul seien. Glaube ich nicht. So dumm können nicht mal die Weißen sein. Wäre der Neger wirklich durch und durch faul, hätten die Weißen ihn nicht zum Sklaven gemacht.

Meine Faulheit ist meine Sache und geht niemanden etwas an. Ich weiß genau, wo ich meine Energie verloren habe: im Knast. Nach dem Gefängnis konnte ich keine Stellung mehr finden. Mit dem geregelten Leben war es vorbei. Hoffnung war ein Wort, das zu meinem früheren Leben gehörte. Ich hatte zu nichts mehr Lust, ich wollte nur noch rauchen. Und so ist es bis heute geblieben. Das einzige, was meinen Körper noch in etwas Aktivität versetzen kann, sind die weißen Steinchen auf meiner Pfeife.

9

Fichi Ellis
Wie er roch

Er war Linkshänder. Wegen der Hornhaut und der riesigen Mengen Talkumpuders, das er sich während der Turniere und den Trainingsspielen in die Handfläche rieb, fühlte sich seine linke Hand rauh an.

Aber die Innenfläche seiner rechten Hand war weich wie das Fruchtfleisch einer Mispel.

Er streichelte die Frauen immer mit seiner rechten Hand. Nie mit der linken.

...

Das hat mir Margot Pietersz erzählt.

Es war ein paar Monate nach seiner triumphalen Rückkehr aus den Vereinigten Staaten, als ich sie darauf ansprach.

Ich hatte gegen Margot bisher zwei Spiele verloren, dreiunddreißig hatte ich gewonnen. Sie war eine stramme Mieze, die ihre Kraft schlecht einteilte und taktisch eine vollkommene Null war.

Jedesmal, wenn sie mir gratulierte, überlief mich ein wonniger Schauer. Ich hatte nur wenige Male wirklich verdient gegen sie gewonnen, das fand ich sogar selbst, aber in Margot war so ziemlich alles vereinigt, was mir widerwärtig war.

Weil sie so laut atmete, gab Riki ihr den Beinamen das Keuchende Roß. Und sie hatte tatsächlich etwas von einem schnaubenden Deckhengst. Ihr fehlte, was man Grazie nennt.

Es ging das Gerücht, Riki und Margot Pietersz hätten etwas miteinander. Ich war das Geflüster leid und fragte Margot unverblümt danach. Schließlich waren alle der Meinung, daß Riki und ich ein ideales Duo bildeten; ich verstand auch überhaupt nicht, wie dieses keuchende Roß sich überhaupt in seine Nähe wagen konnte.

Ohne sich im mindesten über die Frage zu wundern, schaute Margot mich an. Ihre Lippen verzogen sich zu einem spöttischen Lächeln.

Sie trieben es also tatsächlich miteinander! Und so wie es alle sagten: in der Umkleidekabine oder unter der Dusche. Im *kunuku* oder auf der Rückbank des alten Dodge, den Riki von seinem ersten selbstverdienten Geld gekauft hatte.

Es gab zwei Arten Pieters auf der Insel. Die Pietersens mit einem S in der Mitte waren Bastarde der Familie Pieterszen mit dem SZ. Die Pietersens mit dem S hatten eine bronzebraune Haut, die mit dem SZ eine weiße. Margot war aus der Familie der SZ-Pieterszens, und sämtliche Sprößlinge dieser Familie waren außerordentlich stolz darauf, sieben Generationen lang weiß wie Milch geblieben zu sein, und das im Schmelztiegel der Antillen. Warum sie sich so viel darauf einbildeten, ist mir immer ein Rätsel geblieben; außer weiß waren die meisten Pieterszens plump und ungesund fett; und daß sie ihre Bastardkinder immer aus der Familie verstoßen haben, konnte man wohl kaum verdienstvoll nennen. Sie selber dachten anders darüber; ihrer milchweißen Haut leiteten sie das Recht zu arrogantem Verhalten ab.

Das ganze Ansehen meiner Familie drückte sich in nichts anderem aus als in den weißen Spitzensöckchen, die sowohl die Jungs als auch die Mädchen trugen. Meine Eltern waren ungeheuer stolz darauf, ihre Kinder wie Püppchen anziehen zu können.

Die Suche nach Arbeit hatte meinen Vater zuerst von der

Insel Antigua nach Guadeloupe getrieben und dann von St. Lucia nach Trinidad. Er arbeitete bereits einige Jahre in der Ölraffinerie von Trinidad, als er hörte, daß die Raffinerie auf Curaçao ungelernten Arbeitern höhere Löhne bezahlte.

Wie die meisten, die von den Inseln »über dem Wind« kamen – sie hießen hier die »Über-Winder« –, zog er in ein Holzhäuschen im Nieuw-Nederland-Viertel. Nach meiner Geburt zogen wir – wir waren inzwischen zu siebt – in ein etwas größeres Haus in Otrobanda. Für meine Mutter hatte das zudem den angenehmen Nebeneffekt, daß sie nicht mehr jeden Tag die Santa-Ana-Bucht zu überqueren brauchte, um zur Arbeit zu kommen.

Meine Mutter war zur Hälfte javanischer und zur anderen Hälfte chinesischer Abstammung. Sie war in Surinam geboren und hatte in Otrobanda eine Stellung als Küchenhilfe in einem indonesischen Restaurant gefunden.

Ordentliche Leute also, die mir eine ordentliche Erziehung angedeihen ließen. Meine Mutter brachte mir zwar bei, wie ich jemandem auf angenehme Weise den Rücken oder den Bauch massieren konnte, mahnte mich aber zugleich zu absoluter Keuschheit. Ein Zungenkuß markierte die Grenze, die vor der Heirat keinesfalls überschritten werden durfte. Meine Mutter konnte zufrieden mit mir sein. Ich war zweiundzwanzig und hatte noch keinem Mann einen derartigen Kuß gegeben. Was übrigens nicht bedeutete, daß ich nicht jede Nacht mit dem Bild des schweißnassen Riki vor Augen einschlief, wie er erregt in mein Schlafzimmer stürzte und mir die Kleider vom Körper riß.

...

Sie taten es also miteinander, und Margot leitete daraus das Recht zu einer Hochnäsigkeit ab, daß es mir die Sprache verschlug.

Ich rannte nicht weg und gab Margot auch keine Ohrfeige. Ich blieb wie betäubt stehen und fragte: »Aber was genau macht ihr?«

Margot war durchaus bereit, mir das bis ins Detail zu erzählen. Haarklein, wenn es sein mußte, mit allem Drum und Dran. Nicht nur, weil sie sich damit endlich für die dreiunddreißig verlorenen Spiele revanchieren konnte.

Obwohl mir bei jeder Enthüllung die Knie immer weicher wurden, hörte ich weiter zu. So merkwürdig war das gar nicht, ich war in einem Zustand, der der geistigen Umnachtung ziemlich nahe kam. Das wirklich Merkwürdige war, daß ich Margot einen Tag später ein zweites Mal darauf ansprach. Ich wollte mehr wissen, intimere Einzelheiten. Wie er roch. Ob er Haare auf der Brust hatte. Wie sich seine Haut anfühlte. Ob er irgendwo auf seinem Bauch oder seinem Rücken einen Flecken oder eine Unreinheit, einen Pickel oder ein Muttermal hatte. Ich wollte das alles wissen, damit ich ihn mir nachts im Bett genauer vorstellen konnte.

Es war krankhaft. Obwohl ich mir sagte, daß Neugier zur Verliebtheit dazugehört, als wär's ein Geburtsfehler. Zwei Wochen später, nach einem Turnier auf Aruba, zog ich Margot wieder beiseite. Ich wurde direkter. Meine Fragen wurden intimer. Ich bekam zu hören, wie er keuchte, wohin er sie biß (seine Zähne kamen mindestens so oft zum Einsatz wie seine Lippen und seine Zunge), zu welcher Tageszeit er es am liebsten tat (in der Mittagshitze, wie ich es mir schon gedacht hatte), was er während des Orgasmus seufzte (»*mi dushi*, das verlangt nach einer Zugabe!«). Es war seltsam; ich hatte Riki noch nie nackt in meinen Armen gehalten und trotzdem kannte ich jedes seiner Geheimnisse.

Er schien mir ein unschlagbarer Liebhaber zu sein. Margot gestand, daß sie ihn manchmal ganz schön anstrengend fand; wenn es nach ihr ginge, könnte er es ruhig öfter normal mit ihr treiben. Das wunderte mich nicht; er hatte sich die Falsche genommen. Er hätte sich mit mir einlassen sollen, mit keiner sonst; ich wäre die einzige, die seine subtile Art zu lieben und seine charmante Unbesonnenheit richtig zu schätzen wüßte.

Vielleicht dachte Margot sich das alles ja nur aus. Vielleicht wollte sie mich eifersüchtig machen. Wie auch immer, ihre Geschichten erregten mich.

Eines Tages konnte ich meine Gefühle nicht länger beherrschen. Ich brach in Tränen aus, was Margot, die mich bis dahin als nüchternes, klar analysierendes Wesen kannte, vollkommen überraschte. Sie fragte, was los sei. Und als ich ihr schluchzend gestand, daß ich Riki liebte, sah ich, daß sie erschrak.

Da umarmte mich Margot und drückte mit ihren großen, groben Händen ganz zart meine Schultern. Sie wiegte mich sanft hin und her wie ein Kind, das man nicht plötzlich wecken will. Als ich mich endlich etwas beruhigt hatte, sagte sie ohne den geringsten Sarkasmus in ihrer Stimme: »Hör zu, Fichi. Das ist das letzte, was du tun solltest: Riki lieben! Riki ist ein Junge, mit dem man viel Spaß haben kann, mit dem man Unsinn macht, die Mittage verquatscht und sich nächtelang im Bett wälzt, aber keiner, in den man sich verliebt. Von ihm wirst du nie auch nur das kleinste Fünkchen Liebe zurückbekommen. Dazu ist er einfach nicht in der Lage. Du weißt, daß Riki ein Problem hat. Und zwar ein großes. Riki kann sich nämlich selber nicht leiden. Solange sich das nicht ändert, wird er nie jemanden richtig lieben können.«

Fünf Jahre später heiratete ich einen Idioten. Sechs Jahre später wurde meine Tochter geboren. Sieben Jahre später habe ich mich von meinem Mann wieder scheiden lassen. Acht oder neun Jahre später begegnete ich Riki wieder. Er blieb mitten auf der Straße stehen, starrte meine Tochter an, als ob er einen Engel auf den Wolken landen sähe, und sagte: »Was für ein hübsches Mädchen. So eine Tochter hätte ich auch gerne gehabt.«

Im nachhinein gab ich Margot recht. Das letzte, was Riki damals wollte, war ein glückliches Leben. Er wollte Schmerzen fühlen, als wären sie eine unausweichliche Strafe. Und das einzige, was diese Schmerzen etwas minderte, war seine Popularität.

10

Mike Kirindongo
Freund, Bruder, Lumpenhund

Jeder mochte ihn. Gerade das aber hielt er für eine bittere Fügung des Schicksals. Sympathie war das letzte, was er wollte. Sie brachte nicht nur Verpflichtungen, sondern weckte falsche Erwartungen.

Seine größte Angst war, daß er dem Bild, das andere sich von ihm machten, nicht genügen konnte. Auf einer unserer Reisen hat er mich mal gefragt: »Mike, wer bin ich eigentlich?« Die einzige Antwort, von der ich wußte, daß er sie akzeptieren würde, war: »Ach, was weiß ich!«

Je ferner ihm jemand stand, desto stärker zog er ihn ins Vertrauen. Mit Margot Pietersz, für die er nur eine vorübergehende Bettgeschichte war, redete er offener als mit Fichi Ellis; und mit einem amerikanischen Touristen, den er zufällig im Casino kennenlernte, sprach er wiederum offenherziger als mit Margot.

Nur einmal hörte ich ihn von seinem Vater erzählen, und zwar einem senegalesischen Mädchen gegenüber, das er auf einem Turnier in Laos kennengelernt hatte. Das arme Kind konnte seinem flüssigen Englisch gar nicht folgen.

Ich kannte ihn schon seit ungefähr zwölf Jahren, als mir zum ersten Mal das Gerücht zu Ohren kam, Riki rauche nach einem schweren Spiel oft einen Joint. In diesen zwölf Jahren haben wir Dutzende Male das Hotelzimmer miteinander geteilt. Und nie hat er mir erzählt, daß er sich ohne das Marihuana nicht mehr entspannen konnte.

Entweder glaubte er nicht an Freundschaft, oder er glaubte bis zum Aberwitz dran. Vielleicht war sie etwas derart Hohes für ihn, daß er sich selber für zu unvollkommen dafür hielt. *»Unsre Sehnsucht nach einem Freunde ist unser Verräter«*, zitierte er Nietzsche später. Seine Erfolge verstärkten sein Mißtrauen noch.

Er sorgte dafür, daß ich ihn ins Traningslager in die Niederlande begleiten durfte. Er hielt mein Spiel vielleicht nicht für besonders einfallsreich, aber ihm gefiel meine Einstellung. Ich war bereit, bis zum Äußersten zu gehen, und das schätzte er mehr als Talent. »Sport ist sublimierter Selbstmord«, hörte ich ihn einmal zu einem fünfzehnjährigen Jungen sagen, der nicht weiterspielen wollte, weil ihm das Blut aus den Blasen tropfte.

Es war meine erste große Reise; bis dahin hatte ich die Insel noch kein einziges Mal verlassen. Wir waren kaum im Flugzeug, da sagte er: »Du willst sicher am Fenster sitzen.« In der nächsten Maschine war er schon wieder schneller als ich: »Setz dich hierher, da hast du mehr Platz für die Beine.« Dabei war er selber so groß, daß er sich die Beine fast um den Hals wickeln mußte.

Widerspruch war zwecklos. Er war der Ältere, er wußte, was das Beste für mich war. Zwischen den Niederlanden und Curaçao gab es 1971 noch keine direkte Flugverbindung, wir mußten von Curaçao erst nach Surinam fliegen und von dessen Hauptstadt Paramaribo nach Barbados, von Barbados nach Zürich und von Zürich nach Amsterdam. Auch auf der letzten Etappe mußte ich mich ans Fenster setzen, und er rief die Stewardeß zurück, weil sie mich bei der zweiten Tasse Kaffee übergangen hatte.

Er gewann einen Preis. Weil er der zehntausendste Fluggast war, der in die Niederlande flog, schenkte ihm das Reisebüro eine Karte für eine zwanzigtägige Zugreise quer durch Europa, erste Klasse versteht sich. Gleich nach der Ankunft tauschte er sein Erste-Klasse-Ticket in zwei für die zweite Klasse um.

Ein paar Monate davor hatte ich zufällig gehört, wie er Frau d'Olivieira sagte, welche europäischen Städte er unbedingt einmal sehen wollte: Rom und Sevilla. Nach dem Trainingslager fuhren wir zuerst nach Paris. Nach fünf Tagen fragte ich ihn: »Und wann fahren wir weiter nach Rom?« Worauf er antwortete: »Daraus wird leider nichts, Mike. Sie haben mir mein Erste-Klasse-Ticket zwar gern in zwei Zweite-Klasse-Karten umgetauscht, aber nur wenn wir damit nicht weiter fahren als bis nach Südfrankreich oder in die Schweiz.«

Wir bestiegen den Zug nach Genf. Wenn man auf einer kleinen Insel aufgewachsen ist, ist es schon ein Erlebnis, sechshundert Kilometer übers Land zu rasen, ohne aufs Meer zu stoßen. Man bekommt ein Gefühl von Freiheit, fällt in einen eigenartigen Rausch. Zum ersten Mal wird einem bewußt, wie groß die Welt ist und daß man sich im Raum verlieren kann.

Solche weitgestreckten Wälder hatte ich noch nie zuvor gesehen, noch nie Berge mit schneebedeckten Gipfeln. Ich wollte ihm danken. Weil ich ein Einzelkind war, konnte ich nie etwas mit jemandem teilen; ich sagte ihm, daß er für mich so etwas wie ein Bruder sei.

Er hob die Achseln. »Ach, hör doch auf, Mike. Brüder sind Lumpenhunde. Das ist seit Urzeiten so.«

Nach dieser Reise in die Niederlande habe ich noch zehn Jahre lang Zehntausende von Kilometern mit ihm zurückgelegt. Nie habe ich ihn unfreundlich erlebt. Wenn er ungehalten war, dann nur zu sich selbst.

Er konnte eine halbe Stunde vor dem Spiegel eines Hotelzimmers verbringen, um sich zu rasieren, sich das Haar zu bürsten oder seinen schmalen Schnurrbart in Form zu bringen.

Dann begutachtete er meistens noch minutenlang Kinn, Lippen und die vollen Wangen, als betrachte er eine Photographie, die eigentlich in einem Museum hängen müßte.

Und dann konnte es passieren, daß er mit der Nagelschere plötzlich einen Sprung in den Spiegel schlug.

11

Riki Marchena
Das Echo der Küstenfestung

Ich wusch einen silbergrauen BMW, einen Toyota Lexus, einen Landcruiser, mit dem man ohne Probleme die Anden hätte überqueren können, oder mindestens die Rocky Mountains; ich wusch das Auto der Witwe Van Eps Schotbergh, einer meiner ältesten Kundinnen und kritisch bis zum Gehtnichtmehr: Sie steckt ihre Nase in meinen Eimer, um zu kontrollieren, ob ich tatsächlich Leitungswasser benutze und nicht Meerwasser oder brackiges Wasser aus dem Hafenbecken. Als ich mit ihrem altersschwachen Dodge gerade fertig war, sah ich das makabre Duo wieder auf mich zusteuern.
Hesusai no.
Triefauge wedelte schon mit der Knarre herum, obwohl ich mich noch mindestens einen halben Kilometer außerhalb des Schußfelds befand. Der Kerl mußte so speedy sein wie ein pfeifender Teekessel. Ich wollte kein Risiko eingehen, packte meinen Eimer, den Schwamm und die nagelneuen Fensterleder, die ich bei Surprise für fünfzehn Gulden neunzig ergattert hatte, und nahm meine gebrechlichen Beine in die Hand.
Am Ende der Straße stürzte ich ins Kentucky Fried Chicken. Ich bestellte ein halbes Hähnchen, zwei Becher Coca-Cola und eine Portion Pommes frites. Ich bin nicht nur süchtig nach Base, sondern auch nach Pommes frites: einen Tag ohne und mir wird flau oder meine Laune fällt ins Bodenlose. Als wäre nichts los, setzte ich mich an einen

Tisch. Ich spekulierte darauf, daß meine Verfolger nicht den Mut hatten, ein anständiges Lokal wie das KFC zu betreten, und ich hatte recht: Sie blieben draußen stehen.

In aller Ruhe den Hühnerknochen abgenagt. Noch eine Cola bestellt. Dann trat der Geschäftsführer auf mich zu. Augenblicklich sollte ich das Etablissement verlassen. Ich sagte: »Hören Sie, wenn Sie nicht wollen, daß ich hier esse, dann sollten Sie mir auch nichts verkaufen.« Worauf er mich anschrie: »Aber du stinkst zehn Meilen gegen den Wind, Mann!«

Er rief den Wachdienst zu Hilfe. Was ich sehr beruhigend fand. Begleitet von einem Beamten in Uniform, der außerdem deutlich sichtbar eine großkalibrige Waffe trug, würden sich meine Verfolger nicht gleich wieder auf mich stürzen.

Sie warteten bei der Ampel, und tatsächlich, als sie mich mit dem Wachmann herauskommen sahen, blieben sie erstmal sitzen. Ehrlich gesagt sah der Mann auch nicht aus, als hätte er moralische Bedenken gegen ein kleines Blutbad. Ein gedrungener Venezuelaner, der ohne Uniform leicht als rechte Hand eines Mafioso hätte durchgehen können. Aber mein Spanisch schmeichelte seinen Ohren; und wir waren sofort in eine angenehme Unterhaltung über die Gewalt in Caracas vertieft. Sechzig Morde pro Wochenende schienen dort der Durchschnitt zu sein.

»Hier wird's auch bald so gefährlich«, warnte er mich. Ich antwortete ihm lieber nicht. Keine Ahnung, woran es liegt, aber jeder hier, auch ein Fremder, neigt angesichts der Insel unweigerlich zu düstersten Unheilsverkündigungen.

Erst nach hundert Metern, fast bei der Rotunde, sah ich mich zum ersten Mal nach den beiden um. Triefauge zog sich gerade wie ein Betrunkener am Ampelmast hoch. Der Messerstecher erhob sich erst, nachdem ihm sein Kumpel einen Tritt gegen die Fußsohle versetzt hatte. Es war die heißeste Zeit des Tages; offensichtlich war dem Kleineren die Lust vergangen, hinter mir herzurennen. Aber Gewalt gewinnt leider immer die Oberhand.

Ich rannte den Doktor-Maal-Weg hinunter und bog dann ohne nachzudenken in das Vulkanen-Viertel ein. Kaya Mont Pelé. Kaya Soufrière. Hinter dem Gebäude der öffentlichen Rundfunkanstalt rannte ich in die Kaya Küstenfestung. Die verläuft erst in einer langen, mäßig ansteigenden Kurve, wird dann aber schnell sehr steil. Ich spürte es gleich in meiner linken Ferse. Die Achillessehne. Mein Fußgelenk war fast steif, deshalb zog ich auch das Bein nach und mußte mit den Armen rudern, um das Gleichgewicht zu halten.

Mitten auf dem Hügel setzte mir plötzlich eine Meute Wachhunde nach. Ich tat, was in solchen Fällen das beste ist: bücken, einen Stein aufheben, werfen, nochmals bükken, den nächsten Stein werfen. Die Hunde tobten wie die Wölfe. Ein einziges Gebell und Gewinsel. Sie sprangen aneinander hoch, blieben aber auf Abstand. Zur Sicherheit ein letzter Stein. Ich bückte mich.

Als ich mich aufrichtete, sah ich das Duo aus der Seitenstraße kommen.

Das Gebell der Hunde hatte mich verraten. Diese Penner waren den Hügel hinaufgerannt und direkt in die Kaya Malwa eingebogen, so hatten sie den Weg über die lange Kurve der Kaya Küstenfestung abgekürzt.

...

Küstenfestung.

Nur noch wenig übrig davon. Dreißig Meter von dem ehemaligen Fort entfernt steht eine Holzkonstruktion, die ein bißchen wie ein Musikpavillon aussieht und früher mal ein Wachtposten gewesen sein muß. Das Kuppeldach sollte die wachhabenden Soldaten vor der Sonne schützen. Auf dem Hügel brennt die Sonne um die Mittagsstunden so gnadenlos, daß die Hitze einen ausgewachsenen Mann in kürzester Zeit umhauen konnte.

Vor ein paar Jahren habe ich eine Weile unter dem Holzdach geschlafen. Dabei habe ich herausgefunden, daß dort der gleiche akustische Effekt herrscht, der mir in einem Pekinger Tempel aufgefallen war. Ich kann mich aber beim besten Willen nicht mehr an den Namen des Tempels erinnern. Steht man dort an der Tempelwand und ruft etwas ins Innere, hört man fast nichts. In der Mitte unter der Kuppel reicht ein Flüstern, und man hört drumherum jedes Wort, bis in die fernste Umgebung. Ich weiß nicht, ob diese Wirkung beim Bau des Wachpavillons beabsichtigt war oder nur zufällig entstand, aber es hat mich so fasziniert, daß ich immer wieder hinging, um ein paar Sätze laut zu sagen. Manchmal war auch Pater Hofmann dabei. Er hörte es gerne, wenn ich ein paar Sätze aus *Der Zauberer* rezitierte, auf Spanisch.

Mit dem makabren Duo hinter mir rannte ich zum Wachpavillon hinauf. Ich stellte mich unter die Kuppel und sagte ein paar Worte. Nicht zu laut, weil ich wußte, daß sie um ein Vielfaches lauter auf dem ganzen Hügel zu hören sein würden. Manchen Besucher der Küstenfestung hat das schon gehörig erschreckt.

Ich drehte mich um und sah, daß der ganze Zauber dem Messerstecher nur ein dämliches Grinsen entlockte. Der Lange, der mit dem triefenden Auge, hatte es offensichtlich nicht mal gehört. Da machte ich mir wirklich Sorgen. Diesen Kerlen könnte die Heilige Jungfrau erscheinen, und sie würden sich höchstens fragen, wie sie die Mieze am besten ausnehmen könnten.

Mit letzter Kraft rannte ich in die eigentliche Festung, dorthin, wo früher das schwere Geschütz stand. In einem achteckigen Schießstand aus Beton. Ein kleiner Bunker.

Im Zweiten Weltkrieg, als die deutschen Kriegsschiffe

die Insel belagerten und immer wieder versuchten, die Ölraffinerie in Brand zu schießen, war die Küstenfestung Aussichtsposten und Feuerstellung zugleich gewesen. Sobald ein verdächtiges Schiff auftauchte, sausten die ersten Mörser durch die Luft; gleichzeitig stürzten sich zwanzig, dreißig Schützen in einen Gang, der von dort nach unten führte. Der ersten Salve folgte kurze Zeit später eine zweite, diesmal aus dem Geschütz unten an der Küste. Mehr als ein Zerstörer hat sich dadurch irritieren lassen und hat beigedreht.

Diesen Gang gibt's noch. Aus reiner Neugier bin ich einmal hineingegangen: Man kann darin zwar nicht stehen, so hoch ist er nicht, aber man muß auch nicht kriechen. Läge kein Abfall drin, wäre er bequem zu begehen. Aber leider liegt eben ein ganzer Berg Abfall drin. Flaschen. Bierdosen. Hunde- und Katzenkadaver. Autobatterien. Plastikbecher. Weil es so unerträglich stank, hatte ich damals wieder kehrtgemacht. Diesmal blieb mir keine Wahl.

Die Festung liegt ungefähr sechzig Meter über dem Meeresspiegel, anderthalb Kilometer von der Küste entfernt. Eine endlose Strecke, wenn man sie auf Knien hinter sich bringen muß. Dieser unerwartete Rückfall ins Babyalter erfreute mich gar nicht. Krabbeln! Mit sechsundvierzig! Nach der ersten Kurve dachte ich, ich hätte mir die Knie abgeschliffen. Ich richtete mich auf, stieß mir den Kopf an der Decke und lauschte, ob die beiden mir folgten. Nichts. Erst jetzt hatte ich Zeit, mir wegen des Drecks Sorgen zu machen. Es war so stickig, daß ich fast keine Luft bekam.

Ohne den Schrei wäre ich nicht weitergegangen. Ein vollkommen hysterisches Gekreische. War das vielleicht Triefauge, der sich so verausgabte? Choller können vom Klauen und Angst machen einen richtigen Kick bekommen; das Zeug, das sie rauchen, gibt ihnen das Gefühl, enorm wichtig zu sein. Und Triefauge sah mir ganz danach aus, als könnte er sich für Butch Cassidy halten, der die Banken von London und Tarapacà gleichzeitig überfiel, während er in Wirklichkeit hinter mir her war.

Ich arbeitete mich durch klebriges Zeug und einen Brei, der nach Scheiße und Verwesung roch. Manchmal mußte ich mich richtig durch den Dreck wühlen. Ich stülpte mir meinen Plastikeimer über den Kopf, damit mir nichts in den Mund oder die Nase kam.

Nach einer zweiten Kurve fiel der Gang nicht mehr so steil ab. Ich lauschte nochmal, ob ich etwas hörte. Die beiden trauten sich nicht, mir zu folgen. Aber richtig beruhigen konnte mich das nicht: Ich saß in der Falle. Mir war der Rückweg abgeschnitten, weil die beiden dort oben ganz einfach auf mich warteten, und ich hatte keine Ahnung, wo dieser Gang hinführte.

Mir kochte die Angst in den Adern. Angst vor der Dunkelheit. Es herrschte absolute Finsternis, bis hierher war noch nie ein Lichtstrahl vorgedrungen. Angst vor der Zeit. Wann bekäme ich je wieder Licht zu Gesicht? Angst vor dem Leben, den Schleichwegen, die nirgendwohin führten, den Hinterhalten.

In Panik, oder mehr noch in einer Art Überlebenstrieb, tastete ich meine Hosentaschen ab. Es war kein Zufall, daß ich meine Pfeife und mein Feuerzeug bei mir hatte: Ich gehe nie ohne mein Friedenspfeifchen aus dem Haus. Zum Glück hatte ich auch ein paar weiße Steinchen bei mir, ausnahmsweise.

Eigentlich habe ich außer Haus nie Base bei mir. Wird man nämlich damit erwischt, wandert man nicht nur für einen Monat in den Knast, sondern die Polizei löchert einen noch wochenlang, daß man ihnen verklickern soll, wo man das Zeug gekauft hat, für wieviel und wen man dort getroffen hat. Mit dem, was sie herausgefunden haben, erpressen sie dann den Dealer und verdienen sich so noch ein hübsches Taschengeld nebenbei. So ein Dealer will natürlich unbedingt wissen, wer ihn verpfiffen hat. Und ehe man sich's versieht, steckt man in der Patsche. Um das zu vermeiden, rauche ich nur in *La fuerza de la bondad*. Oder in der direkten Umgebung davon.

Ich legte mich der Länge nach auf den Gangboden. Schob mir den Eimer unter den Kopf. Legte mir die Fensterleder unter den Nacken, wischte mir mit dem Schwamm den Schweiß von der Stirn. Steckte mir die Pfeife in den Mund, erwärmte die Alufolie.

Nach zwei Zügen fühlte ich mich schon viel besser. Nein, ich bekam keinen Flash; ich kriege nie einen Flash. Ich will damit nur sagen, daß ich in diesem schaurig finsteren Gang, in dem ich mich wie in einer Gruft fühlte, durch das Rauchen meine Nerven wieder unter Kontrolle bekam.

Nach zwei weiteren Zügen hörte ich die Stimme meiner Großmutter.

Hier, zig Meter unter der Erde, redete Welita Flora beruhigend auf mich ein.

»*No te preocupes, Ricardo.*«

Wenn es sein müßte, würde sie mich eigenhändig hier herausholen, und das, obwohl sie schon seit mehr als fünfundzwanzig Jahren tot war.

»*No te preocupes, Ricardo.*«

Das hatte sie früher auch schon immer gesagt, wenn ich vor einem wichtigen Spiel von Kopf bis Fuß zitterte oder meine Sachen packte für ein Turnier in einem Land, in dem es so lausig kalt war, daß ich den Schiedsrichter bitten mußte, während des Wettkampfs den Trainingsanzug anbehalten zu dürfen.

Die Stimme meiner Großmutter.

Mit ihrer Stimme im Ohr schlief ich ein.

...

Das Geräusch von sickerndem Wasser weckte mich.

Ich tastete links von mir, ich tastete rechts von mir. Naß. Dann hörte ich von weitem ein Rauschen und wußte wieder, wo ich war: im unterirdischen Gang der Festung ... und draußen stürzten Wassermassen vom Himmel.

Nach monatelanger Trockenheit hatte es endlich angefangen zu regnen. Es hatte schon eine ganze Weile danach ausgesehen. Drohend finstre Wolkenhimmel. Eine klebrige Hitze. Wenn es hier einmal regnet, dann kann innerhalb einer Stunde mehr Wasser vom Himmel fallen als das halbe Jahr davor. Aus Straßen werden Flüsse, Autos treiben in die Straßengräben oder knallen wie führerlose Schiffe gegeneinander, für eine halbe Ewigkeit fällt aller Strom aus, Keller und Tunnel werden überflutet, Kanaldeckel herauskatapultiert, unterirdische Gänge zu Speigatten.

Das war nicht ein kleines Bächlein, was da herunterkam, sondern eine Riesenwelle. Eine brausende, rauschende Woge. Reflexartig griff ich nach meinem Eimer und den Fensterledern, bevor ich mich nur noch darauf konzentrieren konnte, den Kopf über Wasser zu halten. Ich war ein Stück Treibholz auf einem wilden Fluß, ich wirbelte und torkelte abwärts. Ich schoß durch zwei, drei Kurven, donnerte gegen eine Betonwand, schrammte an einem Pfosten vorbei, stieß gegen einen spitzen Gegenstand. Und das alles so schnell, daß ich nicht einmal Zeit hatte, zu spüren, wo es mir weh tat.

Der tiefste Gang der Insel kotzte mich mit einem riesigen Rülpser aus.

Ungefähr auf der Höhe der Kirche von Steenrijk kam ich wieder ans Tageslicht. Und mit mir ein toter Leguan und riesige Mengen Schlamm. Ich rappelte mich auf und sah, daß ich mich nur zehn Schritte vom Meeresufer entfernt befand.

Meine Hose und mein Hemd starrten vor Dreck; als hätte man mich in Pech getaucht. Ich zog die Kleider aus und wusch mich im Meerwasser. Das ist vor der Küste von Steenrijk gar nicht so einfach.

Ich mußte dazu auf den kleinen runden Vulkansteinen balancieren, von denen ich auch prompt herunterfiel und mir den Oberschenkel an einer Blutkoralle aufriß. Mindestens dreimal mußte ich mich waschen; an jedem Barthaar klebte Schlamm.

Das einzig Gute war, daß ich meinen Eimer noch hatte und meine Fensterleder; in dieser Mistbrühe hätte ich leicht meine letzten Habseligkeiten verlieren können. Ich drückte das Wasser aus meinem Hemd und meiner Hose, kehrte die Taschen um und dachte, ich werd nicht mehr: Ich hatte keine weißen Steinchen mehr.

Nicht ein einziges Steinchen!

Ich mußte so schnell wie möglich nach Saliña zurück und zwei oder drei Autos waschen, damit ich mir wenigstens ein Gramm besorgen konnte …

Manchmal, wenn auch selten, macht mich dieses Leben richtig mutlos.

Keiner, der mal zu mir sagt: He, hier, da hast du ein paar Steinchen, *amigu*. Keiner, der sich um dein tägliches Brot Gedanken macht. Immer muß man alles selber machen, und das unter dieser gnadenlosen Sonne, ohne ein einziges aufmunterndes Wort, nein, von allen verachtet …

»Immer nur lachen, Riki«, hat mir mein Vater einmal gesagt.

Erst als ich aus dem Gefängnis kam, dreißig Jahre später, begriff ich, was er damit meinte.

Er meinte damit, daß Lachen manchmal eine andere Art des Weinens sein kann.

12

Mumu Beaujon
Schlangen in einem Terrarium

Er sah aus, als hätte er den ganzen Tag in der Scheiße gelegen.
»Um Himmels willen«, sagte Mama, »wenn der so weitermacht, landet er noch im Zoo.«
Ich seufzte: »Mam … du willst doch damit nicht sagen, daß du ihm wieder helfen willst.«
»Shit«, sagte Harold, der auf der Rückbank saß und las, »du bist schuld, wenn ich zu spät komme.«
Es hatte keinen Zweck, unsere Mama wollte mal wieder die Gute spielen. Sie legte den Rückwärtsgang ein, wendete den Wagen und würgte dabei den Motor ab.
»Puh!« stöhnte Harold auf der Rückbank.
Harold ist mein großer Bruder. Er liest Bücher über Schlangen.
Zum Glück war nicht viel Verkehr. In zehn Minuten standen wir wieder vor unserem Haus.
»Ihr bleibt im Auto«, sagte Mama.
Ich ging zur Sicherheit doch mit. Ich kenne Mama doch: Sie ist imstande, sich an Papas besten Kleidern zu vergreifen.
Eine Jeans.
»Das ist Papas Lieblingshose.«
Worauf sie dann eine Hose nahm, die Papa wegen seines Bierbauchs nicht mehr paßte. Sie legte schnell noch ein T-Shirt obendrauf.
Ich kann Mama nicht verstehen. Sie schämt sich. »Wir haben doch so viel«, sagt sie immer.

Aber deshalb können wir doch nicht alles an die Choller verteilen?

Choller nehmen Drogen. Und von Drogen stirbt man. Das wissen die genau, und trotzdem nehmen sie sie. Also wollen sie sterben.

Wir fuhren nach Saliña zurück.

Harold maulte: »Shit, Mam, kannst du dich nicht ein bißchen beeilen?«

Es wurde schon langsam dunkel. Mama knipste die Scheinwerfer an. Wir konnten den Choller nicht gleich finden. Er saß auf dem Bürgersteig vor dem Benetton-Geschäft. Ein Haufen Elend. Die Arme um die Beine geschlungen. Den Kopf auf die Knie gelegt.

»Gib ihm die Sachen«, sagte Mama.

Ich kreischte. »Ich???«

»Bist du vielleicht taub?«

Sie sagte es mit ihrer tiefen Stimme.

Und wenn Mama etwas mit dieser tiefen Stimme sagt, dann nützt kein Kreischen mehr.

Ich stieg aus dem Auto und ging mit der Hose und dem T-Shirt in der Hand auf den Choller zu. Ganz nah traute ich mich aber nicht heran. Er war wirklich enorm dreckig. Wie ein lahmer alter Köter, der außer der Krätze sicher noch eine Menge anderer Krankheiten hat.

»Hier«, sagte ich.

Sein Kopf schoß in die Höhe, als hätte ich ihn geweckt. In seinen Augen lag Panik. Er zitterte am ganzen Körper. Sogar seine Wangen zitterten.

Das erschreckte mich. Er hatte Angst. Er hatte genauso viel Angst wie ich nachts vor dem Schlafengehen.

Wir schlafen zu Hause mit offenen Fensterläden. Ich höre jeden Zweig knacken, jede Eidechse auf dem Schotter, jeden Schritt. Mein Fenster schließt nicht gut; ein Tritt von einem Einbrecher, und es ist offen.

Ich fürchte mich vor Kakerlaken und vor Chollern. Schon ein paarmal habe ich zu Mama und Papa gesagt: Irgendwann steigt so ein Choller mal in mein Schlafzimmer und dann seid ihr mich los.

Sie haben nur gelacht.

Dann habe ich Harold gebeten, bei mir zu schlafen. Zuerst wollte er nicht, er findet mein Verhalten kindisch. Aber als ich zu ihm gesagt habe: »He, bist du nun mein Bruder oder nicht?«, da konnte er nicht anders.

Jetzt schleift er jeden Abend seine Matratze vor mein Bett. Wenn wir uns streiten, sagt er schon mal: Heute abend schlafe ich in meinem eigenen Zimmer. Aber wenn ich ihm dann nach dem Zähneputzen heimlich ein Milky Way zustecke, murmelt er: »Okay.«

Harold ist ein bißchen komisch. Mehr als »Shit« oder »okay« sagt er nicht. Wenn er mit mir streitet, schreit er: »*You bitch* ...«, aber dann weiß er nicht mehr weiter ... Über Schlangen kann er allerdings eine Menge erzählen. Seitdem habe ich vor Schlangen keine Angst mehr, so gut kann er das. Und eigentlich ist er ein ganz netter Kerl.

Wenn er nicht auf seiner Matratze vor meinem Bett liegt, mache ich die ganze Nacht kein Auge zu. Dann zittere ich vor Angst wie der Choller jetzt.

Genau so. Denn der Choller da zitterte wie ich bei ganz hohem Fieber.

»He, was ist los mit dir?« fragte ich ihn.

Er sagte, er hätte jetzt endgültig die Schnauze voll. Die Ganoven machten ihm die Hölle heiß. Dabei wollte er nichts als Ruhe. RUHE! In sein Häuschen wollte er sich einschließen. Die Haustür zunageln. Und die Fenster auch. Nie mehr wollte er sich blicken lassen. Er bräuchte dringend Ruhe. RUHE IM KOPF.

»Hier«, sagte ich.

Ich gab ihm die Hose, das T-Shirt. Er nickte zum Dank, sah mich aber nicht an. Ich konnte verstehen, daß er darauf nicht gerade stolz war: Kleider von mir annehmen zu müssen.

Ich wollte gehen. Aber komischerweise konnte ich mich nicht losreißen.

Ich sagte: »Darf ich dich was fragen?«

Er hob den Kopf. Und ich muß ganz ehrlich sein. Er guckte mich nett an. Obwohl sein Gesicht ein einziger Dreckhaufen war: Schwarze Flecken. Krusten auf den Lippen. Rotz unter der Nase. Braune Zähne. Spucke in den Mundwinkeln.

Sogar seine Augen waren dreckig. Gesprungene Äderchen. Eiter in den Ecken. Und trotzdem war etwas Nettes in diesen Augen.

Ich holte tief Atem.

Fragte dann: »Warum bist du so geworden?«

Er lächelte mich mit einem breiten Lächeln an. Mit diesem Lächeln war er gar nicht mehr so häßlich. Er stand auf. Er klemmte sich die Hose und das T-Shirt vor die Brust und sagte beinahe gierig:

»Tu mir einen Gefallen, geh und frag deine Mutter, ob sie nicht einen Gelben entbehren kann. Ich bräuchte ihn dringend.«

Ich rührte mich nicht vom Fleck.

Sagte wie Mama mit ihrer tiefen Stimme: »He, ich hab dich was gefragt. Bist du vielleicht taub?«

Er grinste wieder.

»Was willst du wissen?«

»Warum du so geworden bist.«

Da rief er wie ein Schauspieler: »*Ist alles Weinen nicht ein Klagen? Und alles Klagen nicht ein Anklagen?*«

Ich sagte nur: »Mensch, du hast sie wirklich nicht alle!«

Darauf er: »Hör zu, *mi dushi*. Merk dir eins: Bring es

nicht zu weit im Leben. *Um den Helden herum wird Alles zur Tragödie.*«

Dann schlurfte er davon. Papas Hose vor die Brust geklemmt, die ihm wahrscheinlich auch nur bis zu den Waden reichte.

Alle Hosen, die Mama ihm gab, waren zu kurz. Er sieht in diesen Hosen aus wie ein Idiot. Aber was macht das schon, wenn man sowieso bekloppt ist.

Mama hupte. Ich stieg in den Wagen.

Wir fuhren weg.

»Die Fenster zunageln«, sagte ich zu Harold. »Der Choller will Bretter vor seine Fenster nageln.«

Worauf Harold murmelte: »Wie ein großes Terrarium. Dann kommt keiner mehr zum Fenster rein. Nicht mal die kleinste Maus. Wetten?«

Er lachte.

Das machte Mama wütend.

»Sagt mal, könnt ihr nicht mal ein bißchen Verständnis aufbringen? Wer weiß, ob nicht einer von euch auch auf der Straße landet.«

Harold zuckte mit den Schultern.

»O shit, Mam«, sagte er, »Schlangen in einem Terrarium will ich haben. Und deinen Choller, den kannst du von mir aus an eine Anaconda verfüttern.«

13

Ferry Marchena
Richtfest

Oder wie Großmutter zu sagen pflegte: »Mit Riki kam der Regen.«
Er wurde am Namenstag des heiligen Juan geboren. Um San Juan herum kommen die Winde auf, die endlich die Juni-Hitze vertreiben. Aus Afrika bringen sie dann die dunkelsten Wolken mit, die man hier sehen kann, und noch bevor der Monat vorbei ist, regnet es. Deshalb brachte Großmutter meinen kleinen Bruder immer mit Regen in Verbindung. Sie sagte: Riki wurde geboren, und der Himmel zog sich zu.

Es regnete ungewöhnlich lange im Jahr seiner Geburt, in der Erinnerung meiner Großmutter waren es sage und schreibe vierundzwanzig Tage. Die Kakteen verloren ihre Staubkruste, und die *kibra hacha*, die karibische Variante des Goldregens, schoß in Blüte.

Eine komische Insel. Nichts wie schroffer Fels, der sich urplötzlich in die reinste Oase verwandeln kann. Oder andersrum, ein grüner Haarpelz, der in einer Woche verdorrt.

Nach der Regenperiode trieb ein Orkanausläufer auf Curaçao zu. Der Wind drehte von Nord- nach Südost, meterhohe Wellen schlugen ans Riff. Doch diesmal waren keine Toten zu beklagen wie vor dreiundsechzig Jahren, als eine Flutwelle drei Nonnen dreihundert Meter ins offene Meer riß, wo sie, um Gottes Beistand flehend, von Haien in Stücke gerissen wurden. Das war eine der drei Schauergeschichten, die uns Großmutter immer vor dem Schlafengehen erzählte – die anderen beiden handelten von giftigen Spinnen, die so groß waren wie Katzenköpfe, und von Kakerlaken, die unartigen Kindern nachts feuchte Küsse gaben.

Bis heute hat es nie mehr so geregnet wie im Jahr von Rikis Geburt. Ich kann mich kaum daran erinnern, ich weiß nur noch, daß Vater damals beschloß, ein Steinhaus zu bauen. Fast alle Häuser in Parera waren aus Holz, und Vater behauptete, daß es mit Unwettern ist wie mit Kindern: Ist erst mal eines da, kommen noch mehr. Beim kleinsten Sturm klapperten in Parera die Häuserwände und segelten Wellblechdächer wie fliegende Teppiche den Hügel hinunter: Zu unserer Sicherheit wollte Vater ein Haus aus Stein und Beton bauen.

Fünf Jahre später war das Haus zwar noch nicht fertig, aber es konnte immerhin Richtfest gefeiert werden. Es wurde Faßbier ausgeschenkt, denn eine Tradition, bei der es viel zu trinken gibt, halten wir hier auf der Insel stets in Ehren.

Vater war mächtig stolz auf sein Haus, nicht nur weil es aus Stein war, sondern weil es außerdem zwei Stockwerke hatte, ein Unikum in Parera. Es war, wie er zufrieden feststellte, ein Haus, auf das ein dunkler Mann im Grunde kein Recht hatte. Er hißte die Flagge, schulterte den kleinen Riki und vollführte mit ihm auf dem Balkon einen wahren Freudentanz. Bibichi, unsere einzige Schwester, (eigentlich heißt sie Abigail, aber alle riefen sie schon damals nur Bibichi) sah ihnen betreten zu; das Schöne an Vater war, daß er für so etwas ein Auge hatte. Er setzte Riki ab, hob Bibichi auf seine Schultern und machte das gleiche Tänzchen nochmal. Später ließ er uns alle von dem süßen Bier probieren. Ich trank so viel davon, daß sich die Hügel von Parera vor meinen Augen drehten.

Das waren unglaublich schöne, sorglose Zeiten; erst später zeigte sich, wie sorglos sie tatsächlich gewesen waren.

Durch den Krieg in Europa war die Insel wohlhabend geworden, weil die Kriegsmaschinerie der Alliierten zum großen Teil abhängig vom Brennöl und Kerosin war, das auf Curaçao und Aruba raffiniert wurde. Und nach dem Krieg wuchs der Hafen zum größten der westlichen Hemisphäre; ständig lagen mindestens vier Tanker auf der Reede und warteten, bis sie in das Schottegat fahren konnten, um ihre Ladung Rohöl aus Venezuela zu löschen.

Vater arbeitete für das Stauer-Unternehmen S.A.L. Maduro and Sons, eine Filiale der riesigen portugiesischen Reederei Grace Line. Was genau er in der Firma tat, war mir nie ganz klar, jedenfalls bekleidete er die Funktion eines stellvertretenden Chefs.

Kurz nach Rikis Geburt kaufte er sein erstes Auto, einen gebrauchten amerikanischen Achtzylinder, der einem Taxifahrer gehört hatte. Wenige Jahre später tauschte er den Wagen gegen einen ebenfalls gebrauchten Pontiac, der wie neu aussah. Er hatte alles erreicht, was einem dunkelhäutigen Mann damals möglich war. Natürlich wäre ein neuer Pontiac das Höchste gewesen, aber für jemanden aus Parera war das so undenkbar, daß mein Vater diese Möglichkeit nicht einmal in Betracht zog. Merkwürdigerweise aber kaufte er dann noch einen alten Lastwagen, mit dem einer seiner Vettern manchmal Sand und Kies ausfuhr. Dieser Lastwagen war auch schuld daran, daß meine Mutter ihm manchmal eine Szene machte und behauptete, er wolle nur selber mal den Chef spielen. Der Lastwagen stand monatelang unbenutzt auf dem Hof, ohne daß ein einziger Kilometer damit gefahren wurde. Ich glaube eher, daß mein Vater von Geschäften nicht allzuviel verstand und entweder zuviel von einer Sache erwartete oder sie zu sehr schleifen ließ.

Mutter arbeitete bei der Isla. Zusammen mit unserer Großmutter und einer Tante hielt sie die Büros der Sektion

Fünf sauber. Sie arbeitete zu unregelmäßigen Zeiten, manchmal sehr früh am Morgen, dann wieder am Abend oder nachts. Wenn sie nach Hause kam, ging sie meistens gleich ins Bett. Sie war zwar eine Mutter von vier Kindern, aber sie war auch noch sehr jung und ging gern auf Tanzfeste. Samstag- und Sonntagabends tanzte sie im Landhaus Chobolobo die Nächte durch und unter der Woche hielt sie nichts im Haus, sobald sie irgendwo in der Nachbarschaft Musik hörte. Meistens kochte unsere Großmutter das Essen für uns.

Vater verehrte die Raffinerie, als wär's ein Heiligtum. Regelmäßig fuhr er uns Kinder zum Fort Nassau, damit wir von dort oben auf die Abertausende Lichter der Isla hinunterschauen konnten. Es war jedesmal wie eine Pilgerfahrt. Nicht weit davon entfernt stand der lebensgroße Stein-Jesus, der die Insel segnete und um dessen Dornenkrone eine Lichterkette gewunden war; von diesem Jesus aus ließ mein Vater seinen Blick zur Isla hinüberschweifen, die nachts aussah wie ein Vergnügungspark, und er ließ uns nicht im Zweifel darüber, wer seiner Meinung nach für den schwarzen Mann auf dieser Insel mehr getan hatte, der Heiland oder Shell.

Nach dem Bau der Raffinerie war es mit der Sklaverei auf dieser Insel endgültig vorbei; die Schwarzen brauchten sich nicht mehr in der Landwirtschaft abzurackern. Aber im Grunde erging es ihnen bei der Raffinerie nicht viel besser, denn die höheren Stellen wurden mit geschulten Portugiesen aus Madeira besetzt, die Kontrolleure waren sizilianische Italiener und die Spitzenjobs waren den Holländern oder Briten vorbehalten, die außerdem noch in eigenen, luxuriösen Vierteln wohnen durften. So heilig war die Raffinerie also auch nicht, aber für die Generation meines Vaters war sie gleichbedeutend mit Fortschritt.

Was ebenfalls nicht ganz der Wahrheit entsprach.

In den fünfziger Jahren kam zuviel Benzin auf den Markt.

Überproduktion. Tausende verloren ihren Job. Das hatte Folgen für den Hafen: Die Grace Line steuerte Curaçao nur noch selten an, und S.A.L. Maduro geriet in ernsthafte Schwierigkeiten.

Allerdings war Vaters Stellung in der Firma eine außergewöhnliche; eine Entlassung hatte er nicht zu befürchten. Ihm war der Posten von seinem jüdischen Großvater vermittelt worden, S.A.L. Maduro gehörte den Familien Maduro und Abreu de Souza. Jüdischer Adel, wie man früher dazu sagte.

Er saß dort felsenfest, vor der Zukunft brauchte er keine Angst zu haben.

Aber er war waschechter Antillianer, und das hieß, er war in dem Maße stolz auf sich, wie er sich verachtete. Im Grunde wie Riki, genau wie Riki.

Unser ganzes Elend nahm im Landhaus Chobolobo seinen Anfang.

Tanzen.

Mutter war ein ausgesprochen hübsches Mädchen aus Venezuela, nicht weiß, aber doch recht hellhäutig und mit einer gehörigen Portion Indianerblut in den Adern. Wo sie auch auftauchte, machte sie die Männer verrückt. Meine Großmutter sagte, sie hätte den Bolero in den Hüften, auch wenn sie nicht tanzte. Mein Vater mochte dies genausowenig leiden wie den dreischichtigen Petticoat, den die Mutter an den Tanzabenden trug und mit dem sie die Aufmerksamkeit der Männer auf ihre Beine lenkte.

Eifersüchtig, obwohl er in Saliña selber ein Täubchen hatte. Eine Eisverkäuferin. Jeden Samstagnachmittag sagte er zu Mutter: »Nun, dann werde ich jetzt mal die Kinder zu einem Eis einladen.« Dann stiegen Len, Riki, Bibichi und ich in den hellgrünen Pontiac, den Vater am Abend davor gewaschen hatte und an dem das Chrom blinkte wie Silber. Er fuhr immer an der Küste entlang nach Saliña – er fand, daß das Meer die Farbe seines Wagen am besten zur Geltung brachte.

Damit wir ruhig blieben, kaufte er uns ein Eis nach dem anderen. Während wir uns an den sieben Eissorten gütlich taten, bis uns schlecht wurde, turtelte Vater mit seinem Täubchen. Uns war durchaus klar, was sie für ihn bedeutete, Bibichi fragte einmal sogar laut heraus, ob sie jetzt unsere neue Mama werden würde, aber Len, der von Hautfarben geradezu besessen war, beruhigte sie: Auch wenn die Frau einen noch so weißen Eisverkäufermantel anhatte und ein weißes Käppi auf dem glattgezogenen Haar trug, so sei sie doch viel zu schwarz, um für unsere Mutter eine ernst zu nehmende Konkurrenz zu sein.

Vater stellte ihr dämliche Fragen wie: »Werden dir die Fingerchen nicht kalt vom Eis?« Und das Mädchen kicherte, als wäre er der witzigste Mann der Welt. Wenn man es objektiv betrachtete – und das taten wir mit unseren strengen Kinderaugen –, spielten sie ein dümmliches Spiel. Aber das Lovers Ice (das hieß wirklich so, es gab damals zwei Marken, Lovers und Ritz) schmeckte herrlich, und mehr zählte für uns nicht.

Vater besuchte sein Täubchen jeden Samstagnachmittag. Wenn wir wieder zu Hause waren, nahm er zuerst eine Dusche, und dann hörten wir ihn lauthals »O sole mio« singen. Manchmal dauerte es fast eine ganze Stunde, bevor er, eingehüllt in eine Duftwolke aus Eau de Toilette, wieder aus dem Badezimmer kam. Zu dem Zeitpunkt hatte Mutter meist ihren Petticoat schon an. Das verdarb ihm zwar sofort gründlich die Laune, aber ihr das Tanzvergnügen in Chobolobo einfach zu verbieten traute er sich dann doch nicht. Er hatte eine Heidenangst vor einer Szene und davor, daß wir ihn verraten könnten. Aber einmal im Landhaus vergaß er sein eigenes heimliches Vergnügen ganz schnell und regte sich furchtbar auf, wenn sich seine venezuelanische Schönheit in den Armen eines fremden Mannes im Takt der Musik wiegte. Manchmal meckerte er noch die ganze Woche darüber.

Eines Samstagnachts hörten wir, wie er meine Mutter als die größte Hure der ganzen Karibik bezeichnete, Kuba inbegriffen. Worauf sie kreischte, er solle lieber seine Hände im Zaum halten. Darüber wunderten wir uns doch sehr. Denn er war so ziemlich der einzige Mann in Parera, der weder seine Frau noch seine Kinder schlug; wir kannten ihn als einen verlegenen, schüchternen, manchmal ein wenig weltfremden Vater. War er doch einmal wütend, flehte er mit weinerlicher Stimme und aufgerissenen Augen zu Papa Dios oder er stieg in seinen meergrünen Pontiac und knatterte damit im zweiten Gang laut, aber langsam den Hügel zum Fort hinauf, wo der Wind ihn abkühlte. Nein, ein wilder Bursche war er beileibe nicht.

Aber an jenem bewußten Abend schlug er meine Mutter, und schon da stand er so sehr unter dem Einfluß des Bösen, daß er ihr mit der ungeheuren Wucht eines einzigen Schlages ein blaues Auge und eine violette Wange verpaßte. Im gleichen Augenblick aber tat es ihm auch schon leid. Während ihm meine Mutter so ziemlich alle Verwünschungen, die es auf Spanisch gibt, an den Kopf warf, stürzte er in unser Zimmer, knipste das Licht an und flüsterte: »Kommt, Kinder! Ich will nicht, daß ihr das mitkriegt. Zieht euch an, ich fahr euch zu Wela Flora.«

Großmutter wohnte in Fleur de Marie, nicht mal einen Kilometer von unserem Haus entfernt. Das schafften wir auch zu Fuß. Eine halbe Stunde später waren wir schon fast wieder eingeschlafen, ungeachtet Rikis Prophezeiung, daß uns ein großes Unglück bevorstünde. Ich erinnere mich, daß er sich am nächsten Morgen bei unserem Bruder Leandro erkundigte, ob er einen schweren Schicksalsschlag ertragen könnte, worauf Len ihn mit seinem unergründlichen Blick lange anschaute. Ich wunderte mich übrigens auch drüber; Riki war damals kaum sieben Jahre alt, und ausgerechnet er stellte diese Frage. Welita Flora dagegen blieb die Ruhe selbst. Sie kannte die Launen ihrer Tochter und gab die Schuld daran entweder dem jeweiligen Stand des Mondes oder dem Ostpassat.

Als Großmutter uns am nächsten Nachmittag nach Parera zurückbrachte, fand sie offensichtlich nichts Beunruhigendes daran, daß Vater nur lächelte und Mutter über den Vorfall schwieg, obwohl sie ihre violette Backe hinter einem mit Eiswürfeln gefüllten Waschlappen versteckte. Wela Flora verbot sich jedes mahnende Wort und ging, wie sie gekommen war: mit dem frohen Lächeln von jemandem, der beschlossen hatte, daß rein gar nichts, aber auch wirklich nichts passiert sei. Ich habe nie begriffen, wie sie sich damals so irren konnte. Noch vor Einbruch der Dunkelheit brüllte mein Vater schon wieder, und meine Mutter versuchte ihn zu übertönen, indem sie ihm in fehlerlosem Papiamento »*Sero bo smoel – Halt's Maul!*« entgegenwarf.

Aber Vater hielt sein Maul nicht. Er war der Ansicht, daß ganz Curaçao zugeschaut habe, wie meine Mutter mit dem größten Gangster von Parera flirtete.

Für einen Mann von den Antillen übertrieb er nur mäßig. Chobolobo war zu jener Zeit die einzige nennenswerte Tanzgelegenheit auf der Insel, und ohne Zweifel hatten eine ganze Menge Curaçaoaner gesehen, wie meine Mutter während einer langsamen Nummer ihre hellbraune Wange an Tuchi Martinas Stoppelbart gedrückt hatte. Vielleicht aber hatte sie ihm ja auch nur einen Moment lang zu tief in die Augen geschaut, was nicht weniger verwerflich war. Tuchi Martina war ein rotes Tuch für meinen Vater. Denn Martina wohnte ebenfalls in einem Steinhaus, das dazu noch auf einer der begehrten hochgelegenen Parzellen von Parera stand. Außer Martina kam keiner im Viertel meinem

Vater an Ansehen gleich, und so ließ Vater auch keine Gelegenheit aus, Tuchi als einen Schmuggler und Banditen zu beschimpfen. Daß Tuchi Martina die enormen Geldbeträge, die Stein und Zement nun einmal kosten, auf anständige Weise verdient haben könnte, wollte ihm nicht in den Kopf. Es war eine Frage des Standesunterschieds.
Und der Stand definierte sich über die Hautfarbe, ausschließlich über die Hautfarbe. Vater war zwar dunkelhäutig, aber Tuchi Martina war pechschwarz. Trotzdem besaß er ein Steinhaus und flirtete mit einer Frau, die unverkennbar aus Venezuela stammte. Ich glaube – obwohl ich es nicht beweisen kann –, daß Vater, wäre Tuchi ein Mischling gewesen und hätte in einem Holzhaus gewohnt, Mutter allerhöchstens als undankbares Weib oder als Schlampe beschimpft hätte.
Meine Mutter hatte wunderschöne blauschwarze Locken und kohlrabenschwarze Indianeraugen, sie war hochgewachsen und gewiß nicht mager. Sie wollte gefallen, und setzte alles dran, daß ihr das gelang. Kein Absatz war ihr zu hoch, keine Farbe zu auffallend. Vater gab gerne mit ihr an ... was natürlich etwas anderes war, als jemanden innig zu lieben. Mit ihrer hellen Haut erinnerte sie ihn an seine Mutter, und es war klar, daß er keine Frau auf der Welt so geliebt hatte wie seine Mutter.
Mutter war immer gut darin gewesen, Öl ins Feuer zu gießen. Was genau sie Vater damals an den Kopf warf, habe ich vergessen, haltloses Zeug vermutlich. Aber in bestimmten Situationen hält man besser den Mund. Vater verlor die Fassung. So hatten wir ihn noch nie gesehen, wir erschraken vor ihm, erkannten ihn nicht wieder. Diese Wut paßte überhaupt nicht zu ihm, sie widersprach seinem Wesen, seiner ganzen Erscheinung; er hatte einen sanftmütigen Augenaufschlag, er ging mit leicht hängenden Schultern und tastenden Schritten, er gehörte zu jenen Männern, die nichts am

Dominospiel finden und lieber schweigend den Horizont anstarren. Doch an diesem Sonntagnachmittag packte er ein Fleischermesser, stürzte sich auf meine Mutter und stach fünf- oder sechsmal auf sie ein, vor unseren Augen.

Dann sackte er in sich zusammen. In meinem ganzen Leben sollte ich nie mehr einen Menschen sehen, der sich so sehr schämte für das, was er angerichtet hatte. Ich glaube, mich hat Vaters Gefühl der Schande mehr erschreckt als sein Gebrüll und die Messerstiche. Er, der in einem Haus aus Stein wohnte und seit mehr als sechs Jahren einen Achtzylinder fuhr, hatte sich verhalten wie der erstbeste Lump. Unmittelbar nach der Tat mußte ihm bewußt geworden sein, daß wir – seine drei Söhne und seine einzige Tochter – in ihm nie mehr den Mann sehen würden, der sich einen Schemel vors Radio rückte und stundenlang sein Bein im Takt der Rumbas und Chachachas von Radio Havanna wiegte. Auch in dreißig oder vierzig Jahren würden wir uns, wenn wir an ihn zurückdächten, zuallererst an die Messerstiche erinnern und erst dann an die Ruhe, die er die meiste Zeit ausstrahlte.

Ein Mann mit seinem Stolz konnte eine solche Aussicht nicht ertragen.

14

Riki Marchena
Zischende Salzsäure

Es war das letzte Mal, daß ich meine Mutter schön fand. Ai ja, sie war atemberaubend schön. Ohne einen Laut, einen Schrei oder einen Seufzer brach sie zusammen. Auf ihrer weißen Bluse wurde ein Blutfleck größer und größer, und ihr Gesicht war bleicher als die Grabsteine hinter der Kirche von Santa Maria. Schön, so schön. In diesem Augenblick hätte ich ihr am liebsten die feurigsten Küsse gegeben. Weil sie auf eine so vornehme Weise aus dem Leben glitt.

Ferry, mein ältester Bruder fing sie auf. Unterdessen schrie mein Vater: »*Bai aden! Bai aden!*« Er schickte uns aus der Küche. »Ins Auto! Ins Auto!«

Das war nicht mehr unser Vater. Wie ein erbärmlicher Idiot stand er vor uns und schwenkte das Messer.

Welches Verbrechen würde er als nächstes begehen?

Bibichi, ein *dushi* mit großen roten Schleifen im Haar, schaute ihn mißbilligend an. Würde er ihr auch ein blaues Auge verpassen? Oder Ferry mit dem Messer durchbohren, den unerschütterlichen Ferry, der schweigend die Beine meiner Mutter gerade hinlegte. Oder den stillen Len? Oder mich?

Leandro schüttelte den Kopf und schaute mich lange an. Ich hatte es ja vorausgesagt. Ich hatte es vorausgesagt, und jetzt konnte ich es in Lens Augen lesen: Stimmt, du hast mich gewarnt, aber ist dieser Schicksalsschlag nicht ein bißchen stark?

Wir hatten unseren Vater über alles geliebt. Keiner von uns vieren hätte ihn verraten, wenn er wieder einmal heimlich die Schenkel seines Täubchens betastete. Und von einem Augenblick auf den anderen verachteten wir ihn von Herzen, und wir wußten, daß dies für immer so bleiben würde.

Gehorsam stapften wir an Mama vorbei, die vor der Küchenanrichte lag, zum Auto hinaus. Während Vater in die Scheune ging, stiegen wir ein. Wir hätten genausogut abhauen, über den Zaun zu den Nachbarn hinüberspringen oder in die Küche zurücklaufen können, um Mama zu helfen ... Aber nein. Ohne ein Wort zu sagen, ohne uns zu rühren, warteten wir im Auto, bis Vater kam. Er preßte eine Flasche an sich.

Wie immer, wenn wir einen Ausflug mit dem Auto machten, wischte er sich zuerst die Hände an den Hosenbeinen ab, bevor er das Lenkrad ergriff. Er startete den Motor, fuhr langsam weg, und zwar so langsam, daß er den Motor mitten auf dem Hügel abwürgte.

Er fuhr denselben Weg wie jeden Samstagnachmittag, wenn wir zum Mädchen von Lovers Ice in Saliña fuhren. Er kurbelte das Fenster herunter, stützte den Ellbogen auf, starrte vor sich hin, fuhr beinahe im Schritt-Tempo am Meer entlang, schlug beim Staatlichen Labor den Weg nach Saliña ein.

Einen Augenblick glaubte ich, er würde, während Mama vor der Küchenanrichte die schrecklichsten Qualen litt, beim Eisstand haltmachen, mit dem Mädchen flirten und uns ein Mango- und Pistazieneis spendieren ... Aber ausgerechnet vor Lovers Ice gab er Gas und hielt den Blick starr auf die Straße gerichtet. Er mußte ganz automatisch nach Saliña gefahren sein, vielleicht aber war das seine Art, Abschied zu nehmen, und er wollte die Frau, die ihn als einzige zum Lachen gebracht hatte, zum letzten Mal sehen. Denn das hatte er meiner Schwester geantwortet, als sie ihn fragte, warum er denn die Eisverkäuferin so liebhabe. »Ach Bibichi, sie ist ein einfaches Mädchen aus Barber ... aber sie bringt mich zum Lachen.«[*]

Er fuhr nach Punda. Zur Pontonbrücke. Offensichtlich wollte er nach Otrobanda auf der anderen Seite der Bucht, dort wohnte ein Großteil seiner Familie.[**]

Man konnte entweder an den Quais entlang zur Pontonbrücke fahren oder quer durch das Stadtzentrum. Sonst nahm mein Vater immer die erste Route, aber nicht an diesem unglückseligen Tag; da bog er in die Columbusstraat ein und hielt vor der *snoa*.

Er starrte auf die ockergelben Mauern der Synagoge; von der Rückbank aus konnten wir sehen, wie seine Halsschlagader ganz dick wurde. Er schien nur mit Mühe schlucken zu können. Keine Ahnung, warum er ausgerechnet hier zur Besinnung kam. Erinnerte er sich daran, wie er mit seiner Mutter hier entlanggegangen war und Wela Carlita am frühen Sabbatmorgen vorsichtig in das Innere guckte? Irgendwie gehörte Wela Carlita zu dieser Welt aus Kronleuchtern und Wüstensand, und gleichzeitig war sie himmelweit davon entfernt.[***] Für Vater galt das übrigens auch, er verehrte die Männer im Innern der Synagoge, hielt sich aber auf Distanz.

---

[*] Barber: Ein Dorf ungefähr dreißig Kilometer von Willemstad, der Hauptstadt von Curaçao, entfernt.

[**] Punda, Otrabanda: Die ältesten Viertel der Hauptstadt. Punda (wörtlich: der Punkt) erstreckt sich entlang der Santa-Ana-Bucht, Otrobanda (wörtlich: »die andere Seite«) liegt Punda gegenüber. Die schmale Bucht von Santa Ana führt direkt zum Hafen.

[***] Wüstensand: Der Holzboden der Mikvé Israël-Emanuel Synagoge in Punda ist mit Sand bedeckt. Die Legende besagt, daß er aus der Wüste stammt, durch die das Volk Israel auf ihrem Weg in das Gelobte Land zog. Vom Sinai also.

Zwanzig Jahre später habe ich in der schmalen Gasse der Snoa genau gegenüber einen Laden eröffnet, und erst jetzt wird mir klar, daß das symbolisch war. Jeden Tag mußte ich an der Brandmauer vorbei, die mein Vater so lange angestarrt hatte, bevor er über die Brücke fuhr.
…
Als wir am Ufer der Santa-Ana-Bucht ankamen, öffnete sich die Brücke. Ein riesiges Passagierschiff manövrierte auf den Hafen zu. Vater murmelte etwas Unverständliches und stellte den Motor ab. Es wurde still um uns herum.

Unwirklich still. Mama lag vor der Küchenanrichte im Sterben, und Papa nahm eine Bürste aus dem Handschuhfach, drehte den Rückspiegel zu sich hin und bürstete sein Haar … währenddessen saßen wir ruhig auf der Rückbank und warteten, bis das Passagierschiff durch die Santa-Ana-Bucht gefahren war. Zum ersten Mal hatte ich das merkwürdige Gefühl, daß im Leben vieles unstimmig war. Der Himmel war wolkenlos; vor uns fuhr, eskortiert von zwei Schleppern, ein riesiges Schiff vorbei, an dessen Reling Hunderte von Passagieren in makellos weißer Kleidung standen … eine Frau winkte, ein Mann warf einem Jungen auf dem Kai seinen Strohhut zu, der Kleine tanzte vor Freude … und Mama lag zu Hause in ihrem Blut.

Erst als die Brücke wieder geschlossen war und Vater sich zwischen Karren und Fußgängern durchschlängelte, traute sich einer von uns, den Mund aufzumachen. Ferry fragte ihn, wo wir eigentlich hinfuhren. Keine Antwort. Ich glaube, daß Vater selber nicht wußte, wohin er wollte. Für ihn waren wir Luft, er konzentrierte sich auf das Gedränge auf der Brücke und danach auf die Straße und die Flasche, die schräg vor ihm im Fußraum auf dem Boden stand und jeden Augenblick umzukippen drohte.

Er fuhr am Riff entlang. Wieder hielt er an, starrte auf die Mangroven im Wasser. Jetzt erst schien ihm etwas einzufallen. Bei der ersten Kreuzung bog er rechts ab; und parkte hundert Meter weiter das Auto vor dem St. Elisabeth Hospital. Er gab Ferry die Autoschlüssel. Dann beugte er sich vor und nahm die in eine Zeitung gewickelte Flasche.

Wir hätten uns schreiend auf ihn stürzen können. Wir hätten uns an seinen Hals werfen können. Auf jede erdenkliche Weise hätten wir versuchen können zu verhindern, daß er die Flasche an die Lippen setzte; immerhin waren wir zu viert, und Ferry und Len waren schon kräftige Burschen.

Aber wir taten nichts.

Vielleicht faßte Vater das als Ermunterung auf. Er setzte die Flasche an den Mund und nahm einen Schluck, und sogar jetzt rührten wir uns nicht.

Er nahm einen zweiten Schluck. Dann einen dritten. Einen vierten. Jeder von uns wußte, was in der Flasche war. Einmal in der Woche goß Vater etwas Flüssigkeit daraus in die Gießkanne. Wir mußten ihm oft dabei helfen, die Salzsäure in das Wasser zu kippen, mit dem er den Hof besprenkelte. Er wollte das Gelände um sein Haus unbedingt sauberhalten, er wollte kein Unkraut, keinen Grashalm und natürlich kein Ungeziefer. Jedesmal wenn er die viereckige Flasche in die Hand nahm, ermahnte er uns, vorsichtig damit zu sein: Das Zeug ätze alles weg.

Wir hörten es nach jedem Schluck zischen. Vom Hals bis in den Magen hinunter.

Er stand unserer Mutter in nichts nach: Er gab keinen Laut von sich.

15

Len Marchena
Die jüdische Medizin

Als ich Großmutter erzählte, was im Auto passiert war, schüttelte sie den Kopf und sagte: »Das macht dieses verdammte Judenblut in seinen Adern. Er führt sich auf wie ein Stierkämpfer.«
An mehr kann ich mich kaum noch erinnern.
Was ich weiß, weiß ich von Riki.
Er rekonstruierte die Ereignisse immer wieder, alle paar Wochen, damit sie nicht im Schlamm seines Gedächtnisses versickerten. Jahrelang hielt er das durch, und die Besessenheit, mit der er immer wieder die jammervollsten Minuten unserer Kindheit beschrieb, brachte mich zur Weißglut.

Ferry war fast elf, als Vater die Salzsäure trank, und er konnte sich an fast ebensoviel erinnern wie Riki, aber Ferry hielt wenigstens den Mund. Auch Bibichi verlor nie ein Wort über das, was sie gehört und gesehen hatte. Mehr noch; nach diesem Sonntag schwieg sie drei Jahre lang, jedem gegenüber, uns auch, ausgenommen Oma Carlita. Bibichi hatte es buchstäblich die Sprache verschlagen.

Um sie machten Ferry und ich uns wirklich Sorgen, um Riki kaum; Bibichis Augen hatten einen Ausdruck, den ich für Wahnsinn hielt und Ferry für das reine Grauen. Wenn Riki wieder mal mit der ganzen Sache anfing, fuhren wir ihm sofort über den Mund, doch bei Bibichi hätten wir alles getan, um sie zum Reden zu bringen. Ohne Erfolg.

Zehn Jahre mußte ich warten, bis sie mir erzählte, an was sie sich erinnerte. Ihre Beobachtungen waren nicht minder genau als Rikis. Sie wußte, welche Farbe das Passagierschiff hatte, und sie erinnerte sich an die Panik, mit der Vater uns ins Auto schickte, und an die Kratzer von Mamas Fingernägel an seinem Hals. Nichts war ihr entgangen.

War mir Vater vielleicht egal? Immer wieder habe ich Ferry gefragt: »Warum kann ich mich an nichts mehr erinnern? Habe ich Vater vielleicht nicht gern gehabt?« Aber Ferry antwortete: »Ach, Quatsch! Du und ich, wir wußten, daß Vater uns nichts tun würde. Aber die Kleinen waren sich da nicht so sicher. Und wenn man Angst hat, achtet man stärker auf alles, was um einen herum passiert.«

Die Antwort überzeugte mich nicht. Mit neun Jahren muß man sich vor Angst in die Hose machen, wenn der Vater mit einem Fleischermesser auf die Mutter losgeht! Und außerdem hat Ferry selber keine Minute des Sonntags vergessen.

Ich weiß nur noch, daß Oma Flora sich über den verdammten jüdischen Stolz meines Vaters aufregte. Das hat mich genauso erschreckt wie Vaters Worte zu Riki, ein schwarzer Junge müsse immer lachen.

Ich hatte mich gerade mit dem Schicksal abgefunden, ein dunkelhäutiger, ständig lachender Junge zu sein, als Oma Flora mit einer Bemerkung meine Haut plötzlich wieder um einen Ton heller und mein Gemüt um einen Ton schwermütiger machte.

Natürlich hatte ich in dieser Richtung schon etwas vermutet: De Marchena ist der Name einer bekannten jüdischen Familie. Außereheliche Kinder nahmen oft den Namen ihres Vaters an. Dabei ließen sie einen oder zwei Buchstaben weg. Den vollen Namen bekamen sie nur, wenn der Vater sie offiziell als seine anerkannte.

Marchena ohne de.

Doch vor allem von der großmütterlichen Seite her waren wir jüdisch ...

Schon früher hatte ich mich über die Haut meines Vaters gewundert. Eine rotbraune Haut mit viel Pigment.

Viel später dann erfuhr ich, wie alles zusammengehörte. Die Großmutter meines Vaters war als Dienstmädchen bei der Familie Abreu de Souza angestellt. Eine Familie von Kaufmännern und Rabbinern. Der erste Abreu de Souza war ungefähr Mitte des neunzehnten Jahrhunderts nach Curaçao gekommen, ein Oberrabbiner aus Amsterdam. Wenn ich mich recht erinnere, war er der letzte Rabbiner der Insel, der seine Predigten auf Portugiesisch hielt.

Meine Urgroßmutter unterstand Abraham Abreu de Souza, dem ältesten Sohn des Oberrabbiners. Und Abraham tat, was in jenen Jahren kaum mehr als eine schlechte Gewohnheit war: Er suchte während der langen, einsamen Siestastunden Trost in den Armen des schwarzen Dienstmädchens. Deshalb wurden die Dienstmädchen damals als *remedi hudiu*, »jüdische Medizin«, bezeichnet. Allerdings bedienten sich nicht nur die Juden dieses Heilmittels, auch die Makamba vergriffen sich in der flimmernden Hitze des Mittags oft an ihren Dienstmädchen. Die Juden dagegen befürchteten stets, eines schönen Tages auch auf dieser Insel nicht mehr geduldet zu werden, wo sie immerhin seit Jahrhunderten ungehindert ihre Religion ausübten (schon 1671 durfte die Synagoge innerhalb der Stadtmauern errichtet werden, eine rühmliche Ausnahme in beiden Amerikas). Hier hatten sie außerdem sehr viel Einfluß gewonnen und ihre Vermögen gemacht. Um das alles nicht zu gefährden, erkannten sie ihre unehelichen Kinder stets in aller Eile an und drückten sich auf keine Weise vor der Verantwortung für die Nachkommenschaft, die sie außerhalb des ehelichen Bettes gezeugt hatten.

Sie gingen sehr weit darin.

Carlita, die uneheliche Tochter, die aus der Verbindung von Abraham Abreu de Souza mit seinem Dienstmädchen stammte, bekam bei der Familie nicht nur eine Lebensanstellung, sondern ihr Sohn, also mein Vater, durfte auf Kosten von Shon Abraham eine höhere Schule besuchen. Derselbe Abraham verschaffte ihm eine Lehrstelle in einer Anwaltskanzlei und, nachdem er seine Ausbildung als Kanzleiangestellter abgeschlossen hatte, schließlich eine Stellung im Büro der Schiffahrtsgesellschaft S. A. L. Maduro, an der die Familie Abreu de Souza finanziell stark beteiligt war.

Auf Curaçao kann keiner seine Abstammung verleugnen. Mein Vater – Rikis Vater – verdankte Ausbildung, Stellung und den sozialen Status seinen sephardischen Vorfahren. An hohen jüdischen Festtagen wurde er zusammen mit seiner Mutter Carlita von der Familie Abreu de Souza zum Essen eingeladen. Manchmal, so wenigstens hat man es mir erzählt, mußten mein Vater und Oma Carlita am Ausgang der Synagoge auf die Familie warten. Im Schatten der Snoa vereinigten sich dann die ehelichen und die unehelichen Kinder und wanderten im vollen Schein der Mittagssonne nach Hause.

Als er erwachsen war, nahm Vater die Einladungen der Abreu de Souzas nicht mehr an, und außerhalb seiner Arbeit hielt er sich von den Weißen fern. Am liebsten trank er beim *Snek* ein Glas Bier und unterhielt sich mit Männern, von denen er entweder nur den Vornamen oder nur den Nachnamen kannte.

Der schlimmste Augenblick schien für meinen Vater gewesen zu sein, als Monchi Maduro, der Direktor der S. A. L. Maduro, ihn im Krankenhaus besuchte. Monchi, der Sproß der ältesten, der bekanntesten und reichsten jüdischen Familie der Insel!

Mein Bruder Ferry erzählte mir, Vater hätte Monchi Maduro mit dem letzten Rest Atem, den er aus seiner verätzten Kehle stieß, angefleht:

»*O por favor, shon Monchi. Bai! Bai leu lagami so. Mi ta kansá. Lagami sosegá.*«

»Ach bitte, Shon Monchi. Geh weg. Geh weg. Laß mich allein. Ich bin müde. Laß mich in Ruhe.«

Scham. Wieder und wieder.

Wer soll das begreifen?

16

Ferry Marchena
Das Haus auf dem höchsten Hügel
von Parera

Mutter lag in der Frauenabteilung des St. Elisabeth Hospitals, Vater in der Männerabteilung. Die Insel hatte damals nur ein Krankenhaus; wir Kinder rannten von einem Krankenhausflügel zum anderen.

Obwohl Mutter viel Blut verloren hatte, war sie nicht in Lebensgefahr. Das Messer war mehrere Zentimeter in ihren Oberarm gedrungen; an der Schulter und am Rücken war sie nur oberflächlich verletzt. Eine Nachbarin kam auf das Gebrüll meines Vaters herbeigelaufen und fand sie vor der Küchenanrichte liegend. Damals war Parera noch ein Viertel, in dem alle sich kannten und gegenseitig unter Beobachtung hielten.

Salzsäure ist zwar ein gemeines Zeug, aber wenn Vater wirklich gewollt hätte, wäre er am Leben geblieben. Mag sein, daß Großmutter recht hatte und er sich aufführte wie ein Stierkämpfer aus dem *Llanos*: Er verweigerte jede Behandlung. Im Röntgenzimmer zappelte er so wild hin und her, daß keine verwertbare Aufnahme von seiner Speiseröhre und seinem Magen gemacht werden konnte; nachts zog er sich die Infusionsnadeln aus dem Arm und morgens hielt er sich mit der Hand den Mund zu, bis die Krankenschwester die Geduld verlor und die Pillen zum Fenster hinauswarf.

Wenn wir uns zu ihm ans Bett setzten, drehte er den Kopf weg. Mit großen traurigen Augen betrachtete er die ausgedörrten Zweige der Palme vor dem Fenster und die streitenden Reiher über dem Riff. Als Riki ihn auf die Stirn küssen wollte, schüttelte es ihn am ganzen Körper, als hätte er einen epileptischen Anfall. Er wollte kein Morphium, er wollte keine Schmerzmittel. Er aß nichts, richtig schlucken konnte er eh nicht mehr; er lutschte nur noch an einem nassen Waschlappen.

Vierzehn Tage lang ertrug er die gräßlichsten Schmerzen. Eines frühen Morgens, ausgerechnet als keiner neben seinem Bett saß, starb er.

An die Beerdigung kann ich mich überhaupt nicht erinnern. Ich weiß nicht, ob Mutter zu dem Zeitpunkt schon aus dem Krankenhaus entlassen worden war oder nicht; ich weiß nicht einmal, ob meine Brüder und ich überhaupt mit auf den Friedhof durften.

Bibichi sicher nicht. Bibichi hielt jeden Einwohner von Curaçao für mitschuldig an Vaters Tod und sie starrte sogar wildfremde Leute mit großen, vorwurfsvollen Augen an. Nur mit Riki ging sie halbwegs normal um, wenn auch wortlos. Drei Jahre lang schwieg sie, und drei Jahre lang trug sie die Schleifen, die sie an dem unglückseligen Sonntag getragen hatte. Klug wie Welita Carlita war, versuchte sie nie, ihr das auszureden; Bibichi behauptete, Vater hätte ihr die roten Schleifen ins Haar gebunden.

Begräbnisse auf Curaçao sind schön. Die Männer tragen schwarze Anzüge, schneeweiße Hemden und bunte Seidenkrawatten; die Frauen sind ganz in Weiß gekleidet und tragen Hüte mit einem Schleier. Die große Trommel wird geschlagen, die Familie unterhält sich angeregt über den Toten, der endlich dem irdischen Tränental entkommen ist und die wohlverdiente Ruhe im Jenseits genießt. Als Junge bin ich oft neben Beerdigungsprozessionen hergelaufen, aber vom Begräbnis meines Vaters weiß ich nichts mehr. Als Selbstmörder wird er wohl kaum in geweihter Erde begraben worden sein, vielleicht haben sie ihn in aller Eile auf dem Friedhof der Ungetauften verscharrt. Ich wüßte nicht, wo ich nach seinem Grab suchen sollte; auch meine Brüder haben keine Ahnung, wo er begraben liegt.

Auf der Schule verlor niemand ein Wort darüber. Zu Hause auch nicht. Meine Großmutter nahm einfach die Stelle meiner Mutter ein. Eines Abends kam Riki dann doch auf den bewußten Sonntagnachmittag zu sprechen. Wela Flora stand auf, schlug ein Kreuz und sagte: »Kein einziges Wort darüber. Nie mehr. Verstanden?«

Von dem Augenblick an durften wir nicht mal mehr den Namen des Viertels in den Mund nehmen, in dem wir aufgewachsen sind.

Parera existierte für uns nicht mehr ...

... bis die ersten Journalisten auftauchten und Riki ihnen in den Interviews ausführlich das Haus beschrieb, das Vater Stein für Stein erbaut hatte, um uns Kinder vor Wirbelstürmen und Orkanen zu bewahren.

Das hat mir imponiert. Als holte Riki Vater auf diese Weise aus dem Jenseits zurück und gäbe ihm nach so langer Zeit den Platz, der ihm zustand. Er gehörte zu diesem Haus, und zum höchsten Hügel von Parera.

17

Riki Marchena
Mama ku yu

Über meine Mutter würde ich am liebsten schweigen. Nachdem die Fäden gezogen waren, ging sie wieder zur Tagesordnung über. Brot auf den Tisch, Geld ins Haus.

Noch bevor das neue Schuljahr anfing, hatte sie sich einen Arubaner geangelt. Er arbeitete bei der Lago Raffinerie. Festangestellt.

Ein fast weißer Arubaner. Glattes Haar. Besser hätte sie es nicht treffen können; nicht in dieser kurzen Zeit.

Er trank ein bißchen viel, das stimmte. Er konnte mehrere Nächte hintereinander in Gesellschaft einer Whiskyflasche verbringen. Aber *bon*, ich habe ihn nie betrunken gesehen. Seine Laune wurde davon sowenig beeinträchtigt wie seine Selbstlosigkeit; er wollte uns alle vier in sein Haus aufnehmen, ein großes Steinhaus in der Hauptstraße von San Nicolas. Meine Schwester weigerte sich; sie zog für immer zu Oma Carlita. Wir Jungs aber machten die Überfahrt nach Aruba.

In den ersten Wochen bekamen wir alles, was unser Herz begehrte. Und um diesen armen Arubaner gründlich zu ärgern, begehrten wir so viel, daß er keinen Cent von seinem Monatslohn übrigbehielt. Er ertrug sein Los mit tapferem Lächeln. Ai, nee, er war wirklich nicht kleinlich, nur, er konnte es uns einfach nicht recht machen.

Er hatte eine Angewohnheit, wie sie sonst eigentlich nur für Europäer typisch ist: Er glaubte, allwissend zu sein. Uns wurde ganz wirr im Kopf von seiner Logik, von seinen dauernden Erklärungen von Dingen, die überhaupt nicht erklärt zu werden brauchten und die wir mit den Worten *spoki* oder *spiritu malu* für erledigt hielten. Über alles hatte er seine Theorien ... warum man nie zwei Tage hintereinander Fisch essen durfte, wie oft man am Tag zu furzen hatte ... Er philosophierte über die sichtbaren und unsichtbaren Folgen der Sklaverei, bewies uns, wie ungerecht die Geschichte war, und rechnete uns ohne zu zögern den Schwarzen zu. Obwohl er es überhaupt nicht diffamierend meinte, erstarrten Ferry und Len jedesmal, wenn er »ihr Schwarzen« sagte. Meine Brüder waren überzeugt davon, daß der Arubaner uns verachtete, und noch bevor die Weihnachtsferien begannen, fuhren wir auf der Fähre zurück nach Curaçao.

Nach der Grundschule habe ich es dann noch einmal versucht; ich war der Jüngste, brauchte Aufmerksamkeit, Wärme und ab und zu auch eine Tracht Prügel. Aber es ging nicht, andauernd verglich ich den Arubaner mit meinem Vater, er war anders, er war kalt. Er hatte einfach für alles eine Erklärung und am Ende war dann immer der lockere Familienzusammenhalt schuld, der hier üblich war. Dieser mangelnde Familienzusammenhalt war einfach an allem schuld, auch an unserem Unglück ... Einem Sklaven war das Heiraten verboten, ein Sklave durfte nicht mit einer Frau zusammenwohnen ... der Vater wurde aus der Familie verbannt, und die Mutter zog die Kinder alleine auf, meist Kinder von verschiedenen Vätern ... Das änderte sich auch nach der Abschaffung der Sklaverei nicht ... hundert Jahre danach spielen die Kinder auf den Antillen noch immer *mama ku yu*, »Mutter und Kind«, wenn sie Familie spielen – ohne Vater ...

Ich begriff, warum Len ihn haßte wie die Pest, aber ich schwieg; mein Aussehen sprach gegen mich, ich war von uns vieren der dunkelhäutigste; wie leicht könnte der Arubaner glauben, ich litte unter meiner Hautfarbe: Und dieses Vergnügen gönnte ich keinem, das hatte ich schon früh beschlossen.

Meine Mutter griff nie ein, obwohl sie wußte, daß der Arubaner uns entsetzlich irritierte. Wahrscheinlich hoffte sie, daß er uns mit seinem nervtötenden Gerede schnell nach Curaçao zurücktreiben würde. Heute weiß ich, daß sie ein neues Leben beginnen wollte, eines ohne die Sorgen einer Mutter und ohne Erinnerung an das »Liebesdrama von Parera«, wie die Zeitungen geschrieben haben.

Meine Brüder schienen ihr das gar nicht übelzunehmen. Es lag wohl an ihrem Alter – sie bekamen damals schon die ersten Pickel. Sie waren beeindruckt von Mutters wunderschönem Äußeren und von ihrem durch und durch frivolen Wesen. Meine Mutter war fast schon wie eine der venezuelanischen Frauen, die auf Tischen tanzen und mit heiserer Stimme laute Lieder über treulose Männer und untröstliche Geliebte singen. Den Eindruck verstärkten die großen, goldenen Ohrringe noch, die sie seit ihrem Umzug nach Aruba trug. Offensichtlich war für sie der Tausch der Inseln deshalb so verlockend gewesen, weil sie auf diese Weise keine Trauerkleidung zu tragen brauchte. Nur wenn sie nach Curaçao fuhr, hüllte sie sich in Schwarz.

»Eine Frau ist der Teufel in Person«, sagte ich zwanzig Jahre später zu ihr.

»Ich auch?« fragte sie, in herausforderndem Ton.

»Bist du keine Frau?«

Da warf sie mir einen ihrer wilden Blicke zu und zischte: *»Den konjo di bon mama«*. Ein übler Fluch, der übersetzt soviel heißt wie »F… deine Mutter«.

18

Len Marchena

F... deine Mutter

Riki machte Mutter für den Tod unseres Vaters verantwortlich.
Ziemlich an den Haaren herbeigezogen.

Riki wußte nicht, was an jenem Samstagabend auf dem Tanzboden wirklich passiert war. Er hielt sich an das, was Vater Mutter in jener Nacht zugeschrien hat. Aber welcher vernünftige Mensch glaubt einem Mann, der fast jeden für einen Rivalen oder einen Feind hielt und seine Unsicherheit mit Unmengen Rum herunterspülte? Vater war einfach betrunken gewesen.

Mutter verzieh ihm nicht, daß er an einem Schloß herumbaute, obwohl er nicht mal eine kleine Scheune zusammenzimmern konnte. Er mußte alles von Fremden machen lassen. Das kostete Geld, eine Menge Geld. Es war nicht zu verhindern, daß er sich in Schulden stürzte, um die Maurer und Zimmerleute zu bezahlen. Mutter hielt ihn für einen Trottel, während er sich für so etwas wie einen Intellektuellen hielt; er hatte die Hauptschule beendet, und wer in Parera konnte das von sich behaupten?

Sie vertrugen sich nicht, die beiden.

...

Riki haßte Mutter danach. Und der Haß nahm mit den Jahren nur noch zu. Er wurde zur Obsession. Sie akzeptierte es nicht; sie erzwang sich seine Aufmerksamkeit, wollte haben, was er ihr nicht geben konnte.

»*Den konjo di bon mama.*«

Er behauptete, Mutter hätte das zu ihm gesagt.

Ich glaub's nicht.

Hier, wo der Aberglaube jeden anderen Glauben um Längen schlägt, nimmt man einen Fluch wörtlich. Ich würde so einen Fluch nicht in den Mund nehmen; sogar geflüstert kann er fatale Folgen haben. Man verliert mindestens einen Zahn, im günstigsten Fall trägt man nur ein blaues Auge davon. Unwahrscheinlich, daß meine Mutter diese Worte tatsächlich über ihre Lippen brachte.

»F... deine Mutter!«

Nicht, daß ich behaupten würde, meine Mutter wäre sich für so einen Fluch zu vornehm gewesen, nein, vornehm war sie nicht, dazu war sie zu jung, zu flatterhaft und zu widerspenstig, aber Flüche benutzte sie nur im äußersten Fall. Vielleicht hatte Riki sie geärgert, sie wieder mal mit Vorwürfen überhäuft.

Er rutschte auf dem Schemel in ihrem Schlafzimmer hin und her ... er war noch ein kleiner Knirps. Auch das war wohl reiner Protest: Nach Vaters Tod schoß er in die Höhe, er hörte mit dem Wachsen gar nicht mehr auf ... Er rutschte auf dem Schemel herum, fragte, warum sie Nylonstrümpfe trug ... Ob die denn nicht warm seien? Er beobachtete, wie sie die Strümpfe die Beine hochrollte und an den Strapsen befestigte, die von ihren Hüften baumelten. Er sagte es ihr, wenn die Nähte von den Knöcheln bis zu den Kniekehlen eine gerade Linie bildeten.

Er begutachtete die Farbe ihrer Unterwäsche, prüfte mit Daumen und Zeigefinger die Stoffqualität des Petticoats. Der gefiel ihm am besten, er schwärmte geradezu von dem crêpeartigen Gewebe, das zwischen den Fingern so knisterte. Abends berichtete er uns dann ausführlich über seine Erlebnisse in Mutters Schlafzimmer, denn wir waren zu alt, um noch hinein zu dürfen.

Er war stolz auf seine Sonderrechte als Jüngster. Die Haltung, die sich daraus ergab, sollte er nie wieder verlieren. Auch wenn er Mutter nicht brauchte und sie in Ruhe hätte lassen können, stapfte er mit der Keckheit eines Liebhabers ohne anzuklopfen in ihr Schlafzimmer. Mutter arbeitete unregelmäßig, todmüde kam sie irgendwann vormittags nach Hause; ihm war das egal, er riß das Moskitonetz auf, hüpfte aufs Bett und kroch mit viel Tamtam unter das Laken. Nur wenn sie sich nicht wohl fühlte, schickte sie ihn weg; das dürfte allerdings nicht mehr als zwei- oder dreimal vorgekommen sein; meistens zog sie ihn im Halbschlaf an sich, murmelte ein paar Koseworte und bedeckte ihn mit Küssen. Dann schliefen beide weiter, ganze Morgen, ganze Mittage lang.

...

Glaubte er wirklich, daß sie Vaters Tod auf dem Gewissen hatte? Oder konnte er es nicht ertragen, daß sie ihren »kleinen Knirps«, wie sie ihn immer nannte, im Stich ließ? Offensichtlich vergaß er, daß er dazu selber sein Scherflein beigetragen hatte.

Mit seinen acht Jahren sagte er jedes Wochenende zum Arubaner:

»Wenn ich Ihnen einen guten Rat geben darf, *menèr*: Dann gehen Sie mit meiner Mutter nicht zum Tanzen!«

19

Ferry Marchena
Fleur de Marie

Wir wurden von Wela Flora erzogen.
Jeden Abend sagte sie vor dem Schlafengehen das Sprüchlein für uns auf.

Pregunta a un debel
que si me daba licencia
pa'yo volverte a querer
que si licencia me daba
pa'yo volverte a querer

Wela Floritas Sätze rollten wie die Wellen der Brandung. Ihre Worte rauschten, streichelten lispelnd die Küste, konnten allerdings auch donnern wie richtige Brecher.

Großmutter sprach ein Spanisch, wie man es nur noch selten zu hören bekommt, außer bei Riki, wenn man genau hinhört. Bis zu ihrem Tod wohnte er bei ihr im Haus, und er war schon weit über zwanzig, als sie starb; er übernahm ihren Akzent bis in die kleinsten Nuancen.

Ein Spanisch, wie es in der Nähe von Cartagena de Indias gesprochen wird. Keiner würde der Behauptung widersprechen, daß das reinste Spanisch von ganz Lateinamerika an der Karibikküste von Kolumbien gesprochen wird.

Großmutters indianische Eltern verließen die Sümpfe von Cartagena, als man Anfang des neunzehnten Jahrhunderts Öl im Maracaibosee entdeckte, unmittelbar hinter der Grenze von Venezuela. Großmutter muß damals schon ungefähr elf oder zwölf Jahre alt gewesen sein, denn sie behielt die ganzen Jahre in Maracaibo, wo man ein muffliges Cowboy-Spanisch spricht, ihren wunderbaren Akzent bei.

Mitte der dreißiger Jahre kam sie mit ihren zwei Kindern – Mutter und Onkel Tonio – nach Curaçao. Großvater sollte etwas später eintreffen, aber wir haben ihn nie zu Gesicht bekommen.

Wela Flora machte Witze darüber. Fragten wir sie nach Großvater, sagte sie: »Tja, ich kann's auch nicht verstehen, er hat mir hoch und heilig versprochen zu kommen.«

Er muß sie kurz nach der Geburt ihres zweiten Kindes verlassen haben. Uns Kindern gegenüber machte sie kein Drama draus. Nur indirekt kam sie manchmal darauf zu sprechen. Ging es um die Eskapaden meiner Mutter, sagte sie nur: »Sie hat das nicht von einem Fremden.«

Großmutter ließ sich in Fleur de Marie nieder, damals ein armseliges Viertel mit keinem besonders guten Ruf. Allerdings hatte dieser Ort für sie einen außerordentlichen Vorteil: Wenn sie auf der Veranda in der Hängematte lag, konnte sie die Holzbarken sehen, die nie länger als zwei oder drei Tage am Kai lagen, bevor sie wieder nach Venezuela zurückfuhren. Diese Aussicht war tröstlich für sie. Die Entfernung zu dem Land, in dem sie aufgewachsen war, betrug im Grunde nur diese paar hundert Meter, die sie von den Booten der venezuelanischen Obst- und Gemüsehändler trennten. Sie war überzeugt, daß sie, wenn sie einen der Händler freundlich darum bitten würde, gegen ein kleines Entgelt bis zum nächsten Hafen jenseits des Meeres mitfahren durfte.

Außerdem lag Fleur de Marie nur ein paar Gehminuten von Scharloo entfernt, dem Viertel, wo damals die reichen Juden wohnten. Innerhalb kürzester Zeit hatte sie bei einer sephardischen Familie Arbeit gefunden. Die war betört vom Singsang ihres Spanischs. Wela Flora mußte bei den Mahlzeiten servieren und Gäste empfangen. Es muß zauberhaft geklungen haben, wenn sie die Namen aufrief, und der Hausherr tat oft so, als wäre er schwerhörig; so war sie gezwungen, die Namen mehrere Male zu wiederholen, bis sie ihm einmal »*y mierda*« ins Ohr flüsterte.

Nachdem Vater gestorben war, zog Wela Flora in das Viertel Cornet; in ein Steinhaus mit einem großen Hof, nicht weit vom Meer und dem Avila Hotel entfernt. Als Len, Riki und ich aus Aruba zurückkehrten, bekam jeder von uns ein eigenes Zimmer: Ein Grund mehr, auf Curaçao zu bleiben.

Solange ich klein war, fragte ich mich nur selten, woher das Geld kam. Erst später wunderte ich mich, daß Großmutter sich solch ein Haus leisten konnte. Sie war immer beschäftigt; bis in ihr hohes Alter hinein putzte sie ein Büro und zwei Häuser. Und Onkel Tonio brachte zweifellos auch einen ordentlichen Batzen Geld nach Hause. Außerdem schickte Mutter jeden Monat einen vom Arubaner unterschriebenen Scheck. Aber trotzdem.

Mutter fuhr auffallend oft nach Venezuela. Goldbehängt kam sie dann wieder. Goldene Uhren an den Handgelenken, an ihren Unterarmen Armbänder und Ketten, und an allen Fingern glitzerten Ringe mit Riesensaphiren. Schon am nächsten Tag war kein einziges Schmuckstück mehr im Haus zu finden.

Ich glaube, daß Großmutter den Schmuck verkaufte. Als waschechte Venezuelanerin verdiente sie sich mit Schmuggel ein Zubrot. Für einen Küstenvenezuelaner gehörte Schmuggeln zu den Urinstinkten; und zwar seit dem achtzehnten Jahrhundert, als Kakao nach Curaçao geschmuggelt wurde, später dann Whisky, danach Gold und jetzt das Zeug, wonach Riki süchtig ist.

Jedesmal wenn Mutter uns besuchen kam, fuhr sie am nächsten Tag nach Caracas. Behängt wie ein Christbaum, kam sie mit der Fähre zurück. Großmutter verkaufte den Schmuck wohl mit kleinem Gewinn an die *free port*-Juweliere, die ihn dann mit deutlich größerem Gewinn an die Touristen der Kreuzfahrtschiffe weiterverschacherten.

Sie war sich sicher nicht bewußt, etwas Schlechtes zu tun. Sie tat es für uns. Wie sie ja auch um fünf Uhr morgens aufstand und sich bis sechs Uhr abends Blasen an die Finger scheuerte, um danach noch ein ordentliches Essen zu kochen. Für uns.

Nach dem Abwasch ließ sie sich dann auf der Veranda auf den Stuhl neben der Hängematte sinken und erzählte noch eine Stunde lang Geschichten. Und wieder: Für uns. Gruselgeschichten, Märchen, Geschichten über das Land, wo sie ihre Kindheit verbracht hatte, das Land des Ewigen Frühlings, Geschichten von Schmugglern, Freiheitskämpfern, von Simon Bolivar, von Falschmünzern, Betrügern, Zuhältern, Freudenmädchen, von Frauen, die in Glaskugeln die Zukunft lesen konnten. Mit diesen Geschichten bereitete Großmutter uns auf das Leben vor; keine Gefahr ließ sie aus, die uns irgendwann einmal drohen könnte.

Wir liebten die derben Einzelheiten, die pikanten Formulierungen. Und trotzdem hatten wir einen Mordsrespekt vor Wela Flora. Sie war strenger als jeder Schulmeister.

Obwohl ich fünf Jahre älter war als Riki, galt das für mich genauso: Es wäre uns nicht im Traum eingefallen, durch die Stadt zu streunen oder am Hafen herumzulungern. Gingen wir nicht sofort von der Schule nach Hause, wurden wir bestraft. Wir durften auch nicht im Meer baden; Wela Flora war der Meinung, daß ein Mensch sowenig ins Meer gehört wie der Fisch aufs Trockene; hätte der Mensch schwimmen sollen, hätte der Herrgott ihm Kiemen gegeben. Es gab aber noch einen anderen Grund für dieses Tabu; sie glaubte, Jungs in der Pubertät würden vom warmen Sandstrand hitzig wie rollige Kater.

Für sie gab es keinen vernünftigen Grund, den Hof zu verlassen, außer um Sport zu treiben oder die frühe Abendmesse zu besuchen. Auf der Straße triebe sich nur Gesindel herum, anständige Kinder blieben zu Hause, um Schularbeiten zu machen. Wir durften auch keine kurzen Hosen tragen und nur langärmelige Hemden. Gingen wir zur Kirche, mußten wir ein dunkles Jackett und weiße Socken anziehen. Mädchen gab's einfach nicht; zu welchen furchtbaren Tragödien das Tanzen führen konnte, brauchte uns niemand zu erklären. Bis zu ihrem letzten Atemzug lebte meine Großmutter in der Angst, über die Familie könnte noch einmal die Schande hereinbrechen. Sie hatte ihre Tochter »mit lockerer Hand« erzogen. Mit dem Ergebnis, daß die sich kaum noch um uns kümmerte; dadurch, daß sie ihre Enkelkinder hart an die Kandare nahm, glaubte Wela Flora die schlimmsten Fehler der Vergangenheit wiedergutzumachen.

Wir mußten ihr Gedichte in Niederländisch aufsagen, eine Sprache, von der sie keine Silbe verstand; und am Geburtstag der fernen Königin mußten wir ihr die niederländische Hymne vorsingen. Anfangs wollte sie nicht glauben, daß der Wilhelmus tatsächlich die holländische Hymne war; nicht mal ein Schlaflied sei so langsam.

Wenn wir von der Schule eine Eins in Englisch nach Hause brachten, war ihr das einen Kuß wert, aber für eine Zwei in Niederländisch bekamen wir eine Leckerei. »Hört zu«, sagte sie, »im Himmel spricht man zwar Spanisch, aber hier auf der Insel haben sich die hohen Herren für das Niederländisch entschieden. Wenn ihr also etwas erreichen wollt, dann werdet ihr diese Sprache beherrschen müssen.«

Sie ermutigte uns übrigens auch, Französisch zu lernen, und fand es schade, daß auf der Hauptschule kein Deutsch unterrichtet wurde.

»Je mehr Sprachen ihr könnt«, meinte sie, »desto besser seid ihr auf den Erfolg vorbereitet.«

Daß wir alle drei in Onkel Tonios Fußstapfen treten würden, war für sie keine Frage.

Kein ungewohnter Gedanke auch für uns. Für Len, für Riki und für mich galt gleichermaßen: Wir wollten werden wie Onkel Tonio. Nichts wünschten wir uns sehnlicher; es war das einzige Ziel in unserem Leben.

20

Tonio Lzama Lima
Lebende Legende

Als Junge kroch ich unter den Pikabüschen durch und rannte die Hügel von Fleur de Marie hinunter. Ich kroch ins Scharloo-Viertel.

Zwischen den Villen lagen damals die Tennisplätze des Sport Clubs von Curaçao.

Villen in toskanischer oder andalusischer Bauart, daneben Landhäuser in holländischem Stil.

Für mich war Scharloo das Schaufenster von Europa. Ich sah Holland und Italien und Spanien, und das alles in einer einzigen Straße vereint, zwei Kilometer lang, gleich vor der Haustür von Venezuela. Die ersten zehn Jahre meines Lebens habe ich in Maiquetìa verbracht; nach dieser schmuddeligen Hafenstadt war einfach alles schön. Aber das hier hatte echte Klasse.

Das lag auch an den Leuten, die hier wohnten. Vor dem Krieg waren fast alle Einwohner von Scharloo Juden gewesen. Auf den Tennisplätzen spielten die Kinder des Bankiers Maduro oder des Großhändlers Gomez Casares. Auch Diane d'Olivieira spielte hier, Rikis spätere Trainerin, die damals noch Diane Capriles hieß. Alle imitierten den amerikanischen Lebensstil, aber auf eine übertriebene, snobistische, ich würde fast sagen europäische Art.

Ich war Balljunge, für einen Lohn von fünf Cent pro Spiel. Das tat ich nicht zum Vergnügen, sondern wegen der fünf Cent. Hob ich jeden Nachmittag der Woche Bälle auf, hatten wir sonntags ein Hühnchen im Topf.

Warum die Leute um mich herum sich die Lunge aus dem Leib rannten, darüber machte ich mir keine Gedanken. Nach jedem Spiel rechnete ich mir aus, wieviel ich inzwischen verdient hatte: einen halben Hühnerflügel, einen Schlegel, zwei.

Erst nach einigen Jahren fing ich an, mich für das Spiel zu interessieren. Ich studierte dessen Möglichkeiten, anfangs um mir die Zeit zu vertreiben, später, weil ich es immer besser verstand. Bevor ich den ersten Schläger in der Hand hielt, kannte ich fast alle Facetten des Tennisspiels.

Eines Nachmittags rannte ich mal wieder unter brennender Sonne hinter den Bällen her, da fragte mich ein Mädchen, ob ich nicht eine Partie mit ihr spielen wolle. Erschrocken hob ich nur die Schultern; man mußte schon vollkommen wirklichkeitsfremd sein, um nicht zu wissen, daß ich, ein kleiner Bursche aus Fleur de Marie, so etwas wie einen Schläger gar nicht besitzen konnte. Diese Kleinigkeit war ihr nur ein Achselzucken wert; am nächsten Tag brachte sie mir einen Schläger und ein paar alte Tennisschuhe ihres Bruder mit.

Mir war schleierhaft, wie ich zu dieser Ehre kam. Als ich es meiner Mutter erzählte, brach sie in Lachen aus.

»Ach, du Träumer«, sagte sie. »Hast du noch nie in den Spiegel gesehen?«

Und natürlich konnte sie nicht auf ihre unvermeidlichen Ermahnungen verzichten. »Ich bete zu Gott, daß du meine Selbstdisziplin geerbt hast, sonst wirst du genauso ein Phantast wie dein Vater. Genauso ein alberner Flatterhans.«

Die ersten Bälle schlug ich ins Netz. Die nächsten hatten schon mehr Drall. Bevor ich den ersten Satz zu Ende gespielt hatte, war ich im Bann dieses Spiels, gebannt von dem unvernünftigen, allesverschlingenden Willen, unter allen Umständen zu gewinnen.

Das Mädchen stellte mich einem der Vorsitzenden des

Sport Clubs vor. Es war Krieg, und ich hatte wieder Glück; der Sekretär des Sport Clubs, ein erfolgreicher Tennisspieler, konnte wegen Feindbewegungen auf dem Meer die Insel nicht verlassen und suchte einen geeigneten Spielpartner.

Dreimal in der Woche spielte ich gegen ihn. Er brachte mir außer dem Tennisspiel noch einiges andere bei. Zum Beispiel holländische Flüche oder englische Höflichkeitsfloskeln, die ein knallharter Verhandlungspartner unbedingt beherrschen sollte. Er nannte mich »mein kleiner Brauner« und kaufte mir einen Tennisschläger. Wenn ein Platz frei war, durfte ich umsonst trainieren. Das tat ich meistens zwischen elf und zwei Uhr, wenn sich wegen der Mittagssonne sonst keiner hinauswagte.

Im ersten Nachkriegsjahr wurde ich Inselmeister.

Da meine Mutter noch ihre venezuelanische Staatsangehörigkeit hatte, konnte ich auch an den venezuelanischen Landesmeisterschaften in Caracas teilnehmen.

Und gewann sie.

Über Jahre hinweg blieb ich Doppelmeister von Curaçao und Venezuela. Auf diese Weise wurde aus mir das, was man eine lebende Legende nennt.

Komischerweise habe ich mich von Anfang an auch so gefühlt, eigentlich von dem Moment an, als mir das Mädchen den Tennisschläger mitbrachte.

Eine lebende Legende.

Das machte mir angst. Angst, daß ich meine Mutter und meine Schwester enttäuschen würde – später dann noch meine drei Neffen. Sie bewunderten mich, als wäre ich ein Gott, der als Bastard verkleidet auf der Erde gelandet war. Ich verhielt mich allmählich auch so, nie wäre ich in einer alten Hose oder einem verschossenen Hemd herumgelaufen; Tennis war schließlich der Sport der *Gentlemen*.

1949 nahm ich zum ersten Mal am Tennisturnier in Wimbledon teil.

Fünf Jahre später gelang mir dann, was noch nie einem Spieler aus Kolumbien, Panama, Bolivien, Peru oder Brasilien vorher geglückt war.

Auf dem schlitterigen Rasen des All England Clubs erreichte ich in einer Partie, die wegen Regens mindestens zweimal unterbrochen werden mußte, zitternd vor Kälte das Halbfinale.

Als ich auf dem Flughafen von Caracas landete, erwarteten mich die Schönheitsköniginnen aller Provinzen. Der Präsident des Landes, ein blutrünstiger, ekelhafter und vollkommen schwachsinniger Diktator, umarmte mich schluchzend. In einer offenen Limousine stehend wurde ich durch die Stadt gefahren, begleitet von einer Reitereskorte und vorneweg einem Zug aus Zirkusartisten, Majoretten, drei Fanfaren- und sechsunddreißig Salsa-Bands. Ich ging durch hundert Höllen an diesem Tag; ich spürte es, ich sah es: Mit jeder Minute wurde ich mehr und mehr zur lebenden Legende.

Weil ich im ältesten und berühmtesten Turnier von Europa eine wichtige Rolle gespielt hatte, wurde Venezuela vor jedem anderen Land des Kontinents *das* Tennisland von Lateinamerika. Wer sich in den lateinamerikanischen Verhältnissen ein wenig auskennt, versteht, warum ich jahrelang umsonst im Avila wohnen durfte, dem schönsten und teuersten Hotel von Caracas. Man gab mir die größte Suite. Allerdings war sie nicht nur luxuriös, sondern auch besonders trist, trist, bis an die Grenze des Makabren.

Ganz so, wie man sich das für eine lebende Legende vorstellt.

21

Ferry Marchena
Die typische Geste eines Schüchternen

Bewundert hatte sie ihn ja schon immer; nach Wimbledon betete sie ihn an. Welita Flora tat, als hätte sie in ihrem Tonio ein Idol, einen Nationalhelden, ja sogar den neuen Messias geboren. Das Sympathische an Onkel Tonio war, daß er dabei selber ganz bescheiden blieb. Die allseitige Bewunderung hatte nur wenig Einfluß auf seinen Charakter; er blieb der schweigsame, schüchterne Mann, der sich selber in keinerlei Hinsicht für etwas Besonderes hielt. Ein Grund mehr für uns, ihn noch mehr zu vergöttern.

Nur jemand mit mäßigem Talent hat Allüren. Onkel Tonio gehörte zu den Allergrößten, und wir wollten würdige Nachfolger werden. Wir hielten uns für Auserwählte: Beim Sport ist es wie bei der Musik, entweder liegt es in der Familie oder nicht. Riki, Len und ich wollten alle dasselbe: Mit einem Ball Geschichte machen. Wir trainierten mindestens zwanzig Stunden pro Woche, trainierten bis zum Umfallen.

Die Tennisschuhe, Tennisschläger, Tennissocken, Tennishosen, Tennishemden kosteten Wela Flora so viel, daß sie nicht mal die paar Cent für ein Los der Staatslotterie übrig hatte, aber sie klagte nur bei meiner Mutter darüber, wenn diese mal wieder die Überfahrt nach Caracas nicht machen wollte – sie hatte allmählich genug von der Goldschlepperei.

Alles trat hinter das Tennis zurück, sogar der abendliche Besuch der Messe. Wir gingen jetzt nur noch samstagabends zur Kirche, und das auch nur, wenn am nächsten Tag kein Spiel anstand.

Onkel Tonio besuchte Curaçao immer zwischen Weihnachten und Karneval und von Anfang August bis Mitte September. Den Rest des Jahres verbrachte er in Venezuela oder spielte auf Turnieren in Nord-, Mittel- oder Südamerika. Er verdiente Geld wie Heu, nicht so sehr mit den Turnieren, damit konnte ein Spieler in den fünfziger Jahren noch nicht so viel verdienen wie heute, sondern mit Prestigespielen auf den privaten Tennisplätzen von Großgrundbesitzern oder Industriellen. In Venezuela oder Brasilien gab es genug Millionäre, die gerne zehntausend Dollar springenließen, um im Club ganz nebenbei die Bemerkung fallenlassen zu können: »Hör mal, morgen spielt Lzama Lima bei mir zu Hause gegen meinen Jüngsten. Hast du Lust vorbeizuschauen? ...«

Wenn Onkel Tonio auf der Insel war, verbrachten wir mit ihm den ganzen Tag auf dem Tennisplatz. Seine Ratschläge befolgten wir ohne Widerrede. Sagte Onkel Tonio, wir müßten mehr auf unsere Rückhand achten, dann trainierten wir drei Monate lang nur unsere Rückhand. Er allein zählte für uns. Und wenn er nach einem haarscharfen Aufschlag den Daumen hochhielt, dann konnten wir vergessen, daß Vater seit fünf Jahren tot war und Mutter sich sang- und klanglos aus unserem Leben verabschiedet hatte.

Onkel Tonio war sich der Macht, die er über uns hatte, bewußt. Er brauchte nur den Mund aufzumachen und wir rissen uns die Beine für ihn aus. So wurde er noch schweigsamer, als er es von Natur aus ohnehin schon war. Jedes Wort schien er sich mit Gewalt aus dem Mund zerren zu müssen, so groß war seine Angst, uns durch eine verkehrte und taktisch unkluge Bemerkung in tiefes Unglück zu stürzen. Ich glaube nicht, daß ihm unsere Verherrlichung angenehm war, er litt wohl eher darunter. Verehrung ist nur aus der Ferne schön; in der Nähe schnürt sie einem die Luft ab. Er leugnete nicht, ein Tennisspieler mit Talent zu sein, er verstand nur nicht, was daran so besonders sein sollte. Oft sagte er mit sarkastischem Lächeln zu uns: »Ich spiele nur deshalb so gut, weil ich einfach nicht verlieren kann.« Später begriffen wir, wieviel Wahrheit in diesem Ausspruch lag.

Ich habe ihn dreimal spielen sehen, zweimal während der Landesmeisterschaften in Venezuela und ein drittes Mal bei einem anderen wichtigen Turnier. Er schien über den Platz zu schweben. In Lateinamerika gab es nach ihm noch andere große Tennisspieler, aber keiner war eleganter. Er spielte mit einer Grazie, die einem anderen Zeitalter angehörte. Wird eine Sportart zu populär, dann verliert sie meist an Qualität. Sobald die Interessen, die damit verbunden sind, zu groß werden, verschwindet die Phantasie aus dem Spiel. Als sich herausstellte, daß das Tennis sich im Fernsehen gut machte, wurden die Spieler zu Maschinen: kraftstrotzend und monoton. Onkel Tonio hatte noch etwas von einem Trapezkünstler an sich.

In den Wochen, die er auf der Insel verbrachte, wanderten wir jeden Sonntag am schmalen Küstenpfad entlang zu den Salzpfannen in der Nähe des ehemaligen Landhauses Jan Thiel. Wegen einer chronisch gewordenen Verletzung am linken Knie mußte er auch an Ruhetagen in Bewegung bleiben; langes Gehen entspannte sein Bein. Obwohl er unterwegs nicht viel sagte, herrschte eine vertraute Atmosphäre zwischen uns. Weitschweifige Theorien waren nicht seine Sache; wenn er uns von etwas überzeugen wollte, dann von der Bescheidenheit oder der Vergänglichkeit vieler Dinge, die die meisten Menschen nicht wahrhaben wollten. Onkel Tonio beeindruckte uns nicht durch Wissen oder seine enorme Erfahrung, sondern durch seine Ruhe. Es ging eine wohltätige Ruhe von ihm aus.

Auf einem Turnier in Uruguay brach Onkel Tonio mit vollem Gewicht im linken Knie ein, er wollte einen Netzroller noch erreichen. Es war das Finale, und er mußte das Spiel abbrechen; ein herbeigeeilter Arzt diagnostizierte einen doppelten Kreuzbandriß.

Das erste, was er sagte, als er eine Woche später aus dem Flugzeug hinkte und wir ihn hinter dem Zoll erwarteten, war: »Ab jetzt bin ich ein so jämmerliches Arschloch wie alle anderen auch.«

Danach gab er noch jahrelang Tennisstunden, meistens reichen Frauen. Richtig spielen konnte er nicht mehr, dabei war es gerade der unstillbare Durst zu gewinnen, der ihn bis zu seinem einundvierzigsten Lebensjahr in Topform gehalten hatte.

Im offenen Sportwagen kamen die Damen vorgefahren, um ihn abzuholen. Wenn eine dieser Damen ihn Stunden später wieder vor dem Haus absetzte, sah ich oft, wie sie ihm flüchtig einen Kuß auf den Hals drückte oder ihn in die Seite kniff. Es schien ihm allerdings nicht allzuviel zu bedeuten. Weder Len noch mir gegenüber und schon gar nicht vor Riki prahlte er mit Frauen. Er hatte die Pfirsichhaut seiner Mutter geerbt, ihre blauschwarzen Haare; er fiel auf. Es kam schon vor, daß er mit einer der Frauen mitging; sie waren jung, leicht erregbar und langweilten sich entsetzlich. Aber er verlor kein Wort über seine Bettgeschichten.

Vielleicht, weil er sich für seine Schwester schämte. Sie spielte in Aruba die schicke Dame, obwohl sie in Curaçao vier Kinder hatte. Einmal hörte ich Onkel Tonio Len mit grenzenlos trauriger Stimme fragen: »Wo ist denn deine Schwester? Warum erzählt mir niemand mehr etwas über Bibichi?« Es war wirklich kaum zu glauben; auch wir hatten unsere Schwester schon fast vergessen.

Oder er fragte Len: »Warum war deine Mutter nicht beim Endspiel?« Er war wütend, das war deutlich zu hören, und der arme Len wußte gar nicht, wie er reagieren sollte. Er hatte sich das selber schon seit Tagen gefragt; und zwar von jenem Augenblick an, als er den entscheidenden Punkt machte und ihm jene charakteristische Geste folgen ließ, die er Onkel Tonio abgeschaut hatte.

Seit jenem Augenblick also, da er sich für den rechtmäßigen Nachfolger von Tonio Lzama Lima halten durfte.

Ich hörte mit dem Tennis auf. Es war mir zu einsam, machte mich grüblerisch. Ich trat in den Baseball-Club ein, und es stellte sich heraus, daß ich der geborene Pitcher war. Mit fünfzehn durfte ich als Werfer der Juniorenmannschaft von Curaçao an einer Mittelamerika-Tournee teilnehmen, mit sechzehn warf ich für das Team von Aruba, mit achtzehn schließlich wurde ich Werfer in der Nationalmannschaft von Venezuela. Das sollte ich sieben Jahre lang bleiben.

Bevor Riki Juniorenmeister von Curaçao wurde, war es Len.

Len war in jeder Hinsicht Onkel Tonios Schüler. Riki nicht, Riki bekam bald Schwierigkeiten mit seiner Achillesferse, er war von Anfang an ein Hinkebein.

Len spielte so elegant und vornehm wie unser Onkel. Und am Ende eines langen, schweren Spiels, das er schließlich gewann, machte er seine Geste: Er ließ den Schläger fallen und schlug die Hände vors Gesicht.

Mit achtzehn gewann Len die Meisterschaften bei den Senioren und ein Jahr später wurde er Landesmeister von Venezuela, wie Onkel Tonio. Unsere Mutter hatte wie Großmutter ihre venezuelanische Staatsangehörigkeit behalten, so konnte Len an diesem Titelkampf teilnehmen.

Kaum ein Jahr später war er beim Tennisclub *The Silver Seven* von Miami unter Vertrag. Jahrelang nahm er an den amerikanischen Wettkämpfen teil; nachdem er Miami verlassen hatte, spielte er für einen Club in Chicago.

Bei einem internationalen Turnier in Mexiko besiegte Len sowohl Arthur Ashe als auch den jungen Björn Borg. Kurz vor dem endgültigen Durchbruch aber schien etwas mit seiner Motorik nicht mehr zu stimmen. Sie funktionierte nicht mehr, oder wenigstens nicht mehr so gut. Len mußte langsamer treten und widmete sich der Betreuung des Nachwuchses. Aber er verdiente viel Geld damit und investierte seine Dollars geschickt; in Bonaire kaufte er ein Grundstück und ließ einen Tenniskomplex mit acht Plätzen anlegen.

An einem glühendheißen Tag im Jahre 1965 wurde Riki Juniorenmeister von Curaçao. Es war so irrsinnig heiß, daß kaum ein Zuschauer zum Endspiel erschien, nicht einmal Onkel Tonio.

Einen Monat später vertrat er die Antillen auf Turnieren in Venezuela und Puerto Rico.

Beim Jugendturnier von Puerto Rico kam er bis ins Halbfinale.

Er litt furchtbar.

Als Riki mit dem Leistungssport anfing, war schnell zu sehen, daß er zwar die richtige Einstellung hatte, aber den falschen Körper. Für einen Sieg nahm er das Äußerste an Schmerzen, Erschöpfung und Einsamkeit in Kauf, dabei war ganz egal, ob die Prämie hunderttausend Gulden oder nur fünf Cent betrug. Aber Röntgenaufnahmen zeigten, daß er an seiner linken Achillesferse einen Geburtsfehler hatte. Die Ärzte prophezeiten ihm, daß er mit dieser Anomalie einen athletischen Sport wie das Tennis kein Jahr durchstehen würde.

Er nahm noch an einem einzigen Turnier teil, in den Vereinigten Staaten.

Dann mußte er mit dem Tennis aufhören.

22

Len Marchena
Nicht noch einmal

Riki kam nicht darüber hinweg, daß er das Tennis aufgeben mußte. Wochenlang rechnete ich damit, daß er eine Dummheit begehen würde. Eine entsetzliche Dummheit. Eine, die nicht wiedergutzumachen wäre. Der Schmerz stand ihm ins Gesicht geschrieben; derselbe Schmerz, den ich auf Vaters Gesicht sah, als er im Krankenhaus lag und jede Hilfe verweigerte.

Riki wußte nicht mehr, was er mit seinem Leben anfangen sollte. Bei ihm hieß es immer Alles oder Nichts; mit dieser Einstellung zum Leben rechnet man wohl unweigerlich mit Allem. Doch für Riki hatte es plötzlich »Nichts« geheißen, und das versetzte ihm einen solchen Schlag, als hätte ihm jemand gesagt, er müsse den Rest seines Lebens im Rollstuhl verbringen.

Noch heute ist es wie ein Wunder für mich, daß er in wenigen Wochen aus seiner Not eine Tugend zu machen wußte. Aus Rückschlägen schöpfte Riki Energie. Was für ein Kämpfer! Ich hätte nicht so einen starken Willen gehabt. Vaters Tod und Mutters Verschwinden, das Hin und Her zwischen Aruba und Curaçao hat uns alle unsicher und schüchtern gemacht. Der Sport gab uns Halt. Als es also für Riki hieß, er müsse das Tennisspielen aufgeben, nahm man ihm die letzte Zuflucht.

Er lebte in der Zukunft. Ich war realistischer; sogar nach meinem Sieg über Arthur Ashe sah ich mich noch nicht im Finale von Wimbledon stehen. Riki dagegen war vom ersten Ballwechsel an entschlossen gewesen, das Turnier der Turniere mindestens zweimal zu gewinnen: Das erste Mal, um es Onkel Tonio gleichzutun, und das zweite Mal, um ihn zu übertreffen.

Ich höre ihn noch, ein paar Monate vor seinem sechzehnten Geburtstag, mit einer Stimme, die fast die eines alten Mannes war … Ich selber war gerade Landesmeister von Venezuela geworden und hatte die ersten Angebote aus dem Ausland erhalten.

»Len, ich muß aufhören damit.«

Womit brauchte er mir nicht zu erklären. Ich sah ihn nur an und dachte: O Gott! Nein, nicht noch einmal eine Flasche mit Salzsäure.

Wie ein zum Tode Verurteilter schlich er einen Monat lang durchs Haus. Dann stand er eines Sonntagmorgens um fünf Uhr auf und zog den Trainingsanzug an, als wäre nichts gewesen.

Er spielte es schon seit seinem neunten Lebensjahr. Nur so zum Spaß. Aber an diesem Sonntagmorgen beschloß er, darin der Beste zu werden. Der Beste auf der ganzen Insel. Der Beste in der Karibik, in ganz Lateinamerika und in den Vereinigten Staaten.

»Der Schläger ist ein bißchen kleiner,« grinste er. »Und man muß nicht so weit laufen.«

Zwei Jahre später war er Inselmeister im Tischtennis.

Von seinem siebzehnten bis zu seinem vierundzwanzigsten Lebensjahr war er jedes Jahr Inselmeister. Nach einer dreijährigen Pechsträhne gewann er den Titelkampf ein weiteres Mal. Ein Jahr später wurde er zum neunten Mal Meister. Insgesamt war er zehnmal Tischtennismeister von Curaçao, ein Rekord, den er bis heute hält. Wie auch die beiden anderen Rekorde: fünf Jahre hintereinander Antillenmeister und dreimal hintereinander lateinamerikanischer Meister.

Ich ging in die Vereinigten Staaten und verdiente Geld wie Heu. Doch Riki wurde noch erfolgreicher, Riki wurde eine Koryphäe. Und das obwohl er einen Armensport ausübte, obwohl er auf der Insel blieb, wo er geboren wurde; aber er hatte etwas, was nur ein wirklicher Champion hat: Er beflügelte die Phantasie.

23

Riki Marchena

Topspin und Ballonschlag

Ich gewann, weil ich abschaute. Die anderen taten das nicht. Jedenfalls nicht genug. Als ich zum Tischtennis überwechselte, entwickelte sich das Spiel gerade von einem netten Zeitvertreib in Vereinen und Jugendtreffs zu einer komplizierten Sportart mit aberwitzigen Variationsmöglichkeiten von verschiedenen Materialien und Stilen. In nur zwei, drei Jahren kamen ungefähr zweihundert verschiedene Gummiarten auf den Markt. Aus diesem riesigen Angebot mußte ich mich für zwei entscheiden, die zu meinem Spielstil paßten. Es war nicht nur eine Frage von Noppen oder glattem Gummi, Verteidigungs- oder Angriffsgummi. Durch das, was ich vorn und hinten auf mein Schlagholz klebte, entschied ich, was für ein Typ Spieler ich werden wollte.

Ich bestellte im Ausland massenhaft Zeitschriften und Bücher, legte mir einen Karteikasten an und ordnete die modernsten Materialien und neuesten Techniken nach Rubriken. Trotzdem hatte ich noch Wissenslücken; manchmal dauerte es Monate, bis die Zeitschriften auf Curaçao ankamen. Abschauen ging schneller.

Bei meiner ersten Tischtennismeisterschaft spielte ich in der dritten Runde gegen einen besonders talentierten Spieler, der gerade aus den Niederlanden zurückgekehrt war. Er hatte dort sein Studium beendet, ein langes Studium, das er mit dem Tischtennisspiel in der höchsten Liga kombiniert hatte.

Miguel Archangel Pourier sollte es auf Curaçao einmal weit bringen. Er wurde Spitzenbeamter, Leiter des Interimskabinetts, Gründer einer politischen Partei, Teilnehmer an Wahlen, bei denen er einen historischen Sieg erringen sollte, und schließlich Ministerpräsident, in welcher Funktion er der traditionellen Kungelei und dem Herumgeschachere in den höheren Regierungsposten ein Ende bereiten wollte, womit er sich allerdings wenig Freunde machte.
...
Dutzende von Jahren später. Miguel führt eine niederländische Regierungsdelegation über die Insel, oder vielleicht einen Minister aus Trinidad, ein hohes Tier aus Jamaika. Und trotzdem: Wenn er mich irgendwo herumhängen sieht, läßt er seinen Chauffeur anhalten, steigt aus, schüttelt mir die Hand und fragt: »Nun, wie geht's, Roy?«

Bon bon, sein Gedächtnis ist lausig; er nennt mich Roy. Aber wie viele Politiker würden einem Penner die Hand drücken? Und dazu einem Penner, der in einem Pfeifchen weiße Steinchen raucht. ... Nee, Mann, ein echter Politiker würde einen großen Bogen um mich machen.
...
Ich verlor gegen Miguel. In den Niederlanden hatte er in der Oberliga gespielt und an vielen nationalen und internationalen Meisterschaften teilgenommen. Dabei hatte er viele Spieler aus Deutschland und Schweden beobachten können, das waren die traditionellen Tischtennisländer von Europa. Und er hat genau hingeguckt, ich konnte es an seinem Stil sehen, er spielte mit System und durchdacht. Ich wußte, daß ich ihn nur schlagen konnte, wenn ich ihm die Tricks abluchste. Also ließ ich keinen Wettkampf von ihm aus und beobachtete ihn auch beim Training.

Ein Jahr später standen wir uns wieder gegenüber. Diesmal war der Kampf nicht ganz so ungleich, aber mein Spiel war noch nicht abwechslungsreich genug und ich hatte seinem Aufschlag noch nichts entgegenzusetzen; im Halbfinale warf er mich raus. Miguel wurde Meister.

Aber ein Jahr später war ich Meister.

»Du hast eine Menge dazugelernt«, sagte er, als er mir gratulierte. »Wer hat dir das beigebracht?«

»Du.«

Er war überrascht.

»Du und die Kubaner.«

Es war ihm nie aufgefallen, wie genau ich ihn von der Bank aus beobachtet hatte.

Notizblock auf den Knien. So machte ich das damals.

In den sechziger Jahren durften nur Kubaner nach China reisen. Als drei Kubaner an einem Turnier auf Curaçao teilnahmen, hoffte ich, daß sie in China Dinge aufgeschnappt hatten, die wir im Westen noch nicht kannten. Und so war es auch, einer der Kubaner hielt seinen Schläger ganz merkwürdig und spielte idiotisch hoch, schlug den Ball von oben, wodurch der kleine Ball einen enormen Dreh bekam und beim Aufprallen in eine x-beliebige Richtung wegspritzte. Diese Art zu schlagen war einfach Klasse, typisch asiatisch, wie ich damals fand; das Spiel wurde dadurch rasend schnell und vollkommen unberechenbar. Später hörte ich, daß man den Schlag »Topspin« nannte.

Mit meinem ersten Topspinball überrumpelte ich Miguel Pourier, mit meinem zweiten und dritten Sören Wijnands, auch ein Spieler, der mehrere Jahre in der niederländischen Oberliga gespielt hatte und außerdem eine ganze Menge über das europäische Tischtennis wußte; seine Mutter war schwedische Spitzenspielerin gewesen.

Gegen Sören setzte ich auch meinen ersten Ballonschlag ein, der später meine Spezialität werden sollte, und auch den hatte ich mir bei den Kubanern abgeschaut.

24

Fichi Ellis
Konzentrationsübungen

Sein Leben bestand aus einer grünen Platte und den tausend Möglichkeiten, wie man mit einem Schläger einen kleinen weißen Ball treffen kann.

Er trainierte, er spielte. Und wenn er das nicht tat, dann redete er über das Training oder das Spiel.

Jeder absolvierte Wettkampf mußte vom ersten Satz bis zum letzten Aufschlag analysiert, jeder bevorstehende bis ins kleinste Detail vorbereitet werden.

Er war ein schneller Spieler und ein kluger. Er drosch nicht einfach mit aller Kraft auf den Ball ein; er erkundete erst die schwachen Seiten des Gegners und brachte ihn dann mit ein paar ausgefuchsten Schlägen aus dem Gleichgewicht.

Es war kein Zufall, daß er sich so lange an der Spitze hielt; durch die ausführlichen Spielvorbereitungen verschwendete er wenig Energie. Was ihm an Kraft fehlte, kompensierte er mit Technik und Konzentrationsvermögen.

Sein Siegeswille wurde nur übertroffen von einem anderen Trieb: dem Wissensdrang. Er tat etwas, was auf der Insel nur wenige tun: Er las. Nicht nur Bücher und Aufsätze über Materialien und Techniken, sondern auch über Atemtechniken, Muskelaufbau, Kondition, Ernährung, China, Konzentration, Konfuzius und den Taoismus.

Er war der einzige, mit dem ich über das Spiel auch reden konnte. Er brachte mich immer wieder auf neue Ideen.

Als er aufhörte zu spielen, tat ich es auch. Nur er konnte mich motivieren.

Durch ihn fühlte ich mich stark, obwohl Komplimente nicht seine Sache waren. Er war ja nie zufrieden mit sich, warum sollte er es dann mit anderen sein? Das Höchste der Gefühle war: »Das hat mich sehr überrascht.« Aber wenn er zugab, »überrascht« zu sein, dann konnte ich nicht anders: Ich mußte ihn berühren, ihn an den Händen packen, ihm die Nase gegen den Hals drücken und tief Luft holen, um seinen Geruch einzuatmen. Er roch nach Anstrengung; ich war ganz verrückt nach diesem Geruch.

Daß auf meiner Seite Verliebtheit im Spiel war, ist keine Frage, eine Verliebtheit, die von Anbetung gar nicht so weit entfernt war. Aber das allein kann's nicht gewesen sein. Riki machte auch aus Mike Kirindongo einen guten Spieler, und aus Margot Pietersz und Clark Gomez Chumaceira. Je besser die Spieler waren, desto mehr bewunderten sie Riki. Riki war von einer Überzeugung, die sie bei sich oft vermißten.

Wir trafen uns jeden Sonntag im alten Turnsaal der Shell in Asiento, beim Hafen. Zuerst unterhielten wir uns ein bißchen, dann trainierten wir eine Stunde lang unsere Fußarbeit und schlugen zum Abschluß ein paar Eimer voller Bälle leer. Wenn es mittags dann zum Spielen zu heiß wurde, setzten wir uns in einem Kreis auf den Fußboden. Irgendeiner hatte immer Funtji oder Hähnchenschlegel von zu Hause dabei.

Riki erzählte von der Verbotenen Stadt, schilderte uns Kanton und die Mädchen von Shanghai. Atmosphäre pur. Mein Gott, was konnte dieser Bursche für eine Atmosphäre schaffen. Stellte uns Fragen wie: Warum wir das hier täten? Glaubten wir nicht, daß der Sport unser Ego in ungesunder Weise aufblähte? Die meisten von uns hatten über so etwas noch nie nachgedacht.

Er zog die Vorhänge zu. Im Stockdusteren mußten wir die Bälle schlagen. Nur nach Gehör. Am Geräusch des Balls sollten wir erkennen, mit welchem Effet er ankäme. Wenn man *Tschuk* hörte, dann berührte das Gummi den Ball kaum und man mußte mit gehörigem Drall rechnen. Hörte man ein *Plock*, dann schoß der Ball direkt auf einen zu.

Er nahm uns mit zum Wasserbecken nach draußen. Wir mußten mit verbundenen Augen über ein Brett gehen. Nur dem Tastsinn nach. Fuß vor Fuß. Sollte wohl das Konzentrationsvermögen schulen.

Er gab uns Ratschläge bei der Wahl des Materials. Er wußte so viel, daß er auch erkannte, wie gefährlich eine zu technische Annäherung an das Spiel sein konnte. Die vielen Gummisorten konnten einen kirre machen – es gab immer einen Belag, der noch besser war.

Ich klebte mir das gleiche Gummi auf das Schlagholz wie er. Unsere Art zu spielen war sich ziemlich ähnlich. Wir hatten es von denselben Trainern gelernt. Beide spielten wir aggressiv. Er riet mir zum glatten Angriffsgummi *Mark V* auf der einen Seite und zu *Wallie*, einem Verteidigungsgummi, das auch ganz gut zum Angriff taugte, auf der anderen. Nachdem ich noch ein paar andere Sorten ausprobiert hatte, kam ich schnell wieder auf seinen Ratschlag zurück und beschränkte mich auf zwei feste Gummis.

Wenn er auf einem internationalen Turnier etwas Interessantes sah, übernahm er es sofort. Und er behielt es nicht nur für sich, sondern gab es auch an Mike oder Margot oder an mich weiter. Als die Verteidigungsgummis mit Antispin auf den Markt kamen, warnte er Mike davor, zu viel Topspin einzusetzen. Durch das Antispin käme ein mit Effet geschlagener Ball mit ebensoviel Drall zurück. Dann müsse man gegen seine eigene Raffinesse ankämpfen. Ich fragte ihn, warum er so etwas nicht für sich behielt. Aber er sagte: »Nichts bringt mehr Menschen um als Eifersucht.«

Nachdem er in China gewesen war, spielte er eine Weile mit dem Bleistiftgriff. Dabei braucht man nur die Vorhand zu trainieren, die Rückhand ist überflüssig. Und die Rückhand war Rikis schwache Seite; wenn man ihn zwang, die Rückhand einzusetzen, konnte man ihn schlagen. Nach wenigen Monaten aber wechselte er wieder zum alten Shake-Hand-Griff über. Man muß mehr laufen, wenn man keine Rückhand einsetzt, dazu braucht man aber eine höhere Kondition, und obwohl Rikki stark war wie ein Bär, machte ihm seine Achillesferse immer wieder zu schaffen.

Um die Kondition zu verbessern, bat er den Busfahrer, ihn vor seinem Ziel abzusetzen, jeden Monat eine Haltestelle früher. Damals spielte er noch bei den Junioren. Zwischen dem Haus der Großmutter und dem Trainingssaal lagen genau zwanzig Busstationen. Es kam vor, daß kein Lüftchen wehte und die Sonne brannte wie in der Wüste. Ab und zu hatte er auch einfach keine Lust, sich so früh am Morgen anzustrengen, aber er hatte mit dem Chauffeur ausgemacht, daß der Bus keinen Meter weiterfahren würde, bevor er nicht ausgestiegen sei. Nach zwanzig Monaten legte er die ganzen fünf Kilometer von der Küste nach Asiento zu Fuß zurück. Im Laufschritt.

Zu verlieren machte ihn aggressiv. Er war ein ganz anderer Riki, wenn er verlor. Nicht wiederzuerkennen.

Hier auf der Insel verlor er nicht, aber im Ausland. Technisch und taktisch war er uns hier allen haushoch überlegen.

Je öfter ich mit ihm spielte, desto mehr liebte ich ihn. In seiner Nähe verlor ich jegliche Selbstachtung; auf jede erdenkliche Weise versuchte ich, seine Aufmerksamkeit zu erringen. Ich machte mich beinahe lächerlich, aber er behandelte mich mit immergleichem Respekt. Ich begann, seinen Respekt zu hassen, für ihn ein Grund mehr, galant zu mir zu sein.

Vor den Wettkämpfen rief er mich an, um zu fragen, welches Trikot ich anziehen wollte, damit er seines darauf abstimmen konnte. Bei einem gemischten Doppel mußten die Farben der Trikots zueinander passen ... Er stutzte sorgfältig seinen Schnurrbart. Ein dünner Schnurrbart, der rechts und links neben seinen Mundwinkeln herunterwuchs. Er war elegant, auf eine fast feminine Weise.

Nur nach einem Turnier konnte er sich mal ein paar Stunden entspannen. Wir machten lange Spaziergänge durch die Stadt. Mike konnte ihn sogar einmal dazu überreden, mit ihm zu einem Boxkampf zu gehen. Riki zuckte bei jedem Schlag zusammen, dann packte er mich bei der Hand und zog mich vor die Tür. Spazierengehen war ihm lieber. Mit niemandem bin ich so viel herumgelaufen wie mit ihm. Aber ich konnte noch so nah neben ihm gehen, sein Inneres blieb mir verschlossen.

Er sprach nie über sich selbst, er sprach nur über das Tischtennis oder wie man ein Spiel anpacken müsse. Er besaß eine Neugier, die man unter anderen Umständen leicht als Gelehrtheit hätte interpretieren können; oft kam er auf den Buddhismus zu sprechen. Er interessierte ihn, weil er einen gegen das Leid wappne, während das Christentum manisch auf die Sünde fixiert sei.

Manchmal wollte er dem Spiel auch mit Mathematik beikommen. Er versuchte, bestimmte Muster darin zu finden, vor allem im Doppel.

Merkwürdigerweise hörte er damit auf, als ich zur Technischen Fachhochschule zugelassen wurde. Von da an kein Wort mehr über Buddhismus oder Goniometrie, und von da an zwinkerte er mir auch nicht mehr zu, wenn ich ihn irgendwo traf, er kniff mich nicht mehr in die Seite und drückte mich nicht mehr an sich, wenn er sich vor seiner soundsovielten Reise von mir verabschiedete.

Von da an spürte ich auch seinen Blick nicht mehr ein

oder zwei Sekunden lang auf meinen nackten Schultern ruhen.

Ich konnte diesen Verlust kaum ertragen.

Je weiter ich die Karriereleiter hochkletterte, desto weiter entfernte er sich von mir.

25

Mike Kirindongo
Mit dem Rücken zur Platte

Präzision läßt sich nicht lernen. Entweder ist man präzise oder man ist es nicht. Manchmal zeichneten wir einen winzigen Kreidestrich auf den Tisch; Riki traf ihn mindestens zehnmal hintereinander. Es mußte in der Familie liegen; sein ältester Bruder brachte es mit dieser Präzision bis zum Pitcher der venezuelanischen Baseball-Nationalmannschaft.

Beim Tischtennis ist die Distanz zwischen den beiden Gegnern irrsinnig klein, die Zeit für Entscheidungen reduziert sich auf weniger als eine Zehntelsekunde. Trotzdem muß man wie ein Schachspieler immer ein paar Züge vorausplanen. Es ist eine furchtbar komplizierte Sportart, bei der die kleinste Kleinigkeit wichtig ist, und dabei ist die Geschwindigkeit so hoch, daß man oft den Ball nicht mehr sieht und sich wie eine Fledermaus nur auf sein Gehör verlassen kann.

Die Konzentration, die man bei diesem schnellen Hin und Her aufbringen muß, stellt sich nur ein, wenn man sich seines Körpers nicht mehr bewußt ist. Wie ein Buddhist. Nur noch reiner Geist. Sich loslösen. Wegschweben. Die Schmerzen in den Beinen nicht mehr spüren. Die Krämpfe in den Fingern vergessen. Wenn einem das gelingt, dann kann man das Spiel bestimmen.

Riki konnte das.

Bei den ersten Tischtennis-Meisterschaften der Antillen mußte er im Finale gegen den Arubaner Alejandro Croes antreten. Ein irre guter Spieler; keiner von unserer Insel hatte ihn jemals schlagen können.

Vom Vorstand des Sportverbands war eine Menge Geld investiert worden, damit wir unsere lieben Nachbarn aus Aruba bei den allerersten Antillen-Meisterschaften verlieren sehen konnten. Riki durfte für einige Wochen in ein Trainingslager des niederländischen Tischtennisbunds nach Sittard, und ich mit ihm. Wir trainierten zwanzig Tage lang.

Eine Woche vor dem Wettkampf ließ er sein Blut untersuchen. Durch das Krafttraining in den Niederlanden hatte sich seine Muskelmasse enorm vergrößert; nur der Eisengehalt seines Blutes befand sich an der untersten Grenze. Er schluckte Pillen und änderte seine Ernährung. Schon ein paar Tage später fühlte er sich um einiges energievoller. In den Niederlanden hatte er verstärkt seine Schwachpunkte trainiert: Standfestigkeit, Fußarbeit, Rückhand. Außerdem war er bei einem Materialspezialisten zu Besuch gewesen und hatte sich ausführlich beraten lassen.

Trotz dieser Vorbereitungen packte er das Spiel vollkommen falsch an. Er setzte auf Verteidigung, blockte, wartete ab.

Erst im zweiten Satz schlug er die Bälle tiefer, und jetzt trafen sie den Tisch mit viel Power.

Im dritten Satz spielte er schneller, das war bei Riki immer ein Zeichen des Selbstvertrauens.

Von da an waren sich die Spieler ebenbürtig.

Im fünften, entscheidenden Satz hatte Croes einen Vorsprung. Es stand 17:13. Alejandro war nur vier Punkte von der Meisterschaft entfernt, Riki acht.

Sein Onkel Tonio saß in der vordersten Reihe des Publikums. Er sprang auf, was bei diesem ruhigen, nach außen hin kalten Mann fast einem Gefühlsausbruch gleichkam. Und Diane d'Olivieira, die gerade zur Schatzmeisterin des Tischtennisbundes von Curaçao ernannt worden war, war ebenfalls aufgesprungen. Ihr sonst so weißes Gesicht war knallrot.

Bevor Riki aufschlug, sah er kurz zu seinem Onkel und zum gesamten Vorstand des Tischtennisbundes in der ersten Reihe hinüber. Ihre Aufregung (und ihre Wut; die Reise nach Holland hatte sie schließlich mehrere zehntausend Gulden gekostet) schien ihn nur zu amüsieren. Daß er verlieren würde, war ihm egal, er hatte sich von der Anspannung und dem Druck gelöst; er schwebte. Er würde verlieren, das war ihm klar, aber ich sah, daß er es mit Stil tun wollte. Ein letzter unberechenbarer Ball. Eine Überraschung direkt vor Schluß.

Ein reines Wunder brachte die Wende. Croes schmetterte. Riki stand nur vier Meter vom Tisch entfernt. Er drehte sich um, rannte sechs Meter hinter dem Ball her und schlug aus zehn Meter Entfernung den Ball zurück, *mit dem Rücken zur Platte*. Der Ball kam mitten auf dem Tisch auf, und Alejandro war derart verblüfft, perplex und baff, daß er den Ball ins Netz rammte.

Er stöhnte. Das Publikum tobte. Alejandro machte keinen Punkt mehr.

Nach den Huldigungen fuhr ich Riki nach Cornet zurück.

»Und?« erkundigte sich seine Großmutter, als wir in die Küche kamen.

»Gewonnen«, murmelte, als wäre es das Selbstverständlichste auf der Welt.

Und seine Welita Flora antwortete: »Ich wußte es. Als du geboren wurdest, brachen die San-Juan-Stürme aus. Mit dir kam der Regen.«

26

Fichi Ellis
Und das Ungeheuer, genannt Neid,
hielt die Klappe

Er rannte einem Ball hinterher, der mit einer Wahrscheinlichkeit von neunundneunzig Komma neun Prozent verloren war, und das kurz vor Schluß eines Wettkampfs, bei dem er sich körperlich vollkommen verausgabt hatte. Er konnte nur noch durch ein Wunder gewinnen. Jeder Tischtennisspieler, auch der allergrößte, wäre wie angenagelt stehengeblieben, aber er rannte sechs Meter weit und schlug den Ball *mit dem Rücken zur Platte*.

Ich saß auf der Tribüne, zwischen Clark Gomez Chumaceira und Mike Kirindongo. Schräg hinter uns saßen Erik Gorsira und Margot Pietersz. Wir stießen uns an, waren begeistert, verwirrt, wir wußten sofort: So etwas würden wir nie mehr erleben. Tischtennis würde für uns immer mit diesem Bild verbunden bleiben.

Das Unmögliche war möglich geworden, das Unvorstellbare vorstellbar. Er hatte ein Wunder vollbracht. Von diesem Moment an sahen wir ihn mit anderen Augen.

Riki war eine Klasse für sich. Streiten konnte man mit ihm nicht, darauf ging er nicht ein. Er war ein eher heiterer Charakter. Stimmt alles. Aber Engel waren auch wir keine. Das Ungeheuer, genannt Neid, meldete sich bei uns ebenfalls zu Wort. Und zwar mit Gebrüll.

Zwar durften wir auch reisen, aber seine Reisen waren länger und weiter. Zwar durften wir anderen auch unsere Meinung sagen, aber auf seine Ratschläge hörte man. Sagte er: »Mike soll mit ins Trainingslager nach Holland«, dann kam Mike mit und nicht Clark, wie der Vereinsvorstand eigentlich beschlossen hatte.

Ein einziger Ball.

Und dieser Ball blieb in unserem Gedächtnis haften wie eine Erhabenheit. Durch diesen Ball wuchs er über uns andere hinaus, durch diesen Ball wurde er unnahbar.

»*Was ist schlecht? – Alles, was aus der Schwäche stammt*«, hielt er mir zwanzig Jahre später vor. »*Was ist gut? – Alles, was das Gefühl der Macht, den Willen zur Macht, die Macht selbst im Menschen erhöht.*«

Er fand bei Nietzsche alles, was er eigentlich schon von jeher gewußt hatte. Es war immer seine Einstellung gewesen: Nichts ist verloren, nie.

27

Mike Kirindongo
Ein friedliches Gefühl

Er gewann die Antillen-Meisterschaften fünfmal. In drei Endspielen mußte er gegen Alejandro Croes antreten. Von den Hunderten von Wettkämpfen, die er absolvierte, waren die Spiele gegen den Arubaner die schwersten. Alejandro war sein Erzrivale. Immer wieder lauerte Croes auf eine Gelegenheit, sich zu revanchieren, er gab nie auf, und jedesmal mobilisierte er ungeheure Kräfte. Bei jedem Satz ließ er Riki auf dem Zahnfleisch gehen, bei jedem Wettkampf sah Riki *die Furie* in seinen Augen.

Beim Finale der Karibik-Meisterschaften, die in jenem Jahr in Trinidad abgehalten wurden, hatte Riki wieder einmal Alejandro zum Gegner. Zum ersten Mal ging er unbesorgt ins Spiel. Nach drei Siegen hielt er es für ausgemacht, daß er auch den vierten Kampf gewinnen würde. Am Abend vor dem Wettkampftag stürzte er sich noch mit mir und Joe Jackson, er stammte aus Barbados, ins Nachtleben von Port of Spain. Und am nächsten Morgen trank er Kaffee zum Frühstück.

Für einen Tischtennisspieler ist Kaffee das reinste Gift; die Finger zittern einem davon, und man kann nicht mehr millimetergenau zielen. Joe Jackson, mit dem wir gut auskamen, warnte Riki während des Warming-up. »*Hey, Riki, take care man, Alejandro will beat you.*« Riki grinste nur: »*You're crazy, Joe.*«

Aber Joe sollte recht behalten: Alejandro spielte Riki vollkommen unter den Tisch.

Er verlor sämtliche Hemmungen, er wollte Riki eine Abreibung verpassen, die sich gewaschen hatte. Er wollte ihn ein für allemal vernichten. Und Riki ließ sich willig zur Schlachtbank führen, nicht etwa weil seine Kondition zu wünschen übrigließ oder weil er schlampig gespielt hätte, nein, weil es ihm an Distanz fehlte. Distanz zum Spiel. Zur Umgebung. Zu seinem Körper.

Nach dem Spiel sagte er mir, er sei mit einem friedlichen Gefühl in sich zum Spiel angetreten. War 'n netter Abend gestern, 'ne Menge Spaß gehabt mit Joe. Die ersten Bälle habe er *ohne alle Angst* geschlagen, aber als er in Rückstand geriet, spürte er plötzlich jeden Knochen in seinem Körper und einen entsetzlichen Druck im Magen, als hätte er Gift geschluckt.

Aus Erfahrung weiß ich: Mit einem friedlichen Gefühl kommt man nicht weit. Nur Angst verleiht einem das letzte Quentchen Konzentration, das man zum Siegen braucht. Wer Angst hat, sieht alles; wer Angst hat, kämpft. Oder um es mit Rikis Worten zu sagen, als ich wieder einmal in einem Finale unterlegen war: »Sei nicht traurig, Mike; nur Neurotiker schaffen's bis ganz nach oben.«

28

Riki Marchena
Die ewig Abwesende

Jeden Morgen ging ich mit Len zur Schule. Freunde hatte ich keine, er auch nicht. Und nach der Schule wartete ich im Schatten des Tamarindenbaums auf ihn, damit wir zusammen wieder nach Hause gehen konnten. Wer uns von weitem so sah, hätte uns für unzertrennlich gehalten. Das waren wir auch, aber wir redeten kein Wort miteinander.

Len ...

Er wuchs langsam. Immer weniger sah man, daß er zwei Jahre älter war als ich. Mit zehn brauchte ich schon nicht mehr zu ihm hochzuschauen, mit zwölf war ich einen Kopf größer als er.

Er entwickelte sich in allem langsamer als ich. Es war, als hätte der Tod unseres Vaters sein Sprachvermögen beschädigt. Ich war zwar schüchtern, aber ich konnte mich mühelos äußern. Er nicht, er zögerte bei jedem Wort.

Es ärgerte ihn, daß ich Dinge vorausahnen konnte. Weil ich keine bösen Überraschungen erleben wollte, achtete ich auf jedes Zeichen, das auf eine Veränderung hindeutete. Kurz bevor Onkel Tonio mit einer großen schweren Schachtel aus Miami zurückkehrte und sie in Großmutters Haus trug, als wäre es der Schatz von Ali Baba, hatte ich zu Len gesagt:

»Wir kriegen bald einen Fernseher.«

Er sagte, ich wäre wie die alten Frauen, die Säfte aus den Leguanen pressen, um sie in kleine Plastiksäcke abzufüllen und in die dunklen Flure des Hotel Caracas zu tragen, wo heimliche Messen abgehalten wurden.

Auch ich bin in dieser Hotelruine beim Hafen gewesen. In den Fluren stehen überall Marienstatuen herum, auf Tischen und auf dem Fußboden. Es riecht nach Weihrauch. An primitiven haitianischen Holzstatuen hängen ungezählte Opfergaben.

Er stotterte: »Was, d-d-du bet-t-teiligst d-dich a-an brua?«*

Ich antwortete: »Quatsch, Mann! Ich will mich nur nicht von schlechten Neuigkeiten überraschen lassen, von guten übrigens auch nicht. Ich sehe den Dingen in die Augen.«

Er hielt das für Unsinn. Ich hätte für mein Alter doch ein paar ungesunde Vorstellungen. Weil er Angst hatte, ich könnte ihn irgendwie damit anstecken oder beeinflussen, steckte er sich jedesmal, wenn ich ihm etwas erzählte, was ihm nicht paßte, die Finger in die Ohren. Das tat er immer öfter: Dann klemmte er sich die Schultasche unter den Arm, und die Finger wanderten Richtung Ohren. So machte es mir keinen Spaß mehr; ich hielt den Mund.

Von dem Tag an, an dem Onkel Tonio tatsächlich den Fernseher ins Haus trug, sagten wir nur noch wenig zueinander. Schweigend gingen wir in die Schule, schweigend gingen wir am Meer entlang nach Hause zurück. Beim Avila Hotel blieben wir kurz stehen, um den halbnackten Töchtern der Makamba zuzusehen, die vor Vergnügen kreischend ins Wasser rannten. Dann schüttelte Len den Kopf wie ein alter Mann, und wir gingen schweigend weiter. Außerhalb des Sports hatten wir nur wenig gemeinsam.

Das Merkwürdige war, daß ich Len trotzdem gut leiden konnte. Und wie stand's mit ihm? Wie sehr er sich auch anstrengte, richtig hassen konnte er mich auch nicht. Noch bevor er seine ersten großen Turniere spielte, wußte ich, daß

---

* brua: Wörtlich: Zauberei. Eine mildere Form des Voodoo, das auf Curaçao in Maßen betrieben wird.

er mit diesem Sport ein Vermögen verdienen würde. Sämtliche Fehler, die er im Leben machte, bügelte er auf dem Tennisplatz wieder aus. Es war eine Lust, ihm zuzusehen; auf dem roten Ziegelmehl spottete er den Gesetzen der Schwerkraft. Er schwebte aufs Netz zu.

Einmal hatte ich mich ernsthaft verletzt (ich verstauchte mir während der Inselmeisterschaften auf dem unebenen Holzboden des Turnsaals den Knöchel), da sagte er zu mir: »Du bist selbst als Krüppel nicht zu schlagen.«

Wir schätzten einander, ohne daß uns viel aneinander lag.

Zwischen uns stand eine Unsichtbare. Eine ewig und immer Abwesende.

Len hegte eine tiefe und grenzenlose Liebe zu Mutter. Das war sein schwacher Punkt. Bei seinem ersten Endspiel ließ sie sich nicht sehen; und als am nächsten Tag alle Zeitungen auf den Antillen sein Foto brachten, machte sie das keineswegs etwa durch einen Telefonanruf wieder gut. Er war untröstlich. Hätte er mit mir darüber reden können, hätte uns das einander sicher nähergebracht. Aber ich sagte nur: »Was hast du denn erwartet? Sie ist der Teufel in Person.«

Jedesmal, wenn ich etwas Derartiges sagte, wußte Len nicht, wohin er mich zuerst schlagen sollte, aufs Auge, die Nase oder mein Kinn. Weil er sich aber nicht entscheiden konnte, endete es meist damit, daß er stotterte, er wolle nie mehr ein Wort mit mir reden.

So gingen wir beide mutterseelenallein durchs Leben. Der Unterschied zwischen uns war, daß mir das nicht viel ausmachte. Allein fühlte ich mich wohler als in Gesellschaft. Das einzige, was für mich zählte, war der Sport. Ich mußte den anderen imponieren, erst dann hatte ich das Gefühl zu leben. Die Schinderei schien mir nicht einmal die schlimmste Art zu sein, dieses Ziel zu erreichen; es hätte ja auch sein können, daß ich mir dazu ein Ohr hätte abschneiden müssen.

Weil ich so oft gewann, änderte sich auch mein Verhalten. Ich hörte auf, mich zu verstecken. Entschied ich den letzten Satz zu meinem Vorteil, konnte ich den Leuten danach endlich wieder gerade in die Augen sehen. Weder anmaßend noch eingebildet, wahrscheinlich nicht einmal zufrieden; ich vergaß keinen Moment, daß ich in wenigen Tagen wieder eine vergleichbare Leistung würde vollbringen müssen. Nein, ich war nur nicht mehr so unsicher.

Bei Len war das anders. Er litt an einer Krankheit, die einen früher oder später aufzehrt. Selbstmitleid.

Ging etwas schief oder klappte nicht so, wie er gehofft hatte, dann war gleich seine unglückliche Kindheit daran schuld, oder noch viel schlimmer: seine Hautfarbe. Bei einem Turnier in Jamaika verlor er angeblich, weil er zu viel *kofi ku lechi** war und ihm die Schwarzen die kalte Schulter zeigten, in den Vereinigten Staaten konnte er nur deshalb nicht zur absoluten Spitze vordringen, weil seine Haut zu dunkel und sein Haar kraus war und weil immer irgendein Witzbold auf der Tribüne saß, der schrie, wo er denn seine Bananen gelassen habe. Ich hatte ihn oft genug gewarnt …

»Len, wenn du dich wie ein Sklave verhältst, dann werden dich die anderen auch wie einen Sklaven behandeln.«

Aber er hörte nicht auf mich. Oder er wollte es nicht.

Hätte er sich nicht so oft die Finger in die Ohren gesteckt, dann hätte er viele Jahre länger auf den Tennisplätzen der Welt gestanden, mit einem überlegenen Lächeln und wunderschönen Rastalocken. Er wäre seiner Zeit voraus gewesen. *Bon*, es sollte nicht sein. Manche Leute wollen lieber mit einer Leidensmiene hinter den Ereignissen hertrotten.

---

* kofi ku lechi: Milchkaffee, also hellbraun.

29

Len Marchena
Das Höschen und der Jünglingsbart

Eines Mittwochnachmittags stand sie am Rand des Platzes, unter einem großen schwarzen Schirm, um sich vor der Sonne zu schützen.

Riki war damals ungefähr vierzehn. Die Ferse machte ihm noch keine Schwierigkeiten und er spielte zwischen fünfzehn und zwanzig Stunden Tennis pro Woche, immer gegen mich und mit Onkel Tonio als unsichtbarem, aber immer anwesenden Betreuer hinter sich.

Nachdem er ihr zugenickt hatte, legte er seinen Schläger hin, nahm ein Handtuch, trocknete sich Hals und Nacken ab und sagte zu mir: »'Tschuldige, Len, ich muß mal schnell was erledigen.« Er ging zu ihr und fragte sie, wo und wann sie sich treffen könnten.

Ich war baff. Wo nahm er nur den Mut dazu her?

Ungefähr drei Wochen später führte er mich nach einem Trainingsspiel zum auberginenroten Haus, in dem Leyla wohnte. Auf dem Weg dorthin redete er mal wieder wie ein Wasserfall. Mädchen seien für ihn genauso verachtenswerte Wesen wie Mütter. Er würde allein bleiben, er wisse genau, daß er sich nie verlieben und schon gar nicht heiraten würde.

Riki wußte alles immer im voraus; er war der Seher. Was er allerdings nicht vorhersah, war, daß er sich einmal mit einem Mädchen gut verstehen würde. Daß er sich gut *unterhalten* konnte mit so einer Schlampe.

Er gestand mir auf dem Weg zu ihrem Haus: Leyla habe

ihm innerhalb einer Stunde mehr anvertraut als ich ihm in zehn Jahren. Und, sagte er noch mit einem Grinsen, er habe mit ihr gelacht, was er mit mir ebenfalls noch nie getan habe.

Freundlich war er zu mir nur selten; aber damals hörte ich zum ersten Mal einen Vorwurf in seiner Stimme.

Ich schwieg. Im Einstecken war ich Meister. Mit Riki richtig umzugehen erforderte viel Taktgefühl. Er konnte einen aufbauen und im nächsten Moment in die Pfanne hauen; er war unberechenbar.

Leyla war allein zu Hause. Ihre Mutter arbeitete in der Poliklinik auf der anderen Seite der Stadt, ihr Vater noch weiter entfernt, auf einer Bohrinsel im Golf von Mexiko; der kam nur zu Weihnachten und zum Karneval nach Curaçao.

Riki ging ums ganze Haus herum. Er kannte den Weg. Ich folgte ihm. Er deutete auf das Fenster der Waschküche, ein schmales Fenster. Riki war inzwischen beinahe ein Meter fünfundachtzig groß, er brauchte sich nicht mal auf die Zehenspitzen zu stellen, um hineinzusehen. Ich zog mich am Fensterrahmen hoch und sah in der Waschküche Leyla stehen, nackt, in den Händen eine Wasserschale.

Damals hatte kaum jemand auf der Insel eine Dusche; man schöpfte mit einer Emailleschale Wasser aus der Regentonne und schüttete es sich über Kopf und Körper. An diesem Morgen hatte es viel geregnet, das Wasser in der Regentonne hatte noch keine Zeit gehabt, sich aufzuwärmen. Als Leyla die Schale über ihrem Kopf ausgoß, sprang sie kreischend zur Seite.

Im gleichen Moment entdeckte sie uns. Ich wartete auf einen zweiten Schrei, einen panischen, einen fuchsteufelswilden, aber sie zuckte nur mit den Schultern und schüttelte den Kopf, eher verwundert als böse, eher ungläubig als erschrocken, dazu ein leichtes Lächeln, als wären wir schon ein ganzes Leben lang mit ihr befreundet und spielten ihr mal wieder einen Streich.

Sie war das erste Mädchen, das ich nackt sah. Dank meines kleinen Bruders.

Ich kann mich noch genau an den Schock erinnern. Und wie ich mich schämte. Es war *seine* Freundin, die ich hier anglotzte.

Habe nie verstanden, warum er mich mitnahm. Er mußte schon öfter durch das Fenster geschaut haben. Wollte er mir imponieren? Oder wollte er mich mitgenießen lassen?

Oder wollte er mich anspornen?

Sah ich einem Mädchen beim Tumbatanzen zu, dann fand ich das zwar erregend, aber es wäre mir nie im Traum eingefallen, ihr die Hände auf die Hüften zu legen und mitzutanzen. War ihm das aufgefallen? Oder wollte er mir nur zeigen, wie einfach das alles im Grunde war? Bevor ich mein Glück in Florida suchte, äußerte ich mich mit der Leichtigkeit eines Taubstummen. Vielleicht wollte er zeigen, daß es dazu gar nicht so vieler Worte bedurfte.

Oder hatte ich das alles falsch verstanden? Versuchte er mir hier auf seine undurchsichtige Art klarzumachen, daß zwischen uns trotz aller Zwistigkeiten ein besonderes Band bestand? Wir verstanden uns zwar gut mit Ferry, unserem ältesten Bruder, aber der tat schon so, als wäre er erwachsen. Ferry fühlte sich für uns verantwortlich, er hielt sich, vielleicht nicht einmal bewußt, für Vaters Stellvertreter. Riki wird etwa neun gewesen sein, als er beim Abendessen einmal fragte, was eigentlich ficken bedeute, da gab Ferry ihm gleich eine Kopfnuß. Noch am gleichen Abend stellte Riki mir die gleiche Frage nochmal.

Ich ließ mich vom Fensterrahmen herunter, nur um mich sofort noch einmal hochzuziehen.

Wenn ich mich recht erinnere, war Leyla zwei Jahre älter als Riki. Kurze Locken. Zarter Körper. Sehr mädchenhaft, was etwas anderes ist als kindlich. Sie würde es auch noch mit dreißig sein – ein Mädchen.

Ich fand, sie paßte überhaupt nicht zu Riki. Es sei denn, ich kannte ihn schlechter, als ich glaubte.

Ich sehe sie wieder vor mir, schärfer als auf einem Foto … Es mag merkwürdig klingen, aber ich habe Leylas Körper nie wieder vergessen können.

Ich heiratete eine Amerikanerin. Ich gründete eine Familie. Ich wurde glücklich, insofern man das überhaupt sein kann. Aber manchmal, in einer schlaflosen Nacht, unterwegs in einem Flugzeug oder während ich in einer Schlange vor einem Schalter stehe und warte, taucht Leyla wieder vor mir auf. Die zarte Leyla aus der Waschküche. Die Leyla, die die Emailleschale über ihrem Kopf ausschüttet, die das kalte Wasser über den Körper strömen läßt und die es vor Kälte schüttelt.

Ich glaube, daß ich dieses Schütteln mindestens tausendmal nacherlebt habe.

…

Eine Woche später nahm Riki mich wieder mit zu ihrem Haus.

Diesmal sollte ich am Zaun stehenbleiben und auf ihn warten.

Kein Zweifel, ich war sein Alibi, er wollte, daß wir gemeinsam nach Hause kämen, damit Großmutter nicht mißtrauisch wurde.

Es war schon fast dunkel, als er endlich kam. Kopfschüttelnd und mit einem Grinsen auf dem Gesicht sagte er: »Ein besonders reinliches Mädchen.«

Ich war wütend, ich hatte sicher anderthalb Stunden auf ihn gewartet, und er grinste nur eingebildet.

»Nein, nicht vulgär«, sagte er. »Auch nicht schüchtern. Einfach, ein witziges Mädchen. Und ausgesprochen sauber. Ich mußte mich erstmal waschen, bevor ich sie anfassen durfte. In der Waschküche. Während sie zuschaute. Kannst du dir das vorstellen? Hat Mut, die Kleine.«

Er gab mir keine Gelegenheit, ihn zu unterbrechen. Er redete, bis meine Wut verpufft war. So machte er das meistens; er lenkte vom Thema ab, stellte irgendeine Frage.

»Len, riechst du den *barba di yonkuman*?«

Die Sonne war gerade untergegangen, Zeit für den Duft des »Jünglingsbartes«, ein Duft wie in Friseurläden. Ich sog den süßen, betäubenden Geruch in mich auf und riß eine der fedrigen Blütenkugeln vom Baum.

Sein Hang zum Geheimnisvollen ließ Riki natürlich glauben, was man sich auf der Insel zuflüsterte: Der Duft des blühenden *barba di yonkuman* erregte die Sinne. Der Baum duftet nämlich nur in der Nacht.

Eine Woche später gestand er mir: »Wir haben's gemacht.«

Er sagte es ohne Stolz. Ohne Angeberei, nein, nein, es war eine ganz neutrale Mitteilung, nur um mich über die neuesten Entwicklungen in dieser Sache auf dem laufenden zu halten. Weil ich sie kannte. Also gut, er hatte es mit Leyla getan.

»War's schön?« fragte ich ihn, obwohl ich es eigentlich gar nicht wissen wollte.

»Ähm, ich will's mal so sagen, Len, manche Dinge kann man nicht erzählen, die muß man selber erleben.«

Ich verging vor Eifersucht. Ich hätte ihren Körper nicht mal im Traum zu berühren gewagt, und er hatte ihn in seinen Armen gehalten, hatte ihn an sich gedrückt, hatte ihn gestreichelt.

Ich redete nicht mehr über Leyla und hoffte, sie auf diese Weise vergessen zu können. Das hielt ich ein paar Wochen durch.

Dann konnte ich mich eines Tages nicht mehr zurückhalten, und ich fragte ihn, ob sie sich noch träfen.

Er schüttelte den Kopf; es sei aus zwischen ihnen.

»Aus? Warum?«

Nachdem sie miteinander geschlafen hatten, habe Leyla ihn gefragt, ob er sie liebe. Er habe am ganzen Körper zu zittern angefangen.

Aber Leyla ließ nicht locker. Warum er denn mit ihr schlafe, wenn er sie nicht liebe? Und seine Antwort war: *»Just for fun.«*

Eine Woche später hing ein Plastikvorhang vor dem Fenster der Waschküche, und er konnte so laut ans Fenster klopfen, wie er wollte, Leyla ließ sich nicht mehr blicken.

Ich fragte ihn, ob es ihm denn nicht leid tue.

Er zuckte mit den Schultern und sagte mit einem Grinsen auf dem Gesicht: »Ach, nee, Len. Bin eher erleichtert.«

...

Er war sich seiner so sicher. Unwahrscheinlich sicher. Aufreizend sicher.

Aber ich wußte, daß das nichts als Tarnung war.

Sieben Jahre später spielte er sein legendäres Spiel gegen Alejandro Croes. Ich gratulierte ihm als einer der letzten. Im Umkleidezimmer. Er stand mit dem Rücken zu mir und wollte gerade unter die Dusche. Ich tippte ihm in dem Moment auf die Schulter, als er gerade ein Höschen aus der Unterhose zog.

Es war sein Talisman. Sein Maskottchen.

Er grinste. Ich kannte die idiotische Marotte von Sportlern, die glauben, mit allerlei Ritualen oder Gegenständen das Glück beeinflussen zu können.

»Du hast grandios gespielt«, sagte ich.

Er senkte den Blick, schaute auf das rote Höschen in seinen Händen und sagte nur: »Leyla.«

30

Riki Marchena
Liebe auf einem schwimmenden Pissoir

Mein Leben wurde dämmerig wie Tischtennissäle, in denen die Vorhänge zugezogen sind, weil der weiße Ball im Tageslicht nur schlecht zu sehen ist. Deshalb darf ein Tischtennisspieler auch nie ein weißes oder hellfarbenes T-Shirt tragen. Tischtennis ist ein Sport für Zombies.

Wie viele Nächte lag ich auf Hotelbetten und starrte auf die Kakerlaken an der Zimmerdecke, weil der Lärm von draußen mich nicht schlafen ließ? Ich fror in La Paz, erkältete mich in Buenos Aires. Ich lernte den Herbst kennen, sturmbedeckten Himmel, Nieselregen, rauhe Winde hoch in den Bergen. Ich lernte eine andere Hitze kennen, eine widerliche, die dampfend über Sümpfen liegt und stinkt wie ein feuchtgewordener Teppich. Nach jeder Reise liebte ich Curaçao um so mehr.

In Afrika spielte ich beim 3XA-Turnier, an dem Länder aus Asien, Afrika, Mittel- und Südafrika teilnahmen. Es fand in Lagos, Nigeria, statt. Ich spielte und verlor gegen einen Kongolesen, der andauernd irgendwelche unverständlichen Beschwörungsformeln vor sich hin zischte. So leise, daß der Schiedsrichter sie nicht hörte. Ich spitzte die Ohren, ließ mich immer stärker davon ablenken, hörte meinen Bruder Len lachen über derart viel Aberglauben, und konnte mich nicht mehr konzentrieren.

In Bogotá hangelte ich mich noch gerade ins Finale, und in Caracas machte ich eine so traurige Figur, daß ich es hinterher meiner Großmutter nicht zu beichten wagte. Ein Jahr später nahm ich Revanche und warf in Valencia den venezuelanischen Meister aus dem Rennen. Bei diesem Turnier spielte ich auch das schönste gemischte Doppel meines Lebens, mit Fichi Ellis. Unsere Bewegungen gingen so fließend ineinander über, als liebten wir uns. In Wirklichkeit war es nie dazu gekommen.

In Paramaribo, einen Monat später, weinte ich vor Schmerzen. Ein Muskelriß in der Wade. Verletzung des rechten Oberarms. Viel Kreatin geschluckt, gegen die Muskelschäden. Ich schluckte es auch danach noch, zusammen mit Antioxidanzien, um mein Immunsystem zu stärken.

In Paraguay gewann ich ein internationales Turnier und fuhr von dort aus zu den Lateinamerika-Meisterschaften nach Peru, von Peru aus dann zu einem Turnier in Guatemala.

Bei den US Open gewann ich das Finale gegen den berühmten Eusebio Vaquarano aus El Salvador; es war einer der ersten Sportwettkämpfe, die auf Curaçao live im Fernsehen ausgestrahlt wurden. Als ich zurückkam, warteten zweitausend Menschen auf dem Flughafen auf mich. Ansprachen, Lobreden, Musik, eine Eskorte, die mich bis zum Haus meiner Großmutter begleitete. Onkel Tonio schien mit mir zufrieden zu sein. Vier Jahre später schmetterte derselbe Eusebio mich unter Anrufung der Heiligen beider Amerika beim internationalen Turnier von Mexiko in Grund und Boden. Als ich nach Hause kam, sagte Onkel Tonio zu mir: »Mit Mut hast du eine reelle Chance, ein Spiel zu gewinnen, mit Übermut aber verlierst du es garantiert.«

Ich tat es gerne, ich meine, Tischtennis spielen. Wenn ich mich entscheiden mußte zwischen einem Trainings- oder einem Ausgehabend, dann entschied ich mich für's Trainieren. Je besser man in einer Sache ist, desto weniger hat man das Gefühl, Zeit damit zu verschwenden oder gar das ganze Leben. Darüber habe ich mich einmal mit einem ungarischen Pianisten unterhalten; er meinte, ein Virtuose übe nicht, sondern forsche nach neuen Möglichkeiten. Die Anstrengung sei nur ein Teil des Genusses.

Tischtennis verschaffte mir physisch und psychisch einen Kick. Ich liebte das Tempo des Spiels, die Konzentration, die es erfordert. Es reicht nicht, zehn Entscheidungen in der Sekunde treffen zu können, ein Tischtennisspieler muß gleichzeitig zehn weitere voraussahnen. Einen Ball mit Wucht auf eine Platte schmettern kann jeder, aber der Ball kommt eben zurück. Vor der Aktion muß man die Reaktion einkalkulieren, wer ping schlägt, muß sich auch dem pong stellen. Im Vergleich zum Tennis spielt man Tischtennis mehr mit dem Kopf. Der Ball kommt hier nun einmal schneller zurück, und wenn man keinen Plan hat, dann läßt man sich kopflos in die falsche Ecke jagen.

Man muß geschmeidig sein wie eine Katze, eine ungeheure Kondition und Ausdauer haben und dazu ein unergründliches Talent. Denn keiner weiß so recht, worin das Talent dafür besteht. Es ist das Wunder, auf allerhöchstem Spielniveau ein Bruchteil besser zu sein als ein anderer. Talent ist sicher eine Frage der Veranlagung, aber es gehören auch Willensstärke, Charakter, Phantasie dazu und eine Menge Seelenkränkungen, die irgendwie wieder kompensiert werden müssen.

Ich suchte Anerkennung, Bewunderung, Applaus. Wer will das nicht? Aber ich war ganz versessen danach. Vielleicht waren die Seelenkränkungen meiner Kindheit schwerwiegender als die von anderen; jedenfalls waren sie schwieriger auszubügeln.

Ich kämpfte. Und deshalb glaubten sogar Spieler, die meine schwachen Seiten kannten, ich würde niemals an mir zweifeln. Jeder bekommt seine Legende verpaßt. Ich galt als unnahbar. Na, um so besser. Das heißt nicht, daß ich selber dran glaubte; ich habe nie vergessen, wo ich herkomme.

Wer in Parera aufgewachsen ist, kann überhaupt nicht selbstsicher sein, nicht mal, wenn er in der Großen Halle des Volkes vor elfhundert geladenen Gästen spielt und Tschou-En-lai die Hand drücken darf.

Früher war Tischtennis einmal ein Hobby reicher Leute. Englische Lords vertrieben sich damit an müßigen Sonntagnachmittagen, wenn Regen sie von ihren Ländereien fernhielt, die Zeit. Aber das war einmal. Heute ist es ein Armeleutesport und sogar in den oberen Ligen wird er noch etwas stiefmütterlich behandelt.

Ich war Tennis-Juniorenmeister, als ich an einem Turnier in Puerto Rico teilnahm. Ich durfte im Hilton Hotel übernachten. Wenige Jahre später spielte ich wieder in Puerto Rico, diesmal bei einem Tischtennisturnier, und ich schlief in einem Five-Dollar-Hotel.

Schlechte Ernährung, wenig Vitamine. Die Geschichte meiner Reisen ergibt eine lange Krankengeschichte: Erkältungen, Magenverstimmungen, Durchfall. Manchmal suchten sämtliche Funktionäre nach mir, während ich mich auf dem Klo unsichtbar zu machen versuchte. Als Tischtennisspieler habe ich nie in einem ordentlichen Hotel übernachtet, außer in Peking. Die Zimmer des Friendship Hotels waren groß und komfortabel. Sonst wurden wir immer in billigen Pensionen oder Jugendherbergen untergebracht.

Meistens reisten wir zu viert zu den Turnieren; die zwei Besten der Männer und die zwei Besten der Frauen. Immer dieselbe Gruppe; der Coach, ein Betreuer, Mike und ich, Margot Pietersz und Fichi Ellis. Wir nannten es »die Familie« und so etwas Ähnliches war es auch: eine Menge falscher Schein und nur ganz selten ein wirklich schöner Moment.

Fichi wohnte in einem Häuschen am Rand von Otrobanda, einem Häuschen, das ihr Großvater im *gingerale*-Stil erbaut hatte. Viel geschnitztes Ornament. Paßte gut zu Fi. Einfallsreiche Spielerin. Scharfsinnig in der wahrsten

Bedeutung des Wortes: Ihre Sinne waren wie geschliffen. Nur mit ihr besprach ich von vornherein die Taktik. Und zwar gründlich. Wir beobachteten unsere Gegner in den Vorrunden, und ihr fiel jedesmal etwas auf, was ich übersehen hatte; dann tüftelten wir eine Strategie aus, nicht während wir faul in einem Stuhl lungernd eine Cola tranken, nein, sondern aufrecht vor einem Tisch sitzend, und immer einen Notizblock zur Hand. Fichi glaubte an die Überrumpelungstaktik. Ständig etwas Unerwartetes tun. Im ersten Satz konstant parallel spielen, obwohl die Gegner gerade bei uns mit diagonalen Bällen rechneten. Der Sieg war ihrer Meinung nach eine Frage der Überraschung. Es war ein Teil ihres Charakters; auch im täglichen Leben tat sie oft Dinge, die man von ihr nicht erwartete.

Auf dem Weg zu einem Jugendturnier in Aruba kamen wir uns zum ersten Mal näher. Auch diese Reise mußte so billig wie möglich sein, also fuhren wir mit der Fähre; das Meer war unruhig, das Schiff knallte auf die Wellen, als ramme es ein Korallenriff. Ich brauchte frische Luft, um nicht seekrank zu werden, und ging auf Deck. Auch Fichi hatte wenig Lust, in ihrer Koje zu bleiben, wo es nach allem roch, was ein Mensch aus dem Körper pressen kann.

Man nannte die Almirante Luis Brion, die einzige Fähre zwischen Curaçao, Aruba und Venezuela, auch »das schwimmende Pissoir«. Fast zurecht, aber dieser Pißpott hatte sogar mit dem Schwimmen noch Schwierigkeiten. Ungefähr zehn Jahre später blies die Stinkschute nämlich drei Meilen vor der venezuelanischen Küstenstadt Coro ihr Lebenslicht aus und versank an einem völlig windstillen Tag bei spiegelglatter See einfach im Wasser. Ihr Untergang, der ganz undramatisch verlief (nur der Kapitän verstauchte sich beim Einstieg in das letzte Rettungsboot den Knöchel), wurde dennoch von allen Antillianern bedauert, denn die Fähre war nicht nur dreckig, sondern auch eine schwimmende Bar mit steuerfreiem Alkoholausschank, ein schwimmendes Casino, das die ganze Nacht geöffnet hatte, und ein schwimmendes Bordell mit den hübschesten Hürchen von ganz Venezuela.*

Ich habe auf der Almirante Brion sicher dreißig Überfahrten nach Aruba gemacht, und mindestens zehn nach Venezuela. Und dabei eine gehörige Summe Geld verloren, nur so zum Spaß.

Aber das war später.

Wenn man jung ist, ist man anders. Wenn man jung ist, ist man seriös.

Als wir dort auf dem Promenadendeck standen, fragte Fichi, was ich einmal werden möchte. Es war eine sternenklare Nacht. Ich antwortete: »Chemielaborant.«

Manchmal führte der Chemielehrer in der Mittagspause ein paar Extraexperimente durch, nur mit mir allein. Oft war er unter den Zuschauern, wenn ich auf der Insel spielte. Er war fasziniert von meinem schnellen Spiel, und ich war gefesselt von der Leichtigkeit, mit der er die kompliziertesten Dinge in einfache Worte fassen konnte.

Ich wollte die merkwürdigen Reaktionen in den Reagenzgläsern begreifen lernen, lieber als die Menschen um mich herum; ein Labor schien mir der anziehendste Ort auf Erden zu sein, wo ich leicht den Rest meines Leben verbringen könnte.

Ich war in der letzten Klasse der Hauptschule, vielleicht hatte ich das A-Examen in Mathematik schon in der Ta-

---

* Untergang: Riki Marchena bringt hier zwei Ereignisse durcheinander. Die Almirante Luis Brion wurde aus dem Verkehr gezogen, nachdem Lloyd sich weigerte, das Schiff noch länger zu versichern. Es war die Vorgängerin der Brion, die Niagara, die unterwegs nach Barranquilla unterging. Das Schiff pendelte zwischen den Inseln, Venezuela und Kolumbien hin und her.

sche ... ich weiß es nicht mehr so genau. Die Ausbildung zum Chemielaboranten würde zwei Jahre dauern und hinterher müßte ich noch ein Praktikum machen. Bei uns zu Hause wurde das Geld aber knapp. Geschmuggelt wurde nicht mehr, und Onkel Tonio gewann schon seit Jahren keine Turniere mehr.

Fichi schaute mich an und schüttelte den Kopf. Sie war ein As in Chemie, Mathematik und Biologie. Sie hatte dieselbe Armeleuteschule besucht wie ich und ihren Abschluß mit den besten Noten gemacht. Man hatte sie zur höheren Schule zugelassen. Als ich zusammen mit ihr nach Aruba fuhr, stand Fichi, die zwei oder drei Jahre älter war als ich, kurz vor dem Abitur.

Später konnte man ihren Namen dann in allen Zeitungen lesen: Das erste farbige Mädchen der Antillen, das die Höhere Technische Schule besuchte, das erste antillianische Mädchen, das nach einem Aufbaustudium in den Niederlanden ein »Dipl-Ing.« vor ihren Namen setzen durfte, die erste farbige Curaçaoanerin, die eine leitende Stellung in der Raffinerie bekam.

»Chemielaborant?«

Sie umarmte mich, drückte ihren Kopf gegen meinen, schaute mir tief in die Augen.

Im darauffolgenden Monat flog ich nach Nicaragua, wo ich zum ersten Mal an einem großen internationalen Turnier teilnehmen sollte. Als ich nach Curaçao zurückkam, hörte ich auf dem Flughafen meinen Namen rufen.

Fichi.

Sie gratulierte mir zu meinen beiden Siegen in Nicaragua und schwieg über die schmerzliche Niederlage im Halbfinale. Sie hatte mir ein Geschenk mitgebracht. Ein Buch. Ein Buch über Chemie.

Ich kann nicht sagen, daß ich mich schon darüber ärgerte, als sie mir das Buch damals in die Hand drückte. Ich fand, sie hatte Mut – sie hätte mir ja auch eine Sonnenbrille schenken können oder irgendein anderes unpersönliches Geschenk, das im unklaren ließ, was sie wirklich von mir hielt. Fichi nahm mich ernst und war überzeugt, ich könnte es durch ein Selbststudium bis zum Chemielaboranten bringen.

Ich nahm es ihr nicht weiter krumm. Bis sie ganze Bücherstapel aus der Höheren Technischen Schule anschleppte, die ich alle lesen sollte. Da habe ich ihr gesagt: »Fichi, der Tag ist nicht weit, da wirst du mich langweilig finden. Ich find's ja wirklich jammerschade, aber du bist eine Nummer zu groß für mich.«

Ich fand's tatsächlich jammerschade. Fichi war immer gutgelaunt, witzig und körperlich sehr präsent. Wenn wir gewonnen hatten, umarmte sie mich, küßte mich auf beide Wangen, leckte mir den Schweiß vom Hals. Vor allem, wenn ich ihre Zunge ganz nah an meinem Ohr spürte, mußte ich mich schon sehr zusammennehmen, um nicht sofort meine Hand in ihren knappen Tischtennisslip zu schieben und ihre athletischen Schenkel zu kneten.

Aber!

Um ihr das Studium zu finanzieren, hatte ihr Vater eine Stellung als Nachtwächter angenommen, und ihre Mutter versagte sich jahrelang neue Kleider, ging nie zum Friseur und nie zum Zahnarzt, weil jeder Cent, den sie verdiente, für die Ausbildung der Kinder gedacht war. Jedesmal wenn Fichi von ihren Eltern erzählte, hatte ich das Gefühl, von liederlichem Gesindel in die Welt gesetzt worden zu sein.

Nein, wir waren zu verschieden. Wie weit ich es auch bringen würde, ich hätte immer etwas von einem Straßenköter an mir.

Ein *Kid from Parera*.

So war es. Leider.

31

Mike Kirindongo
Was er wohl und was er nicht hörte

Seine Bescheidenheit war oft Pose. Nur wenn es ihm gerade in den Kram paßte, tat er so, als verachte er sich. Rikis Geheimnis lag in seinem außergewöhnlichen Talent, Problemen aus dem Weg zu gehen. Er wollte sich an niemanden binden, nicht einmal an Fichi, über die er doch immer mit großer Entschiedenheit sagte: »Sie ist ein Engel, also beleidige sie nicht, sonst fliegt sie davon.«

Er hatte Angst davor, enttäuscht oder betrogen zu werden. Vor allem vor dem letzteren. »Wem kann man schon vertrauen?« fragte er mich einmal. »Wer garantiert dir, daß sich nicht einer durch die Hintertür deines Hauses schleicht und sich in dein warmes Bett legt, während du gerade zur Vordertür hinausgehst?«

Das fürchtete er wirklich: Von einer Reise zurückzukommen und einen anderen im Bett seiner Frau oder Freundin zu finden. Ich habe nie versucht, ihm das auszureden; die Angst saß nicht nur zu tief, sondern war bei den Frauen, mit denen er umging, auch nicht im mindesten gerechtfertigt. Fichi war meiner Meinung nach die Allerletzte, die ihn auf diese Art betrügen würde. Natürlich hatte es viel mit seiner Kindheit zu tun und mit dem Leben, das wir führten.

Wir waren andauernd unterwegs. Von einem verflohten Hotel zum nächsten. Ich habe das alles in ein Notizbuch eingetragen:

1967: Aruba (Jugendturnier), Nicaragua

1968: Mexiko, Barbados
1969: Puerto Rico
1970: Venezuela (Caracas), El Salvador, Guatemala, Trinidad, Surinam
1971: Peru, Vereinigte Staaten (Chicago, ohne mich), Argentinien, Chile (Valparaiso, wieder Riki allein, das erste Mal, daß er an den Lateinamerika-Meisterschaften teilnahm), St. Vincent
1972: Paraguay, Kolumbien (Medellin), Niederlande, Aruba, Bolivien
1973: Ungarn, Jugoslawien (Sarajevo), China (Kanton, Peking), Japan (Tokio, ohne mich), Bonaire, Ecuador, St. Lucia
1974: Venezuela (Valencia), Kolumbien (Bogota), Mexiko, Brasilien (Recife), Britische Jungfraueninseln, St. Eustatius, Ägypten (Alexandria, wieder allein, aber wegen einer Bronchitis spielte er nicht)
1975: Peru, Venezuela (Merida), Nigeria, St. Maarten, Puerto Rico, Vereinigte Staaten (Miami)
1976: Uruguay, Kuba, Panama, Vereinigte Staaten (Los Angeles), Kanada (Vancouver), Spanien (Barcelona, wieder ohne mich)
1977: Venezuela (Caracas), Kenia, Dominikanische Republik, Britisch-Guyana, Aruba
1978: Trinidad, Kolumbien (Cartagena de Indias), Jamaika, Kaaiman-Inseln
1979: Aruba, Guadeloupe, Sri Lanka (das letzte Mal, daß er an einem 3XA-Turnier teilnahm).

Zwölf Jahre lang ununterbrochen gereist. In diesen zwölf Jahren habe ich ihn besser kennengelernt als irgendein anderer. Nein, keine falsche Bescheidenheit, keine Selbstverleugnung; sein Geheimnis war, daß er ein eigenes Sinnesorgan dafür entwickelt hatte, Problemen aus dem Weg zu gehen.

Wir reisten im denkbar schlechtesten Moment in die Niederlande.

»He, ihr Surinamer, wollt ihr nicht unabhängig werden?« bekamen wir in den Zügen, Straßenbahnen und Bussen immer wieder zu hören. »Und warum sitzt ihr Krausköpfe dann hier? Des Geldes wegen, nicht wahr?«

Es war zu umständlich, den Leuten zu erklären, daß wir von einer Insel kamen, die eintausendachthundert Kilometer von Surinam entfernt liegt. Die meisten Niederländer warfen Surinam und die Antillen in einen Topf.

Dabei hatten wir uns vor Freude die Hände gerieben, als es hieß, daß wir in die Niederlande durften. Vielleicht nicht ganz das Land unserer Träume, aber doch das Land, über das wir am meisten wußten und dessen Sprache wir sprachen. Riki war ganz verrückt auf Sprachen. Ich besuchte inzwischen die pädagogische Hochschule; ich wollte die Niederlande sehen, weil ich in den Schulbüchern so viel darüber gelesen hatte und mir einfach nicht vorstellen konnte, was der Unterschied zwischen Eis und Eisregen oder zwischen Nieselregen und Schauer war. In einem Land, wo es auf vierzig verschiedene Arten regnen kann, mußte die Bevölkerung sehr auf Genauigkeit bedacht sein.

Im Trainingslager allerdings bekamen wir das kaum zu spüren. Der Verbandstrainer war ein Jugoslawe. Tagsüber trainierten wir mit der niederländischen Juniorenauswahl und der belgischen Nationalmannschaft. Abends spielten wir Trainingsspiele gegen die Niederländische Top Fünf. Wir taten dort nichts anderes, als den lieben langen Tag Tischtennis zu spielen. Und wenn wir am Wochenende in die Stadt, also nach Sittard oder Maastricht wollten, um etwas zu trinken, dann gab's Ärger. Beschimpfungen. Verdächtigungen.

Eines Abends wurde ich so furchtbar wütend, daß ich mich beinahe geprügelt hätte. Ich hatte mich noch nie mit jemandem geschlagen; seit meinem siebten Lebensjahr trug ich eine Brille, ein Schlag hätte genügt, mich halb blind zu machen.

Riki schob mich zur Tür hinaus. Am Ende der Straße bugsierte er mich in eine andere Kneipe. Wir setzten uns an einen Tisch, und er sah mich lange an. Dann sagte er: »Hör zu, Mike, Dingen, die dich stören, beleidigen oder dich kaputtzumachen drohen, mußt du aus dem Weg gehen. Tu einfach so, als gäb's sie nicht. Sonst begegnest du ihnen immer wieder.«

Ich sah ihn in Peru diese Taktik anwenden. Wir spielten bei den Meisterschaften der südamerikanischen Vereine und trafen im Halbfinale auf die Universidad de Lima. Um halb zwei Uhr nachts hatte Riki sein entscheidendes Spiel; es stand 4:4.

Samstagnacht. Ein Saal unter dem Fußballstadion. Ungefähr zweitausend Zuschauer. In Lima gingen die Sportfans erst zu einem Fußballspiel und besuchten danach in den Katakomben noch ein Volleyball-, Basketball- oder Tischtennisspiel. Beim Fußballspiel hatte der hiesige Heimatverein verloren, das Publikum war aufgewühlt und sturzbetrunken. Vergeltung war angesagt. Ab und zu landete eine Bierflasche in gefährlicher Nähe der Tischtennisplatte.

Riki hatte den Aufschlag. Es dauerte eine Weile, bevor er ihn ausspielte. Er schaute seinen Gegner ein paarmal mit einem gnädigen Lächeln an. Der Schiedsrichter befahl ihm, sich zu beeilen; Riki deutete auf eine zweite Bierflasche, die gerade zehn Meter vom Tisch entfernt zerschellte. Der Wettkampf wurde unterbrochen, bevor er überhaupt richtig angefangen hatte.

Riki trocknete sein Gesicht, drückte beide Hände in den Eimer mit Magnesium und sagte, während zweitausend Zuschauer ihn im Sprechchor als Sohn einer Hure beschimpften, vollkommen ruhig zu uns: »Das höre ich nicht.« Er ging zur Tischtennisplatte zurück, zögerte noch einmal mit seinem Aufschlag, und führte ihn dann aus, messerscharf. Den ersten Satz gewann er mit 21:8.

Zwei Stunden später, halb vier Uhr in der Früh, gewann er vor einem perplexen Publikum, das kein Wort mehr herausbrachte. Perus Glanz und Gloria war geschlagen. Von einem kleinen Verein aus Curaçao!

Auch in China behielt er einen kühlen Kopf.

Nach einem Vierteljahrhundert der Abschottung hatte Mao Tse-tung beschlossen, die Pforten der Volksrepublik einen Spalt zu öffnen. Die ersten, die durchschlüpfen durften, waren die Tischtennisspieler.

Das 3XA-Turnier fand 1973 in Peking statt. Siebenhundertfünfzig Spieler aus Asien, Afrika und Südamerika nahmen daran teil. Ansehnliches Turnierergebnis für uns; wir warfen Jordanien, Aruba (schon wieder Aruba) und Thailand aus dem Rennen, bevor wir gegen Ägypten verloren, den afrikanischen Meister.

Neben dem offiziellen Programm wurden einige Freundschaftsspiele abgehalten. Bei einem dieser Spiele mußte Riki gegen den Stadtmeister von Peking antreten, in der großen Halle des Sportpalastes.

Damals gab es in China schätzungsweise achthundert professionelle Tischtennisspieler. Sie wurden von der Regierung bezahlt, trainierten sieben Stunden am Tag und nahmen mindestens einmal im Monat an einem wichtigen Turnier teil. Als Semiprofessioneller konnte Riki mit ihnen nicht mithalten: Ihr Aufschlag spritzte wie bengalisches Feuer und mit ihren durchmassierten Körpern gelangen ihnen die akrobatischsten Kunststückchen.

Zehntausend Menschen saßen auf der Tribüne. Nicht nur, daß sie dem Chinesen zujubelten, sie kreischten auch noch bei jedem Fehler von Riki.

Rikis Gegner war beängstigend aggressiv. Als ob er jeden Augenblick über den Tisch hechten wollte, um Riki mit dem Schläger eins überzuziehen. Was ihn offensichtlich besonders irritierte, war die Größe seines Gegners. Dieser lange Oberkörper, diese langen Arme; wenn Riki sich vorbeugte, konnte er das Netz berühren. Es war zweifellos das erste Mal, daß der Stadtmeister von Peking sich einem derart enormen Körper gegenübersah, und es kostete ihn viel Mühe, sich darauf einzustellen.

Der Chinese kompensierte seine geringe Körpergröße mit explosivem Spiel und einem Trick, den Riki ihm abschaute und der ihm später sehr zugute kam: Er verdeckte mit der Hand oder dem Arm die Bewegungen unmittelbar vor dem Aufschlag. So konnte der Gegner nicht sehen, welche Drehung er dem Ball gab. Sehr wirkungsvoll. Außerdem drehte er beim Ballwechsel blitzschnell den Schläger und stampfte gleichzeitig beim Aufprall mit dem Fuß auf, so daß der Gegner nicht hören konnte, mit welcher Seite des Schlägers der Ball geschlagen wurde. Verdammt schlau. Und auch das: äußerst wirkungsvoll.

Riki verlor gegen den Chinesen. Er tröstete sich mit dem Gedanken, daß er nie mehr im Leben in einem Saal mit zehntausend Zuschauern spielen würde. Ich sah, wie er während des letzten Satzes auflebte; er konnte zwar nicht mehr gewinnen, aber das Publikum durchaus noch überraschen.

Unmittelbar vor Ende des Spiels schlug er hintereinander vier wirklich phänomenale Bälle, und als der Kampf zu Ende war, standen alle zehntausend Zuschauer auf und gaben Riki einen ohrenbetäubenden Applaus.

Er kam in die Umkleidekabine und sagte grinsend: »Das höre ich schon!«

32

Fichi Ellis
In blauem Neonlicht

Es muß kurz nach oder kurz vor China gewesen sein. Ich weiß es nicht mehr genau ... Ich fuhr gerade den Seru Fortunaweg entlang, als ich sein Auto aus einer Seitenstraße kommen sah. Der Seru Fortunaweg hat nur eine einzige Seitenstraße und die führt nur zu einem einzigen Ort: Campo Alegre.

Am nächsten Tag fragte ich Riki: »Du gehst zu den Huren?«

Er grinste.

Langsam glaubte ich zu verstehen, wer er wirklich war.

Er stand auf keuchende Pferde wie Margot Pietersz, und wenn er etwas Besonderes zu feiern hatte, fuhr er eiligst zum Campo Alegre mit seiner reichen Auswahl an Flittchen. Schwer zu schlucken, aber es war nun einmal so, mein heißgeliebter Riki stand aufs Vulgäre.

An diesem Tag trainierten wir gemischtes Doppel mit zwei Spielern aus der Juniorenmannschaft. Danach wollte Riki ein Stück spazierengehen, am Meer entlang, im Wind, auf dem Küstenpfad beim Riff.

Obwohl die Sonne schon untergegangen war, war es noch nicht ganz dunkel. Der Himmel glühte noch. Vielleicht habe ich es ja dramatischer in Erinnerung, als es wirklich war, aber ich glaube, es war so ein Tag, an dem die sengende Hitze die Insel in Brand gesteckt hatte.

Zwar gingen damals die meisten Männer ins Campo; aber ich war bisher der Meinung gewesen, Riki sei nicht wie die meisten Männer. Ich dachte, er sei anders, besser, ein Charmeur, der eine eher überirdische Einstellung zum Sex hatte.

Es waren schon die ersten grauen Streifen am Himmel zu sehen. Er stapfte mit großen Schritten vorwärts, und ich mußte mich anstrengen, um mithalten zu können. Er würdigte mich keines Blickes; er sah auf den Horizont, beobachtete die Fregattvögel, die einen letzten Fisch aus dem Wasser holten, bevor die Dunkelheit hereinbrach. Er war so verschlossen wie immer; nicht mal mit einer Beleidigung konnte ich ihn so weit bringen, etwas über sich preiszugeben.

Erst hundert Meter weiter antwortete er mir, ohne besonderen Nachdruck. Es klang nicht nach einer Entschuldigung; er schämte sich nicht im geringsten; es sollte einfach nur eine Mitteilung sein – das erste Mal, daß er einen winzigen Augenblick lang sein Inneres sehen ließ.

»Ich hasse Huren.«

Da war's mit meinem Verstehen schon wieder vorbei.

»Was willst du dann im Campo?«

Ein paar Baseballspieler hatten ihn nach einem verlorenen Spiel einmal mit ins Campo genommen. Weil er selber gerade eine empfindliche Niederlage erlitten hatte, war er auf Zerstreuung aus. Eine Cola trinken. Sich die Hürchen anschauen. Und dann wieder weg.

Aber er war nun mal kein Geselligkeitsmensch. Nach kurzer Zeit tat es ihm leid, daß er sich auf die Baseballspieler eingelassen hatte; viel Alkohol und blöde Witze. Er zog es vor, zwischen den Baracken herumzuschlendern.

Es war noch früh am Abend. Im Campo herrschte erst ab Mitternacht wirklich Betrieb. Außerdem hatte es geregnet, und ein paar Tropfen reichten, um das Campo in einen Schlammpfuhl zu verwandeln. Die Mädchen hatten keine Kundschaft, eines schminkte sich die Lippen, ein anderes kämmte sich die Krause aus dem Haar.

Vor einer der letzten Baracken saß ein Mädchen und schmierte sich eine weiße Creme aufs Schienbein, in der Hand ein aufgeklapptes Rasiermesser, so ein längliches, wie Friseure es haben. Sie saß auf einer Holzbank, im blauen Neonlicht.

»Soll ich dir helfen?« fragte er, und ich kann mir genau vorstellen, in welchem Ton er sie das fragte. Auch wenn er verschlossen war, schüchtern war er nicht.

Das Mädchen antwortete ihm auf Spanisch, daß sie kein Papiamento verstünde. Worauf er ohne zu Zögern sagte: »Du kommst von der kolumbianischen Küste, stimmt's?« Vermutlich lag es am Heimweh, daß sie ihm so tief in die Augen sah. Mit tiefer Stimme antwortete sie »*aqui amigu*« und reichte ihm das Rasiermesser.

Er rasierte ihr die Beine und spülte dann mit einem Eimer Wasser, den er bei der Wasserstelle in der Mitte des Campos gefüllt hatte, die letzten Cremereste von ihren Beinen. In der Baracke fand er ein Handtuch und trocknete damit ihre Beine ab. Am nächsten Tag mußte er verreisen; als er drei Wochen später ins Campo kam, hörte er das Mädchen mit noch tieferer Stimme sagen: »Von jetzt an mußt du mir immer meine Beine rasieren.«

Er sagte, sie sei ein Kind, das den Kopf in den Wolken und nichts von einer Hure an sich hätte. Aber möglicherweise behaupten das alle Männer, die für die Liebe bezahlen. Ich war etwas skeptisch, ich hätte es ihm nur geglaubt, wenn ich das Mädchen mit eigenen Augen gesehen hätte. Was übrigens gar nicht gegangen wäre: Frauen durften nicht ins Campo; Frauen, die dort nicht arbeiteten, wohlgemerkt.

Ich mußte mich an seine Worte halten. Ihr Haar sei kurz, ihre fast weiße Haut habe ein paar Pickel und ziemlich viele Sommersprossen; fast mager sei sie und ziemlich klein. Ihre Hüften dagegen wären breit, und an den Armen habe sie dunkle Härchen, und an den Beinen natürlich auch; ganz zu schweigen von anderen Stellen. »Ich muß dir sagen, Fichi, sie war schon sehr behaart.« Ansonsten sei sie *überaus* gelenkig; wenn er ihre Beine geschoren hatte, sagte sie: »Leg dich einfach auf den Rücken, den Rest mach ich schon.«

Daß sie gut war in dem, was sie tat, zeigte sich schon daran, daß er immer wieder hinging. Jeden Monat mindestens einmal und nach einem Auslandsturnier meistens auch. Ihr Verhältnis – denn das war es seiner Meinung nach – dauerte schon länger als zwei Jahre.

An Silvester ließ er sich von ihr ins andere Jahre *ausmelken*. Eine Sitte unter antillianischen Junggesellen: In der Silvesternacht schlafen sie mit der Frau, in die sie am meisten verknallt sind. Sie darf als letzte im alten Jahr Hand anlegen: Ihn ausmelken! Was für eine Ehre!

Trotz allem fand ich die Prozedur mit der Rasur auch charmant ... Typisch Riki. Erst einen Eimer Wasser holen, dann ein Handtuch. Es lag mir auf der Zunge zu sagen: Und wenn du mir mal die Beine rasierst? Ich verkniff es mir aber, hörte ihm zu und stellte ab und zu eine Frage; das war allmählich meine Rolle geworden. Zuhören wie eine geduldige Mutter.

»Warum nimmst du dir nicht einfach eine Freundin?«

Solche Fragen verkniff ich mir allerdings nicht. Einfach eine Freundin. Eine feste. Ein Verhältnis.

»Die Mädchen fliegen doch auf dich, oder nicht?«

Er lachte heiser. Sein heiseres Lachen klang etwas dämlich.

Ich bohrte weiter. Warum denn nicht, Riki? Na, sag schon! Was stört dich dran?

»Ich will nicht betrogen werden.«

Da verstand ich ihn schon wieder ein bißchen mehr. Er ging lieber zu den Huren, trieb es lieber mit Schlampen. Bei Huren und Schlampen brauchte er sich keine Illusionen zu machen, die lagen schon in den Armen eines anderen Mannes, bevor er sich die Schuhe richtig zugebunden hatte. Das entsprach seinem Bild von Frauen; ein Bild, das ihm so liebgeworden war wie ein Andachtsbildchen.

Wieder lag es mir auf der Zunge zu sagen: »Riki, ich würde dich niemals betrügen. *Ich* nicht.«

Aber ich schwieg.

Ein paar Wochen lang sah ich in meinen Träumen jetzt einen ganz anderen Riki vor mir; einen Riki, der sich meine Beine auf die Knie legt und sich grinsend darüber beugt, in der Hand ein Rasiermesser, das im blauen Neonlicht aufblitzt.

33

Tonio Lzama Lima
Die Señora und die Rückhand
eines Russen

Wenn mein Neffe Riki ein Spiel verloren hatte, benutzte er auf dem Nachhauseweg niemals die neue Brücke über die Santa-Ana-Bucht. Die Verlockung, sich fünfundzwanzig Meter in die Tiefe zu stürzen, war einfach zu groß.

Sein Spiel war nicht schön. Er tanzte nicht wie ein tapferer kleiner Krieger hinter dem Tisch hin und her. Ein einziger unbedachter Schritt und ihm schoß der Schmerz durch die linke Ferse; wo andere Leute eine Achillessehne haben, saß bei ihm dieses Ding, das sich mal wie Stacheldraht anfühlte und mal wie ein verrostetes Scharnier. Weil sein Oberkörper so lang war, mußte er sich tief bücken; beim Rückhandspiel wurden seine Bewegungen steif und sein Arm bewegte sich mit der Eleganz eines Holzbretts. Seine Gegner waren meist die stilvolleren Spieler, und oft auch die besseren. Aber Riki hatte ihnen etwas voraus: Er wollte unbedingt gewinnen.

Er bekam keinen Schluck Flüssigkeit herunter, wenn er verloren hatte. Er glaubte, ein Fläschchen Sprite oder Fanta nicht verdient zu haben.

Nach einem verlorenen Halbfinale roch ich tagelang einen süßlichen Geruch um ihn herum. Ich sagte nichts, aber ich fürchtete für seine Zukunft das Schlimmste.

Er hatte eine Todesangst davor, zu verlieren.

Gewann er aber, war seine Reaktion keineswegs so heftig, wie man erwarten würde; Euphorie war ihm fremd. Zu gewinnen hielt er für seine Pflicht.

Mein Neffe Riki gewann nur für sich, nicht um jemandem eine Freude zu machen. Seine Welita Flora hat ihn nie spielen sehen; seine Mutter ebensowenig. Ich konnte nicht jedesmal bei den Endspielen der Antillen- oder Lateinamerika-Meisterschaften zusehen; seine Brüder waren vollauf mit ihren eigenen Karrieren beschäftigt. Er wollte gewinnen, um zu beweisen, daß er jemand war. Das alles hatte zwei Seiten für ihn; ein Sieg bedeutete Erfolg, und Erfolg wollte er, weil das Leben sonst keinen Sinn hätte.

Er spielte, um zu vergessen. Er sagte selber einmal zu mir, daß er während des Spiels an tausend Dinge gleichzeitig dächte. Aber sie bezogen sich nur auf den Gegner, die Tischtennisplatte oder die Bälle. Hatte er eine Woche nicht gespielt, wurde er melancholisch; also mußte er spielen.

Ein Gegner konnte ihn nicht so schnell einschüchtern. Die Chinesen waren fanatisch; er hatte Respekt vor ihrem Spieltempo und ihrem Durchsetzungsvermögen, aber nicht vor ihrem Stil. Sie blieben Schatten für ihn; er konnte sie nur mit größter Mühe auseinanderhalten. In ihrer Spielhaltung, der Art, den Ball zu schlagen, sich zu bewegen, vor dem Spiel auf den Tisch zuzugehen und nach dem Spiel wieder davon wegzugehen, waren sich alle gleich.

Nur vor einem einzigen Spieler hatte er wirklich großen Respekt: Wladimir Gomoskow. Während der Weltmeisterschaften in Jugoslawien mußte er gegen den Russen antreten. Der konnte mit seiner Rückhand wahre Wunder vollbringen. Er schlug die Bälle nicht, sondern schöpfte sie pathetisch vom Tisch, als finge er Schmetterlinge.

Ich fand es beachtenswert, daß mein Neffe ausgerechnet ihn bewunderte. Die Rückhand war Rikis schwache Seite. Er schätzte vor allem Spieler, die brillant waren in etwas, worin er selber schlecht war. Die meisten Tennisspieler (und beim Tischtennis ist das nicht anders) loben die Spieler, die ihnen besonders ähnlich sind; wenn sie deren Vorzüge rühmen, klopfen sie sich quasi selbst auf die Schulter. Aber Riki war nur selten mit seinen eigenen Leistungen zufrieden.

Wenn ich glaube, den drei Marchena-Jungs etwas beigebracht zu haben, dann Bescheidenheit. Oder besser gesagt, eine gewisse Neugier – Eigenschaften, die oft gemeinsam vorkommen.

Riki hielt nichts von Komplimenten. Nur die Reaktion von Frau d'Olivieira war ihm immer wichtig. Mit dieser Frau verband ihn etwas Merkwürdiges; wenn er verloren hatte, traute er sich nicht, ihr unter die Augen zu kommen. Sie war die Verkörperung seines schlechten Gewissens; sie wachte auch über ihn, wenn sie gar nicht in seiner Nähe war.

Diane d'Olivieira – wie alle Frauen ihrer Generation verabscheute sie niederländische Namen; deshalb legte sie Wert darauf, daß ihr Vorname englisch, Dei-a-ne, ausgesprochen wurde – hatte ein rätselhaftes Talent: Keiner organisierte besser und keiner tat es auf eine so beiläufige, selbstverständliche Art und Weise. Sie führte schätzungsweise fünfzig Telefongespräche pro Tag. In jedem Zimmer ihrer Villa stand ein Apparat. Mit ihrer heiseren Stimme sprach sie mit der ganzen Welt; sie meldete Riki für die Turniere an, fand Sponsoren, regelte seine Reisen. Die China-Reise führte Riki und drei weitere Spieler plus zwei Betreuer von Curaçao aus über die Umsteigeflughäfen Panama, San Francisco, Fairbanks, Honolulu, Tokio und Hongkong. Dann mit dem Zug nach Kanton und schließlich mit einem Flugzeug der CAAC nach Peking. Das alles hatte Diane d'Olivieira geregelt.

Kaum aus China zurück, bestieg er schon wieder ein Flugzeug. Sechsmal mußte er umsteigen, bevor er in Sarajevo landete, wo in jenem Jahr die Weltmeisterschaften stattfanden.

Obwohl der Verband nie viel Geld in der Kasse hatte, nahm Riki im Laufe der Zeit an mehr als fünfzig internationalen Turnieren teil. Frau d'Olivieira muß einige dieser Reisen aus eigener Tasche finanziert haben, das kann gar nicht anders sein.

Sie war eine anspruchsvolle Dame. Riki sagte nie etwas anderes als *Señora* d'Olivieira zu ihr, und sie nannte ihn stets beim vollen Vornamen. Doch wenn *Señora* d'Olivieira nach einem Wettkampf zu ihm sagte: »Nicht schlecht gemacht, Ricardo«, verließ er mit geschwellter Brust den Saal.

34

Diane d'Olivieira
Wie er zum Symbol
einer Generation wurde

Er verdiente mit dem Tischtennis keinen Cent. Aber er kassierte eine Menge *goodwill*. Mit achtzehn wurde er Verkäufer beim Lebensmittelgroßhandel Penso de Paula, an seinem Zwanzigsten nahm er eine Stelle als Vertreter der Großhandelsfirma Vidal & Leya und Diaz an. Er arbeitete auf Kommissionsbasis und verdiente damit fast soviel wie der Direktor.

Bevor die Baseballmode ausbrach, war Tischtennis eine der beliebtesten Sportarten auf der Insel. Die Ladenbesitzer der *fruterias* und *tokos* der Insel, die er alle der Reihe nach abklapperte, kannten ihn von den Zeitungsfotos. Sie unterhielten sich über die letzten Wettkämpfe, und wenn unter einem Baum im Hinterhof eine Tischtennisplatte stand, spielte er der Kundschaft auch schon mal etwas vor. Er war fast so etwas wie eine Zirkusattraktion. Aber das war ihm egal, Hauptsache, die Leute bestellten.

Wer 1973 nach China einreisen durfte, hatte nach seiner Rückkehr natürlich viel zu erzählen. Schließlich war das Land seit 1949 vom Rest der Welt abgeschnitten gewesen. In China hatte Riki besonders die perfekte Organisation beeindruckt. Sämtliche siebenhundertfünfzig Spieler und ihre dreihundert Betreuer des Turniers waren im Friendship Hotel untergebracht, und alle bekamen zum Frühstück drei Spiegeleier: Das macht insgesamt 3300 Spiegeleier. Den Chinesen gelang das Kunststück, alle Spiegeleier innerhalb von fünf Minuten zu servieren. Auf der Hinreise hatte er in Kanton ein Hotel gesehen, das noch im Bau war, ein hohes, noch eingerüstetes Appartementgebäude; drei Wochen später, auf der Rückreise, übernachtete er in diesem Hotel ...

Seine Neugier war immer wieder größer als seine Menschenscheu. Er mußte einfach loswerden, war er gesehen hatte; die Reisen machten ihn gesprächiger. Wenn er in den *tokos* alles erzählt hatte, notierte er sich noch schnell die Bestellungen. Er brauchte nie auch nur eine Dose Prinzeßbohnen anzupreisen, abgesehen davon, daß er nicht die leiseste Ahnung hatte, was er da überhaupt verkaufte. Alles ging wie von selbst, und das Geld flog ihm nur so zu; zuerst kaufte er sich ein gebrauchtes Auto, ein Jahr später einen Kombi, und wieder ein Jahr später einen Ford Mustang, der direkt aus Miami importiert worden war. Vor allem mit dem Mustang machte er überall Eindruck; rote Bezüge, weiße Karosserie, offenes Dach. Wie ein gefeierter Prinz fuhr er durch Saliña, und links und rechts winkten ihm auf den Bürgersteigen Bekannte und Bewunderer zu. »O Jugend«, murmelte mein Mann, wenn er ihn so sah, »weißt du denn nicht, daß tief fällt, wer hoch steigt?« Mein lieber Igor verfiel nur zu oft in die Rolle des nörgeligen Rabbiners und kritisierte an allem herum, was jung und modern war; außerdem fuchste es ihn, daß Ricardo mit einem Auto prahlte, das er nicht bei d'Oliveira Tropical Cars gekauft hatte.

Ricardo hatte sich den Mustang verdient, *sure*. Er hatte seine ersten großen Erfolge, als das moderne Tischtennis gerade aufkam und hier auf der Insel darüber nichts Lesbares zu bekommen war. Er machte sich kundig, ließ Fachliteratur kommen, hörte anderen zu, beobachtete, bestellte in größeren Mengen Material aus dem Ausland: Beläge, Schläger, Bälle, Schuhe, Tennisschläger, Sportkleidung.

Als er auf dem Rückweg von China in Tokio umsteigen mußte, unterbrach er seine Reise und blieb siebzehn Tage in Japan. Zehn Verträge schloß er mit dortigen Fabrikanten ab. Japan war damals führend auf dem Sportartikelmarkt.

Zurück in Curaçao kaufte er im alten Stadtzentrum einen Laden, schräg gegenüber der Synagoge. Ohne einen Cent Kredit von der Bank. Er bezahlte den Laden mit seinem Ersparten, dem Geld, das er sich seit seinem achtzehnten Lebensjahr von seiner Arbeit als Vertreter beiseite gelegt hatte. Ich sehe die blauen Neonbuchstaben noch vor mir … *Riki's Sport Shop*. Das erfüllte mich mit mehr Genugtuung als die Geschäftseröffnung meines jüngeren Sohnes.

Er war ein gnadenloser Arbeiter. Noch als Vertreter nahm er nie Urlaub und machte ungeheuer viele Überstunden. So konnte er sich für die Auslandsturniere freie Tage nehmen. Oft stand er um neun Uhr abends noch im Laden und schrieb Bestellungen, und um elf ging sein Flugzeug. Dort schnallte er sich an, schlug ein Buch über Schlagtechniken auf und las die halbe Nacht. Am nächsten Morgen in Panama oder Paraguay oder Peru nahm er eine Dusche und begann frisch und fröhlich mit dem Training. Als er seinen eigenen Laden bekam, nahm das Ganze beängstigende Ausmaße an; zwischen den Wettkämpfen saß er stundenlang am Telefon, um seinen Geschäftsführer zu instruieren. Mit vierzehn Mann Personal hatte er ungeheuer viel um die Ohren, aber er spielte deshalb nicht weniger konzentriert. Das Tischtennis war immer die beste Medizin gegen seine Sorgen; er hielt sich damit unter Kontrolle.

Es ging ihm gut. Zu gut. Er wurde zum Symbol einer ganzen Generation: Der farbige Junge aus Parera, der es dank des Sports so weit gebracht hatte. Sein Auto, die eleganten Geschäftsanzüge, das Flair um ihn herum, sein unaufhörlicher Drang zu reden, das alles machte ihn zum Idealbild des emanzipierten Antillianers.

Es lag nahe, daß sich eines Tages die Politiker für ihn interessieren würden. Er hatte die richtige Hautfarbe, um auf Stimmenfang zu gehen, und für einen jungen Sportheld hatte er ein recht angenehmes Gesicht ... das heißt, wenn er lächelte, was nicht oft vorkam.

Ich habe ihn gewarnt. Habe ihm gesagt: »Hier ist noch keiner in der Politik glücklich geworden.«

Er zögerte. Er zögerte sehr lange. Schließlich fühlte er sich dazu verpflichtet, am großen politischen Umschwung nach dem *Trinta di Mei** mitzuarbeiten. Als wohlhabende Jüdin konnte ich ihn schwerlich davon abhalten; 1970 waren achtzig Prozent der wichtigen politischen Ämter von Weißen besetzt. Die Bevölkerung dagegen bestand zu achtzig Prozent aus Farbigen. Das Ganze hatte nur einen Haken ... Ricardo war ein unverbesserlicher Individualist. Ich sah, daß er seine Entscheidung nicht aus vollem Herzen getroffen hatte, und was man nicht mit Überzeugung tut, bereitet einem früher oder später große Probleme.

Popularität schürt Neid. Weil er sich nicht eindeutig für eine Partei entschied, wurde er leicht Opfer mißgünstiger Leute. Zehn Jahre später hätte seine politische Karriere ein anderes Ende genommen, und zehn Jahre vorher hätte er niemals diese enorme Popularität erreicht. So gesehen könnte man ihn ein Opfer seiner Zeit nennen, obwohl er natürlich vor allem Opfer seiner selbst wurde, seines alleszerstörenden Verlangens zu gewinnen. Was ihn groß machte, machte ihn am Ende auch wieder ganz klein.

---

* Trinta di Mei: Der 30. Mai 1969, der Tag der großen Unruhen in Willemstad.

35

Margot Pietersz
Bèrguensa – Scham

Alles war damals Politik. Welche Musik man hörte, mit wem man sich unterhielt, mit wem man schlief.
Ich trieb es mit Riki. Wenn man Pietersz heißt, ist das ein Fehler. Kein kleiner, sondern ein riesengroßer. Ich mußte runter von der Insel.
Verbannung wäre vielleicht zu viel gesagt; ich wußte, daß es das Beste für mich war. Ich ging. Seither ist Curaçao wie aus meinem Gedächtnis radiert.
Alles ging wahnsinnig schnell. Zuerst die Sprache; eines Tages hatte ich das Papiamento vergessen, meine Muttersprache. Dann wollten mir gewisse Namen nicht mehr einfallen. Der Name des Viertels zum Beispiel, wo ich gewohnt hatte, der Name der Bucht, wo ich jeden Mittag schwamm. Schließlich kamen mir auch alle Bilder abhanden, nur die vom Meer nicht.
Wenn man mitten im Karibischen Meer aufgewachsen ist, behält man für den Rest des Lebens einen bestimmten Grünton vor Augen. Ein durchsichtiges Grün, so durchsichtig, daß man sich der Tiefe darunter dauernd bewußt ist.
Riki ... Ich erinnere mich an seinen Aufschlag, die grobe linke Hand, die sanfte rechte, die lockigen Haare auf seinem Bauch, den langen, mageren Körper, an die Gespräche, die wir führten. Er konnte schallend lachen und sich im nächsten Moment in vollem Ernst über den Taoismus oder die Black Panthers unterhalten.

Es war eine turbulente Zeit. Weil ich aus meinem Verhältnis mit Riki keinen Hehl machte, wurde ich nicht mehr zu den Grillparties für brave Mädchen und zu den Segelpartien eingeladen. Hätte ich mich mit einem hellhäutigen Mulatten eingelassen, wäre das etwas anderes gewesen. Aber Riki war verdammt dunkel und leitete außerdem eine Wahlkampagne für Papa Godett. Mein Vater tobte: »In einem Tennisclub wärst du solchen Unruhestiftern nicht begegnet.«

Ich mußte einfach runter von der Insel.

Amsterdam. Endlich ein Ort, wo keiner mit Fingern auf mich zeigte. Einige Zeit in einer Kommune gewohnt. Danach ein gutbürgerliches Leben. Mann, Kind, Haus im Wald.

Manchmal fragt mich meine Tochter: »Willst du nicht nach Curaçao zurück?«

Nein. Niemals. Nicht für einen Monat, nicht für eine Woche, nicht für einen Tag! Irgend etwas an Curaçao ist verkehrt, und es wird lange dauern, bis das geradegerückt sein wird.

Oh, es war eine herrliche Zeit mit dieser Tischtennismannschaft. Trainieren in Asiento, saufen auf der Fähre nach Aruba, am nächsten Tag mit bleischweren Beinen spielen. Wenn ich verloren hatte, fragte mich Riki: »Na, Margot, wieviel Cuba Libres waren's diesmal?«

Er fand mich gierig, in allem. Wir mochten einander, nahmen kein Blatt vor den Mund. Haben viel zusammen gelacht. Dann kam der Krieg, ein Krieg, der viel mehr zerstört hat als ein halbes Hafenviertel.

Ich mußte runter von der Insel. Jahrelang haben sie mir die Ohren vollgejault, bis mir das Wort *bèrguensa* zu den Ohren herauskam.

Die wenigen Worte Papiamento, die ich nicht vergessen habe: *Esta bèrguensa.* Schämst du dich nicht? ...

»Wir werden dich ganz sicher nicht vermissen, Margot«,

sagte das braune Mädchen, das mich dauernd über Riki und mich ausfragt hatte, und lächelte dabei.

Fichi ...

Hieß sie nicht Fichi? Was für ein Biest ... Immer ein Lächeln auf dem Gesicht, aber dahinter ...

Mein Vater sagte dasselbe.

»Wir werden dich nicht vermissen.«

Ich gehörte weder zur einen Partei noch zur anderen. Das Ende vom Lied war, daß mich beide Parteien für eine verschlagene Hure hielten. Ich verbrüderte mich mit dem Feind; anders konnte man es nicht nennen.

Ich habe meinen Vater nie wiedergesehen.

36

Riki Marchena
Alles an Margot war groß

Sie stand auf farbige Jungs.
Margot sprang gewissermaßen schon aus ihrem glänzenden Tischtennishöschen, wenn sie mich nur in der Nähe der Umkleidekabine vermutete.

Sie war groß, breit, stark. Eben typisch niederländisch. Sie sagte das selbst, um ja keinen Zweifel darüber entstehen zu lassen, daß sie aus einer alten Familie stammte. Wenn sie Pietersz sagte, war das »SZ« am Ende nicht zu überhören. Margot.

Sie hielt mich auf Distanz. Ich durfte zwar mit ihr anbandeln, aber nur wenn ich mir nicht einbildete, sie könnte ihr SZ eines Tages einem Marchena opfern. In dieser Hinsicht konnte ich sie beruhigen: Wenn ich Illusionen hatte, dann sicher keine über eine feste Beziehung. Von Anfang an war eins klar: keine großen Gefühle, keine hohen Erwartungen, *only fun*.

Sie besiegte alle, außer Fichi. Zwischen den beiden herrschte ununterbrochen Krieg. Ein Krieg, der lächelnd ausgefochten wurde, abgesehen von einem ohrenbetäubenden Schmetterball ab und zu. Margot war unglaublich grob in ihrem Spiel; im Grunde wäre sie für einen Sport wie Kugelstoßen geeigneter gewesen. Was nicht heißt, daß ich ihr nicht gerne zusah. Eine robuste Mieze, die niemals aufgab.

Alles an Margot war groß, nicht nur Hände und Füße, sondern auch Nase, Augen, Mund und Möse. Ihr tat niemals etwas weh; bei anderen Mädchen mußte man vorsichtig sein beim Eindringen, bei Margot flutschte man einfach so hinein, ohne daß sie je zur Vorsicht mahnte.

Sie mochte das Schnelle. Sie war der Typ Frau, der einen auf einen Stuhl drückte, sich mit gespreizten Beinen auf einen setzte und ohne Spott sagte: »Hör zu, Riki, ich fick dich. Das ist etwas anderes, als wenn du mich fickst, ist das klar?« Sie verzichtete auf alles, was hierzulande zum Flirten dazugehört. Was sie statt dessen hatte, war Schneid.

In den siebziger Jahren schwelten die Brände des Trinta di Mei noch immer. Die Angst, sie könnten wiederaufflammen, saß den Weißen noch im Nacken. Ein blondes Mädchen aus wohlhabenden Kreisen, das sich mit einem farbigen Jungen einließ, hätte genausogut im Che-Guevara-T-Shirt herumlaufen können. Das war mindestens genauso schlimm. Männer mit dem Nachnamen Pietersz machten nachts kein Auge mehr zu; für die *Shons** stand es fest wie das Amen in der Kirche, daß die schwarzen Rebellen mit Unterstützung dieses vermaledeiten Castro bald die Macht ergreifen würden.

Margot provozierte. Das Wort Provokation war aus den Niederlanden herübergeweht, aber erst hier bekam es seinen bedrohlichen Unterton. Auf den schwelenden Resten von Otrobanda bedeutete Provokation etwas anderes als auf den gemütlichen Amsterdamer Plätzen. Mädchen wie Margot riskierten ihren guten Ruf, und war der Ruf einmal ruiniert, war er hier auf der Insel nicht mehr zu retten. Margot hatte keine Wahl; nach der turbulenten Periode des *black is beautiful* mußte sie sich in die Niederlande absetzen. Selber schuld, hieß es von allen Seiten. Ich war der ein-

---

* Shon: Diese Anrede ist vermutlich abgeleitet von »seigneur«. Auch Frauen wurden so angesprochen, entweder in der gleichen Form oder mit »Sha«.

zige, dem wirklich leid tat, daß sie ging. Und auch ich trauerte nicht lange.

Sie war ebenso mutig wie herrisch. Vielleicht ist man das eine nie ohne das andere. Immer wollte sie beim Lieben oben sein und entwickelte in dieser Position ein unglaubliches Tempo mit einer Vielzahl von Stellungsvarianten. Darin erinnerte sie mich an ein Campo-Mädchen, das von der Insel geschickt wurde – seine Papiere waren nicht in Ordnung gewesen.

Oft machte sie eine Kehrtwende um hundertundachtzig Grad und ließ ihren Hintern auf meinem Bauch auf- und abtanzen. Ein muskulöser Hintern selbstverständlich; nur durch wenig Sportarten wird ein Po so fest wie durch das Tischtennis.

Mit den meisten Frauen mußte man sich erst eine Weile unterhalten, bevor man zur Sache kommen durfte, bei Margot war es umgekehrt. Auf die Unterhaltung ließ sie sich erst ein, nachdem man ihr die Röte auf die Wangen gejagt und ihrer Kehle einen unterdrückten Schrei entlockt hatte. Aber dafür nahm sie sich dann für das Gespräch viel Zeit.

Meist gingen wir zum Fort und setzten uns auf die Steinmauer vor den Arkaden, direkt am Meer. Die Wellen zerstoben an den Felsbrocken; wir saßen in einem dauernden salzigen Regen.

An diesem Ort sagte Margot Pietersz einmal zu mir: »Das Glück gibt es nicht. Es gibt vielleicht glückliche Augenblicke. Und die muß man dann so lange wie möglich festhalten. Will man mehr, gibt's nur ein Unglück.«

In den schlimmsten Augenblicken meines Lebens haben mir diese Worte sehr geholfen.

Mike fand Margot blöde, Fichi hielt sie für merkwürdig und Frau d'Oliviera für furchtbar ordinär. Trotzdem hatte sie manchmal tiefe Einsichten. Sie machte mich ruhig, ich reiste gerne mit ihr zusammen.

Bevor sie das Flugzeug nach Holland bestieg, gingen wir die ganze Nacht auf der Ebene von Hato spazieren. Sie liegt auf der Nordseite der Insel.

»Du bist mein Bruder«, sagte sie plötzlich.

Hielt ich für sentimentalen Blödsinn.

»Für einen Bruder kommt man zurück. Aber du, Margot, du wirst nie mehr hierherkommen.«

»Oh, doch!«

Ich sollte recht behalten. Margot hat sich nie mehr auf der Insel blicken lassen.

Sie wollte mir dort oben auf der Hochfläche von Hato ein letztes Mal den Schweiß aus den Poren treiben. Sie wollte einen dieser Ringkämpfe, für die sie ein bestimmtes Wort benutzte:

Rammeln.

Ich sagte: »In Ordnung. Aber diesmal werde ich oben sein.«

Sie gab seufzend nach: »Hast dir allerdings einen Scheißort ausgesucht, mich darum zu bitten.«

Die rote Erde der Ebene von Hato ist zerfurcht von den scharfen Kanten des drunterliegenden Vulkangesteins. Damit sie nicht mit zerschundenem Hintern in Holland ankäme, haben wir es dann doch stehend getrieben, ganz nah beim Meer, im salzigen Staubregen.

Dort, in der freien Luft, roch ich zum ersten Mal ihr Haar: »Deine Haare riechen nach der Insel.«

Sie fragte, wie die Insel denn rieche.

»Nach Staub«, sagte ich. »Würzig. Salzig. Aber auch irgendwie faulig.«

»Ach ja, wie denn?«

»Nach Verwesung.«

37

Mike Kirindongo
Drei Kugeln in den Rücken

Es wurde später zur klassischen Frage schlechthin. Wo warst du am dreißigsten Mai?
Am dreißigsten Mai 1969 traf ich Riki in der Stadt. Vollkommen verwirrt. Er war auf dem Weg zu einem Kunden im Neuen Hafen.

Wir gingen zusammen zum Ufer und sahen Otrobanda auf der anderen Seite der Bucht in Flammen stehen.

Otrobanda war mehr als ein Stadtviertel, dort hörte man alle fünf Meter einen *danza*, roch alle zehn Meter einen fritierten *dradu* und bekam alle fünfzehn Meter unheimlichen Durst. Otrobanda war wie eine Mutter: Alles auf der Insel schien von dort herzukommen.

Ich wollte zur am Meer liegenden Seite des Viertels. Mein Vater hatte im Radio gehört, daß es zahlreiche Brände in Otrobanda gäbe; meine Oma wohnte dort in einer der Gassen oberhalb des Riffs. Da mein Vater kein großer Held war, schickte er mich los, um nachzusehen.

Ich versuchte, durch das Stadtviertel Punda nach Otrobanda zu kommen. Bei der Santa-Ana-Bucht traf ich Riki. Am anderen Ufer standen alle Gebäude in hellen Flammen.

Riki war mit den Nerven völlig am Ende. Immer wieder raufte er sich die Haare, schüttelte den Kopf, war verwirrt, aufgewühlt, ratlos.

Als wir näher kamen, sahen wir Männer Benzin auf Bürgersteige und in Häuseringänge schütten, damit die Geschäfte und Häuser besser brannten. Wir trauten unseren Augen nicht.

Erst als die Sonne hinter dichten Rauchwolken verschwand, fand Riki die Sprache wieder. Er sagte: »Warum haben sie es nur so weit kommen lassen?« Im selben Augenblick verkrampfte sich sein Gesicht.

Wir entdeckten junge Kerle, die mit Benzinkanistern in den Händen barfuß durch die Flammen rannten. Riki fürchtete, daß nicht nur die bisherigen dreißig oder vierzig Gebäude, sondern die ganze Stadt abbrennen könnte, die ganze Insel.

Wir standen neben dem Brückenwächter der Pontonbrücke. Außer uns dreien war kein Mensch auf dem Quai zu sehen. Überall knallten Gewehrschüsse, die Weißen hatten sich in ihren Häusern verbarrikadiert, die Schwarzen flohen, bis auf ein paar Plünderer. Der Brückenwächter sah unsere Bestürzung und murmelte: »Habt ihr's denn nicht kommen sehen?«

Als der Rauch die Sonne verschluckte, wußten es plötzlich alle, daß es so hatte kommen müssen.

Das Ganze hatte bei Wescar angefangen, einer Zulieferungsfirma der Raffinerie. Dort drohte seit einiger Zeit ein Streik auszubrechen. 1969 war es nicht anders als hundert Jahre davor: Je höher einer auf der gesellschaftlichen Leiter stand, desto heller war seine Hautfarbe. Das mußte eines Tages schiefgehen, und zwar ordentlich. Das Tragische war, daß niemand wagte, die Lunte dieser schlafenden Bombe anzuzünden. Es mußte erst einer wirklich Bockmist bauen, bevor es so weit kam.

Auf der einen Seite des Verhandlungstisches bei Wescar saß der Betriebschef. Ein Holländer. Leider kein normaler Makamba. Sondern ein Holländer, der am liebsten in Khakikleidung herumlief und dem es, verglichen mit anderen afrikanischen oder asiatischen Ländern, wo er seit seinem zwanzigsten Lebensjahr für eine Ölgesellschaft gearbeitet hatte, auf Curaçao fast zu kalt war. Das Ganze fing an zu entgleisen, als er sagte: »In Biafra habe ich gelernt, Verhandlungen mit dem Revolver auf dem Tisch zu führen.« Davon ließ sich die andere Seite nicht einschüchtern. Dort saßen nämlich drei Antillianer, die mehrere Jahre bei den Gewerkschaften in den Niederlanden praktische Erfahrungen gesammelt und mit großer Mühe die typisch nordeuropäische Kunst des Kompromisse-Schließens gelernt hatten.

Die Gewerkschaftler unternahmen danach einen letzten vorsichtigen Versuch, die Verhandlungen weiterzuführen. Aber als der Wescar-Boß plötzlich den wildgewordenen Kolonialherrn spielte, der glaubte, armen Schwarzen in Biafra noch *mores* lehren zu müssen, verließen sie den Verhandlungsort, riefen den Streik aus und organisierten einen Marsch zum Regierungsgebäude im Stadtzentrum.

Die Strecke dahin dürfte ungefähr sieben Kilometer lang sein. Die Streikenden brauchten dafür sieben Stunden. Zuerst waren es nur ein paar hundert. Bei den Trockendocks beteiligten sich auch die streikenden Hafenarbeiter an dem Marsch. Kurz vor der Stadt waren es dann ein paar tausend, und in der Altstadt, wiederum einige Stunden später, waren es schon fast zehntausend.

Niemand stellte sich ihnen in den Weg, weil niemand einen Aufstand erwartet hatte. Polizei war nirgendwo zu entdecken; trotzdem brauchten die Streikenden für den Weg vom Hafen nach Punda und Otrobanda geschlagene sieben Stunden.

Denn Papa Godett trödelte. Der Vorarbeiter führte den Marsch an. Papa Godett ging sehr langsam. Vielleicht ahnte er, daß in dieser Nacht die Flammen so hoch schlagen würden, daß sie noch an der venezuelanischen Küste zu sehen wären. Vielleicht ahnte er den Ausbruch einer Wut voraus, die Opfer fordern würde. Tote wollte er nicht auf dem Gewissen haben.

Er drehte sich den Demonstranten zu, er sprach auf sie ein. Er versuchte, Zeit zu gewinnen, in der Hoffnung, die Menge würde sich beruhigen und die Polizei hätte genug Zeit, einen Kordon um die Stadt zu ziehen. Seine Schritte wurden immer kleiner, die Demonstranten kamen kaum noch vom Fleck und hatten somit Gelegenheit, bei jedem *Snek* tüchtig Alkohol zu tanken.

Die Menge, die am späten Nachmittag den Berg Altena herunterkam, war sturzbesoffen. Besoffen vor Angst. Weil jeder, der dabei war, ahnte, daß es in einem Blutbad enden würde.

Endlich, am Fuße des Berges wurde eingegriffen. Aber es war nicht die Polizei. Es war nicht das Militär. Es war eine Bürgermiliz, Freiwillige, junge Kerle. Sie griffen nach ihren Waffen und nahmen sich erst gar nicht die Zeit für Warnschüsse. In ihrer Todesangst vor der unkontrollierten Menschenmenge schossen sie sofort mitten hinein.

Zwei Streikende gingen sofort zu Boden, Papa Godett brach zusammen. Die beiden Streikenden waren auf der Stelle tot, Papa Godett wurde durch drei Schüsse in den Rücken schwer verwundet. Offensichtlich hatte er die Demonstranten noch ein letztes Mal zur Vernunft mahnen wollen.

Nach den Schüssen hätte keine Armee der Welt die Menge zurückhalten können. Es sei denn unter Billigung Tausender Opfer.

Am nächsten Morgen führten einige der Ladenbesitzer den Direktor von Wescar zum Fort Nassau. Vor ihnen lag die rauchende Stadt. Mit kaum unterdrückter Wut fragten sie ihn, was er sich eigentlich dabei gedacht habe, die Verhandlungen scheitern zu lassen. Er zuckte nur mit den Achseln, deutete auf die Ruinen der Altstadt und sagte: »Ach, in Biafra habe ich viel Schlimmeres gesehen.«

38

Riki Marchena
Die Wahrheit schmerzt, weil sie
einen Glauben zerstört

Ich sah Männer durch Fenster springen und mitten durchs Feuer gehen. Sie kühlten ihre aufgestaute Wut an der Hitze mehrerer hundert Brände. Die Wut von Jahrhunderten.

Die Gewalt, die ich als Kind erlebt hatte, war nichts, verglichen mit dem Haß des dreißigsten Mai. Ein Haß, der die Leute blind und taub machte, vollkommen unempfindlich für alles. Die Männer, die durch die Fenster sprangen, brüllten nicht. Alles Geschrei verstummte, als Otrobanda in Flammen aufging.

Vielleicht stand ich an der falschen Stelle. Vielleicht sah ich auch, was nur wenige gesehen haben: Einen Haß, der alles, was Menschenhände errichtet hatten, dem Erdboden gleichzumachen imstande war.

Als Papa Godett mich fragte, ob ich für ihn in Parera, Fleur de Marie und Cher Asile eine Wahlkampagne leiten wolle, konnte ich kaum nein sagen. Es waren die Viertel meiner Kindheit, auch wenn sie inzwischen zu Slums geworden waren. Ich hörte es ununterbrochen in meinem Kopf hämmern: Es darf nicht ein zweites Mal passieren.

Ich fühlte mich verantwortlich für das, was um mich herum geschah. Als *Kid from Parera*.

Eigentlich eher von Cornet. In Parera hatte ich nur bis zu meinem siebten Lebensjahr gewohnt. Nach dem arubanischen Intermezzo war ich zu meiner Großmutter nach Cornet gezogen. Dort blieb ich, bis ich fünfundzwanzig war. Wenn ich mich einem Viertel zugehörig fühlte, dann Cornet. Ein annehmbares Viertel, es gab hier so viele Steinhäuser wie Holzhäuser und kaum Armut. Die Männer bastelten an den freien Samstagnachmittagen an ihren Autos herum. Ein etwas behäbiges Viertel.

Weil ich die Erinnerung an meinen Vater aufrechterhalten wollte, hatte ich in Interviews Parera öfter erwähnt. Das gefiel den Journalisten, obwohl ich nur wenig von dem typischen Parera Kid an mir hatte. Jungs aus Parera besuchten keine Hauptschule, und die zwei oder drei, die es taten, hängten nicht noch ein weiteres Schuljahr an, um das Mathematik-Examen zu machen. Jungs aus Parera bekamen auch nicht sofort eine Anstellung als Vertreter, weil sie nämlich meistens weder rechnen noch schreiben konnten. Jungs aus Parera rauchten mit zehn und fingen mit zwölf an zu trinken. Außer mir hat Parera noch nie einen Sporthelden hervorgebracht … Und ich konnte mich nicht mal mehr daran erinnern, wie die Straße hieß, in der mein Vater das Haus für uns gebaut hatte.

Eigentlich war es dreist von mir, mich als Parera Kid auszugeben. Papa Godetts Anfrage kam deshalb auch wie gerufen. Im Viertel war die Frente sehr beliebt und als Wahlkampfleiter des Großen Anführers würde mich jeder Bewohner als wahren Held von Parera in die Arme schließen.

Dieser Plan gelang im großen und ganzen auch.

Kaum von den Verwundungen genesen, hatte Papa Godett mit anderen Anführern des Aufstandes die Frente Obrero y Liberacíon gegründet. Mit dieser Volks- und Befreiungsfront trat er bei den vom Gouverneur ausgeschriebenen Wahlen an.

Ich war verantwortlich für die Formulierung einiger Punkte des Parteiprogramms, nahm an Konferenzen des Parteivorstandes teil, hielt Ansprachen und bezeugte in Interviews glutvoll meine Anhängerschaft. Fast jeden Morgen und Mittag konnte man mich im Radio hören und beinahe jeden Abend im Fernsehen sehen; im *Lo Máximo* oder in einer der anderen Volkszeitungen stand fast täglich etwas über mich.

Die Frente war die erste Partei, für die die schwarze Bevölkerung massenhaft stimmte. Wir waren euphorisch. Leider stellte sich schnell heraus, daß Papa Godett mit seiner Macht nichts anzufangen wußte.

Er hatte kein System. Er half jedem, der ihn darum bat. Ich habe selbst erlebt, wie er während einer Versammlung einfach aufstand und ging. Eine alte Frau hatte sich beklagt, man hätte ihr das Wasser abgestellt. Das war um elf Uhr morgens; erst um vier Uhr nachmittags kehrte er zurück. Er hatte aus eigener Tasche einen Vorschuß an das Wasserwerk bezahlt, eine vorläufige Regelung ausgehandelt und sich dann persönlich davon überzeugt, daß wieder Wasser aus den Hähnen kam.

Nach dem Mai-Aufstand hat er allerdings auch kaum noch ein Auge zugemacht. Tag und Nacht löste er Probleme, ganz alltägliche, banale, für die sich sonst keiner verantwortlich fühlte, bis er einige Jahre später vollkommen erschöpft zusammenbrach, umfiel wie ein Baum, gefällt von einem Schlaganfall, der ihn für den Rest des Lebens geistig und körperlich zum Wrack machte.

...

Natürlich war er ein beeindruckender Mann. Trotzdem weigerte ich mich, für ihn auch den Wahlkampf von 1973 zu organisieren. Denn er war nicht nur ein herzensguter Kerl, er war auch ein Besserwisser, ein Quengler, ein aufdringlicher Mensch, eine Nervensäge, ein Streber und, wenn es um Machtpolitik ging, ein Fähnchen im Wind, außerdem strategisch eine Null. Während seine Anhänger nur ein eigenes Häuschen haben wollten, ein kleines Grundstück, ein gebrauchtes Auto, das bereits fünf Vorbesitzer hatte, und noch ein paar Dinge, die ihrem Leben etwas Glanz verliehen, plante er nichts Geringeres als ein kommunistisches Regime nach dem Vorbild von Castro und Mao. Er hatte absolut keinen Sinn für die Realität, und das ist für einen Politiker äußerst gefährlich.

Je besser ich ihn kennenlernte, desto öfter mußte ich an sein Vorleben als Boxer Godett denken.

Mein ältester Bruder Ferry hat mir einmal von einem seiner Kämpfe erzählt.

Als Hafenarbeiter hatte der Boxer Godett kaum Zeit, sich auf wichtige Kämpfe vorzubereiten, trotzdem ließ er sich für die karibischen Meisterschaften aufstellen. Sein Gegner machte Hackfleisch aus ihm. Obwohl seine Nase mehrfach gebrochen sein mußte, so geschwollen wie sie war, und obwohl sein linkes Auge ihm halb aus der Augenhöhle hing, kämpfte er weiter. Am ganzen Sparring klebte Blut. Schließlich verlor er den Kampf nach Punkten, und nicht etwa weil er k.o. geschlagen worden war. Ferry hielt das für ein Zeichen von ungeheurem Mut, wie übrigens die meisten Bewohner der Insel. Fand ich nicht. Ich war der Meinung, er hätte sich besser auf den Kampf vorbereiten müssen. Oder gar nicht erst in den Ring steigen.

Papa Godett litt an maßloser Selbstüberschätzung. Hätte er nur besser auf seine Ratgeber gehört. Er war zwar gut zu den Menschen, aber er hätte auch aus einer puren Laune heraus Fidel Castro die Insel auf dem Präsentierteller überreichen können. Was ihn aber in meinen Augen durch und durch dubios machte, war die Tatsache, daß er gleichzeitig eine Einigung mit der Demokratischen Partei anstrebte. Ausgerechnet mit der DP! Der Partei der Protestanten, der Weißen, und zwar der kleinbürgerlichen Weißen, der Büroangestellten, die mit den Schwarzen nichts zu tun haben wollten. Und diese DP forderte als erstes, daß die Vorkämp-

fer der Frente ihren geliebten Castro-Mützen abschwören sollten. Und als gestandene Revolutionäre gaben sie sofort klein bei. Adieu, Mützen! Im Grunde haßten die meisten von ihnen jede Veränderung, ihr Ziel war eine sichere Stellung als Verwaltungsbeamte, wo sie bis zur Pensionierung nicht mehr zu tun brauchten, als ihre Manschettenknöpfe zu polieren und ab und zu den Siegelring an ihrem Finger.
...

Nach Papa Godett ging ich eine Weile für einen Politiker auf Stimmenfang, der mit seinem Kranzbart und seiner hohen Stirn aussah wie der greise Regent eines alten westafrikanischen Königreichs. Er war ein viel redlicherer Mensch als Godett, aber er umgab sich mit Leuten, deren kriminelle Energie weit über dem Inseldurchschnitt lag. Er fragte mich, ob ich Assistent eines Politikers werden wollte, der mit Vornamen Eduardo hieß und den alle Benchi nannten. Dieser wohnte in Marie Pompoen, in einem zweistöckigen Haus mit dicken Glasfenstern und einer breiten Treppe, die von einer großen Halle in die oberen Stockwerke führte. Teppichböden, schwere Gardinen, die immer halb zugezogen waren, wodurch es im Haus so dämmrig war wie in den Häusern der Schlechtwetterländer. Eichenkommoden, Eichentische, eine Couch aus Kordsamt, Sessel, in denen mein langer Körper versank, Gemälde an den Wänden von der Sorte Landschaft mit röhrendem Hirsch. Nichts im Haus sollte an die Tropen erinnern, kein Zuckerrohrhalm, kein Bambusröhrchen; die Klimaanlage dröhnte ununterbrochen, und im Haus war es nie wärmer als zwanzig Grad. Doch trotz der Kälte flirrte im Haus die Hitze unerfüllter Wünsche und ständiger Enttäuschungen.

Benchi wog zweihundertzwanzig Pfund. Er hatte sieben Kinder von drei verschiedenen Frauen. Bei jeder Parteikonferenz zog er gegen die Dreistigkeit und Arroganz der Weißen zu Felde.

Die vier ältesten Kinder Benchis besuchten Privatschulen in Kanada und den Vereinigten Staaten. Er war unterwegs zu einem seiner Kinder, als unerwartet der Besuch der holländischen Kronprinzessin auf den Niederländischen Antillen angekündigt wurde. Obwohl es ihn ein Vermögen kostete (es war nur noch ein Platz in der ersten Klasse frei), flog er wie ein Blitz über New York, Atlanta und Aruba nach Curaçao zurück, um rechtzeitig zum eilig organisierten Empfang erscheinen und Ihrer Königlichen Hoheit die Hand drücken zu können.

Trotz allem mochte ich ihn.

Bei Benchi herrschte ein einziges Kommen und Gehen. Nachbarn kamen und baten ihn um einen Gefallen oder einen Rat. Die Leute waren verrückt nach ihm, eine Atmosphäre des Reichtums umgab ihn, obwohl er als kleiner Krämer begonnen hatte. Im Umgang mit den Leuten war er der einfache Mann aus dem Volk geblieben; außerdem hatte er ein unschlagbares Gedächtnis für Namen und verblüffte jeden Besucher mit der Kenntnis von dessen Spitznamen.

Ein einziges Wort ließ mich ihm ganz nah fühlen.

Er gab mir drei Telefonnummern, unter denen ich ihn Tag und Nacht erreichen konnte. Ich durfte ihn jederzeit anrufen, außer wenn er bei seinem *Täubchen* war.

Ich hatte meinen Vater vollkommen vergessen. Das heißt, ich konnte mir sein Gesicht nicht mehr richtig vorstellen. Immer wenn ich ihn vor mir sehen wollte, wie er an seinen letzten Tagen und Wochen aussah, sah ich Onkel Tonios Gesicht vor mir. In meiner Erinnerung ähnelten sich die beiden immer mehr, obwohl Onkel Tonio eine viel hellere Hautfarbe hatte.

Als ich das Wort *Täubchen* hörte, konnte ich mir wieder ein ungefähres Bild von meinem Vater machen. Ein Mann wie Benchi. Großherzig. Gesetzt. Gemütlich.

Benchi nahm uns jeden Sonntag mit zum Strand-Barbecue. Uns, das heißt: seine Frau, seine ehelichen und unehelichen Kinder, seine Freunde, das Täubchen des Monats, seine zwei Stellvertreter, seine Strohmänner in den Wahlbezirken und mich. Er briet eigenhändig die Ziegen- und Hähnchenschlegel und hörte dabei zu.

Wenn man sich mit Benchi unterhielt, hatte man endlich das Gefühl zu existieren. Für jeden, der ihn um etwas Aufmerksamkeit bat, nahm er sich massenhaft Zeit. Nie schaute er auf die Uhr, nie war an einer Geste, einem Augenaufschlag zu erkennen, daß er die Geduld verlor.

Nach dem Essen legte er sich unter einen Baum schlafen. Am späten Nachmittag zog er sich aus, ging über den Strand und stieg vorsichtig ins Wasser. Schwimmen konnte er nicht, er wagte sich nie weit ins Wasser. Wenn es ihm an die Taille reichte, litt er schon Höllenqualen. Er mußte den Boden unter sich spüren. Er planschte wie ein Entchen auf dem See, während wir alle in einem Kreis um ihn herumstanden.

So ließen wir uns vom Wasser abkühlen. Benchi und ich maßen uns inzwischen im Papiamento. Jeden Sonntag. Wer hatte den größeren erotischen Wortschatz? Wer kannte die meisten Ausdrücke, in denen ein Tier vorkommt?

»Für einen Sportler«, schimpfte Benchi, »bist du ganz schön schlagfertig.«

Mit seinen zweihundertzwanzig Pfund Körpergewicht hielt er Sport natürlich für ein Unheil. Sport, das sah man sich von weitem im Fernsehen an. »Wie Flugzeugkatastrophen.« Aber. Das Volk hatte eine Schwäche für Leute, die sich schindeten, um etwas zu erreichen, also war ich wie geschaffen für die Politik. »Zeig den Leuten deine Blasen, Riki. Dann wirst du es einmal weit bringen.«

Er war warmherzig. Und obwohl mir mein gesunder Menschenverstand schon nach ein paar Minuten sagte, daß Benchi ein Gauner war, sehnte ich mich nach dieser wohl-

191

tuenden Wärme. Nach einer langen Auslandsreise hatte ich erst dann wirklich das Gefühl, zu Hause angekommen zu sein, wenn ich neben Benchi im Auto sitzend an der Spitze einer langen Autoschlange zum sonntäglichen Barbecue zur Bucht von Santa Cruz fuhr. Während der Fahrt legte er mir die Hand aufs Knie und sagte: »Sag mal, Junge, hast du auch so einen Hunger?«

Ich konnte Benchi von großem Nutzen sein. Das gestand er mir gleich bei unserem ersten Zusammentreffen. Ich glaubte, er meinte damit mein Ansehen und meine Popularität. Die wußte er tatsächlich gut zur Vermehrung seines Ruhms einzusetzen. Allerdings stellte sich schnell heraus, daß ich ihm auf eine andere Weise noch dienlicher sein konnte. Er bat mich, ab und zu ein Päckchen in die Vereinigten Staaten oder nach Europa mitzunehmen. Ich reiste doch so viel, und als Spitzensportler hatte man eine tadellose Reputation.

Was in den Päckchen war, habe ich nie überprüft; ich war reichlich naiv und hielt seine Erklärung – »die antillianische Post braucht Wochen dafür« – für plausibel. Ich wurde erst mißtrauisch, als er mich dafür belohnen wollte. Nicht mit einer Krawatte oder einer Einladung zum Essen, nein, sondern mit einem ansehnlichen Baugrundstück. Ein Gelände am Meer, das, wie er mir versicherte, schnell an Wert steigen würde, weil eine internationale Hotelkette daran interessiert sei. Da dachte ich: Nichts wie weg, bevor man mich kriegt.

Ai, ja.

Benchi hätte mich in große Schwierigkeiten bringen können.

...

Damals muß das mit meinem Ehrlichkeitssyndrom angefangen haben. Es breitete sich in meinem Kopf und sogar in meinem Körper aus. Von Unehrlichkeit wurde mir

regelrecht schlecht. Unehrlichkeit ist einfach, engstirnig und bequem. Ehrlichkeit dagegen hat etwas Großes, etwas Majestätisches, wie ein schwer erkämpfter Sieg.
...
Nachdem ich bei Benchi ausgestiegen bin, haben mehrere andere Politiker versucht, mich anzuheuern. Für meine Absagen sollte ich später schwer büßen. Politik ist ja nicht per se eine unehrliche Angelegenheit, nur war es auf den Antillen bisher noch keinem eingefallen, daß man sie auch ehrlich betreiben könne. Nach dem Aufstand von 1969 dauerte es fünfundzwanzig Jahre, bis wieder ein Weißer an die Regierung kam, und nach diesen fünfundzwanzig Jahren konnte jeder feststellen, daß Machtmenschen sich außer in der Hautfarbe nur in wenigem unterscheiden. Die neuen Machthaber regelten alles auf die gleiche nachlässige Art wie ihre Vorgänger; noch jede Partei ist in die Stadtviertel gezogen, um Stimmen zu kaufen. Für seine Stimme konnte man bekommen, was das Herz begehrte: einen Kühlschrank, ein Fenster für das Holzhaus, ein Zinkdach, ein Stipendium für die Kinder, eine Duschkabine ...
Es wurde schnell zur Gewohnheit, daß bei jedem Vertrag mit den Behörden Schmiergelder flossen. Und es endete damit, daß unverhohlen Gelder aus der Staatskasse gestohlen, Pensionskassen geplündert und die Gelder für die Sozialversicherungen umgeleitet wurden. Niemand hielt das noch für einen unerhörten Skandal.
Ich hatte nicht erwartet, daß wir es so viel besser machen würden als die anderen, aber ich war dennoch entsetzt zu sehen, daß wir wirklich keinen Deut anders waren. Wir waren genauso grundverdorben wie die lächerlichen Figuren von der Demokratischen Partei. »*Die Wahrheit schmerzt nicht als solche*«, las ich Jahre später bei Nietzsche, »*die Wahrheit schmerzt, weil sie einen Glauben zerstört.*« Ich glaubte, daß wir nach allen Schicksalsschlägen doch wenig-

stens den Willen dazu hätten haben sollen, eine aufrichtigere Politik zu machen.

Politik geht den Menschen hier sehr nah. Sie ist so selbstverständlich wie Essen und Trinken, sie gehört zu allem dazu. Und vielleicht liegt es an dieser Selbstverständlichkeit, daß die Politiker so viel Böses anrichten können. Wen man gut kennt, wer einem immer willig zuhört, dem vergibt man vieles. Ein Politiker ist wie ein Nachbar: Dem vertraut man auch, bis er eines Tages im Gefängnis verschwindet.

Nach der Frente kam die MAN nach oben. Und nach der MAN schwappte die PNP an die Spitze. Und jedesmal wurde ich gebeten mitzumachen. Ich lehnte höflich ab. Ich hatte keine Lust, Enttäuschungen zur Gewohnheit werden zu lassen, oder die Wut.

Was mich allerdings ab und zu beunruhigte, war dieses Gefühl von Friß Vogel, oder stirb. Natürlich ist es löblich, sich von so etwas Schmutzigem wie Politik fernzuhalten, allerdings ist diese Haltung Ausdruck einer Apathie, die überhaupt nicht angebracht ist, wenn man sich auf einem sinkenden Schiff befindet.

Hätte ich in China nicht aus der Nähe erlebt, wie Politik den Einzelnen zu Machtzwecken mißbraucht, hätte ich mich vielleicht doch noch von einem Politiker anwerben lassen, der wenigstens einen einigermaßen vertrauenerweckenden Eindruck gemacht hätte.

...

Ich hatte das Mädchen vorher schon bei zwei Spielen gesehen. Ihr Aufschlag war phänomenal. Weil sie dem Ball so viel Effet gab, daß er wie ein Schatten über den Tisch schoß, wollte ich sie noch einmal beim Schmettern beobachten. Außerdem gefiel sie mir. Klein. Dünn. Quirlig. Eine chinesische Leyla.

Ihr letztes Spiel war ein Freundschaftsspiel gegen ein

Land, mit dem das maoistische China auf irgendeine krumme Weise Handel treiben wollte. Ich glaube, es war Japan.

Das Spiel ging über fünf Sätze. *Best of five.*

Das japanische Mädchen spielte außerordentlich träge, meine chinesische Leyla brachte sie andauernd aus dem Gleichgewicht. Am Ende des zweiten Satzes war das Spiel so gut wie entschieden.

Da tauchten plötzlich einige chinesische Funktionäre in der Nähe der Tischtennisplatte auf. Leylas Betreuer machte ihr mit einer unmißverständlichen Geste klar, daß sie das Spiel verlieren und die Japanerin gewinnen lassen sollte: Er deutete mit dem Daumen abwärts. Aber diese Leyla aus Kanton oder Shanghai war aus demselben Holz geschnitzt wie ich; sie konnte nicht aufhören. Der Satz ging dem Ende zu, und sie gab keinen Zentimeter nach. Da kamen noch mehr Funktionäre; die ganze chinesische Delegation schien sich mit der Sache zu beschäftigen; die Gestik wurde immer bedrohlicher. Leyla hatte keine Wahl mehr; sie mußte nachgeben.

Ein Mädchen nach meinem Herzen. Sie wurde so furchtbar wütend, daß sie die Bälle neben die Platte schlug. Nein, nicht knapp daneben und nicht nur zwei- oder dreimal hintereinander, sondern alle Bälle des dritten, vierten und fünften Satzes ... knallhart und zwei, drei, vier Meter neben die Tischplatte.

Als sie den Saal verließ, packten zwei Männer das Mädchen und drehten ihm beide Arme um neunzig Grad nach außen.

Politik.

39

Fichi Ellis
Beliebt, noch beliebter,
wahnsinnig beliebt

Nach meiner Rückkehr aus den Niederlanden nahm mich eine Freundin mit zum Tanzen. Eine Band aus Jamaika spielte.

Reggae.

Wie man auf diese Musik tanzt, zeigte mir ein hochgewachsener Mann mit schmalen Hüften und scharfgeschnittenem Gesicht: Edwin Martina.

Edwin (für seine Freunde Din) arbeitete bei der Regierung – was er dort genau tat, konnte ich wegen des lauten, tiefen Basses nicht verstehen.

Eine Woche später saß er beim Frauen-Einzel-Finale der Inselmeisterschaften auf der Zuschauertribüne. Er war der erste, der mir zum Sieg gratulierte; noch bevor es dämmerte, fuhren wir zu einem abgelegenen Ort an der Ostküste der Insel.

Viermal in der Woche ging ich mit Din tanzen. Er war verrückt nach Reggae; ich mochte seine Lippen. Wenn wir eng umschlungen tanzten, betastete ich sie oft mit meinem Zeigefinger. Volle, aufgeworfene Lippen.

Ich wurde schwanger; wir heirateten. Als Dora geboren wurde, war ich sicher, daß Rikis Bild endlich verblassen würde. Sie war ein Goldschatz von einem Kind. Ich sollte später oft zu Din sagen: »Nur in einem hast du mich nicht enttäuscht; du hast mir das liebste Mädchen von Curaçao geschenkt.«

Din hatte auf Curaçao Jura studiert, das einzige Fach, das man damals hier studieren konnte. Für andere Fächer mußte man die Insel verlassen. Meine Schuld war das nicht ... Wäre ich nicht nach Delft gegangen, hätte ich nicht erreichen können, was ich erreichen wollte. Der Titel war mir nicht einmal so wichtig, auch das zu erwartende Gehalt nicht; ich wollte herausfinden, wie weit ich gehen konnte.

Din war zum richtigen Zeitpunkt an der richtigen Stelle. Die meisten Landeskinder* wurden gerade entlassen, als er mit seinem Studium fertig war. Noch bevor er dreißig war, wurde Din Leiter der Planungsabteilung im Wirtschaftsministerium. Zwei Jahre später wechselte er zu den Finanzen.

Jeden Abend brachte er neue hanebüchene Musterbeispiele von Mißmanagement nach Hause. Er regte sich darüber auf, wurde fuchsteufelswild. Aber wehe, ich sagte meine Meinung dazu, dann war ich plötzlich eine *makamba pretu*, eine schwarze Weiße.

Die zwei Jahre jenseits des Ozeans hatten mich gezeichnet. Ich war für hiesige Verhältnisse unbrauchbar geworden, ich hatte mit den Wölfen geheult; ich dachte, fühlte, reagierte nicht mehr wie eine echte Curaçaoanerin. Darüber hinaus wurde mir eine leitende Stellung bei der Raffinerie angeboten; ich hatte also wieder täglich mit Niederländern und Briten zu tun, ich war befleckt.

Riki war genauso befleckt ... Zu viel im Ausland gewesen, oder?

Oder hatte er einfach den Verstand verloren?

Ich konnte ihm nicht mehr folgen, und wenn, dann nur mit Schrecken und Bestürzung. Er gab sich derart gierig dem Ruhm hin ...

---

* Landeskinder: Hier die auf den Antillen geborenen Weißen, die Kreolen.

Daß er die Wahlkampagne für Papa Godett geführt hatte, nun gut, ich hätte es nicht getan, aber er kam aus Parera und hatte seine Probleme damit, aus einem Armeleuteviertel zu stammen. Nach dem Aufstand des 30. Mai herrschte die Euphorie des »Alles-muß-sich ändern«, und daß Riki sich davon anstecken ließ, spricht eher für als gegen ihn.

Wie tausend andere enttäuschte Papa Godett auch ihn. Nur verständlich, daß er Trost bei einer anderen Partei suchte. Aber daß er sich von der Zeitung *Lo Màximo* zum personifizierten Staatsorakel ausrufen ließ, versetzte meiner Liebe zu ihm doch einen empfindlichen Stoß.

Ich fing wieder an, Tischtennis zu spielen, ich nahm wieder an Turnieren teil. Aber die Atmosphäre war jetzt eine ganz andere. Verbissener. Oft sagte ich zu ihm: »Warum äußerst du dich über Sachen, von denen du so viel Ahnung hast wie ein Pfarrer von Frauen.«

Ja, ja. Wie sehr habe ich mich seit meiner Rückkehr darüber geärgert: So viele Menschen hier haben nur ein Ziel: ihre eigenen Taschen zu füllen. Nicht nur einzelne Politiker; es zieht sich durch alle Ebenen der Regierung und Verwaltung, es bildet ein ganzes System. Dreihundert Jahre Kolonisation haben ihre Spuren hinterlassen. Ich frage mich, ob die überhaupt jemals ganz verschwinden werden. Spuren im Denken vor allem. Ein Beamter oder Politiker, der Schmiergelder kassiert oder Subventionsgelder auf ein geheimes Privatkonto im Ausland fließen läßt, bestiehlt ihrer Meinung nach nicht seine eigenen Landsleute, sondern bescheißt nur die Weißen. Das hat sich in ihren Köpfen eingebrannt, ist scheinbar ins Unbewußte übergegangen. Alle tun hier so, als wären die Holländer noch am Ruder, aber das sind sie seit 1954 nicht mehr.

Ich begriff, wogegen Riki so aufbegehrte. Gegen den allgegenwärtigen Diebstahl. Für die wenigsten ist das eine

Frage der Moral. Nicht nur in den Elendsvierteln, sondern auch in denen des Mittelstands wird die Gerissenheit eines Politikers daran gemessen, was er sich alles zusammenraffen kann. Je mehr Stiftungen und Einrichtungen er betrügt, desto klüger muß er sein. Wer das für Unrecht hält, ist einfach ein *makamba pretu*.

Als ob die Weißen ein Vorbild wären!

Von dem Augenblick an, als sie ihre Segel in Richtung Karibik hißten, war die Insel verloren. Nicht umsonst liegen die Landhäuser zwei, drei, vier Kilometer im Landesinnern. Vom Meer her drohten die Piraten, die Bukaniere, die Flibustiere. Sie bedeuteten Plünderung, Brandstiftung ... Aber übers Meer kamen auch aus allen Windrichtungen Händler auf die Insel, um frische Ladungen Sklaven aus Afrika auszuwählen. Auch nicht gerade eine noble Art, Geld zu verdienen.

Riki hatte recht, als er im Fernsehen einmal sagte, wir hätten's nicht nötig, daß einer uns die Leviten liest, aber so langsam sollten wir doch selber einsehen, daß wir uns gegenseitig nur wie die Banditen das Geld aus der Tasche ziehen.

Leider.

In diesem Interview kündigte er auch an, gegen diese dauernde Betrügerei einen Feldzug starten zu wollen, denn der Kampf gegen die Unehrlichkeit hätte etwas Erhabenes.

Er tickte wirklich nicht richtig!

Keiner kann im Alleingang die Denkweise einer ganzen Insel umkrempeln. Und schon gar nicht durch Schimpfkanonaden oder durch das Anprangern von Leuten ohne den geringsten Beweis.

Vielleicht wollte er sich nur wichtig machen. Oder er hielt sich wirklich für eine Art Don Quichotte. Egal, er hörte nicht auf damit. Er machte sich unmöglich.

Lo Máximo wird morgens an den Ampeln der Stadt verkauft. Jeder, der Papiamento lesen kann, verschlingt die Zeitung. Klatsch und Tratsch von vorn bis hinten. Man liest über jahrelange Fehden zwischen rivalisierenden Familien, blutige Messerstechereien, angebliche Seitensprünge von Ministern in Nachtclubs, und zwischen dem ganzen Unsinn findet sich dann auch mal ein kleiner politischer Kommentar. Und viel Sport natürlich. Als Riki das internationale Turnier von Paraguay gewann, brachte das Blatt sein Foto auf der Rückseite; nach seinem hart erkämpften Sieg über Eusebio Vaquarano bei den US Open war er mit seinen vollen ein Meter dreiundneunzig auf der Titelseite abgebildet. Vielleicht hat er sich davon blenden lassen.

Er ließ sich mißbrauchen. Er war nicht auf den Mund gefallen, und die Journalisten des *Lo Máximo* fragten ihn mindestens dreimal in der Woche telefonisch nach seiner Meinung. Was er davon hielt, daß acht oder zehn oder zwölf Millionen Gulden aus der Sozialkasse der Insel verschwunden waren, daß der Abgeordnete für das Energieressort gleichzeitig Direktor einer Kabelfabrik und Teilhaber einer Importfirma für Stromkästen, Steckdosen und Transformatoren war; daß die alten Stadtviertel noch immer keine Kanalisation hatten, obwohl die Europäische Union, der Internationale Währungsfonds und die Weltbank für deren Bau Millionensubventionen gezahlt hatten. Sie fragten ihn, was er vom Gebiß der neuen Karnevalskönigin hielt, von den Brüsten einer mehr als üppigen Tumba-Sängerin und wie er über die neuen Landerechte der Antillianischen Luftfahrtsgesellschaft auf Haiti dächte, die sicher dazu führen würden, daß noch mehr Huren auf die Inseln unter dem Wind kämen. Kurz, sie fragten ihn zu allen Themen, zu denen sie selber keine Meinung zu äußern wagten.

»Hör auf damit«, habe ich ihn immer wieder gewarnt. Und immer bekam ich die gleiche Antwort: »Du hast gut reden, du bist nicht auf Popularität angewiesen, um Geld zu verdienen.«

Populär sein wurde für ihn zur Obsession. Beliebt, noch beliebter, wahnsinnig beliebt. Notfalls auf Kosten anderer, damit auch jeder ihn auf der Straße oder in den Geschäften erkennen würde und er noch mehr Bestellungen abschließen und noch mehr Provision einstreichen konnte.

»Ich will mein eigenes Geschäft haben.«

Nichts dagegen einzuwenden. Ein respektabler Wunsch.

»Aber ist dir denn nicht klar, daß alle Politiker und Staatsbeamte, sämtliche Mitglieder der Karnevalsvereine und jede Tumba-Sängerin mit Hängebusen dich liebend gern in der Luft zerreißen würden?«

Wenn ich das zu ihm sagte, lachte er sein dunkles Lachen.

»Ach, Fichi, du übertreibst. Ich will mein eigenes Geschäft, mehr nicht. Und sobald ich es habe, höre ich auf mit dem Unsinn.«

Ich glaubte ihm nicht ganz. Er war ehrgeizig, und er besaß von klein auf ein gewisses Sendungsbewußtsein. Meiner Meinung nach tat er das gar nicht so ungern, er lief sich warm für eine Laufbahn in der politischen Spitzenklasse. Allerdings schien er vergessen zu haben, wo seine Stärken wirklich lagen.

Nämlich in der Taktik.

Zuerst hielt mein Din Riki für grandios, dann war er leicht irritiert und schließlich fand er ihn unausstehlich. Ich konnte es ihm nachfühlen. Auch ich ging Riki am Ende, soweit das möglich war, aus dem Weg.

...

Bis ich Din bei einer anderen Frau ins Auto steigen sah.

...

Ich verfolgte die beiden; sie fuhren zu einem Wochenendhäuschen in Lagun.

Ach, nee. Er hatte immer so viel zu tun, mein Din, manchmal war er tagelang unterwegs.

Als er nach Hause kam, sagte ich: »Vermutlich hältst du mich jetzt wieder für eine *makamba pretu*, aber mit mir machst du so was nicht! Du kannst deine Koffer packen und gehen.«

Am gleichen Abend rief ich Riki an.

»Darf ich mich bei dir ausheulen?«

Einen Augenblick blieb es still am anderen Ende der Leitung.

Dann sagte er: »Ai, ai, ai, Fichi. Hat er dich betrogen?«

40

Len Marchena
Pa'yo volverte a querer

Ich weiß nicht mehr, wer das Eröffnungsfest von Riki's Sport Shop organisierte; es war viel Lokalprominenz anwesend, und alle drängelten sich vor der einzigen Kamera von TeleCuraçao.

Komischerweise weiß ich das Datum noch, es war der 7. Februar 1974. Und Großmutter war auch da; das weiß ich deshalb so genau, weil Großmutter das Ereignis mindestens so genoß wie die Taufe ihres ersten Urenkels einen Monat später. Bei der Taufe – es war die meiner Tochter –, sprach sie mit viel Tamtam wieder einmal eine ihrer berühmten Prophezeiungen aus: »Seht, sie hat meine Augen, und sie wird ein einziges Mal in ihrem Leben gewinnen. Beim Pferderennen.«

Ferry, Riki und ich mußten Großmutter in einem Stuhl in den Laden tragen. Sie witzelte, das sei die Generalprobe für ihren letzten Weg, den sie in Kürze gehen würde.

Welita Floras Knie funktionierten nicht mehr, und auch ihre Füße, die Beine, Hände, Arme nicht, aber ihr Herz schlug wie der Wecker, der sie über sechzig Jahre lang jeden Morgen um Schlag fünf aus dem Bett gejagt hatte.

Angst vor dem Tod hatte sie nicht. In ruhigem Ton erklärte sie uns, für sie sei das Ende eine Erlösung nach dem langen Weg, den sie in ihrem Leben hatte zurücklegen müssen; sie habe ihre Kinder allein großgezogen, und die Enkel auch, ihre Arbeit sei erledigt und jetzt sei es Zeit, sich im Jenseits auszuruhen. Das Wunderbare an Welita Flora war, daß sie aus nichts ein Drama machte.

Weil sie sich nicht mehr selbst versorgen konnte, war sie zu einer Venezuelanerin gezogen, die schon seit vielen Jahren auf der Insel wohnte.

Riki zog mit ein.

Für ihn war es weit schwieriger, aus dem Haus in Cornet auszuziehen, als für Welita Flora. Sie wußte genau, warum.

Als alles eingepackt war, sagte sie: »Ich laß hier nur mein Rheuma zurück, aber du deine Kindheit.«

Ein Jahr später mußten wir sie begraben.

Vier Männer trugen ihren Sarg. Es waren die vier Männer, die sie zu Champions gemacht hatte.

Ihr Sohn Tonio, den sie bis zum Schluß bedingungslos bewunderte, obwohl er die ausgefransten Manschetten seiner Hemden nur noch mühsam verbergen konnte. Ferry, der seine Baseball-Karriere in Venezuela beendet hatte und uns am Morgen der Beerdigung daran erinnerte, daß er als erster von uns Tennismeister geworden war, was übrigens alle vergessen hatten. Riki, der zum sechsten Mal in Folge Antillen-Meister war und gerade aus Lagos kam, wo er nach eigenen Angaben beschissen gespielt hatte. Und ich, vor kurzem aus den Vereinigten Staaten zurückgekehrt, mit einer Menge Zaster, einer Frau, einem Kind und viel zu wenig Trophäen.

Vier Champions, die zwar ohne mit der Wimper zu zukken das schwerste Konditionstraining durchstanden, jetzt aber kaum einen Sarg tragen konnten, weil das nur schwer geht, wenn man sich dauernd die Tränen aus den Augen wischen muß.

Am Grab zitierte Riki den Text jenes andalusischen Liedchens, das Welita Flora früher so oft für uns gesungen hatte, wenn wir wegen der Hitze und den vielen Moskitos wieder mal nicht schlafen konnten:

Pregunta a un debel
que si me daba licencia
pa'yo volverte a querer,
que si licencia me daba
pa'yo volverte a querer.
Um Wela Flora noch einmal mit Stolz zu erfüllen, übersetzte er den Text ins Englische, Französische, ins Papiamento und ins Niederländische; sie hatte es sich zur Ehrensache gemacht, ihre Jungs so weit zu bringen, daß sie sich überall in der Welt verständlich machen konnten.

Als er die Übersetzung vorlas, zitterte seine Stimme.
Ich bitte einen Gott
um die Erlaubnis
dich wieder zu lieben
um die Erlaubnis
dich wieder zu lieben.
Er kniete vor dem Grab nieder, senkte den Kopf auf die Knie. Er stand auf, und nachdem er nach antillianischer Sitte eine Handvoll Erde auf den Sarg gestreut hatte, warf er Wela Flora mit einer Geste des Respekts, der Anerkennung und vor allem großer, großer Zärtlichkeit eine letzte Kußhand zu.

41

Riki Marchena
Mutters glänzendes Comeback

Zweimal habe ich in einem Finale verloren. Ich kämpfte mich wieder nach vorn ... gewann wieder und wieder.

Dann ging's wieder schief. Und diesmal endgültig. Ai ja, endgültig ...

Oft hatte ich stärker mit mir zu kämpfen als mit meinem Gegner. Immer gewinnen zu wollen bedeutet, daß man seine Grenzen sucht. Inzwischen aber war es mir egal geworden, was ich an meinem Spiel noch hätte verbessern können; es riß mich nachts nicht mehr aus dem Schlaf.

Bei den Turnieren gehörte ich inzwischen zu den älteren Spielern; die Spitze würde ich nie mehr erreichen. Weltmeister sah ich mich nicht mehr werden, und sobald man diese Vorstellung aufgibt, fällt man tief.

So plötzlich, wie ich im *Lo Máximo* aufgetaucht war, als Narr, der sagt, was Sache ist, verschwand ich auch wieder. Das neue Idol der Zeitung war eine Schwimmerin, die bei den Olympischen Spielen eine Bronzemedaille gewonnen hatte. Und sie vermied klugerweise meinen Fehler: Sie antwortete nicht auf verfängliche Fragen.

Mit Riki's Sport Shop verdiente ich Geld wie Heu. Haufenweise.

Kurz nach Öffnung des Geschäfts kaufte ich mir einen Buick Regal, einen nigelnagelneuen Wagen mit allem Drum und Dran. Ich war so stolz darauf, daß ich ihn sofort verlieh, an einen Onkel und eine Tante, die damit zu ihrem jährlichen Familienfest nach Venezuela fuhren. Ich bekam ihn mit sage und schreibe dreizehn Beulen und einem kaputten Scheinwerfer zurück.

Einen Tag nachdem der Wagen wieder heil war, verursachte ich einen Auffahrunfall. Einen Monat später wollte ich mit meinem wiederhergestellten Buick Onkel Tonio in Venezuela besuchen und in den kühlen Bergen vor Merida ein paar ruhige Tage verbringen. Bevor ich in den Bauch der MS Almirante Brion fuhr, rammte ich auf der Werft noch schnell einen Gabelstapler.

Ich konnte im schönsten Auto sitzen, im teuersten Hotel schlafen, einen schneeweißen Smoking tragen, ich sah immer ein wenig schäbig aus. Das Geld, das ich verdiente, verursachte mir mehr Kopfschmerzen als Seelenruhe, und zudem schien sich das Schicksal über meine Lebensweise zu ärgern: Es wendete sich auf jede denkbare Art gegen mich.

Das einzige, was ich auf meiner Seite hatte, war die Zeit. Fettsüchtige Männer und Frauen, denen es nicht im Traum einfiel, ein Gramm davon durch schweißtreibende Körperbewegungen zu verlieren, trugen plötzlich Tennisschuhe, Joggingschuhe oder Trainingsanzüge einer superteuren Marke.

Wie Heu ...

Am 7. Februar 1978 konnte ich in Aruba eine Filiale eröffnen, im Stadtzentrum von Oranjestad, gleich hinter den internationalen Hotels.

Zwei Geschäfte, achtundzwanzig Mann Personal, ein Jahresumsatz von rund fünf Millionen Gulden.

Ich hatte gelernt, daß man Eröffnungen entweder mit Champagner feiert oder gar nicht: Nur mit Edelgetränken und Glitzerflitter zieht man Neugierige an.

Die erste, die in vollem Ornat in den Laden hereinspaziert kam, war meine Mutter.

Sie stürzte auf mich zu, umarmte mich und gab mir viele

nasse Küsse. Ich erkannte sie nicht mal auf Anhieb. Als ich sie das letzte Mal gesehen hatte, auf der Beerdigung meiner Großmutter, trug sie nicht so auffällige Kleider. Sie sah blendend aus; alle Männer vergafften sich in ihr Dekolleté, mich eingeschlossen. Für ihr Alter war sie unwiderstehlich.

Nach dem dritten Glas Champagner glitt ihre Hand in die Kasse. Im Namen des Geschäfts eine tüchtige Spende für eine Blindenanstalt.

»Im Namen des Geschäfts. Findest du doch in Ordnung, Riki, oder?«

Und schon fiel sie mir wieder um den Hals.

Wildfremden Leuten erzählte sie, ich sei ihr Lieblingssohn und sie habe mich in ihren langen, einsamen Jahren auf Aruba furchtbar vermißt. Sie muß wahrhaftig eine ganze Menge geheult und sich dabei eine böse Augenkrankheit geholt haben, denn es war eine komplette Delegation von Kurz-, Weit-, Schlecht- und Doppelsichtigen aus der Blindenanstalt anwesend, die alle mehrere Gläser auf das Wohl von Riki's Sport Shop tranken, weil er ihnen eine so fürstliche Summe gespendet hatte. Ich kam mir vor wie ein Diebstahlsopfer, das durch Schock und Sprachlosigkeit zur Gegenwehr unfähig war; ich kam mir vor wie jemand, der die ganze Zeit zu sich sagt: Das-kann-nicht-wahr-sein!

Meine Mutter.

Jedes Wort aus ihrem Mund war falsch. Von zwei Sätzen, die sie mir zuflüsterte, war einer gelogen. Wie sie es zuwege gebracht hat, ist mir bis heute ein Rätsel; jedenfalls jagte es mir eine Gänsehaut über den Rücken, und meine Hände juckten; gegen meine Gewohnheit trank ich ein oder zwei Gläser zu viel, ich weiß es nicht mehr genau. Egal, noch bevor die Eröffnungsfestlichkeiten am frühen Morgen mit chinesischem Feuerwerk und viel Knallfroschgeknatter zu Ende gingen, war Mutter Geschäftsführerin *meines* Geschäftes auf Aruba.

42

Estella Lijfrock
Gib dem Kind keinen Namen, bevor es geboren ist

Ich war gerade auf dem Weg zur La Casa Amarilla, eine Parfumerie in der Stadtmitte.

Er trug einen dunklen Anzug, ein hellblaues Hemd und eine Krawatte, die so gelb war wie eine Agavenblüte.

Die agave-gelbe Krawatte sah ich allerdings erst, als er auf mich zukam und dabei sein Jackett zuknöpfte.

Er starrte mich an und sagte: »Wie elegant du gehst!«

Man kann das auf so viele Arten sagen, und es klingt immer verdächtig. Daß es ihm trotzdem gelang, mich zu verblüffen, lag am Staunen in seiner Stimme und der entwaffnenden Ehrlichkeit in den Augen.

Ich wurde rot und lächelte gleichzeitig, nickte ihm zu, weil ich nicht wußte, was ich sonst hätte tun sollen, und ging weiter. Er blieb neben mir, legte seine Hand auf meinen Arm und sagte: »'Tschuldige, aber von dir will ich eine Tochter.«

Antillianische Männer gehen mit Komplimenten nicht gerade geizig um, aber er war schon sehr verschwenderisch damit. Ich brach in Lachen aus und schlug die Hand vor den Mund, um meine Überraschung zu verbergen.

Hundert Meter weiter fragte ich ihn: »Zu wie vielen Frauen hast du das schon gesagt?«

Wieder erschien die beinahe kindliche Aufrichtigkeit auf seinem Gesicht.

»Ai, nee, so ist es nicht. Du bist die erste.«

Ich mußte wieder lachen. Was erwartete er von mir? Daß ich ihm das abnahm?

»Du machst ganz nette Witze«, sagte ich, um ihn loszuwerden. »Aber darauf fall ich nicht rein.«

Er ließ nicht locker.

»Du rennst, als wärst du zu jemandem unterwegs, der dich verwöhnen wird. Wunderbar. Und elegant, so elegant. Echt, von dir will ich eine Tochter.«

Ich fragte ihn, wie er hieß.

Und danach: »Also gut, Riki, das waren jetzt genug Komplimente. Mach 'ne Fliege.«

Kein Quentchen Gehirn in meinem Schädel dachte daran, mit ihm ein Verhältnis anzufangen. Mein Mann und ich waren beide Lehrer, er gab Unterricht an der Hauptschule und ich an der Grundschule. Wir verstanden uns gut, und wenn wir einmal aneinander zweifelten, fanden wir Trost bei unserem einzigen Kind, einem Jungen. Warum sollte ich meine Ehe aufs Spiel setzen für eine Zufallsbekanntschaft mit der Krawatte, dem Lachen und dem Geschwätz eines Blenders?

Ich ging nach Hause, schloß mich im Badezimmer ein und betrachtete mich lange im Spiegel. Nach der Abenddusche zog ich das rote Kleid an, in dem sich die Kurven meines Körpers besonders vorteilhaft abzeichnen, bürstete mir das Haar und schminkte mich auffällig.

Wie fast immer nach einem anstrengenden Tag saß mein Mann auf der spärlich erleuchteten Veranda und starrte ins Dunkel. Ich ging vor ihm vorbei, setzte mich ihm gegenüber auf einen Stuhl und fragte: »Sag mal, wie findest du meinen Gang?«

Er schaute mich lange an und sagte: »Wieso?«

Am nächsten Tag lag ich in Rikis Armen.

Unsere Verabredung war locker gewesen: Selbe Stelle, selbe Zeit, vierundzwanzig Stunden später. Ich hatte »ja«

gesagt und »nein« gedacht. Den ganzen Morgen wehrte ich mich gegen den Gedanken daran, aber am Nachmittag rannte ich dann doch nach Punda.

Er stand an der verabredeten Stelle und wartete auf mich, in der Hand ein Geschenk: ein Fußkettchen aus Gold.

Gegen Abend fuhren wir in seinem Auto zum Parkplatz von Fort Nassau.

Er mochte den Ort; je höher man käme, sagte er, desto schöner würde die Insel.

Als wir uns ein paar Wochen später genau dort ein zweites Mal liebten, brachte ich nicht gleich den Mut auf, es ihm zu sagen.

Erst als wir uns anzogen, flüsterte ich es ihm kaum hörbar ins Ohr ... ich sagte es ihm deshalb ins Ohr, weil ich mich nicht traute, ihn dabei anzusehen.

»Ich bin schwanger.«

Er setzte sich mit einem Ruck aufrecht hin und kam dabei mit dem Ellbogen auf die Hupe.

»Siehst du«, rief er. »Und es wird ein Mädchen.«

Ich glaubte ihm nicht. Ich glaubte ihm nicht, daß er sich darüber freute, ich glaubte ihm nicht, daß er wirklich ein Kind von mir wollte. Nach anderthalb Monaten beschloß ich, es abtreiben zu lassen.

»Es?« rief er. »Du meinst sie.«

Ein paar Tage nach dem Eingriff sagte er. »Nie wieder!«

Ich sah ihn an.

»Nein, Estella«, sagte er. »Es tut uns beiden zu weh.«

Dieses eine Wort gab den Ausschlag; plötzlich wußte ich, daß er es ernst meinte.

Als ich zum zweiten Mal schwanger wurde, war die Sache klar.

...

Es gibt hier ein Sprichwort: *No mester duna yu nòmber*

promé ku e nase, »Gib dem Kind keinen Namen, bevor es geboren ist«.

Als ich im sechsten Monat war, liebten wir uns im Auto auf dem Parkplatz des Forts Nassau, unserem Stammplatz. Er legte mir die Hand auf den Bauch und fragte: »Ist das Kind wach?«

»Ja«, sagte ich, »es ist wach und tritt mich.«

»Ist es ein Junge oder ein Mädchen?«

»Das weiß ich nicht.«

»Willst du es wissen?«

»Ja, denn wenn es ein Junge ist, dann darfst du ihm einen Namen geben. Wird's ein Mädchen, heißt sie Emmanuelle.«

»Emmanuelle?«

»Ja, wie Emmanuelle Riva.«

Der Name erinnerte ihn an etwas. Und auch das fand ich bemerkenswert bei jemandem, der fast dreißig war und oft bis tief in die Nacht arbeitete, um sein Geschäft zu führen, und dann noch drei Abende in der Woche trainierte, um wenigstens ein Schatten des unbesiegbaren Champions zu bleiben, der er jahrelang gewesen war.

Es stellte sich heraus, daß er wie ich Mitglied des Filmclubs war. Damals kamen viele europäische Filme auf die Insel, italienische, schwedische, französische.

»*Hiroshima, mon amour*«, sagte er.

Ein Bild des Films habe ich nie vergessen: Eine Frau steht vor dem Fenster eines Hotelzimmers, sie trägt einen engen Rock und ein weißes Männerhemd mit kurzen Ärmeln.

Emmanuelle Riva war die erste unabhängige Frau, die ich je zu Gesicht bekam.

Für Riki war nur der Klang wichtig, und sowohl Emmanuelle als auch Riva gefielen ihm gut. Emmanuelle klang leichtfüßig und Riva erinnerte ihn an die Riviera, das einzige Stück Europa, das ihm wirklich gefiel.

Über einen Jungennamen wollte er gar nicht nachdenken.

»Erst mal abwarten«, sagte er.

Er schob mein Kleid nach oben und legte die Hand auf meinen dicken, nackten Bauch, genau dorthin, wo ich die Füße des Babys spüren konnte.

»He, bist du wach?« fragte er, als ob er zu einem Kind sprach, das schon reden konnte.

Ich spürte Tritte.

»Wir wollen wissen, ob du ein Junge oder ein Mädchen bist.«

In meinem Bauch blieb es still.

»Hör zu, *dushi*, wenn du ein Junge bist, dann trittst du einmal gegen meine Hand, bist du ein Mädchen, zweimal.«

Er hatte noch nicht ausgesprochen, da fühlte ich: puff, puff.

Er sah mich an und sagte: »Hast du das auch gespürt?«

»Ja«, sagte ich, aber überzeugt war ich noch nicht; es konnte Zufall gewesen sein.

»Sollen wir es zur Sicherheit noch einmal versuchen?«

Er fragte noch einmal, und wieder spürten wir zwei kräftige Tritte.

Von diesem Moment an nannten wir das Kind beim Namen.

…

Als Emmanuelle Riva geboren wurde, war Riki auf einem Turnier in Cartagena de Indias.

Kurz nach der Geburt flüsterte mir eine Krankenschwester ins Ohr: »Ein Mann aus Kolumbien hat angerufen. Er wollte wissen, ob ihre Tochter schon auf der Welt ist.«

Ich lächelte fast unmerklich; mein Mann saß keine vier Meter von mir entfernt und las Zeitung.

Die Krankenschwester beugte sich tiefer vor und flüsterte: »Komisch, der Mann wußte, daß sie eine Tochter haben.«

»Ja«, antwortete ich, so leise wie möglich.

»Und er wußte auch, wie sie heißt.«

»Unmöglich«, flüsterte ich zurück. » Welches Mädchen heißt denn schon Emmanuelle Riva?«

...

Riki kam mich am nächsten Tag in der Klinik besuchen. Er hatte absichtlich im Viertelfinale verloren, um so schnell wie möglich bei mir sein zu können.

Zurück auf der Insel klapperte er alle Blumengeschäfte ab und kam mit einem riesigen Strauß roter Rosen auf die Geburtsstation. Ich konnte mich nicht länger beherrschen und rief trotz der Krankenschwester und des Arztes: »Mensch, Riki, was bist du für ein eleganter Vater!«

Am nächsten Morgen stand er schon wieder neben meinem Bett.

Drei Tage später fuhr er mich und Emmanuelle in seinem Wagen nach Hause. Mittags, als mein Mann unterrichten mußte.

...

Er kam jeden Tag um die Mittagszeit. Er parkte sein Auto auf der gegenüberliegenden Straßenseite und kurbelte das Fenster herunter, ich nahm Emmanuelle auf den Arm und ging in den Garten.

Riki wollte jeden Tag einen Blick auf seine Tochter werfen. Er tat es immer unverhohlener; bis mein Mann es bemerkte.

Eines Tages hielt Riki sich auffällig lang in der Nähe unseres Hauses auf. Er stieg aus dem Auto, ging an den Hibiskussträuchern entlang, dann wieder zum Auto zurück und sah dauernd zu uns herüber.

Es mußte etwas geschehen sein; er wirkte abgemagert und machte einen nervösen Eindruck.

Mein Mann, der zu ahnen begann, was jeder normale Mensch nicht wahrhaben will, ging zu Riki und sagte: »Damit eins klar ist, Emmanuelle ist meine Tochter. Hör endlich auf, sie wie ein Idiot anzustarren. Laß uns in Ruhe, sonst ruf ich die Polizei oder jage dir ein paar Kugeln in den Hintern.«

Er kam nicht wieder.

Zuerst glaubte ich, Riki hätte sich die Drohungen meines Mannes zu Herzen genommen. Aber dann sah ich sein Foto auf der Titelseite der Zeitung.

Er war verhaftet worden.

...

Ich ging zwei- oder dreimal ins Gefängnis, um ihn zu besuchen.

Aber er wollte nicht ins Besucherzimmer kommen, wo ich hinter Gitter und dickem getöntem Glas auf ihn wartete. Er wollte mich nicht mehr sehen.

...

Sechs, sieben Jahre gingen vorbei.

Ich war mit Emmanuelle gerade beim Einkaufen, als ich auf der anderen Straßenseite einen krankhaft mageren Mann stehen sah.

Er rührte sich nicht, er schien vor Schreck wie erstarrt zu sein.

Ich sagte zu Emmanuelle: »Bleib' hier, ich muß mal schnell jemandem guten Tag sagen.«

Ich überquerte die Straße und gab Riki einen Kuß auf die Wange. Er hatte einen krausen Bart. Ich gab ihm auch einen Kuß auf die andere Wange. Er bewegte sich keinen Millimeter.

»Was ist los, Riki?« fragte ich ihn.

Er schüttelte langsam den Kopf.

»Emmanuelle«, sagte er.

»Ist sie nicht schön?«

»Ja«, sagte er, »wunderschön … wirklich, wunderschön. Aber weißt du, was das Schlimme ist?«

»Nein, was denn?«

»Der gleiche Mund, die gleichen Augen, die gleiche Nase, die gleiche Stirn.«

»Was meinst du?«

Er schluckte ein paarmal, als müsse er etwas Furchtbares sagen.

»Sie sieht genau aus wie meine Mutter.«

43

Riki Marchena
Wen das Meeresrauschen
verrückt macht

Ich fing an zu spielen. Aber nicht mehr in halbdunklen Sälen, wo es nach Schweißfüssen roch. Ich spielte an runden Tischen ... im Neonlicht ... zwischen den Lippen einen Zigarillo und in der Hand ein Glas White Label ... auf meinem faulen Hintern in einem weichen, ledernen Drehstuhl sitzend.

Nacht für Nacht hörte ich das Rasseln des Roulettes, Nacht für Nacht das Klickern von Münzen, die aus dem Spielautomaten klackerten. Verführerische Geräusche, denen ich widerstandslos verfiel. Und ich war nicht der einzige.

Sie saßen alle mit mir am runden Tisch, die Frau von der Versicherungsgesellschaft, der Zeichner vom Stadtbauamt. Wenn sie am Ende des Monats ihre Lohntüte ausgehändigt bekamen, fuhren sie geradewegs mit dem Taxibus ins Casino. Und gingen sie dann ein paar Stunden später nach Hause, war der Umschlag leer. Pech für die Kinder, mußten sie sich ihr Essen halt ein wenig länger im Supermarkt zusammenklauen. Ich weiß Bescheid, eine schlimmere Sucht gibt es nicht.

Kein Kokainsüchtiger, und braucht er noch so viel, kann sich an einem Abend einen ganzen Monatslohn durch die Nase ziehen. Der ärgste Säufer fällt nach anderthalb Flaschen Rum sternhagelvoll einfach um.

Im Casino aber gibt es kein Limit. Wer nichts mehr hat,

leiht sich was; und wer nichts mehr geliehen bekommt, hat schon so viel verloren, daß er monatelang arbeiten müßte, um seine Schulden abzubezahlen.

Ich brauchte mir nichts zu leihen. Jeden Abend waren die Kassen meiner zwei Geschäfte voll. Geld wie Heu. Ich übersah geflissentlich, daß die Lieferanten bezahlt werden wollten, Mahnungen schob ich mit dem beruhigenden Gedanken zu Seite, daß ein cleverer Geschäftsmann wie ich ein Loch leicht mit einem anderen stopft und Rechnungen sowieso erst nach mehreren Mahnungen bezahlt. Warum jetzt bezahlen, wenn's später auch noch ging?

Sobald ich die Rolläden des Geschäfts heruntergelassen hatte, ging ich zum Holiday Beach Hotel. Ich hätte genausogut zum Princess Beach Hotel gehen können oder zum Caribbean Beach Hotel; in jedem Hotel von Curaçao führt der Seiteneingang zu den Zimmern mit Meerblick, der Haupteingang aber direkt zu den Spieltischen ohne Aussicht.

Ich fing mit dem Spielen an, als meine Mutter sich zur Chefin aufspielte. Sie fällte Entscheidungen, ohne mich davon in Kenntnis zu setzen ... Sie entließ meine besten Kräfte und stellte neue ein, ohne mich darüber zu informieren. Denjenigen vom Personal, die ihr in den Hintern krochen, erhöhte sie regelmäßig den Lohn; die anderen erhielten entweder ihr dreizehntes Monatsgehalt oder die zehn Prozent Provision nicht. Sie warf meinen Buchhalter hinaus und nahm, ohne daß ich etwas davon wußte, einen anderen in Dienst ...

Jede Woche fuhr ich nach Aruba, jede Woche kehrte ich mit schlechterer Laune nach Curaçao zurück.

Schon auf der Heimfahrt verspielte ich im Bordcasino eine hübsche Summe, und auf Curaçao machte ich die Woche über geradeso weiter. Ich hatte keine Zeit mehr, ordentlich zu essen; ich aß Hamburger oder Pizzen und manchmal reichte es nur zu Chips. Ich mußte spielen, tagein, tagaus.

Ein Antillianer spielt nur aus einem Grund. Nicht um reich zu werden; was er heute im Roulette verdient, verliert er morgen im gleichen Casino wieder.

Nein, ein Antillianer spielt, um dem Nichtstun, der Leere zu entgehen. Wer nichts zu tun hat, wen nichts interessiert, wen das Meeresrauschen und das viele Wasser um ihn herum verrückt macht ... wem der Gesang des *Trupials* auf die Nerven geht und wen der *große graue Fliegenfänger* mit seinem jämmerlichen Krächzen viel zu früh aus dem Schlaf holt ... wer mittags schon müde ist vom dauernden Wind ... wer zweimal in der Woche nach Venezuela fliegt, weil er auf der Insel keine Luft mehr kriegt und er endlich mal tief durchatmen will ... wer ... wer ... der ist reif für den Spieltisch.

Wäre mir früher ein Buch wie *Das geheime Leben der Pflanzen* von Peter Tompkins oder Nietzsches *Zarathustra* in die Hände gefallen, ein Buch voll intimer Kenntnis und reich an Wahrheit, dann wäre ich wahrscheinlich nicht jeden Abend ins Casino gerannt. Aber die stockdunklen Nächte waren die reinsten Albträume für mich ... und ich kannte zu wenige Methoden, sie durchzustehen.

Von einem Moment auf den anderen habe ich mit dem Tischtennis aufgehört. Nachdem ich zum zehnten Mal die Inselmeisterschaften gewonnen hatte, reichte es mir. Nur mit größter Mühe hatte ich das Finale durchgestanden, ich hatte alles gegeben und fühlte mich vollkommen ausgelaugt.

»*Was Jemand ist fängt an, sich zu verraten, wenn sein Talent nachlässt, – wenn er aufhört, zu zeigen, was er kann. Das Talent ist auch ein Putz; ein Putz ist auch ein Versteck.*«

Diese zwei Sätze Nietzsches habe ich mindestens vierzigmal abgeschrieben.

Mir war, als erwachte ich aus einer langen Betäubung.

Was hatte ich all die Jahre getan? Mir wurde so hoffnungslos zumute wie einem Verirrten, der, während er sich zu orientieren versucht, vergessen hat, aus welcher Richtung er gekommen ist …

Einen Abend zu Hause zu bleiben hieß, einen Abend zu rechnen. Aus meinem Geschäft auf Aruba verschwanden Gelder, deren Verbleib ich mir nicht erklären konnte. Meine Mutter wich meinen Fragen aus, obwohl sie sich täglich ausführlich mit dem Buchhalter beriet. Dieses Weib machte mich rasend, vor allem, weil ich nichts gegen sie zu unternehmen wagte. Warum entließ ich ihren Buchhalter nicht einfach und stellte einen nach meinem Gusto ein? Warum blieb ich nicht einfach zwei oder drei Monate auf Aruba, bis dem Personal klar war, daß Riki's Sport Shop mein Geschäft war und nicht das meiner Mutter?

Begierig nach jeder Ablenkung blieb ich allabendlich im Casino, bis mich die Angestellten hinauskomplimentierten. Zum Abschluß trank ich auf der Hotelterrasse noch ein Bier. Ich sah die Buglampen der Schiffe am Quai und überlegte, ob ich nicht auf einem der Schiffe anheuern sollte, um nie mehr auf diese Insel zurückzukehren. Ich wußte aber auch, daß ich mich nur drei Meilen auf das Waaigat hinauszuwagen brauchte, um mich dem Tod nahe zu fühlen. Das war schon immer so gewesen. Wenn ich früher in ein Trainingslager oder zu einem Turnier reiste, hatte ich schon mörderisches Heimweh, bevor das Flugzeug überhaupt gestartet war.

Nach einem Jahr zählte ich zusammen. Ich führte eine genaue Liste. In diesem Jahr hatte ich hundertsiebenundfünfzigtausend Gulden verloren.

fl 157 355,–, um genau zu sein.

44

Tonio Lzama Lima

In der Leere schwimmen

Ich sah es seiner Haltung an. Der Hals wurde länger, den Kopf hielt er immer gebeugter. Die Schultern wurden krumm, und er ließ die Arme hängen, als wüßte er nicht wohin damit.

Ich sah es an seiner Motorik. Er ging langsamer, schleppte schon damals ein bißchen das Bein nach. Immer öfter griff er sich in den Rücken; der Augenaufschlag wurde träge.

Manchmal konnte ich es auch an seiner Stimme hören: Er hatte sein Selbstvertrauen verloren.

Fünfzehn Jahre lang hatte er im Zentrum des Interesses gestanden. Fünfzehn Jahre lang hatte ihn Frau d'Oliveira jeden Morgen angerufen, um zu fragen, wie es ihm ginge, ob er einen Physiotherapeuten brauchte, ob sein Gewicht stimmte. Fünfzehn Jahre hatte ein Furz von ihm genügt, um alles in Aufregung zu versetzen. Fünfzehn Jahre lang war jeder Ball, dem er nur ein bißchen Effet gab, von seinen Gegnern, seinen Fans diskutiert worden. Und auf einmal schwamm er in der Leere.

Ich hatte ihn gewarnt.

Ich hatte zu ihm gesagt. »Riki, mach' nicht die gleichen Fehler wie ich. Schau, daß du bei den Leuten irgendwie im Gespräch bleibst.«

Eine Aufgabe beim Verband. Beim Sportverband. Etwas Internationales.

»Onkel«, sagte er dann mit besonderem Nachdruck, »der Unterschied zwischen dir und mir ist, daß du danach in der Nase gebohrt hast, ich aber ein Geschäft habe, das mir dazu keine Zeit läßt.«

Ich hörte es, ich sah es. Zigarette lässig im linken Mundwinkel, ein Lächeln unter der rechten Augenbraue. Es waren andere Zeiten angebrochen, mein Neffe Riki sah auf mich herab.

Fünf Jahre früher hätte er sich diesen Ton nicht erlaubt. Fünf Jahre früher würde er mich mit aufgerissenen Augen angestarrt haben.

Und jetzt dieses verächtliche Lächeln.

Arroganz, wenn sie nicht angeboren ist, ist ein Zeichen von Unsicherheit.

Ferry und Len machten's auf ihre Weise. Sie hatten so viel zu tun, so viel, daß sie keine Zeit hatten, sich ein bißchen um ihren Onkel Tonio zu kümmern.

Es war nie einfach gewesen, das Idol von drei Jungs zu sein. Ich ahnte es schon, als sie noch Teenager waren: Je höher sie mich auf Händen trugen, desto tiefer würden sie mich eines Tages fallen lassen.

Nach dem Tod meiner Mutter war ich nur noch drei- oder viermal auf Curaçao.

Schließlich zog ich mich zurück, nach Caracas, in diese makabre Suite hoch auf den Hügeln.

45

Diane d'Olivieira
Als kennte ich die Insel nicht

Ich bekam einen anonymen Anruf. Er verspiele ein Vermögen im Casino. Ich wußte gleich, woher das kam. Politiker kann man bei uns leicht erkennen, und zwar daran, daß sie schlecht über andere reden.

Es war seine eigene Schuld. Er hatte keine Gelegenheit ausgelassen, es zu sagen ... es war ihm zu einer fixen Idee geworden ... Politiker auf unserer Insel waren ja nicht gerade die Ehrlichkeit in Person, sondern neigten dazu, Schwindeleien eher für einen Beweis unerhörter Talente zu halten, als für eine Unterart des Betrugs: Je korrupter, desto gerissener.

Rikis Kommentar im *Lo Máximo* fing immer an mit: »Meine Erfahrungen in der Politik haben mich gelehrt, daß ...« Jeder wußte, wieviel Erfahrungen er hatte und wie die aussahen. Die Folge davon war, daß frühere Gesinnungsgenossen sich von ihm abkehrten. Manche begnügten sich mit der Haltung des Was-bildet-dieser-Pingpongspieler-sich-eigentlich-ein, während andere ihm am liebsten an den Hals gesprungen wären. Sie hatten einem Bürschchen aus Parera eine Chance gegeben, und das war der Dank dafür! Verdächtigungen, Andeutungen, Verleumdungen; im günstigsten Fall eine Lektion in Moral.

Er hatte Benchi mehr bewundert, als er später zugeben wollte. Zu Hause hatte er es doch im Grunde nur mit Venezuelanern zu tun. Als er anfing, mit Benchi loszuziehen, sagte er zu mir: »Jetzt erst entdecke ich Curaçao wirklich.«

Und, tja, es war wirklich so, Benchi verkörperte zwei Jahrhunderte der Inselgeschichte gleichzeitig. Wenn man seinen Geschichten zuhörte, hatte er in seiner Kindheit noch die allerschlimmste Sklavenzeit mitgemacht, und erst nach zwei oder drei Aufständen war es ihm gelungen, das Joch der Sklaverei abzuwerfen. Obwohl Ricardo sonst immer ein gutes Gespür dafür hatte, wann bei jemandem bloße Großmäuligkeit in pure Prahlerei umschlug, ließ er sich dieses Mal blenden. Zu mir sagte er nichts, aber er hatte Shon Igor einmal ernsthaft gefragt: »Sagen Sie mal, womit haben die Juden hier eigentlich ihr Vermögen verdient?«

Unter großem Trara besuchte Benchi die letzten großen Wettkämpfe, an denen Ricardo teilnahm. Er hatte halb Marie Pompoen im Schlepptau und halb Parera. Während des Spiels schlief er zwar meistens ein, aber am Ende stand er der Presse Rede und Antwort und rühmte unseren Riki. Und Ricardo genoß es.

Benchis spätere Karriere sollte es beweisen: Er wußte zwar wenig, war aber außerordentlich schlau. Am Ende bot man ihm sogar den Posten des Justizministers an. Man muß sich das vorstellen! Er! Der Betrüger! Dessen Stärke darin lag, Menschen gegeneinander auszuspielen und ihre geheimen Wünsche zu erkennen. So gab er sich Ricardo gegenüber väterlich. Und es funktionierte perfekt.

Ricardo riß sich ein Bein für ihn aus. Bis tief in die Nacht las er Akten und Protokolle, die Benchi nicht verstand. Er sammelte Zeitungsartikel, aus denen Benchi seine Holzhackerreden zusammenstückelte, außerdem erarbeitete er eine Strategie und brachte eine Linie in den Wahlkampf.

Das Schlimmste aber war, daß er Benchi glaubte. Keinen Moment lang zweifelte er an der Aufrichtigkeit des Mannes. Deshalb stürzte eine Welt für ihn ein, als er merkte, daß er für Benchi nur ein besserer Laufbursche war. Nur weil er solche Sehnsucht nach einem Zuhause hatte, konnte es so weit kommen, daß er auf jedem beliebigen Flughafen der Welt hätte verhaftet werden können. Von da an war er nicht nur ein besessener Moralprediger, von da an war er auch unwiderruflich ein Vagabund. Er hatte kein Zuhause, und er verachtete jeden, der eines hatte.

Benchi machte sich danach mit Sicherheit so seine Gedanken. Ricardo wußte nicht nur eine Menge über ihn, er würde es auch glaubhaft vertreten können. Ich denke, daß Benchi mit einer Erpressung rechnete und Ricardo deshalb beschatten ließ. Danach genügten ein paar anonyme Telefonanrufe, um Ricardo anzuschwärzen.

Was darin gesagt wurde, war keineswegs aus der Luft gegriffen. Dumm war nur, daß ich es nicht ernst nahm. Ein nicht wiedergutzumachender Fehler. Als kennte ich die Insel nicht!

Hätte ich den Anrufern geglaubt, hätte ich etwas unternommen. Zwölf-, vierzehn-, fünfzehntausend Gulden im Monat! Solche Beträge aus dem Fenster zu werfen, grenzt doch an verkappten Selbstmord!

Inzwischen glaube ich, daß ihm die Anspannung des Spitzensports fehlte und ihm die Euphorie des Sieges fehlte. Das Adrenalin kreiste noch in seinem Blut, er hatte noch den Kämpferinstinkt, das Verlangen, sich auf enorme Risiken einzulassen.

Ich hätte ihn zur Besinnung gebracht. »Ricardo, was glaubst du eigentlich, was du da tust?« Er hätte zitternd vor mir gestanden. Aber ja, mit dreißig hatte er vor mir noch so viel Angst wie als Kind. »In Zukunft machst du einen Bogen um das Casino, hast du verstanden?« Aber auch gleich mit ihm reden. Sag' schon, was ist los mit dir? Fehlt dir der Streß? Fehlen dir die Reisen? Soll ich was für dich regeln?

Er war mein Protégé. Wieso habe ich ihn dann nicht beschützt? Ich bin immer streng zu ihm gewesen, außer, als er es wirklich gebraucht hätte.

Anonyme Telefonanrufe sollte man nie mit einem Achselzucken abtun. Wo Rauch ist, ist auch Feuer. Ich hätte ihn vor viel Unglück bewahren können. Schließlich war das Casino ja erst der Anfang des Mahlstroms gewesen, der ihn in die Tiefe zog.

46

Riki Marchena

Eine Kerze in einer Kerosinpfütze

Jeden Donnerstagabend bestieg ich die Nachtfähre nach Aruba.
Eines Freitagmorgens stand der Gerichtsvollzieher am Quai und wartete auf mich.

Wir kannten uns inzwischen gut genug, um einander beim Vornamen zu nennen. Joni Emans klingelte regelmäßig wegen ausstehender Rechnungen an meiner Tür.

Ich fragte ihn, ob es Probleme gäbe. Er nickte, man habe mein Geschäft beschlagnahmt.

Ich sagte: »Ach komm schon, Joni, sag den Steuerleuten, ich bleib einen Tag länger und bezahle am Montagmorgen.«

Seit der Eröffnung meines Ladens hatte ich noch keinen Cent an das Finanzamt von Aruba abgeführt.

Aber Joni schüttelte den Kopf.

»Tut mir leid, Riki, aber die Steuer ist es nicht. Dir sitzt ein viel größerer Hai auf den Fersen, Junge. MUST hat einen Antrag auf Pfändung gestellt.«

MUST wollte hunderttausend Mäuse von mir. Und weil dem Chef dieser Firma klar war, daß ich die nicht so einfach aus dem Ärmel schütteln konnte, war das Siegel auf der Tür fällig.

Meine Mutter wußte natürlich von nichts.

Ich war nicht blöd. Schon längst hatte ich bemerkt, daß größere Beträge auf unbekannten Konten versickerten. Es betraf mindestens acht Prozent des Umsatzes. Meine Mutter schwor, daß das Konto nicht ihr gehörte, es hatte wieder etwas mit dem Blindeninstitut zu tun. Später, als sie von meinen Spielverlusten hörte, behauptete sie, sie hätte das Geld auf die Seite gelegt, um mir im Notfall helfen zu können. Wieder gelogen. Die einzige Hilfe, die ich von ihr erwarten konnte, war ein kleiner Schubs oben am Rand des Abgrunds.

Stimmt schon, ich hatte viel Geld aus dem Geschäft gezogen, um die Kasse des Holiday Beach Casino damit zu mästen ... Und meine Mutter ihrerseits entnahm Gelder, um sich für ihre alten Tage abzusichern.

Am Sonntag abend fuhr ich nach Curaçao zurück.

Als ich am nächsten Morgen die Rolläden meines Geschäfts hochschob, trat ein Mann auf mich zu, der sich als ein Kollege von Joni entpuppte, nur daß er sein Amt auf Curaçao versah. MUST wollte auch mein Geschäft auf Curaçao pfänden lassen.

Der Hauptimporteur von MUST hatte wie ich einen Sportartikelladen auf Aruba und einen auf Curaçao. Bevor ich Riki's Sport Shop eröffnete, besaß er für beide Inseln das Alleinverkaufsrecht der Marke MUST. Anfangs beschränkte ich mich auf den Import von asiatischer und europäischer Ware; aber als mein Geschäft zu einem kleinen Kaufhaus auswuchs, erhielt ich ebenfalls die Verkaufslizenz für MUST, eine amerikanische Marke, die schnell sehr beliebt wurde. Der Hauptimporteur hat mir das nie verziehen.

Ich machte ihm ein verführerisches Angebot; ich würde mein Geschäft auf Aruba verkaufen und MUST in den nächsten sechs Monaten einhundertfünfzigtausend Gulden überweisen. Im Gegenzug sollte er keine juristischen Schritte unternehmen, so daß ich mein Geschäft auf Curaçao behalten konnte.

Er wies mein Vorschlag mit den Worten zurück: »Marchena, ich will dich nicht ein bißchen tot, ich will dich mausetot sehen.«

Er machte einen Fehler. Auf eine Drohung reagiere ich wie auf einen Tischtennisball: Ich schlage zurück, und zwar mit soviel Effet wie möglich.

Ich hatte schon zu meiner Mutter gesagt: »Wenn mein Geschäft versteigert wird, dann flippe ich aus.« Worauf sie antwortete: »Das wirst du schön lassen, ich bin hier der Chef.« Dadurch stieg sie kurzfristig in meiner Bewunderung: So frech konnte kein Mensch sein!

Dem Mann von MUST sagte ich: »Aha, du willst gewinnen. Sollst du haben. Aber es wird ein Pyrrhussieg für dich werden.«

Was er nicht verstand.

Ich brauchte auf niemandes Hilfe zu rechnen. Meine Brüder stünden zweifellos auf der Seite meiner Mutter; meine Großmutter, die immer Rat wußte, war tot, und das Idol meiner Jugend war nur ein Tennisplatzheld gewesen – Onkel Tonio mischte sich nie in unsere Probleme ein.

Einen Tag nach der Beschlagnahmung rief ich den Gerichtsvollzieher an. Ich bat ihn darum, ein paar Sachen aus dem Büro holen zu dürfen. Das Büro lag direkt über dem Geschäft. Der Gerichtsvollzieher erlaubte es, unter der Bedingung, daß ich weder Geld noch Schecks oder andere wertvolle Dinge mitnähme. Ich beruhigte ihn, es ginge mir vor allem um Papiere, Kassenbücher, Adressen, Telefonnummern. Er verstand, daß ich diese Dinge brauchte, um meine Angelegenheiten zu regeln. Aber er warnte mich: Er würde jeden meiner Schritte beobachten.

Es dämmerte schon, als wir am frühen Abend das Geschäft betraten. Auf der Treppe in den ersten Stock ließ ich den Gerichtsvollzieher vorgehen. Auf dem Treppenabsatz entriegelte ich heimlich ein kleines Fenster. Haken los … kleiner Stoß. Es war im Handumdrehen geschehen.

Durch dieses Fenster kletterte ich in der folgenden Nacht in das Geschäft; der Gerichtsvollzieher hatte alle Fenster außer diesem einen mit Ketten gesichert und versiegelt.

Das Fenster, es lag über einer kleinen Gasse zwischen meinem Geschäft und dem Nachbargebäude, war nicht breiter als ein halber Meter. Nur mit Mühe konnte ich drei Kanister Kerosin durchbugsieren.

Im Büro stellte ich eine Kerze auf den Fußboden. Sie war ungefähr fünf Zentimeter hoch. Ich erwärmte mit einem Feuerzeug ihre Unterseite und klebte die Kerze am Boden fest. Danach verschüttete ich überall Kerosin und brachte die Kanister wieder zum Auto zurück, ein gelber Pick-up, den ich genau vor der Gasse geparkt hatte.

In der Mitte des Büros hatte sich inzwischen um die Kerze herum eine ordentliche Pfütze gebildet. Vorsichtig zündete ich den Docht an. Als das Flämmchen brannte, ohne zu flackern, rannte ich die Treppe hinunter, kroch durchs Fenster und schlug es hinter mir zu. Durch den harten Schlag rutschte der Haken wieder in die Öse.

Damit hatte ich mehr Glück als Verstand.

Der Rest aber war gut überlegt. Außer Straßenhunden und Nachtwächtern trifft man um zwölf Uhr nachts in Punda nur selten ein lebendiges Wesen – und sogar die Hunde und Wächter wachen nur bei lautem Krach auf. Ich schob das Auto ungefähr zwanzig Meter weit, bevor ich es startete. Dann fuhr ich langsam und unauffällig zur Stadt hinaus.

Ich hatte ausgerechnet, daß die Kerze ungefähr zwanzig Minuten brauchen würde, um herunterzubrennen. Da überquerte ich gerade die große Brücke über die Santa-Ana-Bucht. Tief unter mir sah ich, wie plötzlich eine Stichflamme in den nächtlichen Himmel schoß.

Riki's Sport Shop brannte wie eine Fackel.

47

Mike Kirindongo
Rache! Mehr nicht

Er wohnte schon eine Weile bei seiner Tante Anna in Santa Martha. Er fuhr jeden Morgen in die Stadt und abends zurück. Das machte gut und gerne sechzig Kilometer Autofahrt täglich. Warum er das tat, habe ich nie begriffen.

Er behauptete, daß der Anblick der kleinen Dörfer in Banda'bou ihn beruhigte.* Die Probleme mit ein paar Lieferfirmen hatten ihm ganz schön zugesetzt; er wollte sich von seiner Tante wieder aufpäppeln lassen. Ein schönes Häuschen in den *mondi*; essen, ein Bierchen trinken auf der Veranda, und dann ins Bett; genau das, was er brauchte.

Die paar Male, die ich ihn traf, sah er wirklich mitgenommen aus. Wie immer hatte er seine Ziele höher gesteckt als ich, und wie immer litt er für jeden sichtbar darunter. Oft sahen wir einander nicht mehr; er hatte kaum Zeit, und vielleicht wollte er ja auch Abstand halten; wir waren auf unseren Reisen so viel zusammengewesen.

...

Mitten in der Nacht klingelte bei mir das Telefon.

Ein Vetter von mir. Er arbeitete für einen Wachdienst und hatte gerade seine letzten Runde durch Punda absolviert.

---

* Banda'bou: Abkürzung von »banda abao«, »das Gebiet dort unten«, womit man »unter dem Wind gelegen« meint. Der grüne und ländliche Westteil der Insel liegt im Windschatten des Nordostpassats.

»He, dieser Freund von dir, wie heißt er noch ... Riki ... Sag ihm, sein Laden brennt.«

Brandstiftung!

Meine erste Reaktion, während ich mir den Schlaf aus den Augen rieb. Etwas anderes kam mir nicht in den Sinn. Riki hatte sich einfach zu viele Feinde gemacht.

Die Leute waren damals außerordentlich empfindlich. Obwohl ich Rikis Freund war, fand sogar ich, daß er bisweilen zu weit ging. Politik war eine Sache, die man langsam lernen mußte. Unsere neuen Parteivorsitzenden hatten keinerlei Erfahrung. Wenn's hoch kam, waren sie über die Gewerkschaft in die Politik gekommen; aber die meisten waren vorher niedere Beamte oder Grundschullehrer gewesen. Drei Jahrhunderte hatten wir nicht die geringste Chance gehabt; ich hätte es fairer gefunden, Riki hätte ihnen mehr Zeit gelassen und mit seiner Kritik noch ein bißchen gewartet.

Sagen konnte man ihm das nicht. Er wurde nur wütend. Was schlecht anfinge, könne auch nicht gut enden, sagte er. Im Gegenteil, es werde nur schlimmer; wie ein Geschwür, das schließlich auch die gesunden Teile eines Körpers befalle. Korrupte Länder werden immer korrupt bleiben; eine allmähliche Verbesserung komme nie vor.

Er war streng. Viel zu streng, fand ich damals. Einmal schrie ich ihn an: »Wegen der paar Tropfen jüdisches und indianisches Blut in deinen Adern brauchst du dich vor uns nicht zum Lehrmeister aufzuspielen.« Danach gingen wir uns wochenlang aus dem Weg. So etwas durfte man nicht zu ihm sagen; ich habe es später selber geschmacklos gefunden, vor allem weil er sich selber nie etwas auf die paar Tropfen weißes oder dunkles Blut eingebildet hatte. Ich war im Unrecht gewesen, aber auch ich hatte mich wie alle über seine harten Beschuldigungen in den Medien geärgert. Er sprach nämlich laut aus, was keiner hören wollte.

Das Feuer sollte meiner Meinung nach eine letzte Warnung für ihn sein. So auf die Art: Es reicht, Marchena! Oder vielleicht noch stärker: Hör auf, uns zu verraten! Ja, für viele war seine Kritik gleichbedeutend mit Verrat.

Ich wählte die Telefonnummer seiner Tante Anna. Er mußte ja wissen, was los war. Überarbeitung hin oder her.

Aber es war nicht seine Tante, die den Hörer aufnahm. Er selber war am Apparat.

»Riki ... dein Laden brennt.«

»Ach!«

Ich glaubte, er hätte mich nicht richtig verstanden.

»Ein schlimmes Feuer. Die Flammen reichen bis zur Synagoge.«

Stille am anderen Ende der Leitung. Kein Wort, dabei hatte ich eine Tirade gegen seine Gegner erwartet – an vorderster Stelle Benchi.

»Hörst du mich, Riki?«

...

»Riki?«

Da sagte er, daß er die Feuerwehr anrufen werde.

»Kommst du in die Stadt?«

Wenn eine Stimme nervös oder panisch klang, dann meine, nicht seine.

»Ja«, sagte er, »ja, ich glaub' schon.«

Er mußte vollkommen durcheinander sein.

Ich zog mich an und fuhr nach Punda; ich dachte, er könnte ein bißchen moralische Unterstützung gebrauchen.

Als Riki um drei Uhr kam, hatte die Feuerwehr das Ärgste schon gelöscht.

Noch bevor ich ihn begrüßen konnte, war er von drei Polizeibeamten umringt, und bevor ich etwas zu ihm sagen konnte, war er verhaftet.

Er. Fünfzehn Jahre lang mein Vorbild. Abgeführt in Handschellen.

...

Nach dem Schock kam der Zweifel.

Es konnte sich nur um einen Irrtum handeln. Mit Sicherheit wollten sie ihn nur verhören. Wollten sie wissen, wen er in letzter Zeit besonders angegriffen hatte, und ob er Drohbriefe erhalten habe.

Mehr nicht.

48

Riki Marchena

In der einen Hand Feuer, in der anderen Wasser

Ich wurde zum Polizeirevier von Rio Canario gebracht. Im frühen Morgenlicht nahm auf dem Stuhl mir gegenüber der gefürchtetste Untersuchungsbeamte der Insel Platz: Major Chiqui Fontein.

Er war klein und dick, so dick, daß er kaum auf den Schreibtischstuhl paßte. Nach einer Stunde stellte er sich neben mich und lehnte sich gegen die Wand. So konnte er auch einfacher essen. Auf dem metallenen Aktenschrank, der ihm bis zur Brust reichte, stand, egal ob es Abend, Mittag oder Morgen war, immer etwas zu essen für ihn bereit.

Er aß Hähnchenschlegel und Ziegenfleisch am Spieß, gebackenes Funtji und Fischkroketten, fritierte Süßkartoffeln, ganze Tüten voller Tacos und Chips. Und um das alles besser runterschlucken zu können, trank er literweise Coca-Cola. Er rülpste zwar hin und wieder und schwitzte auch, aber ansonsten mußte er eine entsetzlich perfekt funktionierende Verdauung haben: Er wurde, trotz der riesigen Essensmengen, die er verdrückte, einfach nicht müde.

Er verhörte mich drei Tage und drei Nächte lang, ohne eine Minute Pause zu machen oder auch nur ein einziges Mal zu gähnen. Unter andauerndem Essen stellte er mir eine Frage nach der anderen, über das Turnier in China, die lateinamerikanischen Meisterschaften, die US Open, über Alejandro Croes und über meinem letzten vernichtenden Schlag *mit dem Rücken zur Platte*. Er war ein richtiger

Fan von mir, ein Fan der ersten Stunde; immer wieder wollte er etwas über die Feinheiten des Spiels wissen, um dann mit einem durch und durch wehmütigen Blick zu seufzen: »Ach, Riki, was warst du für ein schöner Spieler. Ich habe dir so gerne zugesehen. Immer auf Angriff gespielt, immer auf Sieg aus. Und was ist jetzt, verdammt noch mal? Jetzt bist du Arschloch am Verlieren, jetzt hast du deinen eigenen Laden angezündet und hast nicht mal den Mut, es zuzugeben.«

Er blieb korrekt. Einmal zielte er auf mein Ehrgefühl, das andere Mal zeigte er auf die Wand, um mir die Aussichtslosigkeit meiner Situation zu verdeutlichen; danach versuchte er, mich mit einem Witz oder mißgelauntem Schluchzen in die Enge zu treiben. Ich mußte ihm siebenundzwanzig Mal sagen, was ich die letzten Tage getan hatte; zu seiner Verzweiflung vertat ich mich kein einziges Mal.

Brennt ein Laden ab, ist der Besitzer der erste, der verdächtigt wird, ihn angezündet zu haben.

Nach drei ganzen Tagen und drei ganzen Nächten Verhör sagte Major Chiqui Fontein zu mir: »Wir wissen genau, daß du's getan hast, Riki. Aber wir können's dir nicht beweisen.«

Zu seinem Leidwesen hatte jeder in Santa Martha mein Auto vor dem Haus meiner Tante stehen sehen; niemand hatte mich beobachtet, wie ich mit dem Leihwagen wegfuhr, keiner hat mich damit zurückkommen sehen.

Mein Geschäft war mit zweihundertfünfzigtausend Gulden versichert. Ich war meine Sorgen los. Ich würde MUST die hunderttausend Gulden bezahlen können, meinen Laden in Aruba behalten und mit den übrigen hundertfünfzigtausend Gulden in Curaçao ein neues Geschäft eröffnen können.

In seinem fensterlosen, glühheißen Kabuff nagte Major Chiqui seinen letzten Hühnerknochen ab, warf mir kopfschüttelnd einen letzten Blick zu und sagte mit vollem Mund zu mir: »Weißt du, Riki, du bist so gefährlich wie Dynamit.«

Ich fragte, was er damit meinte.

»Außer dir ist das noch keinem gelungen. Ein Verbrechen ohne Beweise. Aus Schurken wie dir werden meistens die schlimmsten Verbrecher.«

...

Ohne Beweise darf ein Gefangener nicht länger als fünf Tage festgehalten werden.

Während der letzten beiden Tage meiner Untersuchungshaft ging ich mit meinem Gewissen ins Gericht.

»Du hast jetzt zweihundertfünfzigtausend Gulden verdient. Und womit? Mit großem Beschiß. Betrug, Mann. Du bist wirklich gefährlich wie Dynamit. Da hast dir eine Viertelmillion ergaunert, und hältst dich nicht für einen Dieb? Du bist nicht besser als Benchi. Bist ein Schuft, bist ein Betrüger, Gesindel.«

So ging's noch den ganzen Morgen, bis ich mir mittags sagte: Das wirst du nicht mehr los. Bis an dein Lebensende wirst du mit dem Finger auf dich zeigen. Dein Geschäft wird dir keinen Spaß mehr machen. Das bleibt immer so, das vergällt dir den Rest deines Lebens.

Ich mußte einfach die Wahrheit sagen. Aber dann würde ich für lange Zeit ins Gefängnis wandern. Ein hoher Preis für meine Ehrlichkeit. Ich fand die Entscheidung sehr schwer: meine Freiheit gegen ein reines Gewissen.

War ein reines Gewissen wirklich so viel wert?

Ich entschied mich für ja. Sagte ich die Wahrheit, bräuchte ich mich selber jedenfalls nicht mehr anzulügen. Ich könnte mir in die Augen sehen; und müßte mir bei keiner Gelegenheit vorwerfen: Auch das hast du dir mit unehrlichem Geld erworben.

Ich faltete die Hände, schloß die Augen und sagte laut:

»Hör zu, Vorsehung! Ich werde die Wahrheit sagen. Aber nur unter einer Bedingung. Du mußt den Rest meines Lebens für mich sorgen. Ich will weder Hunger leiden noch krank werden. Und auch nicht aus Armut sterben. Also, jetzt bist du an der Reihe ... was soll ich tun?«

Die Antwort ließ nicht lange auf sich warten. Ich konnte es deutlich hören

»Sag die Wahrheit!«

...

...

Es war schon fast elf, als ich den Major rufen ließ, um ein Geständnis abzulegen

Chiqui Fontein aß an diesem Abend Spareribs. Er tauchte sie in eine duftende braune Soße, bevor er in sie hineinbiß. Fett tropfte von seinem Mund.

Der Geruch des gebratenen Fleisches und der süßsauren Soße schlug mir auf den Magen. Am liebsten wäre ich aus dem Zimmer gerannt. Schlagartig wurde mir klar, daß ich das in den nächsten Jahren nicht mehr würde tun können. Ich wäre eingesperrt wie jetzt in diesem Verhörzimmer: Hinter einer Stahltür mit zwei unterschiedlichen Schlössern. Die Freiheit verscheuern für etwas so Vages wie »ein reines Gewissen«. War das nicht ein bißchen zu selbstlos?

Während Chiqui Fontein geduldig weiteraß, tat ich etwas, was man hier *to beat around the bush* nennt. Ich gestand, daß ich ihm nicht alles gesagt hatte. Allerdings erzählte ich ihm auch nichts Neues.

Die Spareribs waren großenteils abgenagt, der Major knabberte noch ein bißchen an den Knochen. Dabei warf er mir immer wieder lauernde Blicke zu, als wäre ich eine Beute, die jeden Moment entwischen konnte. Seine Pupillen drehten sich unter den Augenbrauen, daß es mich nicht gewundert hätte, wenn er mir die nackten Knochen und den letzten Rest Soße ins Gesicht geschleudert hätte. Für dieses

Geschwätz hatte ich ihn aus dem Bett klingeln lassen? Welcher Untersuchungsbeamte läßt sich das gerne gefallen! Er leckte seine Finger ab und rief den *Snek* auf der anderen Straßenseite an. Ob sie ihm noch eine Portion Pommes frites herüberschicken könnten?

Kurz nach Mitternacht ließ er mich abführen. Ich hatte Zeit gewinnen wollen, und das war mir gelungen. Am Abend vorher war mir nämlich aufgefallen, daß zwischen Viertel vor und Viertel nach zwölf die meisten Beamten das Revier verließen. Und was ich gehofft hatte, passierte; nicht zwei Beamte, sondern nur einer brachte mich in die Zelle zurück.

Am Ende des Ganges ließ ich mich stöhnend vor Schmerzen auf den Boden fallen. Der Beamte erschrak, beugte sich über mich und fragte, ob er einen Arzt rufen solle. In diesem Augenblick sprang ich auf und rannte davon.

Obwohl die Nachtschicht schon angefangen hatte, war doch ein ansehnliches Heer von Polizisten hinter mir her. Überall wurde geschrien, Alarmglocken läuteten auf allen Fluren. Das Durcheinander erschreckte mich nicht, sondern, im Gegenteil, ermutigte mich. Als stünde ich wieder vor einem chinesischen Giftkröterich, und der Saal johlte. Ich rannte drei Treppen hinunter, duckte mich vor der Eingangstür und sprang dann mit vor Brust und Gesicht gekreuzten Armen durchs Türglas. Dann spurtete ich los, überquerte im Zickzack die Straße und stürzte mich in das Portugiesenviertel.

Von einem Flüchtenden erwartet man, daß er so weit weg wie möglich rennt; also versteckte ich mich in der Nähe des Polizeireviers. Durch eine Mauer verdeckt, konnte ich sehen, daß die Polizeiautos ihre Suchscheinwerfer tatsächlich erst einen halben Kilometer von der Wache entfernt einschalteten.

Bis zum Morgen rührte ich mich nicht vom Fleck. Dann

ging ich zu Tobias de Miranda. Er wohnte im benachbarten Portugiesenviertel, in Bonavista.

Von Tobi aus rief ich Hermanus de Windt an. Mein Rechtsanwalt, und zwar ein sehr guter. Er sagte: »Hör zu, Marchena, unterschreib keine Erklärungen, heute nicht und morgen auch nicht. Die Polizei wird dich kriegen, das ist sicher. Du bist hier auf einer Insel. Du kannst nicht weg, sie finden dich auf jeden Fall. Am besten meldest du dich beim nächsten Polizeiposten. Sag nichts mehr zum Major. Halte den Mund, bis ich dir weitere Instruktionen gebe.«

Ich rief Mike Kirindongo an. Er war bereit, mir ein paar Tage Unterschlupf zu gewähren, bis ich wieder klar denken konnte. Ich dankte ihm und legte den Hörer auf. Jetzt wußte ich nicht mehr weiter. Das Leben ist nicht immer ein Spiel; ich hatte mir bewiesen, daß ich notfalls aus einer belagerten Festung entwischen konnte, aber was hatte ich davon? Außer einem Monat zusätzlicher Haft vermutlich nichts.

Ich wollte Tobi um eine Zigarette bitten, konnte ihn aber nirgends finden. Um irgendeine Stimme zu hören, wählte ich noch eine Telefonnummer. Als ich den Hörer auflegte, hörte ich einen grellen Pfiff.

Ich wußte gleich, was los war. Tobi hatte mich verraten. Während ich telefonierte.

Es kommt immer wieder vor, daß man Leuten vertraut, die einen dann in die Hölle schicken, und das sind nicht mal deine Feinde. Deine Mutter. Oder Tobi de Miranda, der dir beibrachte, Bälle mit Drall zu schlagen, dein Trainer.

Tobi war selber schon zweimal im Gefängnis gewesen, wegen Steuerhinterziehung. Das dritte Mal ersparte er sich, indem er mich an die Polizei verriet.

Das Haus war umzingelt. Ein zweiter Fluchtversuch war zwecklos. Als ich mich ergab und das Haus verließ, zählte ich mindestens sieben Einsatzfahrzeuge.

Eine Stunde später saß ich wieder vor Major Chiqui Fontein.

Gegen den Rat meines Rechtsanwalts legte ich ein volles Geständnis ab.

Nachdem ich das Protokoll unterzeichnet hatte, wollte Chiqui Fontein nur noch eins wissen. Warum ich abgehauen sei, obwohl ich doch schon in der Nacht beschlossen hatte, zu gestehen?

»Ich wollte einen Rückstand aufholen.«

Er verstand mich nicht gleich.

»Na ja, in einer hoffnungslosen Lage noch ein Spiel machen. Das Unmögliche möglich machen.«

Da klopfte er mir auf die Schulter.

»Jetzt erkenne ich dich wieder, Riki. So denkt ein Kämpfer. Sich nie beirren lassen. Klasse, Mann. Ich werde die Sache im Protokoll nicht übertreiben. Du warst zwar ein paar Minuten weg, aber wir haben dich ja gleich wieder beim Wickel gehabt. In Ordnung so, Riki?«

Auch wenn er widerlich schmatzte, er hatte Stil.

…

…

In der einen Hand Feuer zu haben, in der anderen Wasser.

Es mag ja eine holländische Redensart sein, aber vielleicht ist sie auch für die Antillen typisch.

Ich wollte ein reines Gewissen haben und rannte weg. Ich legte ein Geständnis ab, ohne zu wissen, warum ich Ehrlichkeit über Freiheit stellte. Warum ich gestand, begriff weder ich noch sonst einer. Mancher glaubte, aus Angst, ein anderer mutmaßte, ich hätte noch mehr Leichen im Keller, von denen ich ablenken wollte.

Die Richter waren fassungslos. Nach so viel Jahren im Gerichtssaal hielten sie Ehrlichkeit schlichtweg für verdächtig.

Ich gestand alles, was mir zur Last gelegt wurde. Weil ich mich uneingeschränkt zur Tat bekannte und außerdem die Notwendigkeit einer Bestrafung einsah, rechnete ich mit Milde. Aber mein Verhalten war so ungewöhnlich, daß keiner damit etwas anfangen konnte. Immer wieder stellten die Richter den Zeugen eine bestimmte Frage: Ob sie an meinem Verstand zweifelten. Ein Antillianer, der eine Versicherungsgesellschaft um eine Viertelmillion Gulden betrog, um danach eine Gewissensfrage daraus zu machen, konnte nicht mehr alle Tassen im Schrank haben.

Mein Rechtsanwalt war machtlos. Noch bevor der Prozeß begann, hatte er sich nach meinen Beziehungen zu Politikern erkundigt. Als ich »keine« sagte, seufzte er zum soundsovielten Mal.

»Tja, Marchena. Dann heißt es brummen. Und zwar lange.«

Ich bekam zwei Jahre. Ohne Bewährung! Ich fiel in Ohnmacht, als das Urteil verkündet wurde. Man mußte einen Arzt rufen, der mich in diese ungerechte Welt zurückholte. Zwei Jahre! Ich hatte mit der Hälfte gerechnet und auf ein Viertel gehofft.

Einen Monat später ließ ein Geschäftsmann aus Curaçao sein Fotogeschäft abfackeln. Er war so alt wie ich, hatte die gleiche Hautfarbe und bediente sich noch eines Mittels, auf das normalerweise die doppelte Strafe stand: Er heuerte einen Ausländer dafür an. Einen Amerikaner, der über Venezuela entwischen konnte. Dieser Geschäftsmann bekam aber nur sechs Monate, und davon wurden drei auf Bewährung ausgesetzt. Warum? Weil er der Vorsitzende des Bezirksausschusses jener Partei war, die im Moment regierte.

...

Drei Monate. Ich las es im Gefängnis in der Zeitung. Eigentlich unmöglich, denn die Zeitungen werden im Gefängnis zensiert; sämtliche Artikel, die mit juristischen Dingen zu tun haben, werden rausgeschnitten. Einer der Wärter spielte mir eine unzensierte Zeitung zu. Er sagte: »Sie verscheißern dich, Marchena. Protestiere dagegen.«

Ich protestierte bei meinem Rechtsanwalt. Und mein Rechtsanwalt protestierte beim Richter. Und der Richter antwortete: »Riki Marchena muß deshalb eine viel schwerere Strafe verbüßen, weil Riki Marchena jahrelang das große Vorbild unserer Jugend war.« Der Richter log. Riki Marchena mußte deshalb eine schwerere Strafe verbüßen, weil keiner für ihn einen Finger krumm machen wollte.

...

Ich wollte mir an der Politik nicht die Hände schmutzig machen. Und deshalb verschwand ich mit sauberen Händen im Gefängnis. Normalerweise sitzt ein Gefangener seine Strafe nur zu Dreiviertel ab. Mich aber ließ man erst am siebenhundertundzwölften Tag frei, dem allerletzten Tag der Strafe, die ich aufgebrummt bekommen hatte.

49

Fichi Ellis
Fragen an den Flamboyant

Es ging mir nicht besonders zu Herzen. *Até, no,* egal, was er behauptet, wegen eines finsteren Komplotts ist er sicher nicht im Gefängnis gelandet. Daß seine Strafe so schwer ausfiel, lag vor allem an ihm selber. Nachdem er so viele Leute auf der Insel der Betrügerei, der Intrige und der Kungelei bezichtigt hatte, geht er hin und zündet sein eigenes Geschäft an, um die Versicherungsprämie zu kassieren. So jemand braucht nicht auf Verständnis zu hoffen. So jemand wird ausgelacht.

Mit dem Hals in der Schlinge sind Prinzipien der reinste Luxus. Da ist was dran. Riki hat nur noch diesen einen Ausweg gesehen, und der klappte auch noch. Danach tat es ihm leid. *Ai mi dios, no,* wo war denn nur der Taktiker von früher geblieben? Was hatte er von diesem Geständnis? Für ein reines Gewissen war es inzwischen ja ein bißchen spät, oder nicht? Er hätte straffrei davonkommen können. STRAFFREI.

Es ging mir nicht zu Herzen, was ich über ihn in der Zeitung las. Nein, Mitleid hatte ich nicht. Mit einigen Jahren Verspätung zeigte sich, daß das Leben gerecht zu mir war. Weil mich Riki nie an sich rangelassen hat, konnte ich ihn jetzt auch nicht vermissen. Ich brauchte keine einzige Träne um ihn zu vergießen.

Er gehörte einer Zeit an, die vergangen war. Es ist wahr, ich habe mich in jener bewußten Nacht bei ihm ausgeheult. Zwei Nächte sogar. Drei. Geholfen hat es natürlich nichts.

Man kann in seinem Leben nicht einfach ein paar Schritte rückwärts gehen, so sehr man sich auch danach sehnt. Das Tischtennis mit allem, was dazugehört, war vergangen und vorbei, Riki inklusive. Verliebtheit ist eine gefährliche Art der Geistesverwirrung; nachdem ich nicht mehr verliebt war, sah ich die Dinge wieder klarer. Riki hatte sich so tief in die Bredouille geritten, daß ihm nicht mehr rauszuhelfen war. Ich mußte mich damit abfinden, daß er weg war, eingesperrt, verschwunden hinter einer hohen Mauer.

...

Eines Abends saß er mir wieder gegenüber.
Ungefähr drei Monate nach dem Prozeß.
Er sah mich mit seinen blutunterlaufenen Augen lange an. Als wollte er sagen: Danke, *mi amiga, masha masha danki*.

Ich war nicht beim Prozeß gewesen. Obwohl Mike Kirindongo mich immer wieder angerufen hatte, um mich zu fragen, ob ich nicht mitkommen wolle.

Ich fand das Gefängnis nicht auf Anhieb.

Ich mußte Koraal Specht erst auf einer Karte suchen.

Er war wohl schon etwa ein Jahr drin, als ich endlich hinging. Ich wartete die ganze Besuchsstunde auf ihn, aber er kam nicht. Dann hörte ich von Frau d'Oliveira, daß er niemanden mehr sehen wolle. Niemanden aus seinem früheren Leben jedenfalls.

Nach diesem vergeblichen Besuch ging mir der Gedanke daran nicht mehr aus dem Kopf. Ich war zum ersten Mal in einem Gefängnis gewesen. Ich hatte mir vorher nie überlegt, wie es wohl in Koraal Specht aussehen könnte. Dieses Gefängnis war ein *huis clos*, für das meine Phantasie nicht ausreichte. Die Hitze in den Baracken allein schon ...

Ich träumte von Riki, ich sah ihn nackt und schwitzend in seiner dunklen Zelle liegen. Mitten in der Nacht stand ich auf, ging durch den Garten, unterhielt mich mit den

Bäumen und den Sträuchern, als wäre er es. Ich erzählte ihm, was in meinem Leben alles schiefgegangen war: Vielleicht stimmte es, daß ich die erfolgreichste Frau auf der Insel war, aber meine Ehe war gescheitert und ich hatte ein Kind, das mich jeden Tag nach seinem Vater fragte.

»Warum, Riki?« fragte ich den Flamboyant, »warum hast du solches Pech gehabt, und ich auch? Vielleicht hängen wir zwischen den Zeiten, zwischen der alten und der neuen Zeit? Oder liegt es an unserem Charakter? Wollten wir zu verbissen gewinnen, war der Preis zu hoch dafür?«

Als ich eine Woche Ferien auf Bonaire verbrachte, nahm ich Tennisstunden in der neuen Anlage. Der Besitzer selber, der frühere Meister von Curaçao und Venezuela, gab mir die Stunden: Len Marchena.

Vorsichtig erkundigte ich mich bei ihm, warum er so wenig für Riki getan hatte.

Len antwortete freundlich. Er sagte, daß er nichts für seinen Bruder hatte tun können. Riki habe über seinen Rechtsanwalt den Brüdern und der Mutter ausrichten lassen, daß er sie im Gerichtssaal nicht zu sehen wünsche. Sollten sie sich nicht dran halten, würde er der Presse ein paar aufschlußreiche Geschichten aus seiner Kindheit erzählen.

»Wie gut kennst du ihn denn?« fragte mich Len.

»Gut«, sagte ich, »soweit das bei Riki überhaupt möglich ist.«

»Niemand weiß genau, warum er seinen Laden abgefakkelt hat.«

Len glaubte nicht, daß er es wegen des Geldes getan hatte. Geld ließ Riki kalt; die Tausender trug er ja auch ins Casino, als klebte ein Fluch an ihnen. Nein, vermutlich war Riki irritiert, daß seine Mutter im Sportgeschäft immer öfter Entscheidungen fällte, die eigentlich ihm, dem Besitzer, zustanden. Die Mutter war eigensinnig, sie hat das Geschäft immer mehr an sich gerissen. Auch weil sie ihn zu lasch fand, und der Meinung war, daß er sich mehr engagieren müßte. Außerdem sollte er mehr spenden, um sein Ansehen zu verbessern. Das war auch bitter nötig nach den Haßtiraden, die er in der Presse losgelassen hatte. Riki war wütend auf seine Mutter, auf ihre Einmischerei, sie ging ihm auf die Nerven. Aber sie war seine Mutter, und er traute sich nicht, sie wie einen x-beliebigen Angestellten zu entlassen. Es wurde zu einer Obsession für ihn: Daß sie sich als Chefin aufspielte und ihn bevormundete.

Mit der Brandstiftung rächte er sich an ihr. Die Versicherungsprämie war ihm egal; auch wenn er damit das Geschäft behalten konnte. Aber seine Mutter wäre er damit immer noch nicht los gewesen.

Drei Tage nach seiner Verhaftung gestand er seine Schuld. Erst in diesem Augenblick wurde ihm klar, daß er das Kasernen- und Rekrutenleben hinter Gitter und Stacheldraht nicht würde aushalten können. Deshalb riß er aus, und hätte Tobi de Miranda ihn nicht verpfiffen, wäre er für den Rest seines Lebens auf der Flucht gewesen.

»Das hätte zu ihm gepaßt«, sagte Len, »immer nur auf sich selbst angewiesen sein. Niemandem vertrauen. Allein sein, immer allein.«

Das Wort hörte ich gerne.

Allein.

Es war die Einsamkeit, die uns fortan verband.

50

Riki Marchena
Ins Loch

Wir saßen zu siebt in einer Zelle.
Manchmal starrte mich einer dieser Verbrecher eine Stunde lang an. Nur so. Um die Zeit totzuschlagen.

Bei jeder Bewegung, sei es, wenn ich mir eine Zigarette anzünden oder auch die Hose hochziehen wollte, drehten sich sechs erwachsene Kerle nach mir um. Aufpassen. Glotzen. Was macht der denn schon wieder!

Kaum war ich morgens aufgewacht, hatte ich ein blödes Grinsen vor mir. Schob ich mir einen Kaugummi in den Mund, da hörte ich gleich: »Gib mir auch einen, Bruder.« Weigerte ich mich, hieß es: »Dich verpfeif ich, Freundchen.« Im Knast gibt es tausend Arten, jemanden zu verpfeifen. Schlimmer noch, jeder im Kittchen denkt den ganzen Tag an nichts anderes.

Auch mitten in der Nacht starrten mich noch immer zwei oder drei Augenpaare an. Im Koraal Specht schläft keiner wirklich gut, man vergißt keinen Augenblick, daß noch sechs andere Ratten im selben Raum schlafen. Kratzte ich mich am Knie, hörte ich eine blöde Bemerkung: »Na, Marchena, machste wieder lange Finger?« Zählte ich im Dunkeln mein Geld, fehlten wieder ein paar Gulden.

Ich saß bei den Gewohnheitsverbrechern. Jenen Gaunern, die sich nie bessern würden. Manchmal sagte ich zu ihnen: »Ihr habt doch zu klauen gelernt, bevor ihr sprechen konntet.« Es fielen harte Worte. Zweimal wäre es beinahe zu einer Schlägerei gekommen. Wer sich prügelte, mußte für drei, vier oder fünf Tage ins Loch. Das hing davon ab, wohin man den Gegner geschlagen hatte und wie viele Zähne ihm danach fehlten.

Schließlich landete auch ich im unterirdischen Bunker. Zwei Typen hatten mich seit Tagen auf dem Kieker. Kerle, die in ein Restaurant stürmen und dreißigmal feuern, bevor sie mit einer Beute von gerade mal hundertzweiundzwanzig Gulden abhauen. Kerle, die bei einem Banküberfall den Bankangestellten außer Gefecht setzen, indem sie ihm die Eier wegschießen.

Einer der Jungs grinste: »Nicht wahr, du hast Angst vor dem Bunker?« Er hatte kaum ausgesprochen, da hing ich schon an den Gitterstäben. Ich schrie, schimpfte, drohte. Ich machte so viel Krach, daß ich die vollen fünf Tage aufgebrummt bekam. Eine andere Möglichkeit blieb mir nicht. Sitzt man mit sechs Verbrechern in einer Zelle, darf man sich nicht erniedrigen lassen. Sonst putzen sich die anderen an einem die Schuhe ab.

Man wird nackt in den Bunker geworfen. Kein einziger Lichtstrahl kommt herein. Es wimmelt von Kakerlaken. Wenn du kurz einschläfst, krabbeln sie dir durchs Haar und schnüffeln an deinem Arschloch. Auf der Haut lassen sie eine Schleimspur zurück. Das Schlimme ist, daß man sie nicht sehen kann. Sie fühlen sich größer an, als sie in Wirklichkeit sind. Im Bunker lernt man, die Ratten zu schätzen. Ratten sind Einzelgänger.

Als man mich rausließ, sagte ich zum Direktor: »Ich will nicht mehr mit anderen in eine Zelle. Ich bekomme Probleme. Und kriege ich Probleme, wandere ich wieder ins Loch. Und das haben Sie dann zu verantworten.«

Keine Ahnung, was ich damit sagen wollte. Aber er bekam einen Schrecken. Er erschrak über meine Worte. Ich hatte das zwar früher schon, aber im Gefängnis tat ich's stärker als vorher. Ich wurde förmlich im Koraal Specht. Nicht nur die Ganoven waren vulgär, auch die Wächter fluchten, was das Zeug hielt. Ich begann, das Ordinäre zu hassen. Ich vermied Kraftausdrücke, gewöhnte mir das Fluchen ab und versuchte, mich so höflich wie möglich auszudrücken. Es wirkte wie reine Magie.

Für die Wärter, die Oberaufseher und den Direktor war ich eine wandelnde Bombe, die jeden Augenblick explodieren konnte. In Koraal Specht gab es derart viele Mißstände, daß eigentlich immer irgendeine Untersuchung im Gange war. Vor einer Untersuchungskommission hätte ich sehr genau ausführen können, was hier alles nicht stimmte. Dazu waren nur wenige Gefangene imstande. Also mußten sie mich behandeln wie ein rohes Ei. Nach sechs Wochen bekam ich eine Einzelzelle.

Ich hatte nicht lange Freude dran. Nach dem Urteilsspruch wurde ich in eine andere Baracke verlegt: vom Untersuchungsgefängnis ins Strafgefängnis. Da saß ich dann wieder mit sechs anderen Verbrechern in einer Zelle.

...

...

Wäre Donald Harrison – von allen Gefangenen in kriecherischer Verehrung Dolly genannt – nicht unter diesen sechsen gewesen, wären meine Überlebenschancen in Koraal Specht gering gewesen. Die Wahrscheinlichkeit, daß man mir ein Messer in den Wanst stieß, war so klein nicht. Auch hier hatte ich bald Streit mit zwei von den Saukerlen. Als ich vom Sport zurückkam, war meine Kantine weg. Meine Kantine war eine Büchse mit Süßigkeiten und Zigaretten. Ich fragte laut, wer sich an meinen Sachen vergriffen hätte. Zwei von den Jungs drehten mir den Rücken zu. Ich tippte dem Stärkeren der beiden auf die Schulter. Er drehte sich um; ich packte ihn an der Gurgel.

Wer zehn Jahre lang Tischtennismeister gewesen ist und zwanzig Jahre lang Bälle geschmettert hat, dessen Schlagarmmuskeln lassen wenig zu wünschen übrig. Ich drückte dem Kerl die Kehle zu. Meine Stimme wurde noch lauter. Ich schrie: »Wenn ich eins nicht leiden kann, ist das Diebstahl. Du sorgst dafür, daß ich meine Kantine zurückbekomme. Sonst hänge ich dir morgen wieder an der Gurgel, aber dann drücke ich eine Minute länger zu.«

Seine Augen quollen schon vor. Das mußte reichen, um ihm klarzumachen, was ich meinte. Zur Sicherheit wiederholte ich meine Drohung noch einmal; er schien mir einer zu sein, dem man alles zweimal erklären mußte. Ein Wächter, der gerannt kam, hörte genug. Außer mir schrie ich, daß das alles Folgen haben würde.

Nun ja, es hatte Folgen, aber nur für mich.

Wer einen anderen innerhalb der Gefängnismauern bedroht, wandert ins Loch. Also durfte ich mich wieder für fünf Tage zurückziehen.

Als ich in die Zelle zurückkam, warfen mich die beiden Saukerle sofort gegen die Wand. Verteidigen konnte ich mich nicht, weil ein dritter Bursche mir die Hände mit einem T-Shirt gefesselt hatte. Ein Schlag unters Kinn, einen Boxhieb auf die Nase. An Schmerzen war ich gewöhnt, Schmerzen im Fußknöchel, an der Achillessehne, Schmerzen in Armen und Beinen, in der Hand. Aber das hier war ein anderer Schmerz. Das war sinnloser Schmerz. Jeder Schlag war wie ein Peitschenhieb. Weil er so überflüssig war.

Zwei andere Gefangene wollten eingreifen, doch Kanono hinderte sie daran. Kanono hatte siebzehnjährig mit dem Bodybuilding angefangen. Zwanzig Jahre später hob er einen Kerl von hundert Kilo hoch, als wär's ein Schoßhündchen. Kanono hatte Tote auf dem Gewissen, obwohl ich im Gefängnis ganz schnell lernte, zwischen Mörder und Mörder zu unterscheiden. Manche der schweren Jungs hielten sich im Zaum, auch beim größten Durcheinander; andere mußten sich dauernd schlagen. Gewalt war bei ihnen an die Stelle des Denkens getreten; wo normale Menschen nur die Augenbrauen hochziehen, ballten sie schon ihre Fäuste.

Kanono war das Musterbeispiel eines hinterhältigen Ganoven. Auch wenn man sich mit ihm verstand, konnte man nicht vor ihm sicher sein. Er reagierte immer zuerst seinem Instinkt nach, erst danach benutzte er den Verstand. Deshalb war er auch immer bei den anderen dabei. Piesacken. Schlagen.

Er bereitete sich darauf vor, mir eine tüchtige Abreibung zu verpassen. Traf dazu alle nötigen Vorbereitungen: Ein Grinsen, das alle seine faulen Zähne entblößte, das Knakken mit den Fingern. Inzwischen versuchte ich meine Hände aus der Fessel zu lösen. Ging nicht. Ich wartete auf den ersten Schlag in meinen Magen, der Schweiß tropfte mir von der Stirn. Ich wollte schreien, heulen; womit hatte ich das verdient? Dann kam eine Stimme aus dem Halbdunkel.

»Laß die Finger von Ricardo, oder du bist ein toter Mann.«

Es war die Stimme von Dolly.

Kanono drehte sich um und watschelte auf Dolly zu. Er packte ihn unter den Armen, hob ihn hoch und donnerte ihn mit ohrenbetäubender Wucht gegen die Wand. Dolly schrie. Er schrie, daß es durch Mark und Bein ging. Das Heulen eines Wolfs, das mindestens fünf Wächter auf den Plan rief.

Schon seit Wochen kämpften Kanono und Dolly um die Macht. In der Länge ihrer Vorstrafenregister standen sie sich in nichts nach. Auch ihre Verbrechen war die gleichen; sie regelten die großen Dinger für die Drogenbarone. Um sich etwas Taschengeld zu verdienen, machten sie ab und zu einen lohnenden Bruch. In der Verbrecherhierarchie standen sie gleich unterhalb der Topspitze. Die meisten Jungs im Koraal Specht waren kleine Fische, Kuriere oder noch weniger: Straßendealer. Das waren die *clockers*, die blieben auch innerhalb der Gefängnismauern die Dienstmädchen; sie mußten die Zellen auswischen, mußten Zigaretten und Alkohol für die Bosse besorgen. Sie konnten meist weder lesen noch schreiben, und waren seit ihrem zehnten oder elften Lebensjahr in diesem kriminellen Milieu zu Hause. Kanono war eindeutig ein ehemaliger Clocker, der es zu etwas gebracht hatte, bei Dolly wußte ich es nicht genau.

Dolly und Kanono wurden abgeführt.

Der Direktor sagte: »Ihr beiden hängt mir zum Hals raus. Ich sperre euch jetzt in eine Isolierzelle, und ihr macht das untereinander aus.«

Das bedeutete Mord.

Kanono würde den kleinen Dolly in der Isolierzelle einfach zerquetschen, es sei denn, Dolly würde Kanono als den Stärkeren anerkennen. Doch Dolly hatte kein Talent für Untertänigkeit. Er war ein berühmter Ein- und Ausbrecher. Als er zum ersten Mal im Koraal Specht saß, glaubte man noch, das Gefängnis sei so sicher, daß nicht mal eine Kakerlake rauskommen könnte. Dolly gelang es fünfmal.

Die Wächter hatten Achtung vor ihm. Beim Direktor lag die Sache etwas anders; Dolly schadete seinem Ruf. Wer Dolly einbuchtete, mußte damit rechnen, ihn eines Tages auch wieder zu verlieren, mit allen Folgen, die dazugehörten: Empörte Zeitungsartikel, aktuelle Fragestunden im Parlament, spitze Bemerkungen des Justizministers und das erzwungene Versprechen, daß so etwas nie mehr vorkommen würde. Mit einer unglaublichen Behendigkeit überwand Dolly Wachtürme, Schäferhunde und Stacheldraht. Sein vierter Ausbruch kostete den damaligen Direktor den Job, begreiflich, daß der jetzige Dolly gerne von hinten gesehen hätte, aber auf dem Weg in den Himmel, versteht sich.

Hinter den beiden Gaunern fiel die Zellentür zu. Dolly erzählte mir hinterher, Kanono hätte es kaum erwarten können, loszuschlagen, Blut tropfen zu sehen und Knochen krachen zu hören. Doch Kanonos Vorfreude dauerte nicht lange. Dolly zog ein Messer.

Wie Dolly an ein Messer kam, glich einem Wunder, über das sich sogar Gott der Allmächtige die Augen gerieben hätte: Beide waren nämlich noch direkt vor der Zellentür mit einem Metalldetektor abgetastet worden. Offensichtlich stand Dolly unter dem Schutz eines mächtigen Bosses, eines Bosses, der dafür gesorgt hatte, daß in der Zelle ein Messer auf ihn wartete. Kanono begriff sofort. Und als Dolly zu ihm sagte: »Du bist so gut wie tot«, hielt er das keineswegs für Angeberei. Kanono war deshalb so gut wie tot, weil Dolly für seinen schnellen und lebensgefährlichen Umgang mit dem Messer berüchtigt war. Selbst wenn Kanono den Kampf überlebt hätte, wären seine Tage gezählt gewesen. Schließlich hatten die Bosse Dolly wissen lassen, wo das Messer lag, und nicht Kanono. Hätten sie Kanono eine Trauerkarte geschickt, wäre das weniger eindeutig gewesen.

Kanono wagte keinen Finger mehr gegen Dolly zu rühren. Auch gegen mich hat er nie mehr etwas unternommen. Er hielt mir sogar dreiste Kerle vom Hals. Seitdem sah ich Kanono in viel positiverem Licht. Mit einem Bodybuilder als Leibwache wurde mein Leben im Gefängnis um einiges ruhiger.

…

…

Dolly – er ruhe in Frieden – wurde mein Freund. Als ich ihn kennenlernte, war er ein stiller, zurückhaltender Mann. Er konnte zuhören. Wie ich. Die anderen in der Zelle hatten immer nur eine große Klappe. Dolly war vorsichtig.

Nach Kanonos Kapitulation kamen wir uns langsam

näher. Ich erkundigte mich nach seinen Taten, wollte wissen, wie es ihm immer wieder gelungen war, aus dem Gefängnis auszubrechen. Er erzählte es mir in wenigen Worten. Mit der Sprache hatte er es nicht so. Er hatte immer Angst, einer könnte mitschreiben. Einmal sagte er zu mir: »Reden ist was fürs Polizeiverhör.«

Ich hielt ihn für intelligenter als sämtliche Richter und Rechtsanwälte, die ich bisher kennengelernt hatte. Er konnte nicht nur zuhören, er verfügte noch über ein anderes Talent: Er konnte sich leicht in einen anderen hineinversetzen. Er fragte mich, ob ich das nächste Mal dabeisein wolle, wenn er wieder einen Ausbruch versuche. Ich war schon mal abgehauen, ich brauchte nichts mehr zu beweisen. Das verstand er. »Entweder du läßt es nach dem ersten Mal bleiben oder du machst immer weiter.« Auch er war der Ansicht, daß man solche Sachen nicht halbherzig tun könne.

Für einen Verbrecher war er merkwürdig aufrichtig.

Als ich sagte: »Dolly, ich kann Diebe nicht leiden«, antwortete er mir: »Riki, du sprichst mir aus der Seele.«

Darauf ich: »Aber warum klaust du dann?«

Und er: »Wegen des Kicks.«

Er mußte sein Leben immer wieder aufs Spiel setzen. Dolly brauchte diese Mutproben wie die Luft zum Atmen. Er holte das Zeug aus dem tiefen Landesinnern von Kolumbien. Dann schmuggelte er es über die Grenze und verfrachtete es auf die Inseln. Oft war er auch dafür verantwortlich, daß es die Insel wieder in Richtung Vereinigte Staaten oder Europa verließ. Er war darin äußerst geschickt; nie hat man ihn auf einem Transport erwischt. Er kam in den Knast, weil ein Kurier ihn verpfiff, nicht weil er ihnen in die Fänge gelaufen war. Ein einziges Mal war er auf frischer Tat ertappt worden, da hatte er zuviel Dynamit verwendet, um einen Tresor zu knacken. Das halbe Stadtviertel kam angerannt.

Nach ungefähr einem Jahr kamen wir zusammen in eine Doppelzelle. Ich hatte mich wieder mal mit einem Burschen in die Haare gekriegt, der sich etwas drauf einbildete, noch vor seinem zwanzigsten Lebensjahr einem armen Teufel das Lebenslicht ausgeblasen zu haben. Ich wanderte zum dritten Mal in den Bunker. Danach gab ich dem Direktor zu verstehen, daß das Maß voll sei. Ob er mich erniedrigen wolle? Dann habe er die Folgen zu tragen.

Ein paar Tage später inspizierten Dolly und ich unser neues Zuhause.

Dolly spielte gleich den Chef. Er sagte: »Die Zelle muß einmal in der Woche ausgewischt werden. Du kannst dir den Tag aussuchen.« Das sagte er zum Falschen. Ich machte ihm einen Gegenvorschlag. »Du kriegst meine Kantine. Für ein Päckchen Zigaretten räumst du jede Woche unseren Dreck auf.« Er schaute mich an, schüttelte den Kopf und seufzte: »*Hesusai*, Riki, du bist gefährlicher als eine Frau. Wer kann dir schon widerstehen.«

Er war ein guter Mensch. Das Stehlen hatte seinem Charakter nicht geschadet. Er war nicht so verschlagen wie Diebe sonst.

Dolly stammte aus einem Elendsviertel. Er war gerade mal zwölf Jahre, da vergriff er sich an seiner Schwester. Das Mädchen sprang bei Hato vom Felsen. Seither sah er sich als Handlanger des Teufels. Er konnte nur das Leben eines Verbrechers führen; er glaubte, vom Teufel besessen zu sein, sonst hätte er sich nie an seiner Schwester vergriffen. Sein Pech war, daß er seine Schwester geliebt hatte. In einer der letzten Nächte, die wir zusammen in unserer Zelle verbrachten, vertraute er mir an: »Riki, sie war die einzige, die ich aus einem brennenden Haus gerettet hätte.«

Wir sprachen ganze Nächte lang. Dolly konnte nicht schlafen. Nie. Er döste vielleicht mal eine Stunde, aber nach diesem kurzen Nickerchen schoß er gleich wieder hoch.

Die Dunkelheit machte ihm angst. Aus dem Dunkel starrten ihn immer zwei verschreckte Augen an.

Dolly verübte die schlimmsten Verbrechen, um sich zu beweisen, wie schlecht er war. Er flüchtete aus dem Gefängnis, um eine noch schwerere Strafe zu bekommen. Er schlief nie, aus Angst vor seinem Gewissen.

»Und dein Gewissen?« fragte er mich eines Nachts. »Wie steht es denn um dein Gewissen?«

»Gut«, sagte ich. »Seit ich gestanden habe, fühle ich mich besser. Es ist wie bei einer Vergiftung: Mit jedem Tag wird mein Gewissen ein bißchen reiner.«

Er schaute mich an und grinste: »Du nimmst mich doch auf den Arm, Riki, oder?« fragte er. »Es gibt niemand, der im Innern nicht wirklich dreckig wäre.«

Pobersito. Armer Teufel. Gott sei seiner Seele gnädig. Sogar für einen Verbrecher war er ein bißchen zu kriminell. Er kannte kein Pardon. Seine Kumpels ließen ihn schließlich in seiner Scheiße sitzen. Buchstäblich. Als ich nach Aruba verlegt wurde, hatte er nur noch ein paar Monate vor sich. Auf Curaçao hörte ich dann, daß er tot sei.

Seine Drogen hat er nie selber gekauft, er bekam sie von irgendwoher. Eines Tages rauchte Dolly sein Pfeifchen und verlor nach zwei Zügen das Bewußtsein. Für einen einfachen farbigen Jungen aus Curaçao war er in der Hierarchie zu hoch geklettert. Aus purem Neid räumten sie ihn aus dem Weg. In seinem Pfeifchen war Gift. Innerhalb von zwei Minuten war er tot.

51

Len Marchena
Das Kaugummifrauchen

Oben auf dem Hügel mußte ich mich beim Wachtposten melden. Bevor ich überhaupt ein lebendes Wesen sah, roch ich den Gestank toter Leguane. Wie eine vollgekotzte Toilette, wie ein verstopfter Abfluß; so riechen tote Leguane. Unglaublich, daß ein Knast so einen Geruch verbreiten kann. Ich hatte vor Krankenhäusern immer mehr Angst gehabt als vor Gefängnissen; die Vorstellung, am Tropf zu hängen, war schlimmer für mich als zehn Jahre einsame Haft, aber als ich den Gestank in die Nase bekam, war ich mir da nicht mehr so sicher.

Nachdem ich mich ausgewiesen hatte, durfte ich zum zweiten Wachtposten weitergehen. Halt. Ab in die Reihe, um durchsucht zu werden. Beine auseinander, Arme hoch, die Hände gefaltet in den Nacken. Schlüssel abgeben. Weiter bis zum dritten Wachtposten. Begleitet vom Gebell deutscher Schäferhunde, begann die ganze Prozedur von vorn: ausweisen, abtasten. Bei der vorigen Kontrolle hatten sie eine Nagelschere übersehen, sie fischten sie aus meiner Hosentasche, als wär's eine Smith & Wesson des allergrößten Kalibers. Dann erst durfte ich ins Wartezimmer, wo ich ein Formular ausfüllen mußte: Name, Adresse, Geburtsdatum, Sedulanummer*, wen ich sprechen wollte, und in welchem Verhältnis ich zu dem Gefängnisinsassen stand.

Der Beamte beruhigte mich: Wenn ich regelmäßig käme,

---

* Sedula: Identitätskarte.

bräuchte ich das Formular nicht jedesmal auszufüllen, man gäbe mir eine Nummer. Dann mußte ich weiter, in den Besuchsraum, wo ich noch einmal abgetastet wurde. Diesmal fanden sie nichts mehr.

Warten auf Riki.

Früher hatte er nach der Schule immer auf mich gewartet, im Schatten des Tamarindenbaums vor dem Schulhof. Auch wenn ich nachsitzen mußte, wartete er auf mich. Solche Erinnerungen stimmen einen milde. Und von dieser Milde brauchte ich hier eine ganze Menge, wo Hitze und Gestank die Luft zum Atmen fast zu schwer machten.

Nur um nach einer Stunde zu hören, daß Señor Marchena seinen Bruder nicht zu sehen wünsche.

Am nächsten Tag das gleiche. Der erste Wachposten. Der zweite. Der dritte. Warten inmitten Dutzender venezuelanischer, kolumbianischer, dominikanischer, haitianischer und hiesiger Frauen, die so ziemlich alles taten, was ich Frauen noch nie habe tun sehen. Sie rauchten Zigarren, kauten Tabak- oder Kokablätter, soffen Rum, kratzten sich am Hintern oder zwischen den Beinen. Endlich durfte ich in das Besuchszimmer, wo die Luft stickig war wie überall. Wieder warten.

Und wieder für die Katz.

Am nächsten Tag nochmal. Zweimal den Ausweis vorzeigen. Sich dreimal durchsuchen lassen. Das Formular ausfüllen.

Und wieder war Señor Marchena nicht in der Laune, seinen Bruder zu sehen.

Und das gleiche am vierten Tag. Am fünften. Und am sechsten.

Am siebten Tag erschien er hinter der kugelsicheren Besucherscheibe. Unrasiert. Mit fettigem Haar. In einem schmutzigen Hemd. Da war er schon ganz der Selbstverleugner, zu dem er später in Perfektion werden sollte.

Irgend etwas war mit seinen Augen los. Sein Gesicht hatte nichts Freundliches mehr. Die Verbissenheit, mit der er sich den meisten Kämpfen seines Lebens gestellt hatte, konnte er im erbarmungslos grellen Licht von Koraal Specht nicht länger verbergen. Das Gefängnis gab ihm genau den bitteren Gesichtsausdruck, der zu seinem Charakter paßte.

Er setzte sich, faltete die Hände, grinste mich an. Dieses sardonische Grinsen hielt eine ganze Weile an. Dann räusperte er sich und sagte mit einer Stimme, die noch dunkler und grollender klang als früher: »Na, Len, wie geht's deinem Kaugummifrauchen?«

Er hat meine Frau nicht öfter als fünfmal gesehen. Vielleicht gefiel ihm ihr texanischer Akzent tatsächlich nicht, aber er hat sich doch jedesmal länger mit ihr unterhalten. Er war sicher nicht unempfänglich für ihre amerikanische, direkte Art; und er hat sich auch die ersten Male bemüht, ihr zu gefallen. Er legte ihr den Arm um die Schulter, drückte sie an sich; er erkundigte sich nach ihrem jüdischen Vater und nach ihrer Mutter, die aus Honduras stammte; alles ein Zeichen von Sympathie.

Oder erinnerte sie ihn wieder nur auf irgendeine Weise an Mutter?

Der arme Teufel, er hatte es wirklich schwer mit Frauen. Das gab ihm aber noch lange nicht das Recht, gleich wieder in diesem herablassenden Ton mit mir zu reden.

Dein Kaugummifrauchen!

Ich wollte ihm sagen, daß ich nicht von Bonaire hierhergekommen sei, um mich von ihm beleidigen zu lassen, daß ich nicht sieben Nachmittage geopfert hatte, damit er wieder seine Launen an mir ausließe, und daß es mir egal sei, wenn wir uns jetzt das letzte Mal sähen, weil ich genug hätte von seinem elenden Sarkasmus. Aber wie früher genügte ein Blick oder ein Grinsen von ihm, und ich brachte kein Wort heraus.

Ohnmächtig wie ich war, tat ich nur noch eins: Ich spuckte auf das dicke, grünliche Panzerglas zwischen uns.

So endete der jahrelange Zwist zwischen meinem kleinen Bruder und mir: mit einem Batzen Spucke auf kugelsicherem Glas. Später habe ich ihn manchmal noch von weitem über die Straße wanken sehen; aber gesprochen habe ich ihn seitdem nie mehr. »Das Kaugummifrauchen« war das letzte, was ich ihn sagen hörte.

52

Reinbert ten Bruggencate
Wie damals mit den Monogrammen

Bibliothekar ist ein großes Wort; ich schlug Fliegen tot, jagte Kakerlaken und versprühte jeden Nachmittag eine Dose Insektenspray gegen die Ameisen. Es nützte nichts; das Ungeziefer ist geradezu versessen auf Papier.
 Die Gefangenen waren es übrigens auch, aber aus einem anderen Grund.
 Mindestens die Hälfte der Gefangenen waren Analphabeten, und von der anderen Hälfte las dreiviertel nur Spanisch. Gerade spanische Bücher hatte ich aber nur wenig. Trotzdem war der Zulauf in der Bibliothek nicht gering, ich war das einzige Mitglied vom Gefängnispersonal, das nicht gehaßt wurde.
 Marchena suchte ein *vernünftiges* Buch.
 Er war ein paarmal mit der Gefängnisleitung zusammengerasselt, danach hatte man ihn mit Dolly Harrison in eine Doppelzelle verlegt. Mit Harrison als Zimmerkumpan kam er endlich wieder zum Lesen. Vorher, mit all den Kerlen in der Zelle war es unmöglich, sich auf ein Buch konzentrieren zu können. Harrison redete nicht viel, meistens starrte er nur Löcher in die Luft, aber er war dankbar, wenn ihm jemand etwas vorlas.
 Ein vernünftiges Buch! Weil er mit Dolly Harrison in einer Zelle saß, vermutete ich, daß er zu den schweren Jungs gehörte. Schwere Jungs lesen aber am liebsten Bücher und Zeitschriften über die Börse oder über die neuesten technischen Spielzeuge der Unterhaltungselektronik.

Ein paar Stunden später erfuhr ich dann, wer er war; da hatte er sich schon *Das geheime Leben der Pflanzen* ausgesucht. Keine Ahnung, wie das Buch in den Koraal Specht gekommen war. Hin und wieder vermachte eine uralte Witwe dem Gefängnis ihre Bibliothek: Bücher, mit denen sie den Tropennächten noch einen Hauch Nützlichkeit abzugewinnen versuchte. Solche Schenkungen zu katalogisieren war sinnlos; von den Büchern, die ich auslieh, kam ohnehin mehr als die Hälfte nie zurück. Mich bei der Gefängnisleitung zu beschweren nutzte sowenig wie die Austeilung von Bußgeldern, zu denen ich berechtigt war, denn niemand wischt sich gerne sein Hinterteil mit den Händen ab. Da die Direktion von Koraal Specht Toilettenpapier für bloßen Luxus hielt, der in einem Gefängnis fehl am Platze sei, konnte ich es den Gefangenen nicht einmal übelnehmen, daß sie meine Bücher für ihre elementarsten Bedürfnisse mißbrauchten. Dünndrucke waren aus einem anderen Grund beliebt; die ärmsten Gefangenen sammelten im Hof Zigarettenkippen und drehten sich dann mit Hilfe einer Seite aus der Bibel zum Beispiel ihre eigenen Zigaretten.

Das geheime Leben der Pflanzen. Marchena hatte es aus dem Regal genommen, weil er mehr über die Heilkräfte von Pflanzen erfahren wollte. Als er noch klein war, hatte seine Großmutter die meisten Krankheiten mit Blättern, Wurzeln oder Kräutertees behandelt. Die Brandwunde, die er sich beim unvorsichtigen Hantieren mit kochendem Wasser zugezogen hatte, heilte sie mit dem Gelee geschälter Aloeblätter; aufgeplatzte Blasen behandelte sie ebenfalls mit Aloe; sogar auf seine schmerzende Ferse legte sie ab und zu ein geschältes Blatt, weil sich der geleeartige Pflanzensaft angenehm kühl anfühlte. Ihre Kenntnisse verdankte sie ihren indianischen Onkeln und Tanten; deshalb nahm er automatisch an, das Buch müsse von indianischer Kräuterkunde handeln.

Am nächsten Tag kam er wieder. Er wollte wissen, wer die Zoroastristen waren. In *Das geheime Leben der Pflanzen* stand, daß sie eine ganz eigene Art hatten, Pflanzen zu züchten. Ich gab ihm den entsprechenden Band der Enzyklopädie, er las den langen Artikel über den persischen Propheten Zarathustra, bat mich um Stift und Papier und machte sich ein paar Notizen.

In der darauffolgenden Woche durchforstete er die ganze Bibliothek, um mehr über Zarathustra zu erfahren. Er war nämlich auf einen Satz des Propheten gestoßen, den seiner Meinung nach jeder Richter, Arzt, Priester und Gefängniswärter auswendig lernen sollte.

»*Wer bist du, wer ist er, um zu wissen, was gut und was schlecht ist? Das weiß nur Gott.*«

Das wäre so wie die Sache mit den Monogrammen, sagte er …

Mit zwölf oder dreizehn habe er viel Zeit damit verbracht, sein Monogramm auf ein Blatt Papier zu malen. Zu Hause oder während des Schulunterrichts zeichnete er Aberdutzende ineinander verflochtene RMs, mit oder ohne Schnörkel, gerade oder kursiv.

Eines Tages blieb der Niederländischlehrer vor ihm stehen.

»Weißt du, was ein Monogramm ist, Marchena?«
»Keine Ahnung.«
»Mann, du malst Hunderte davon in der Woche!«
…
…

Für Marchena tat ich, was ich noch nie für einen Gefangenen getan hatte: Ich forschte nach dem besten Buch zu seinem Thema und bestellte es in Europa. Fast drei Monate später holte ich *A History of Zoroastrianism* von Mary Boyce beim Zoll ab. Von da an brachte ein Wächter Marchena jeden Morgen zu mir, damit er eine Stunde lang über

Zarathustra lesen konnte, während die anderen Gefangenen in den Schatten der Baracken frische Luft schnappten oder rauchten. Ich verlangte, daß das Buch in der Bibliothek gelesen wurde, damit es nicht, wie andere Bücher, deren Papier von etwas dickerer Qualität war, als Toilettenpapier endete.

Er ließ keinen Tag aus, und von der Stunde, die er in der Bibliothek verbringen durfte, verschwendete er keine Minute, um zu plaudern. Manchmal bat er mich um Hilfe, wenn er einen Satz oder einen Gedanken nicht richtig verstand. Wir unterhielten uns auch über den persischen Propheten, aber das war eher die Ausnahme. Meistens las er nur.

Ich glaube, ihn interessierte an der Lehre des Zarathustra besonders das Bekenntnis zur Gewalt. Streit und Kampf waren unverzichtbar, wenn das Schlechte besiegt werden sollte, und Marchena hatte in seinem Leben genug gekämpft, um sich vorstellen zu können, welcher Einsatz an Energie und Überzeugungskraft dafür nötig war. Zarathustras Ton sprach ihn an, denn er war nicht nur nüchtern und klar, sondern auch bitter.

Bei mir, in der muffigen Bibliothek, nahm Marchena einen neuen Kampf auf. Es geschah unmittelbar vor meinen Augen, ich sah, wie sich seine Haltung änderte, die Art, wie er die Dinge anging. Obwohl ich mit Religionen nichts am Hut habe, weder mit westlichen noch mit östlichen, beeindruckte mich die enorme Kraft, die er daraus schöpfte und die er dringend brauchte.

Niemand verläßt Koraal Specht unbeschadet. Die meisten Gefangenen sind fünf oder sechs Wochen nach ihrer Freilassung wieder da, nur bei den wenigsten dauert es fünf oder sechs Monate. Bei Gefangenen, die man nicht wiedersieht, liegt man mit der Vermutung meist nicht falsch, daß sie von einer Kugel oder einem Messerstich getötet wurden oder inzwischen wieder einsitzen, nur diesmal im Gefängnis von Caracas, Aruba oder im Ausländerviertel von Amsterdam.

Marchena saß seine zwei Jahre ab und kam nie wieder. Vielleicht stehe ich ja allein mit meiner Meinung, vielleicht sagen andere, die Drogen, mit denen er im Gefängnis in Kontakt geriet, hätten ihn auf Irrwege geführt; aber ich habe Bewunderung dafür, wenn jemand in diesem finstersten Elendsloch das Werk eines Philosophen, der sich aus dem Bedürfnis nach Wahrheit auf einen Berg zurückgezogen hat, erforscht und darin einen Lichtblick sieht.

53

Riki Marchena
In Weiß und mit leuchtenden Waffen

Bei Zarathustra las ich:
»*Das wahre Leben ist wie ein reinigendes Feuer das falsche der erstickende Rauch.*«
Genau aus diesem Grund landete ich im Gefängnis.
Wenn man sich für das Gute entscheidet, sagt Zarathustra, dann muß man gegen das Böse *kämpfen*. Passiv nur das Gute wollen, geht nicht, man muß das Böse mit allen Mitteln auszurotten versuchen.

Ein Gedanke, den ich nicht nur bedenkenlos unterschreiben konnte, sondern der auch zu meinem Leben paßte.

Kämpfen.

Zarathustra schildert diesen Kampf als Schlacht zwischen zwei Armeen. Die gute Armee ist in Weiß gekleidet und hat leuchtende Waffen, die schlechte trägt dunkle Kleidung und bedient sich obskurer Waffen wie Zweifel und Verrat; ein Kampf auf Leben und Tod, wobei es nur auf Mut, Kraft und Ausdauer ankommt.

Sieh mal.

Ich bin ja auch nur ein Mensch.

Während der langen Monate im Gefängnis habe ich mich immer wieder gefragt, ob mein Geständnis wirklich eine so gute Idee gewesen war. Ich war freiwillig ehrlich gewesen, hatte mich in meiner Gewissensnot für die Wahrheit entschieden. Aber was hatte ich damit erreicht?

Reinbert ten Bruggencate hat es einmal ganz leise gesagt: »Die Baracken von Koraal Specht, das sind die Vorzimmer zur Hölle.« Und Reinbert mußte es wissen, denn der arbeitete schon elf Jahre an dem Ort, den er das schlimmste Elendsloch der Welt nannte.

Weil ich mich für die Ehrlichkeit entschieden hatte, verdiente ich eine Strafe, die oft ausartete in eine Leibstrafe. Plus einem Bankrott. Plus einer ruinierten Zukunft ... Also, um es genau zu sagen: »Gratulation zu ihrer Aufrichtigkeit, Marchena!« ... nein.

Manchmal las ich die *gâthâs* laut. Man könnte sie auch die Psalmen Zarathustras nennen. Die Texte, die ich auswendig zu lernen versuchte, handelten von Gerechtigkeit oder von Entscheidungen, die ein Mensch in seinem Leben treffen muß. Zarathustra weist immer wieder darauf hin, daß sich ein Mensch zwar zwischen Gut und Böse entscheiden muß, seine Wahl aber in vollkommener Freiheit trifft. Keine Vorsehung, jeder ist für sich selbst verantwortlich. Das bestärkte mich in meinem Glauben, richtig gehandelt zu haben, wie jämmerlich mein Leben dadurch auch geworden war. Ich hatte mich bewußt für ein reines Gewissen entschieden, und zwar auf Kosten von ... ja, von was eigentlich? Von einer wohlhabenden, aber verlogenen und leeren Existenz.

Sieh mal.

Zarathustra lebte im Nordosten von Persien, er war beinahe ein Zeitgenosse von Buddha und Konfuzius. Die drei Weisen aus dem Osten, ja das waren sie. Viele Gedanken aus seiner Lehre wurden vom Christentum übernommen. Aber der Messias setzte noch eins drauf: Er ließ sich für die Sünden der Menschen ans Kreuz nageln. Und das war ein grundlegender Fehler. Damit nahm er uns die Verantwortung ab, er sprach uns schon im voraus von einem Teil unserer Schuld frei. So was fällt hier auf fruchtbaren Boden. Süd- und Lateinamerika sind katholisch bis zum Gehtnichtmehr, von Mexiko bis Feuerland, von Santo Domingo bis

Aruba wimmelt es nur so von Kirchtürmen mit Kreuzen drauf. Und ich halte es nicht für einen Zufall, daß zwischen Mexiko und Feuerland gleichzeitig auch alles korrupt ist bis zum Gehtnichtmehr.

Da ist mir Zarathustra lieber. Da liest man kein: »Vergib ihnen, denn sie wissen nicht, was sie tun«. Hier heißt es kämpfen. In Weiß gekleidet und mit leuchtenden Waffen. Kämpfen, um das Böse zu besiegen. Kämpfen, um diesen enormen Schweinestall auszumisten.

Kämpfen mit sich selbst. Und zwar mit Haut und Haaren. Mit sechs Verbrechern in einer Zelle. Fünf Tage im Loch. Und noch mal fünf Tage. Und noch mal … Nur zu! Her damit!

Nein, geschenkt wird einem nichts, das kostet schon ein paar Schweißtropfen. Aber, wenn man dann gewinnt, fühlt man sich gut. Dann hat man etwas erreicht.

Frau d'Olivieira hatte früher schon immer gesagt: Gewinnen heißt, sich selbst besiegen.

54

Ferry Marchena
Schicksalsverbundenheit

Riki war noch ein kleines Bürschchen, als ich in die venezuelanische Baseball-Nationalmannschaft eintrat und nach Caracas zog.
Als ich wiederkam, war er in den Zwanzigern.
Seither bekam ich immer die gleiche Antwort, wenn ich etwas zu ihm sagte.
»Hör zu, Ferry, ich bin keine dreizehn mehr.«
Aber im Grunde war er das noch. Wie oft habe ich es auf meiner Arbeit zu hören bekommen.
»Sag mal, dein Bruder ...«
Ich hatte nicht nur eine gute Stellung bei der Regierung gefunden, ich bekleidete sogar ein offizielles Amt. Riki machte mir das Leben schwer. Der Prozeß, die langen Zeitungsartikel ... Alles keine Reklame für die Familie Marchena.
Ich besuchte ihn erst in Koraal Specht, nachdem Len beschlossen hatte, nie mehr etwas mit Riki zu tun haben zu wollen. Für meinen Entschluß fand ich keine andere Rechtfertigung als Schickalsverbundenheit. Wir hatten gemeinsam auf der Rückbank des Pontiac gesessen, als Vater seine Wahnsinnstat beging ... das war es, und nur das. Und deshalb besuchte ich auch meine Schwester im Krankenhaus, als sie operiert werden mußte, obwohl ich die Krankenschwester fragen mußte, welche von den vier Patientinnen im Saal Bibichi war.
Mich ließ Riki nicht siebenmal umsonst antanzen wie

Len; er kam schon beim ersten Mal. Wir unterhielten uns eine Viertelstunde.

Bevor man ihn nach Aruba verlegte, besuchte ich ihn noch einmal.

Ich sagte es Len.

»Du kannst ihn ruhig wieder besuchen. Er ist jetzt seine Wut los.«

Riki war immer wütend auf die Welt gewesen. Meiner Meinung nach war seine ganze Sportlerkarriere auf diese Wut zurückzuführen.

Hinter Gittern sah ich ihn zum ersten Mal ohne diesen halbbesessenen Blick in den Augen. Was ich statt dessen darin sah? Na ja, Ergebenheit wäre vielleicht zuviel gesagt, aber es ging unübersehbar eine gewisse Ruhe von ihm aus.

»Er läßt dich grüßen«, sagte ich zu Len.

Vergeblich.

Len blieb stur. Wenn's nach ihm ginge, könnte Riki zur Hölle fahren – der einzige Ort, wo er seiner Meinung nach auch hingehörte.

55

Riki Marchena
Bittermandellikör

Ich veränderte mich, weil sich alles gegen mich gewendet hatte. Wenn man plötzlich auf scheinbar unüberwindliche Schwierigkeiten stößt, passiert im Kopf etwas. Aber eigentlich hatte ich schon vorher angefangen, mich zu verändern, und zwar auf Aruba.

Angefangen hat es auf einem seidenbezogenen Bett, in einem Zimmer mit roten, samttapezierten Wänden.

Angefangen hat es bei warmem Licht und dem kühlenden Gestöhne einer Klimaanlage.

Angefangen hat es in Mabels Zimmer.

Durch Mabel sah ich das Leben plötzlich anders. Distanzierter. Wie ein kritischer Beobachter. Ich sah es mit einem Blick, der fragte: Wozu das alles?

Das Abflußrohr zwischen unseren Geschäften leckte. So lernte ich sie kennen. Ein neues Rohr, ein besserer Abfluß: Das regelte sie doch lieber mit mir als mit meiner Mutter.

Ich verstand mich sofort blendend mit ihr, sie nahm kein Blatt vor den Mund.

»Weißt du eigentlich, was für eine Art Geschäft ich habe?«

Ich hatte keine Ahnung.

Von außen sah das Gebäude aus wie die Kanzlei eines Steuerberaters. Oder eine Fußpflegepraxis.

»Es ist ein Puff.«

»Oh«, sagte ich. »Nett.«

Schon am ersten Abend leerten wir eine Flasche Wein zusammen und tranken ein paar Schlückchen Bittermandellikör, auf den sie so stand.

In Mabels Paß stand Rebeca und dort stand auch, daß sie in Barranquilla geboren worden war. Sieben Mädchen arbeiteten für sie. Alle stammten aus den Küstengebieten Kolumbiens.

Selber teilte sie das Bett nur mit den großen Bossen, und die mußten dafür nicht nur viel bezahlen, wie sie mir verriet, sondern auch abwarten, ob sie in Stimmung war oder nicht. Mabel konnte es sich erlauben, wählerisch zu sein, denn die Natur hatte sie nicht nur mit einer atemberaubenden Figur ausgestattet, sondern auch mit etwas, das in diesen Gegenden noch immer als Krönung weiblicher Schönheit gilt: mit dunkelblonden Locken.

Kein Mann zwischen Barranquilla und Oranjestad konnte diesen Locken widerstehen. Ich schon gar nicht. Trotzdem stellten wir nach ein paar Monaten, als wir uns zum x-ten Male liebten, fest, daß es etwas anderes war, was uns einander in die Arme trieb.

Ich besuchte sie immer, wenn ich auf der Insel war. Dann klingelte ich am frühen Abend an ihrer Tür. Gegen zwei Uhr nachts verließ ich sie wieder. Dann nämlich begannen ihre Arbeitsstunden, die Casinos schlossen und die Kunden klingelten an.

Mabel liebte bitteren Likör und Lässigkeit, herausfordernde Posen waren ihr zuwider. Wenn sie sich auf die Seite rollte, konnte ich bewundern, was der Herrgott in prächtiger Schöpferlaune bei ihr besonders schön gestaltet hatte: den Übergang vom Oberschenkel zum Hintern. Aber sehen konnte ich diese Wölbung nur, wenn sie nach einer Zigarette griff oder ein Glas vom Nachttischchen nahm, manchmal auch wenn sie die Unterhaltung über ein bestimmtes Thema abrupt abbrach. Wenn etwas nicht so ging, wie sie wollte, verlor sie schnell die Geduld. Ihr Spanisch war quirlig, während ihre Stimme sich vorwiegend in den tieferen Regionen bewegte. Nach dem Tod meiner Großmutter hat mich keine Stimme mehr so ruhig gemacht wie ihre.

Für eine Frau, die mit ihrem Körper ihr Geld verdiente, kümmerte Mabel sich auffällig wenig um ihr Äußeres. Meistens sah ich sie in einem glänzenden Kimono, den ich mit meiner hornhautigen Pingponghand gerne berührte, aber sie trug weder Netzstrümpfe noch Strapse oder was sonst noch dazugehörte. Allerdings behielt sie im Bett ihre Schuhe an; das sei eine Berufskrankheit, sagte sie. Sie lachte oft, hielt sich selbst für ein heiteres Wesen, sei allerdings, wie sie immer wieder betonte, tief im Innern traurig.

Dasselbe hätte ich auch von mir behaupten können.

Es war die Traurigkeit, die uns zusammenführte.

Einen traurigeren Beruf als den der Hure gibt es nicht. Man ist einsam, obwohl man die größten Intimitäten austauscht. Das machte Mabel zu schaffen. Ein Mann nach dem anderen vertraute ihr seine geheimsten Wünsche und unerfüllten Verlangen an ... Stimmt schon, sie verdiente einen Haufen Geld damit. Arbeit ist Arbeit, und jede Arbeit hat ihre schmutzigen Seiten. Aber keiner kam jemals auf die Idee, Mabel zu fragen, was sie erregend fand.

Mabel genoß es, gemütlich in die Kissen zurückgelehnt eine Zigarette mit Elfenbeinspitze zu rauchen, an ihrem Glas Bittermandellikör zu nippen und sich dabei über diejenigen Seiten des Lebens zu unterhalten, von denen sie nur wenig oder überhaupt nichts verstand, die sie traurig machten oder über die sie sich ärgerte.

Nackt im Kerker liegend habe ich oft geträumt, sie läge neben mir und verscheuchte mit ihren goldfarbenen Locken die Kakerlaken.

Ich hörte sie mit ihrer dunkelsten Stimme fragen: »Es ist

zwar absurd, hier im Kerker zu sitzen, aber versuche trotzdem einen Sinn darin zu sehen.«
...
...
Ich hatte gegen das Urteil Berufung eingelegt. Umsonst, ich erreichte damit nur, daß ich das letzte halbe Jahr auf Aruba absitzen durfte. Weil meine Mutter dort ihren Wohnsitz hatte, zog ich also ins Strafgefängnis von Aruba um.
...
Ein altes Gefängnis, das einen guten Ruf hatte. Sauber. Mit besserer Lüftung als der Koraal Specht. Abwechslungsreiches Essen. Ein Gefängnis, passend zum Urlaubsparadies.
...
Die arubanische Periode meiner Gefängniskarriere trat ich im Krankentrakt an. Ein Körper vergißt nie, daß man Spitzensportler gewesen ist, und schon gar nicht, wenn man von einem Tag auf den anderen eingesperrt wird. Ich hatte den Direktor von Koraal Specht ein paarmal drum gebeten: Lassen Sie mich langsam abtrainieren. Er lachte mich nur aus. Der schwache Punkt meines Körpers protestierte am heftigsten; auf Aruba mußte ich an der Achillessehne operiert werden.

Arubaner sind ganz anders als Curaçaoaner. Sie fühlen sich eher als Volk. Die Arubaner sind von der Abstammung her homogener, deshalb mischen sie sich auch nicht so sehr in die Angelegenheiten ihrer Nachbarn ein. Die Einwohner von Curaçao beobachten einander ständig. Ohne meinem Stiefvater nach dem Mund reden zu wollen, vermute ich stark, daß das etwas mit der Sklaverei zu tun hat. Die Sklaven wurden auf den Plantagen gegeneinander aufgehetzt: Ein Freund von dir hat mir erzählt ... Zuckerbrot und Peitsche, auch heute noch ein probates Mittel der Politik. Nach

Aruba kamen die ersten Schwarzen erst Mitte des neunzehnten Jahrhunderts, und da war die Sklaverei schon fast vorbei.

Im Krankentrakt von Aruba rauchte ich täglich ein Marihuanapfeifchen. Darüber regte sich keiner auf. Ich bekam's ja auch vom Wächter. Umsonst. Wenn er die Zeitungen verteilte, lag es zwischen den Seiten.

Für ein Päckchen Zigaretten mit Marihuana mußte ich in Koraal Specht zweihundertfünfzig Gulden bezahlen. Und dann konnte ich froh sein, wenn es auch wirklich geliefert wurde. Auf Aruba warf man das Zeug einfach über die alten Gefängnismauern herein.

Im arubanischen Knast habe ich zum ersten Mal Kokain geschnupft und Base kennengelernt. Sehr gute Qualität. Ich brauchte keinen Cent dafür zu bezahlen, ich bekam es von einem der großen Bosse. Nicht persönlich, natürlich. Die Bosse verschenken nie was persönlich; es ging durch viele Hände, aber ich wußte, von wem es kam.

Einmal lag ich bei Mabel im Bett, als eines der Mädchen hereinkam und ihr etwas zuflüsterte. Mabel zog sofort ihren Kimono an und bat mich, durch die Geheimtür zu verschwinden. Unten wartete einer der großen Bosse.

»Tut mir leid«, sagte sie. »Diese Kerle geben viel Geld aus, wenn man sie zu nehmen weiß; nur wird ihnen schnell langweilig, also muß ich selber ran.«

Obwohl ich artig verschwand, konnte ich mich nicht beherrschen. Ich wollte wissen, wer der große Boss war. Fünf Minuten später klingelte ich wieder an der Tür und sagte, ich würde ganz gerne bei einem der anderen Mädchen noch mal ins Bett kriechen.

Und so saß ich mit dem Boss zusammen in der Halle und wartete.

Wir saßen uns gegenüber und nickten uns zu wie im Wartezimmer eines Arztes.

Er trug einen Panamahut mit einem breiten weißen Hutband.

Zwei Jahre später saßen wir einander wieder gegenüber. Auch diesmal, im Speisesaal des Gefängnisses, nickten wir einander zu, und auch diesmal trug er seinen Panamahut.

...

Mabel kam mich einmal besuchen.

Ich wollte sie sehen, denn sie gehörte für mich nicht zur Vergangenheit, sondern eher zur Zukunft.

Einen Tag vorher war ich aus dem Krankentrakt entlassen worden; ich fühlte mich nicht gut. Ich hatte hohes Fieber und klapperte vor Kälte mit den Zähnen. Mabel dachte vermutlich, mir fehlte dringend eine Portion *Schnee*; sie selber schnupfte ganz ordentlich.

Nach ihrem Besuch hatte ich in dieser Hinsicht ausgesorgt.

...

In gewissem Sinne hat Mabel mir über die Zeit im Gefängnis hinweggeholfen. In den schlimmsten Momenten redete ich mit ihr. Ich machte Pläne: Wir würden zusammen auf eine andere Insel gehen, von vorne anfangen.

Als ich freikam, führte eine andere Oberhure Regie im Bordell. Mabel hatte den Puff verkauft und war mit unbekannter Adresse verzogen.

Wunderte mich nicht; ich ahnte schon immer, daß Mabel ein Ziel hatte, für das die Prostitution nur ein Mittel war. Trotzdem war ich enttäuscht. Ich hatte gehofft, sie würde mich in ihre Pläne mit einbeziehen.

Sie fand, ich hätte so eine ansteckende Art zu reden. Nur mit mir trank sie ihren Bittermandellikör. Das Wort Liebe benutze ich nie, aber ich hatte den Eindruck, daß zwischen uns eine besondere Verbindung bestand. *Bon*, in Sachen Zuneigung irre ich mich recht leicht. Sie konnte auf mich also ebensogut verzichten wie auf ihre Mädchen.

Aber das sollte nach meiner Entlassung nicht die einzige Enttäuschung bleiben. Mit einer festen Anstellung brauchte ich nicht mehr zu rechnen. Ob man zwei Jahre oder zwanzig im Gefängnis war, macht keinen Unterschied, man ist gebrandmarkt. Ich war fünfunddreißig. Nach ein paar Monaten war mir klar, daß ich vom Leben nicht mehr viel zu erwarten hatte.

56

Mike Kirindongo
In einer Familie ist alles möglich, alles

Wir hatten ihn verloren. Auf Aruba hatten wir ihn verloren. Wir hörten, daß er entlassen worden war, in schlechter Verfassung sei und in wenigen Wochen nach Curaçao zurückkehren würde. Aber er kam nicht.

Fichi war der Meinung, daß er sich zu sehr schämte. Frau d'Olivieira glaubte, er habe eine Stellung gefunden. Ich vermutete, daß er nach Europa oder Amerika abgehauen war, um dort ein neues Leben anzufangen.

Die Wahrheit war viel unwahrscheinlicher.

Monate später traf ich seinen Bruder Ferry auf einem Empfang. Ich fragte ihn, wo Riki sich denn herumtriebe, und bekam zur Antwort: »Riki treibt sich nirgendwo herum, der wohnt bei meiner Mutter.«

Riki bei seiner Mutter. Es gab noch Wunder auf Erden! In Familien ist alles möglich, vom Schrecklichsten bis zum Lächerlichsten. Er haßte seine Mutter abgrundtief; er hatte seinen Laden angesteckt, um ihr eins auszuwischen; er behauptete Wildfremden gegenüber, sie habe ihn vor langer Zeit einmal verflucht ... Aber in einer Familie zählt so etwas nicht. Wie in der Bibel fallen verlorene Söhne ihren Vätern um den Hals und werden neu eingekleidet, bekommen einen Siegelring und ein Paar neue Schuhe, und zur Feier der Rückkehr wird ein Kalb geschlachtet und ein tagelanges Schlemmerfest gefeiert.

Unglaublich. Obwohl ... Ich wäre jede Wette eingegangen, daß sein Haß eines Tages in eine merkwürdige Abhängigkeit umschlagen würde. Er hatte seine Mutter zu inbrünstig gehaßt, *y mi Dios*, er war ein Antillianer. Ich habe noch keinen Antillianer gesehen, der es ohne seine Mutter aushielte. Auch wenn sie schon eine Ewigkeit tot ist, betet er sie an wie eine Heilige.

Riki wieder bei seiner Mutter. An den Gedanken mußte ich mich erst einmal gewöhnen. War er wirklich in Ordnung? Hatten die vierundzwanzig Monate hinter Gittern ihm das Oberstübchen verwirrt?

Aber die Neuigkeit beruhigte mich auch. In den Schoß der Familie zurückgekehrt … nennt man das nicht so? Im Schoß der Familie war er einigermaßen sicher. Seine Mutter würde ihn schon zu nehmen wissen, darin hatte sie allmählich Übung. Und ach, am Ende will doch jeder einfach wieder nach Hause.

57

Riki Marchena
Baby Lagoon Beach

Mutter räumte das größte Zimmer im Haus für mich leer. Wusch und bügelte meine Kleidung. Wechselte die Bettwäsche. Und schwieg ... Keine Vorwürfe oder ähnliches. Aber in ihrem Blick sah ich Wut, weil ich den ganzen Tag auf dem Bett lag und nichts tat.

Das Gefängnis kreiste wie Gift in meinen Adern. Auf das normale Leben hatte ich keine Lust mehr. Ein Tag war wie der andere. Zeit, Zeit, Zeit. Was sollte ich mit soviel Zeit? Ein Monat nach dem anderen verging, ohne daß ich den geringsten Unterschied bemerkte.

Mein Stiefvater verschaffte mir eine Stellung. Bademeister beim Pool des amerikanischen Hotels. Bis jemand mich zum Spaß ins Wasser warf und herauskam, daß ich gar nicht schwimmen konnte ...

Erst gegen Abend ging ich ein bißchen spazieren. Mabel war zwar verschwunden, aber der große Boss lieferte mir das Base immer noch zum Freundschaftspreis, über einen Händler, der zwei Straßen weiter wohnte.

Danach trank ich ein Bierchen in der Bar, in der Carlos Gardel seinen letzten Tango gesungen hat, am Tag, bevor er nach Medellin flog und mit dem Flugzeug abstürzte ... Ein einziges Bierchen. Und dann schnell wieder nach Hause ...

Mein Stiefvater merkte als erster, daß ich Base rauchte. Ich war sofort obdachlos. Ich schrie ihn an: »Mann, gerade du mußt dich so aufspielen! Wo du doch wie ein Loch säufst. Und dann machst du wegen ein paar weißen Steinchen so ein Theater.« Es nutzte nichts. Meine Mutter schlug sich wie immer auf seine Seite, und damit war alles wie früher.

Was sollte ich also tun? Nach Curaçao zurück? Wieder anfangen zu trainieren? Versuchen, wieder an die Spitze zu kommen? Den Mount Everest zu besteigen wäre einfacher gewesen.

Also herumstreunen. Herumlungern. Schlafen im Schatten einer Brandmauer ... Aufstehen ... Etwas zu essen und trinken auftreiben ...

Dann fand ich eine Villa. Zu groß für mich allein, aber manchmal muß man sich auch mit zuviel begnügen. Es war das Haus eines ehemaligen Esso-Chefs. Die Raffinerie war geschlossen, die meisten Häuser von Baby Lagoon Beach standen leer.

Wie ein Dieb bei Nacht; ja ... so hatte Esso sich von Aruba fortgeschlichen. Allerdings machte es die Shell auf Curaçao auch nicht eleganter. Weg, nichts wie weg, aus Angst vor Schadensersatzklagen. All die Jahre hatten sie das Gift in den Boden sickern lassen und in die Luft geblasen, ohne einen Gedanken daran zu verschwenden. Von einer Woche auf die andere waren sie bankrott.

Manchmal frage ich mich, ob Ehrlichkeit nicht einfach eine Erfindung ist. Oder der Traum eines Idioten.

Im Haus fand ich noch eine ganze Menge Sachen. Wahrscheinlich mußte die Familie sie bei der überstürzten Abreise zurückgelassen haben. Matratzen, T-Shirts. Jeans. Eine vollständige Garnitur Gartenmöbel. Ein Radio. Ein Grammophon. Ein paar Platten.

Auf einer der Platten stand »*Also sprach Zarathustra*« von Richard Strauss. Ich kannte die Musik. Es war die Erkennungsmelodie der Weltmeisterschaften in Sarajevo gewesen. Und von *2001, A Space Odyssey* von Stanley Kubrick.

Irgendwie fügte sich doch eins zum anderen.

Zarathustra. Zweitausendfünfhundert Jahre vor mir zog er in die Berge und stellte sich genau die gleichen Fragen, die ich mir jetzt stellte. Was ist das eigentlich: Ehrlichkeit? Was hat man davon? *»Sind es nicht immer die Unehrlichen, denen die Reichtümer zufallen?«* Und: *»Lohnen Lug und Trug nicht mehr?«*

Das Haus von Baby Lagoon Beach. Auf einem Hügel. Von der Terrasse aus konnte ich die riesige Raffinerie unter mir sehen. Aber kein einziger Schlot rauchte mehr. Allerdings brannten die Lichter nachts noch, Abertausende von Lämpchen auf den Rohren und den Destilliertürmen. So konnte ich mir nachts gut vorstellen, was ein paar Jahre später tatsächlich eintreten sollte: daß die Raffinerie wieder ihren schmutzigen Rauch ausstieß. Aber bei Tag schien ich auf die Pleite meiner Kindheit herunterzusehen. Dumpf und träge lag diese chemische Wunderkammer des Fortschritts in der Sonne, und ohne die hellen Fackeln aus den Schloten war alles nur dreckig und sah aus, als könnte es jeden Augenblick, zerfressen vom Rost, zusammenbrechen ...

...

Nach einiger Zeit zog noch eine Surinamerin in die Villa ein.

Ich hatte ein paar Dinge mit ihr gemeinsam. Dunkle Haut. Kraushaar. Arbeitslos. Kein Geld. Und voll auf Base.

Wenn ich an sie denke, zittern meine Nasenflügel. Sie roch nicht nur zwischen ihren Schenkeln nach Urin, ihr ganzer Körper stieß einen Pißgeruch aus. Manchmal, wenn sie übermäßig geraucht hatte, pißte sie sich in die Hände und schmierte sich den Urin auf den Körper. Überhaupt hatte sie es irgendwie mit der Pisse; jedesmal, wenn wir miteinander geschlafen hatten, rannte sie zum Klo, und war sie dazu zu müde oder zu stoned, pißte sie mir auf den Bauch.

Manchmal erregte mich das ... Hing ganz von meiner Stimmung ab. Wenn wir alle beide was geraucht hatten, ließen wir uns von einem bestimmten Geräusch, einer bestimmten Farbe, einer Stimmung leiten. Sie zog sich am Fensterrahmen hoch, spannte ihre Hinterbacken, wodurch sie sich zu anmutigen Kugeln formten, und schrie, während sie sich immer weiter aus dem Fenster beugte und mein Bauch und meine Schenkel an ihren tropfnassen Hüften klebten: »Schau aufs Meer dabei, Riki, schau aufs Meer!«

Im großen Haus beim Baby Lagoon Beach schlief ich sehr schlecht. Immer wieder sah ich Augenpaare im Dunkeln aufleuchten, wie im Knast. Mit der Musik konnte ich endlich wieder einschlafen. *Also sprach Zarathustra.* Meine Surinamerin hatte nichts dagegen. Surinamer sind anders, Surinamer brauchen nicht dauernd den Salsa.

Was ich ihr allerdings übelnahm, war ihre unersättliche Lust.

Doch alle Lust will Ewigkeit –, – will tiefe, tiefe Ewigkeit!

Hatte ich neun Gramm Base gekauft, dann mußten die neun Gramm auf einmal geraucht werden. Immer wieder warnte ich sie: Sei nicht zu gierig mit dem Zeug.

Als ich von ihr etwas über Paramaribo wissen wollte, fing sie sofort an, über die dortigen Zuhälter herzuziehen. Für sie gab es überall nur Zuhälter.

Eines Morgens lag sie in der Badewanne des Essohauses und rührte sich nicht mehr. Ihre Augen standen weit offen, als hätte der Tod sie in einem unpassenden Moment überrascht. Das jagte mir einen gehörigen Schrecken ein, aber nicht, weil sie tot war, sondern weil der Tod so nah war. Auch wenn sie so panisch schaute, über Zuhälter brauchte sie sich jetzt nicht mehr aufzuregen.

Schnell meine Sachen zusammengerafft. Noch ein letztes Bierchen in der Bar getrunken. Dann nichts wie weg …

Ja, ich hatte Angst. Angst davor, daß ich wieder ins Kittchen müßte, wegen unterlassener Hilfeleistung oder so etwas.

Bevor es dunkel war, war ich schon auf der MS Almirante Luis Brion.

Und so hatte es auch seinen Vorteil, daß die Surinamerin das Pfeifchen abgegeben hatte. Ich brauchte einen Schubs, um nach Curaçao zurückzukehren.

58

Diane d'Olivieira
Halbseitig gelähmt

Er hatte nicht mehr so volle Wangen wie früher. Nicht mehr den breiten Nacken. Er war stark abgemagert ... Seine Augen waren rot, als liefe das Blut heraus. Das Haar war grau geworden ...

Das war meines zwar auch, aber ich war dreißig Jahre älter als er, und ich hatte zwei Monate lang im Krankenhaus gelegen.

Er klingelte um elf Uhr morgens, die Zeit, wo ich gern schnell zur Sache komme. Ob er sich daran erinnerte?

Vom Gartentor aus ging er geradewegs auf das Haus zu.

Ich bat die Pflegerin, mich zur Haustür zu rollen; ich machte ihm selber auf.

Er schrak zurück, als er mich im Rollstuhl sitzen sah; offensichtlich hatte ihm niemand gesagt, daß ich halbseitig gelähmt bin.

Ich sagte: »Ricardo Marchena, *what a disaster* ...«

Er kniete vor mich hin und sagte: »Allerdings, Frau d'Olivieira, das kann man wohl sagen. Was ist denn um Himmels willen mit Ihnen passiert?«

»Dich habe ich gemeint, nicht mich.«

Er schüttelte den Kopf, als könnte er es nicht glauben. Ob ich kein Tennis mehr spiele? Die Schüler nicht mehr trainiere?

Ich hatte einen Schlaganfall gehabt. Was mit ihm passiert war, war tausendmal schlimmer.

Er hörte nicht auf, den Kopf zu schütteln. Die weißen

Körnchen auf einer Pfeife? Sie halfen ihm gegen die Müdigkeit. Gegen die Sorgen. Gegen den Kummer.

Ich fragte ihn, wie schnell man davon wieder loskommen könne. Er müßte erst wieder eine Arbeit finden, sagte er; seit er aus dem Gefängnis entlassen sei, habe er nicht mehr gearbeitet.

Damals war er schon seit mehr als zwei Jahren wieder auf freiem Fuß.

Wie ich schon sagte, ein *disaster*.

»Aber Ricardo, die Drogen bringen dich um.«

Er warf mir einen flehentlichen Blick zu.

»Señora d'Olivieira ...«

Es war nicht einfach für ihn gewesen. Er hatte allen Mut zusammennehmen müssen, um hierherzukommen. Ja, er hatte geirrt, aber mußte er deshalb seinen Irrtum für den Rest seines Lebens selbst tragen?

Ich fragte ihn, wo er denn das nun wieder herhabe.

»Hiob, Kapitel 19, Vers 4. Auf der Schule von den Patern gelernt.«

Hiob oder Jesaja oder Konfuzius, immer hatte er das Wort eines Weisen parat, so unklug er sich oft verhielt. Kein Wunder, daß ich ihm immer wieder alles vergab: Älteren Damen gefallen solche Widersprüchlichkeiten.

Mit den Drogen müsse er sofort aufhören. Und was den Rest betreffe ...

Am gleichen Morgen noch rief ich Mike Kirindongo an.

59

Mike Kirindongo
Stimmen von
einem anderen Planeten

Vom Auto aus sah ich einen Mann über die Straße wanken, der genau dasselbe Problem hatte wie Riki: ein schadhaftes linkes Fußgelenk. Ich fragte mich, ob es bei ihm auch an der Achillesferse lag.

Am nächsten Vormittag bekam ich einen Anruf von Frau d'Olivieira.

Ich hatte die Aktentasche in der Hand, war unterwegs zu einem Geschäftsessen.

Noch bevor das Essen zu Ende war, entschuldigte ich mich und fuhr zu der Stelle, wo ich den Obdachlosen gesehen hatte. Als die Mittagshitze vorbei war, stieg ich aus dem Wagen und wanderte stundenlang durch die Gegend. Erst gegen Abend entdeckte ich Riki bei einem *Snek*.

Ich rannte zum Auto zurück, drehte die Klimaanlage voll auf und verbarg mein Gesicht in den Händen, wie ich es früher immer getan hatte, wenn ich mich auf ein wichtiges Spiel konzentrierte. Nach fünf Minuten war ich soweit. Ich ging zum *Snek* zurück und schaute ihm geradewegs in die Augen.

Mein Idol. Der Mann, der mir in jeder Hinsicht ein Vorbild gewesen war. Der Mann, der ich immer hatte sein wollen. Und da stand er, in einer Hose, die braun war vor Scheiße, mit einem Bart voller Rotz, mit Zähnen, die seit Jahren nicht mehr geputzt waren, Totenkopfwangen und entzündeten, geschwollenen Augenlidern, die sich nach jedem Lidschlag nur widerwillig öffneten, als wollten sie lieber für immer geschlossen bleiben.

Ich spürte ein unermeßliches Schuldgefühl. Warum war ich nicht am Tag seiner Entlassung nach Aruba geflogen? Warum hatte ich nicht beim Gefängnistor auf ihn gewartet? Warum hatte ich ihn nicht beim Schlawittchen gepackt und ihm einen Job verschafft?

Ich hatte ihm alles zu verdanken. Ohne Riki wäre ich die ewige Nummer sieben, acht oder neun geblieben, statt die ewige Nummer zwei. Er hatte mir Selbstvertrauen gegeben. Er hatte mir beigebracht, wie ich mich in einer feindlichen Umgebung verhalten mußte. Er hatte mich davon überzeugt, daß man seiner Hautfarbe niemals die Schuld für sein eigenes Versagen geben durfte.

Nur weil Riki so gut spielte, konnten wir als Länderteam an den großen Turnieren teilnehmen, dank ihm habe ich die Welt gesehen. Und was hatte ich für ihn getan? Ich war zu sehr mit mir selber beschäftigt gewesen.

Das Lehrerdasein war nicht das Wahre für mich gewesen; ich war zu unruhig, um den ganzen Tag in einem Klassenzimmer zu verbringen. Ich vermißte die vor Sauberkeit glänzenden Flughäfen, die schnellen Klimawechsel, die Nächte hoch über den Ozeanen, die frühen Morgen in vor Regen glänzenden Städten; ich vermißte die Spannung, die jedes Turnier mit sich brachte.

Ich hatte mich der *Partido Nasionàl di Pueblo* angeschlossen. Als die PNP an die Macht kam, wurde ich Regierungsbeamter. Zwei Jahre später berief mich der Premierminister an die Spitze der Abteilung Sport im Innenministerium.

Spitzenbeamter also. Vorsitzender des Nationalen Sportrats. Inzwischen blieb ich in der Tischtenniswelt aktiv. Wurde Sekretär und später Vorsitzender des Tischtennisbunds von Curaçao. Vorstandsmitglied der Pan-Amerikanischen

Spiele. Vorstandsmitglied der Lateinamerikanischen Tischtennisföderation. Vorstandsmitglied der *International Table Tennis Union*.

Mein Leben bestand nur noch aus Konferenzen. Ich flog von Malaysia nach Mexiko, von Tokio nach Tunis. Und immer *business class*, und immer ein gefülltes Glas in der Hand. Ich fühlte in den Rathäusern der Städte vor … könnten die folgenden Weltmeisterschaften nicht in Edinburgh stattfinden? Oder in Barcelona? Oder in Oklahoma? Bankette. Empfänge. Führungen. Jede Stadt sehnt sich nach einem solchen Ereignis; mit Sport läßt sich das Ansehen einer Stadt am leichtesten heben. Ich übernachtete in denselben Hotels, in denen die Gewinner von Wimbledon oder Roland Garros ihre Nächte verbrachten.

Und inzwischen fraß der, dem ich das alles zu verdanken hatte, aus Abfalltonnen.

…

Frau d'Olivieira schlug vor, Riki zum Verwalter für das neue Clubgebäude des Tischtennisbunds zu machen und ihn gleichzeitig als Trainer für die männliche Jugend einzustellen. Dann hätte er ein Dach über dem Kopf (neben dem Gebäude stand ein frischrenoviertes ehemaliges Sklavenhäuschen, das als Wohnung des Verwalters gedacht war), er hätte ein Einkommen und Arbeit. Die Bedingung war, daß er die Finger von den Drogen lassen sollte.

Damit schienen für ihn alle Probleme auf einen Schlag gelöst. Er wollte schon lange wieder Tischtennis spielen; wenn er die Jugend trainierte, könnte er auch seine eigene Kondition wieder auf Trab bringen. Und vielleicht wieder an Turnieren teilnehmen. Und die Drogen? Ach ja, die würde er leicht loswerden.

Ich legte den Plan den Vorstandsvorsitzenden des Tischtennisbunds vor. Obwohl Frau d'Olivieira nicht mehr dazugehörte, war ihr Einfluß noch enorm. Alle Vorstandsmitglieder waren sich einig, daß das Tischtennis auf Curaçao ohne Riki Marchena nicht mehr war wie früher. Nicht umsonst hing beim Eingang des neuen Clubgebäudes jenes Foto, auf dem der chinesische Premier Tschou En-lai in der Großen Halle des Volkes unserem Riki die Hand schüttelt.

Allerdings gab es auch Bedenken. Rikis Drogenkonsum war nicht unerheblich. In den Armenvierteln rauchte, schniefte und spritzte jeder dritte Jugendliche. Viele Eltern hofften gerade dadurch, daß sie ihre Kinder zum Tischtennis schickten, sie von den Drogen fernzuhalten.

Ich kleidete ihn neu ein. Neue Hosen, Hemden, Unterwäsche, alles, denn außer der einen verschissenen Hose besaß er nichts mehr. Ich brachte ihn ins Verwalterhäuschen, für das ich die notwendigsten Möbel angeschafft hatte, dazu ein Radio und ein Grammophon. Ohne Musik konnte er nicht mehr einschlafen.

Obwohl ich inzwischen verheiratet war und zwei Söhne hatte, die mich ebenfalls brauchten, wohnte ich die ersten drei Wochen bei Riki. Ich wollte sicher sein, daß er weder Marihuana noch Crack rauchte und wieder ein regelmäßiges Leben führte.

Er hatte sich auf Aruba angewöhnt, erst nachmittags oder am frühen Abend aufzustehen; ich jagte ihn in der Früh aus dem Bett und sorgte dafür, daß er einigermaßen frisch war, bis die erste Gruppe kam. Frischgepreßter Orangensaft zum Frühstück, vierzig Liegestützen, ein paar Kilometer Spazierengehen; ich versuchte mit allen Mitteln, ihn wach zu bekommen.

Abends unterhielten wir uns lange, wie früher in den Hotelzimmern von Caracas, Lima oder Buenos Aires. Ich wollte von ihm wissen, was ihm die letzten Jahre gebracht hätten. Er sagte: »Erkenntnis. Erkenntnis über das Leben, das Böse, und darüber, wer ich bin.« Was er davon habe, fragte ich ihn. Und er: »Das Leben ist doch sinnlos, wenn man nicht drüber nachdenkt.«

Man konnte mit ihm über alles sprechen. Auch über die Drogen. Nur wollte er nicht einsehen, warum sie schädlich für ihn sein sollten. Schließlich handelte es sich dabei um stimulierende Mittel, die so alt wären wie die Welt. Schon die Zoroastristen hätten Cannabis gekaut oder den Sud halluzinogener Champignons getrunken, wenn sie für bestimmte Rituale in Trance geraten wollten. Ich fragte ihn, woher er das wisse; da erzählte er mir von seiner Gefängnislektüre.

Manchmal ging er wie auf Wolken, ein anderes Mal zitterte er vor Kälte, obwohl das Thermometer im Verwalterhäuschen selten unter dreißig Grad fiel, weil es im Windschatten lag. Doch mußte sein Körper ungeheure Widerstandskräfte besitzen; und mit Hilfe von Salaten, die ich ihm abends, und der Obstsäfte und Papayas, die ich ihm morgens zum Frühstück hinstellte, erholte er sich schnell.

Eines Abends sagte er: »Bin wohl scharf am Abgrund vorbeigeschrammt. Hast mich gerade noch davon weggerissen, Mike!«

...

Trotzdem sah ich seine Zukunft alles andere als rosig.

Wie ein Unheilsprophet stand er vor seinen Schülern, meistens auf einem Stuhl, und brüllte sie an, Jungs von zehn, elf Jahren.

»Wer den Sport zu seinem Beruf machen will, wird nie glücklich sein,« schrie er die Knirpse an, die eine Todesangst ausstanden. »Die Hoffnung darauf können sich die meisten von euch sowieso aus dem Kopf schlagen. Zwei, vielleicht drei werden mal an internationalen Turnieren teilnehmen, die restlichen sechzig werden in der Anonymität verschwinden. Habt ihr mich verstanden? Verschwinden, vom Staub zugedeckt. Zu wenig Talent. Zu glücklich für den Spitzensport. Zu unkompliziert. Zu wenig neurotisch. Und wißt ihr warum: Der höchste Grad der Konzentration ist die Neurose.«

Nicht anders als es die chinesischen Trainer mit ihren Schützlingen machen, ließ er die Kinder bei den Schlagübungen eimerweise Bällen hinterherjagen. Es schien ihm egal zu sein, ob sie sich während des Ausdauertrainings die Muskeln ruinierten; schließlich gehörte der Schmerz dazu.

»Ein Trainer, der kein Sadist ist«, schrie er ihnen zu, »ist kein echter Trainer. Und jeder Spieler muß Masochist sein, sonst ist er ein Weichling.«

Er lehrte die Jungs alle mögliche Varianten des Spiels. Er rief ihnen zu: »Egal, für welchen Sport ihr euch entscheidet. Die Basis davon ist Schach. Das hört ihr nicht gern, nicht wahr? Ihr wollt nur eure Kraft trainieren. Muckis haben, damit ihr Eindruck auf die Mädels macht. Ai, Mann, da liegt ihr vollkommen falsch! Wenn ich euch ansehe, dann muß ich an früher denken. Ihr erinnert mich an meine Gegner, denen ich an der Nase ansah, daß sie im Grunde gar nicht gewinnen wollten. Sport ist was für die Starken. Aber wer ist stark? Ihr werdet's rauskriegen, weil ich euch in dieselbe Sackgasse laufen lasse, in die ich als Kind gelaufen bin. Lest zur Abwechslung mal ein gutes Buch! Denkt über das Leben nach! Alles fängt zwar mit Hoffnung an, aber ich sag euch, es endet doch in der Gosse.«

Als Trainer war Riki eine Katastrophe, obwohl ich zugeben muß, daß ich ihm manchmal fasziniert zuhörte. In seinem Kopf war zweifellos eine Sicherung durchgebrannt, aber er blieb dabei vollkommen klar. Er ließ irres Zeug vom Stapel, aber gleichzeitig konnte man wie durch einen Spalt dahinter seine geheimsten Gedanken erkennen. Zum ersten Mal wurde mir bewußt, daß keiner seiner Siege auch nur im entferntesten gutmachen konnte, was er am Anfang seines Lebens verloren hatte.

Als Verwalter riß er sich nicht gerade ein Bein aus. Er hielt weder die Umkleideräume noch die Duschen oder die Spielsäle mit den Tischtennisplatten sauber; allerhöchstens einmal in der Woche fegte er die Kantine, aber mal die Bar mit einem feuchten Lappen abzuwischen, auf die Idee kam er nicht. Abends, wenn die Erwachsenen trainierten, füllte er zwar emsig die Gläser, allerdings ohne abzurechnen. Wollte er sich etwas kaufen, nahm er sich einfach einen Hunderter aus der Kasse. Den würde er später vom Lohn zurückzahlen, sagte er zum Schatzmeister. Wozu es natürlich nie kam. In kürzester Zeit herrschte das reinste Durcheinander.

Dann kamen die ersten Klagen der Eltern. Angeblich sei beobachtet worden, wie er zwischen den Trainingsstunden auf einer der Umkleidebänke lag und einen Joint rauchte; außerdem hätte man ihn auch eine kleine Alupfeife mit ein paar weißen Körnchen rauchen sehen.

Wir verloren anfangs fünf Mitglieder, einen Monat später siebzehn. Ein Vater zeigte Riki bei der Polizei an, ein zweiter drohte damit, alles an die Presse weiterzuleiten. Der Ruf des Tischtennisbunds stand auf dem Spiel.

Ich hatte immer wieder auf Riki eingeredet, immer wieder zu ihm gesagt: »Riki, so kannst du nicht weitermachen, du verdirbst alles.« Jedesmal versprach er mir, sich zu bessern.

Eines Nachmittags fand ich ihn in der Dusche. Er saß mit hochgezogenen Knien auf dem Fußboden und umklammerte mit beiden Händen seine Pfeife. Er rauchte derart konzentriert, daß er nicht einmal bemerkte, daß ich vor ihm stand.

Noch am selben Abend trommelte ich den Vereinsvorstand zusammen. Danach fuhr ich nach Mahaai, um Frau d'Oliveira persönlich zu informieren. Sie warf mir einen vorwurfsvollen Blick zu, als hätten wir uns für Riki nicht genug angestrengt. Ich machte ihr klar, daß die Vereinsleitung geschlossen zurücktreten wolle, wenn ich Riki nicht den Laufpaß gebe.

Er war weder als Trainer noch als Verwalter zu halten.

»Ach Mike«, sagte er, als ich ihn eine Woche später bat, das Häuschen zu verlassen. »Ich bin dir nicht böse. Wir leben in zwei verschiedenen Welten. Du in einer Welt voller Regeln, Kommissionen und Vorständen; ich in einer Welt, in der man mitten am Tag Sterne sehen kann und Stimmen hört, die von einem anderen Planeten kommen.«

60

Riki Marchena
Und jetzt, geh!

Eine Zeitlang wohnte ich bei einem Bekannten in Sero Fortuna, danach kurz bei einem anderen Bekannten in Otrobanda. Sie warfen mich nicht im Streit hinaus, nein, so war es nicht, aber irgendwann wußte ich, daß es Zeit war, meine Siebensachen zu packen. Dann suchte ich mir eine andere Bleibe: eine Scheune, eine Garage oder ein leerstehendes Haus in Saliña oder in Scharloo.

Vor allem im Viertel Scharloo standen viele Häuser leer. Häuser von jüdischen Familien, denen das Leben in einem unverkennbar reichen Viertel auf Dauer zu riskant wurde.

Neid ist wie reines Schießpulver; und das bleibt im scharfen Passat, der hier weht, lange trocken. Nach dem Aufstand von 1969 saß die Angst tief. Bei den kleinsten Spannungen riefen die neuen politischen Führer, der nächste *Trinta di Mei* stünde bevor. Man achtete darauf, das Feuer nicht ausgehen zu lassen, und deshalb auch wurde der Gebäudekomplex in Otrobanda, der während des Aufstands abgebrannt war, niemals wieder aufgebaut. Die große, leere Fläche sollte die Leute stets daran erinnern, daß es jederzeit wieder passieren konnte, jederzeit.

…

Nur ein einziges Mal noch einen Job gefunden. Nachtwächter. Merkte schon in der ersten Nacht, daß das nichts für mich war; gegen Morgen schlief ich ein.

Pleite. Das Wort schien von jetzt an wie »müde« und »verbraucht« zu mir zu gehören.

Wenn ich neue Schuhe brauchte, klopfte ich bei meinem Bruder Ferry an.

Bekam ich immer das gleiche zu hören.

»Mann, es wird immer peinlicher, den gleichen Nachnamen zu haben wie du.«

Als er sich damals bei der Regierungsverwaltung um den Posten als Abteilungsleiter bewarb, hat er sich allerdings nicht für mich geschämt. Im Gegenteil, er hat mich mitgenommen, damit jeder sehen konnte, daß Ferry Marchena auch wirklich der Bruder des legendären Riki war. Schon in der Halle des Gouverneurspalastes mußte ich sieben Autogramme geben.

Während Ferry mir die Leviten las, fuhr er in ein Sportgeschäft und kaufte mir ein Paar Turnschuhe, die bei meinen kaputten Füßen gerade mal ein Jahr halten würden.

Auf dem Rückweg warnte er mich wie immer.

»Komm ja nicht auf die Idee, dich bei unserem Bruder sehen zu lassen. Len macht mit dir, was Vater mit Mutter gemacht hat. Der Wahnsinn liegt bei uns in der Familie; Len ertränkt dich auf Bonaire in einer Salzpfanne oder irgendwo sonst auf dieser gottverlassenen Insel.«

Er hatte recht; in Lens Nähe traute ich mich nicht mehr. Im übrigen hätte ich dazu erst einmal ein Flugzeug besteigen müssen.

Meine Schwester habe ich nur ein einziges Mal besucht.

Bibichi hatte geheiratet, Bibichi hatte sich scheiden lassen. Keine Kinder, aber eine Stellung. Es war nicht leicht, sie aufzuspüren. Als ich sie endlich gefunden hatte, erkannte sie mich nicht wieder.

Ihr kleiner Bruder.

»Du bist Riki?«

Manchmal verstehe ich, warum dunkelhäutige Leute in Curaçao *hende di koló tristu* genannt werden, »Menschen von trauriger Farbe«.

Ich war mir sicher, sie würde mir keinen Cent geben. Sie wagte es ja nicht mal, mich anzusehen.

Beim Abschied gab sie mir widerwillig einen Kuß.

»Und jetzt, geh!« sagte sie. »Geh!«

Später, am Abend, spürte ich in meiner Hose einen Knubbel. Es war eine Uhr. Eine goldene Uhr. Die Gucci, die sie von ihrem Mann zur Verlobung bekommen hatte.

Ich wollte diese Uhr als Talisman behalten. Was von Bibichi kam, würde mich beschützen.

...

...

War ich vollkommen abgebrannt, klingelte ich bei Mike.

Mike konnte mir nie etwas abschlagen. Das war früher schon so gewesen. Er war so liebenswürdig wie bescheiden, deshalb hielt er dem Gegner in einem Finale auch nur selten stand. Mit einem sanftmütigen Naturell kann man einen Gegner schlecht zum Teufel jagen.

Mike verhielt sich, als wäre er mir etwas schuldig. Vielleicht stimmte das ja auch. Für so etwas habe ich kein Gedächtnis, jedenfalls konnte ich mich immer auf ihn verlassen.

Ich verließ Mike nie mit leeren Händen. Leider wohnte er etwas außerhalb der Stadt; außerdem war er oft auf Reisen, und von seiner Frau erntete ich nur böse Blicke.

...

...

Eines Abends las Ferry mich von der Straße auf.

Reifen quietschen, eine Wagentür springt auf.

»Verdammt nochmal. Es hat mich viel gekostet, Kanzleileiter des Inselrats zu werden. Weißt du, was das heißt? Das hier ist eine Insel, Mann. Jeder weiß, daß du mein Bruder bist. Kannst du nicht ein bißchen Rücksicht auf mich nehmen? Die Leute müssen ja glauben, ich laß dich auf der Straße verrecken wie einen räudigen Hund.«

Mein Bruder war vollkommen aus dem Häuschen. Sicher Streit mit seinem Chef gehabt. Oder mit seinem Liebchen. Oder mit seiner Frau. In meinem neuen Leben bekam ich eine Menge Frust ab. Als ob jeder an mir seine schlechte Laune auslassen wollte.

Er stieß mich ins Auto und raste in Richtung Quarantaineweg. Obwohl er stark nach Alkohol roch, war alles geregelt. Er fuhr mich direkt in die Entziehungsanstalt.

...

»Wie gravierend sind Ihre Drogenprobleme?« fragte mich die diensthabende Ärztin – wie ich später herausfand, die Direktorin der Klinik.

Eine Dame aus den Niederlanden, die die hiesige Hitze nur schlecht vertrug. Mit schlaffen Armen, hängenden Schultern und einem unendlich müden, krummen Rücken hing sie über dem Schreibtisch.

»Probleme? Mit Drogen habe ich keine Probleme.«

...

Ein paar Tage später erwischte sie mich beim Rauchen. Sie tobte, ich hätte sie angelogen.

»Hab' ich nicht. Ich habe keine Probleme mit den Drogen. Die haben andere, mein Bruder zum Beispiel, oder Frau d'Oliveira, Herr Kirindongo. Und Sie auch, obwohl Sie ohne mich keine Arbeit hätten, keinen Lohn, kein Haus und keine schöne Zeit in den Tropen.«

Sie klingelte nach zwei bulligen Krankenpflegern und ließ mich in die Isolierzelle werfen.

...

Als ich wieder herauskam, schienen sämtliche Insassen der Entzugsanstalt keine Lust mehr zu haben, etwas zu essen. Das hatte folgenden Grund.

Sie durften jeden Nachmittag auf einem zertrampelten Feld beim Meer eine Stunde Fußball spielen. Freilich hatten sie es sich angewöhnt, danach einen Joint zu rauchen, und das war der Direktorin zu Ohren gekommen. Daraufhin verbot sie das Fußballspielen, und die Jungs beschlossen, in den Hungerstreik zu treten.

Frau Doktor schaute mächtig aufs Geld. Sie war verantwortlich für eine Privatklinik, die von der Regierung fünfzig Gulden pro Tag und Patient erhielt. Sollte der Konflikt in die Öffentlichkeit gelangen, dann wäre sie die Subventionen mit Sicherheit los.

An dem Tag, als ich endlich wieder etwas Ordentliches zu essen bekam, streikten die Jungs bereits den vierten Tag. Sie wollten einen Journalisten des beliebten Radiosenders Hoyer II einschalten, wußten aber nicht, wie sie das anstellen sollten. Nun bin ich ja nicht auf den Mund gefallen; ich bot ihnen also meine Dienste an.

Unter den Jungs muß sich ein Spitzel befunden haben. Gerade wollte ich mich auf die Suche nach einem Telefonbuch machen, als mich die beiden bulligen Krankenpfleger wieder packten. Ich wurde abgeführt wie ein Schwerverbrecher.

Die Direktorin litt noch mehr unter der Hitze als bei unserem letzten Zusammentreffen; ich bekam richtig Mitleid mit ihr und schlug vor, das Gespräch draußen fortzusetzen, im Wind und im Schatten des *Kibra-hacha*-Baums.

Sie lehnte haltsuchend an der rauhen Baumrinde.

Dann machte sie mir einen unglaublichen Vorschlag. Sämtliche Teilnehmer des Hungerstreiks sollten dreihundert Gulden bekommen. Damit sie wieder zu Kräften kämen, flüsterte sie. Unter der Bedingung, daß sie nichts von ihrem Streik verlauten lassen würden.

»Nun«, antwortete ich, »das hängt ganz davon ab, ob sie wieder Fußball spielen dürfen, und nach dem Fußballspielen rauchen.«

Wurde zugestanden.

»Und es hängt davon ab, ob ich die dreihundert Mäuse auch bekomme.«

Ich hätte auch dreitausend Gulden verlangen können.

Ihre einzige Sorge war, daß dieses Haus und Heim nicht geschlossen würde. Es gab zu viele Politiker, die eine Entzugsanstalt für rausgeworfenes Geld hielten. Mit den Piepen würden sie lieber Stimmen für die kommenden Wahlen kaufen. Was brachte es schon ein, Süchtigen zu helfen? Drogensüchtige gingen doch nicht wählen.

Dreihundert Gulden bar auf die Hand. Ich überbrachte den Jungs die Neuigkeit. Ihre Freude war groß. Was sie mit dem Geld anstellen wollten, war leicht vorauszusehen. Es wurde ein einziger kollektiver Riesentrip.

Da war ich allerdings schon längst verschwunden. Ich habe es mir damals zum Prinzip gemacht und bin nie mehr davon abgewichen.

Ich kam allein, ich ging allein.

61

Mike Kirindongo
Der Junge, mit dem ich
durch Europa reiste

Er wurde nicht nur mager, er fiel richtig in sich zusammen. Als hätte man seinen Körper durch die Mangel gedreht. Und je magerer und dürrer sein Körper wurde, desto größer schien sein Kopf zu werden. Ein Wasserkopf, bei dem der Haaransatz sich immer weiter nach hinten verschob. Ein gequälter Kopf, der grau und runzlig wurde.

Mehr denn je war ich ihm auf den Fersen, wie ein Privatdetektiv; ich wußte, wo die Männer wohnten, die ihm das Scheißzeug verkauften. Ich notierte mir ihre Namen, spielte sie der Polizei zu. Nutzte nichts. Die Verbrecher wurden weder verhaftet noch ihre Häuser durchsucht. Der Schaden, den sie anrichteten, stand in keinem Verhältnis zu irgendeinem anderen; sie zerstörten das Leben von Dutzenden, Hunderten von Menschen, ohne dafür die kleinste Strafe zu erhalten. Schlimmer noch; es sah aus, als würden sie noch großzügig belohnt, sie fuhren schnittige Autos, besaßen Sportjachten, Landhäuser. Wie war das nur möglich?

Wut ist ein schwaches Wort für die ohnmächtige Raserei, die ich in mir spürte. Ich hegte eine haltlose Wut auf die Polizei, auf mich selber, weil mein Freund zum Tod verurteilt war und mir kein Mittel einfiel, wie ich das verhindern konnte, ich hatte eine haltlose Wut auf ihn, auf Riki.

Er warf einfach alles weg. Wir konnten nichts mehr für ihn tun. Nichts, rein gar nichts. Zumal von seiner Seite nichts kam. Was er zu seinem Bruder Ferry gesagt hatte, galt für uns alle. Als Ferry ihn zum zweiten Mal in die Entziehungsanstalt brachte, sagte Riki zu ihm: »Laß mich gefälligst in Ruhe. Mir geht es gut so.« Und das, obwohl er seit fünf Tagen keinen Happen gegessen hatte.

Er mußte verzweifelt sein, anders kann ich es mir nicht erklären. Sein Verfall ... ausgerechnet er, eine der beliebtesten Persönlichkeiten der Insel ... Ich erkannte ihn nicht wieder; so mager, so ausgezehrt. Trotzdem sah ich in ihm manchmal deutlicher denn je den Riki, den ich von früher kannte; dann erinnerte er mich nicht nur an den Jungen, mit dem ich im Zug kreuz und quer durch Europa gereist war, nein, dann war er wieder zu diesem Jungen geworden, dann klang seine Stimme, als wäre er nicht zwanzig Jahre älter, dann krümmte er sich wie damals als Teenager vor Lachen und schlug sich auf die Knie.

...

Ich wollte ihm helfen, und weil ich das wollte, machte ich alles verkehrt. Ja, ich betrachtete ihn als meinen Bruder ... aber brauchte er überhaupt einen Bruder?

...

Meistens kam er gegen zehn Uhr abends zu mir, für hiesige Begriffe also ziemlich spät. Ich weckte meine Frau, sie gab ihm etwas zu essen. Ich wußte genau, was er sagen würde. »Ich bin *brooks*, Mike, komplett *brooks*.« Worauf ich ihm fünfunddreißig Gulden gab, keinen Cent mehr, denn dann hätte er sich gleich zu Tode geraucht. Er mußte mir noch versprechen, das Geld für Essen und Trinken auszugeben. Was für ein Komödie! Ich wußte doch, daß er es geradewegs zum nächsten Dealer tragen würde.

Wie lange das schon so ging? Ich weiß nicht mehr genau. Fünf, sechs Jahre? Vielleicht auch länger. Manchmal sah ich ihn einen ganzen Monat nicht, dann wieder stand er in einer Woche dreimal vor der Tür.

»Ich bin vollkommen *brooks*, Mike.«

Fünfunddreißig Gulden. Wieder und wieder.

»Warum überläßt du ihn nicht einfach seinem Schicksal?« fragte meine Frau. »Er will doch sterben!«

Aber ich konnte ihm das Geld nicht abschlagen.

Nach jedem seiner Besuche machte ich nachts kein Auge zu. Dann blätterte ich in meinem Heft, sah die Namen all der Städte, wo wir beide gespielt hatten, wo wir gefroren hatten und ein Lokal suchten, wo wir für wenig Geld unsere Hände an einer Tasse Tee wärmen konnten, wo wir jung waren und glaubten, es bliebe immer so ... Und dann griff ich zur Flasche und trank, trank, bis ich endlich nicht mehr das Bedrüfnis hatte, ganz laut zu schreien.

...

Am nächsten Morgen stand ich dann vor dem Spiegel und sagte, während ich mich rasierte, mit verkaterter Stimme:

»Riki Marchena, warum krepierst du nicht einfach an Krebs! Dann könnte ich nämlich wirklich nichts mehr für dich tun.«

62

Fichi Ellis
Er streichelte den Belag
aus Gummi

Früher hätte er mir davon abgeraten. Nie kurz vor einem wichtigen Spiel den Belag wechseln. Ich konnte der Versuchung nicht widerstehen. Es war ein neuer Belag auf dem Markt, den alle Spieler über den grünen Klee lobten. Aus China. Ich beklebte meinen Schläger mit dem teuersten Belag, Typ 802. Überraschungen hielt ich immer noch für die beste Waffe im Kampf.

In gewissem Sinne hatte ich es ihm gleichgetan. Von einem Moment auf den anderen war ich abgeschrieben. Mit dem Unterschied, daß ich zehn Jahre studiert hatte, um etwas zu erreichen, und er nicht. Aber das zählte nicht. Als Shell die Insel verließ, stand ich mit leeren Händen da.

Ein paar Jahre später kaufte eine venezuelanische Ölgesellschaft die Raffinerie. Die Hoffnung war nicht von langer Dauer; die Venezuelaner brachten ihren eigenen Kader mit. Für mich war kein Platz bei der Isla. Noch keine siebenunddreißig Jahre alt, mußte ich umlernen.

Ich setzte auf Informatik und besuchte in den Vereinigten Staaten ein paar Computerkurse. Zurück auf Curaçao, gründete ich meine eigene kleine Firma. War ganz schön happig am Anfang. Kein Fleisch auf dem Teller, sonst blieb kein Geld für die Hypothek übrig. Fünf Jahre lang keine Ferien, keine Auslandsreisen, keine neuen Kleider.

Ich beschloß, gegen den Streß den Schläger wieder zur Hand zu nehmen. Anfangs nur zur Entspannung. In kürzester Zeit aber spielte ich wieder Turniere. Mit neununddreißig wurde ich nochmals Inselmeisterin, mit vierzig Antillenmeisterin. Natürlich weniger wegen meines athletischen Vermögens, sondern wegen meines taktischen, meiner Technik.

Meine Kondition war gut, als ich beschloß, Riki herauszufordern. Ich hatte gehört, er spiele wieder. In einer Bar. Um Geld. Ich dachte, daß, wenn ich ihn am grünen Tisch demütigen würde, ich ihn auf diese Weise in die Wirklichkeit zurückholen könnte. Base macht einen Abhängigen mindestens so eingebildet wie einen Schiedsrichter; Riki war überzeugt, bei regelmäßigem Training stünde er in zwei Monaten wieder ganz oben. Er glaubte, die Drogen hätten auf seine körperliche Verfassung nicht den geringsten Einfluß; das Zeug rauche er nur, um messerscharfe Schlußfolgerungen ziehen und jene Ruhe wiederfinden zu können, die er im Gefängnis verloren hatte. Der Kerl glaubte tatsächlich, daß das Mistzeug ihn klarer denken lasse. Das hat mir alles Mike erzählt ...

Er spielte in *The Pub*. Für hundert Gulden oder mehr.

Ich wußte nicht mal, daß es auf der Insel solche Orte gab. Ich betrat den Laden um vier Uhr nachmittags und mußte mindestens fünf Minuten in der Tür warten, bis meine Augen sich an die Dunkelheit gewöhnt hatten.

An einem Tisch saßen vier Männer und spielten Domino, um Geld; an einem anderen spielten vier Männer Karten, ebenfalls um Geld; es wurde Billard gespielt, um Geld, und Tischtennis, auch das um Geld. Über der Bar lief ein Fernseher: Pferderennen in Venezuela. Man konnte auch dort sein Geld verlieren, wenn man zu faul war fürs Domino oder das Tup-Spiel, das hier sehr beliebt war.

Ich hatte eine lange Hose angezogen und ein dunkles T-Shirt. Auf dem Kopf trug ich eine Mütze, so eine Soldatenmütze in Tarnfarben. Das Haar hochgesteckt, kein Makeup. In diesem schummrigen Schuppen konnte man nicht gleich erkennen, daß ich eine Frau war.

Riki war nicht schwer zu finden; als ich hereinkam, spielte er gerade um den Einsatz von hundertfünfzig Gulden. Na ja, spielen konnte man das kaum nennen ... er saß auf einem Barhocker, stand ab und zu auf, stolperte über seine eigenen Beine und keuchte dabei wie jemand, der jeden Augenblick an die eiserne Lunge angeschlossen werden müßte. Sein Gegner war ein Amateur, und nicht mal ein besonders guter; Riki gewann mit links.

Er sackte das Geld ein und wollte weggehen. Mit meiner tiefsten Stimme hielt ich ihn auf.

»Und jetzt gegen mich, Marchena.«

»Um wieviel?« fragte er, ohne aufzusehen.

»Dreihundert Gulden.«

Im Lokal wurde es still. Alle Köpfe drehten sich in meine Richtung.

»Hab ich richtig gehört?«

»Dreihundert!«

»Um mehr als zweihundert spiele ich meistens nicht. Das gibt nur Ärger ...« Kurze Stille. »Weil ich immer gewinne. Das Geld kannst du abschreiben.«

»Dreihundert!«

Den ersten Satz spielten wir vollkommen aus. Immer öfter schob er den Barhocker zur Seite, sprang auf, fiel mindestens dreimal hin und rappelte sich wieder auf, und zwar für einen, der am Ende der Fahnenstange angekommen war, überraschend schnell. Ich hörte seine Lungen so pfeifen, daß ich selbst fast keine Luft mehr bekam. Wie konnte man es in einem solchen Körper aushalten?

Sein Aufschlag war immer noch phänomenal, die Technik hatte er in den Fingerspitzen, auch wenn seine Hand zitterte. Ich mußte alles geben. Ehrlich gesagt, das hatte ich nicht erwartet. Unglaublich, mit welcher Präzision er die

Bälle zurückschlug und mit welcher Heftigkeit. Ich war ja schon immer überzeugt davon gewesen, aber in diesem Moment lieferte er mir den letzten Beweis dafür: Sogar in seiner jetzigen Lebensphase, die in meinen Augen ein Todeskampf war, blieb sein Spiel einzigartig.

Der chinesische Belag half mir. Rikis Schwachpunkt war inzwischen das Reaktionsvermögen. Wie scharf seine Aufschläge auch kamen, der Belag Typ 802 schmetterte die Bälle in rasendem Tempo zurück, und um darauf angemessen reagieren zu können, hätte es einer Konzentration bedurft, die er nicht mehr aufbringen konnte.

Nach ein paar Schlägen bat er mich, sich meinen Schläger mal ansehen zu dürfen. Bei offiziellen Wettkämpfen macht man so etwas normalerweise vor jedem Spiel, damit man sich auf den Belag einstellen kann, den der Gegner benutzt.

Die Finger seiner rechten Hand, es war seine weiche, glitt über den nigelnagelneuen Belag.

»Fantastisches Zeug«, sagte er, mit einer Art Gerührtheit in der Stimme.

Er streichelte den Belag.

...

Ich gewann den ersten Satz.

...

Während des zweiten Satzes aber wurde er warm. Er setzte sich nicht mehr hin und nahm die gleiche aggressive Haltung ein wie früher. Er wußte noch verdammt gut, was kämpfen hieß, und er kämpfte wie ein Besessener, wobei er so ziemlich alle Tricks anwendete, die er in Sarajevo, Sittard, Lima und Peking gelernt hatte. Ich kämpfte ebenfalls, und in meiner Begeisterung, oder war's Leidenschaft, rief ich: »*Kué, kuéeee…*«

Vielleicht hatte er bis zu diesem Moment wirklich nicht gewußt, wer ich war, aber als ich »*kué*« rief, war's mit meiner Tarnung vorbei.

Er platzte fast vor Wut.

Er schleuderte seinen Schläger mit solcher Wucht ins Netz, daß es riß. Dann hob er die Platte mit beiden Händen hoch und ließ sie auf den Fußboden donnern.

»Fichi Ellis!« brüllte er. »Es gibt einen großen Unterschied zwischen sich freiwillig an etwas erinnern und an etwas erinnert werden. Das erste passiert einfach so, das zweite ist Terrrorrr. Was tust du hier, verdammte Scheiße? Zisch ab, Schwester! Los, HAU AB!«

Worte können schlimmer sein als Peitschenschläge. *Kué* war ein solches Wort.

Bevor ich die Spitze des Damentischtennis erreicht hatte, ließ ich manchen Kanten- oder Netzball schießen. Ich wollte meine Energie nicht an Bälle verschwenden, die quer schlugen oder auf der Tischkante unberechenbare Sprünge machten.

Riki lehrte mich, daß man das Große vergessen könne, wenn man das Kleine verachtet. Es war mehr als nur ein Sprichwort in Papiamento, es war eine Lebenseinstellung, eine Lebenshaltung. Kein Ball durfte links liegengelassen werden, und bei jedem unsauberen Ball rief er mir zu: »*Kué ... kuéeeee ...*«

»Nimm ihn.«

Später habe ich manches Turnier gewonnen, gerade weil ich einen Kanten- oder Netzball nicht habe schießen lassen.

Kué wurde zu einem Schlagwort zwischen uns beiden. Wir sagten es uns vor Spielen, die von vornherein verloren zu sein schienen, wir schrien es uns zu, wenn uns der Mut während eines entscheidenden Satzes zu verlassen drohte.

Ich muß zugeben, daß es mir selbst einen Stich ins Herz gab, als ich dort im Pub »*kué*« brüllte. *Kué*, das war unsere Jugend, und zwar das Eigensinnigste und Eigenwilligste daran; *kué*, das war Riki von Kopf bis Fuß, der Riki, den ich geliebt, der Riki, den ich bewundert hatte.

Er schleuderte seinen Schläger nochmals ins Netz. Mit dem Fuß stieß er die Tür auf und stolperte hinaus. Ich rannte hinter ihm her, hörte Bremsen quietschen, sah, wie er zwischen den Autos die Straße überquerte und den hupenden Autofahrern mit der Faust drohte.

Als er auf der anderen Straßenseite angekommen war, drehte er sich um und schrie: »*Fuck you*, Ellis. *Fuck you.*«

Ich brüllte zurück: »Hättest du's nur getan, du Wichser. Hättest du's nur getan!«

Zwanzig Jahre waren vergangen, und ich schrie ihn wieder an wie als Teenager.

Und er? Er rannte zum x-ten Male davon, zu seinem Dope, zu seinen Schlampen für eine Nacht, zu seinen Huren.

63

Riki Marchena
Was uns einmal verband, ist vorbei

Ihr drängt euch um den Nächsten und habt schöne Worte dafür. Aber ich sage euch: eure Nächstenliebe ist eure schlechte Liebe zu euch selber. Ihr flüchtet zum Nächsten vor euch selber und möchtet euch daraus eine Tugend machen: aber ich durchschaue euer ›Selbstloses‹. Das Du ist älter als das Ich; das Du ist heiliggesprochen, aber noch nicht das Ich: so drängt sich der Mensch hin zum Nächsten.«

Das notierte ich mir ungefähr ein Jahr später.

Fichi ging bei den Spielern und Ex-Spielern, Betreuern und Trainern für mich sammeln. Bei den Boxern, Basketballspielern, Fußballspielern, Baseballspielern. Und jeder ließ etwas für den armen Tischtennisspieler springen, der in der Gosse gelandet war.

Ich schämte mich zu Tode.

Von dem Geld kaufte sie Kleider, Vitaminpillen, Orangen, Mandarinen.

Jeden Abend brachte sie mir Essen in das Choller-Haus, wo ich kampierte.

Sie redete auf mich ein … ich ruiniere mich, ich wisse bald nicht mehr, wer ich sei …

Wie fiel ihr nur ein? Ich führte das Leben, das ich führen wollte, ich brauchte keine Hilfe. Sie blamierte mich nur. Warum ließ sie mich nicht einfach in Ruhe?

Die Frage ist doch immer wieder dieselbe: Wer hilft wem, und warum? Sie wollte und mußte die Barmherzige spielen, aus angeborener Neigung, Pflichtbewußtsein oder Mitleid.

Mitleid hat doch immer mit Einmischung zu tun: Das Leid des anderen teilen. Ich litt nicht, zumindest nicht so, wie sich die meisten Leute das vorstellen. Ich hatte zwar oft schwarze Gedanken, über die Insel, die immer schwächer werdende Hoffnung, über mich selbst. Aber das ist etwas anderes als leiden. Ich litt nicht.

Was uns einmal verband, war vorbei.

Fichi rief immerzu Erinnerungen wach. Für Fichi war das Früher gleichbedeutend mit besser, schöner, ausgelassener, unbändiger und aufrichtiger. Manche Menschen sind so; hört man ihnen zu, scheinen sie am Ende ihrer Jugend gestorben zu sein.

Was soll so gut gewesen sein, früher? Wir rackerten uns ab, ohne einen Cent dafür zu bekommen. Wir glaubten an eine bessere Zukunft und zündeten unsere eigene Stadt an. Wir kehrten unserer kolonialen Vergangenheit den Rücken zu und schufen damit ein derart günstiges finanzielles Klima, daß die Weißen in Scharen auf unsere Insel kamen. Wir entschlossen uns, endlich unabhängig zu werden, und hielten überall die Hand auf. Wir hoben stolz unsere Häupter und waren nur bejammernswert.

Fichi wollte mich bemuttern. Sie schleppte mich zu einem Arzt, stopfte mich mit Vitaminpillen voll, brachte mir jeden Abend etwas zu essen. Rohkost, so viel, daß ich mir wie ein Kaninchen vorkam. Sie gab mir Taschengeld, bedrohte meine Lieferanten, mit dem Ergebnis, daß ich für meine Tagesration das Doppelte bezahlen mußte: Bei größerem Risiko schießen die Preise in die Höhe.

Ihr zuliebe habe ich eine Weile mit dem Rauchen aufgehört. Ein Mensch ist schwach; sie tat wirklich alles für mich, und ab und zu war sie plötzlich wieder jene Fichi, die mit einer beiläufigen Bemerkung den Sarkasmus erfand.

Eines Abend saßen wir in meinem Choller-Haus, als es anfing, wie aus Kübeln zu gießen. Wir verbargen uns unter der Treppe, der einzige trockene Fleck im Haus. Sie kroch nah an mich heran, schob ihren Arm unter meinen.

»Weißt du noch, was Frau d'Oliveira früher immer gesagt hat?«

»Ja ... ›Sport ist eine Vorbereitung auf euer Leben! Vom Sport könnt ihr lernen, was es heißt, zu gewinnen und zu verlieren.‹«

»Idiotisch, nicht wahr?«

»Ach, sie hat es doch nur gut gemeint.«

»Da hab ich mich jahrelang im Bett angestrengt ... und mein Mann haut ab. Ich hab mich jahrelang auf der Arbeit angestrengt ... und die Shell haut ab. Glaubst du, nur wegen des Sports fällt mir das Verlieren leichter?«

Das war meine alte Fichi.

Aber meistens machte sie mich ganz kibbelig. Ich wollte nicht, daß sie sich um mich kümmerte. Und schließlich gab sie es auch auf. Aus Angst, wie sie sagte, daß ich sie oder ihre Tochter eines Tages mit dem Messer attackieren würde. Unsinn, ich tue keiner Fliege was zuleide. Alles was ich suche, ist Ruhe. Seelenruhe.

64

Fichi Ellis
Mit seinen dreckigen Pfoten

Am hellichten Tag sah ich ihn wie einen Sack Müll im Eingang eines verfallenen Bürogebäudes liegen. Eine Woche später nahm ich ihn in mein Haus auf. Aus Mitleid. Das Gegenteil von Mitleid ist Gleichgültigkeit, und Riki gegenüber konnte ich einfach nicht gleichgültig sein. Leider. Sonst hätte ich nämlich meine Tochter nicht zu fragen brauchen, ob sie es schlimm fände, wenn ich ihn während der Hitzemonate zu uns holte. Dora sagte artig: »Nein, Mama, tu es. Sonst denkst du ja doch nur dauernd an ihn.« Aber welches Kind hat schon gerne einen solchen Mann im Haus?

Mein Haus in Julianadorp, ein ehemaliges Shell-Haus, hat ein kleines Nebengebäude, das ursprünglich für die Dienstboten gedacht war. Später diente es als Gästehäuschen. Als ich gerade meine Firma gegründet hatte und monatelang auf den ersten Kunden warten mußte, vermietete ich es an eine Lehrerin, damit ich wenigstens ein kleines regelmäßiges Einkommen hatte. Die Lehrerin ging dann in die Niederlande zurück, und seitdem stand es leer.

Riki lebte auf in seiner neuen Unterkunft. Endlich konnte er wieder in einem normalen Bett schlafen, endlich konnte er sich wieder jeden Tag duschen – wovon wir übrigens alle einen Vorteil hatten. Er bekam gutes Essen, und für sein Dope sorgte er selber.

Die Hoffnung, er könnte eines Tages aufhören zu rauchen, hatte ich schon längst aufgegeben. Er würde das Zeug rauchen, bis er nicht mehr konnte. Das einzige, was ich von ihm verlangte, war, daß er es in erträglichen Maßen hielt. Er wollte sein Bestes tun; er wollte erreichen, was er selbst »den vollkommenen Sieg« nannte, das hieß, keiner sollte mehr merken, daß er Drogen nahm.

Der Begriff »Sieg« war bei ihm schon reichlich strapaziert.

Übrigens hatte er von selber begriffen, daß es höchste Zeit war, etwas Regelmäßigkeit in sein Leben zu bringen. Als ich ihm sein Zimmer zeigte und er sich seit Monaten zum ersten Mal im Spiegel sah, sagte er erschrocken: »He, bist du das, Riki?« Worauf ich ihm antwortete: »Ja, *dushi*, das hast du nun von diesem Zeug.« Was er abtat mit: »Ach, immer dieselbe Leier.« Es komme nur daher, weil er nicht regelmäßig esse ... er sei unterernährt, das sei alles. Aber er sagte auch: »Wenn ich so weitermache, bringt es mich um.«

Vor zwei Uhr nachmittags stand er selten auf. Er wusch in der Nachbarschaft ein paar Autos, besorgte sich beim nächsten Dealer sein Dope, rauchte, sobald er zurück war, sein Pfeifchen und bekam dann Durst wie ein Alkoholiker, der einen furchtbaren Kater ersäufen muß. Er kostete mich mehr Geld für Limonade als für andere Lebensmittel.

»Trink doch einfach Wasser«, sagte ich einmal zu ihm. Aber Wasser schwitzte er angeblich sofort wieder aus. Es mußte Zucker im Getränk sein, und zwar eine Menge Zucker, dann hielte sein Körper die Feuchtigkeit wenigstens für eine kurze Weile zurück.

Trotz der sieben Liter Coca-Cola, die er nachmittags in sich hineinschüttete und die einem normalen Menschen eine durchwachte Nacht bescheren würden, konnte er abends seine Augen kaum länger als bis neun offenhalten. Das heißt, wenn er jede Stunde ein Pfeifchen rauchte.

Um neun Uhr abends war er so erschöpft wie früher nach einem schweren Turnier.

»Machen dich die Flashs so müde?« fragte ich ihn einmal. Er sah mich an, als wäre ich die schlimmste Spießerin, der er jemals begegnet war. Eine Spießerin, die auch einmal so tun wollte, als wüßte sie Bescheid über das, was draußen in der großen, gefährlichen Welt so alles geschah.

Flash? Schaumschlägerei von Junkies, die noch grün hinter den Ohren waren und es furchtbar cool fanden, mit Drogen anzugeben. Ein Schlag, der das Gehirn wie in einem Karussell kreiseln läßt? So etwas wie ein Orgasmus? Er lachte. Das Base machte ihm zwar Lust drauf, aber das schaffte eine warme Dusche auch. Nein, Base befreite ihn von den Sorgen, seinen Ängsten, seiner Trauer.

Wenn man ihn so hörte, konnte man fast glauben, ein paar Steinchen Crack wären so harmlos wie eine Aspirintablette. Das Wort »Abhängigkeit« vermied er, als wär es ein Fluch; er hatte ein paar Probleme, die er durch das Base unter Kontrolle halten konnte. Nichts Ernsthaftes. Ging es ihm schlecht, dann weil er etwas gegessen hatte, was ihm nicht bekam, oder erkältet war oder weil er vollkommen verschwitzt durch den kühlen Abend gegangen war. Schließlich war ich überzeugt davon, daß das Zwillingswort von Abhängigkeit Verleugnung hieß.

Es gab Tage, da fragte ich mich, ob er den Abend noch erleben würde. Dann konnte er kaum noch atmen und drohte an Schleim zu ersticken. Als ich ihn nach einem dieser Anfälle einmal fragte, warum er sein Leben so aufs Spiel setze, gestand er, daß er bei jedem Pfeifchen die unbezwingbare Lust verspüre, am Rand eines Abgrund entlangzugehen, und dabei gleichzeitig die Hoffnung hatte, daß ihn jemand von dort wegreißt. Den Eindruck hatte ich inzwischen auch bekommen. Freunde und Bewunderer, seine Brüder und die übrigen Familienmitglieder sollten immer wieder beweisen, daß sie das Unmögliche für ihn wagen würden.

Manchmal redete er wirres Zeug, aber meistens wußte er

seine Gedanken zusammenhängend vorzubringen. Dazu hatte ich ihn eigentlich gar nicht mehr für fähig gehalten; er überraschte mich. Wenn er mir von Zarathustra erzählte, was er nur allzu gerne tat, dann fragte ich mich, wen ich vor mir hatte: einen alten, heruntergekommenen Sporthelden, der den Rückfall in die Anonymität nicht verkraftet hatte, oder einen hoffnungsvollen Jungdichter.

Vielleicht muß man im Gefängnis gesessen haben oder irgendwo anders, wo man geistig zu verkümmern droht, um von einem Philosophen oder Eremiten so beeindruckt zu sein, wie er es war. Er identifizierte sich mit Zarathustra. Das sei doch mal jemand, der auf konkrete Situationen reagierte. Absolut kein systematischer Denker. Jemand, der seine Launen hatte, lauthals herumtoben konnte, um im nächsten Moment in außergewöhnlichen Scharfsinn zu verfallen, einer, der mühelos von der größten Nüchternheit zur reinsten Mystik überwechselte ... So charakterisierte Riki Zarathustra, und das sah einem Selbstporträt verdammt ähnlich.

Was ihm an Zarathustra besonders gefiel, war, daß seine Lehre kein komplettes Denksystem darstellte. Keine Dogmen. Keine Institutionen. Keine Ideologie. Höchstens eine Lebensweise, bei der die Erlangung einiger Tugenden im Mittelpunkt stand. Zarathustras Anhänger hatten niemals Tempel gebaut, niemals Kirchen gegründet. Ihre Rituale erschöpften sich darin, eine Flamme auf einer Säule zu entzünden, als Symbol der Reinigung.

So ein Feuer wollte Riki auch errichten. Auf dem Hügel der Küstenfestung, einem der höchsten Punkte über der Stadt. Eine Flamme in einer Bronzeschale. Wer sie sah, sollte sich prüfen, ob er so rein, aufrichtig und wahrhaftig war wie diese Flamme.

Riki litt unter seiner Insel. Jeder leidet ein wenig unter dem Ort, wo er geboren wurde, aber Riki litt sowohl geistig als auch körperlich. Er konnte nirgendwo anders Wurzeln fassen, er war versessen auf Curaçao, gleichzeitig ärgerte er sich zutiefst über alles, was um ihn herum geschah. Oft fragte er mich: Wo sonst herrscht so eine große, wahnsinnige, kollektive Angst, bestohlen zu werden? Warum geht hier jeder dauernd davon aus, daß der andere ihn beklaut?

Ungeschoren kommt keiner von einer Reise zurück. Nachdem er in China und Japan gewesen war, sah Riki sein eigenes Land mit anderen Augen. Es überraschte mich keineswegs, daß er bei einem östlichen Weisen wie Zarathustra die Argumente für seine Wut fand; eine Vorliebe für den fernen Orient hegte er schon seit langem. Was ihn am Westen so irritierte, war der Mangel an Moral. Hier war alles erlaubt, solange es nur Profit einbrachte; das jahrhundertelange Kapern, Rauben und Plündern hatte die hiesige Mentalität derart verdorben, daß jeder nur noch auf schnellen Gewinn aus war.

Er erzählte mir seine Ideen immer in der Dämmerstunde, zwischen Licht und Dunkel, im Garten, unter dem wilden Mandelbaum oder dem Flamboyant. Unser Umgang war fast wieder so vertraut wie früher. Oder mit seinen Worten gesagt: »Meine liebe Fichi, irgendwie sind wir doch miteinander verheiratet, auch wenn wir die Freude, gemeinsam im selben Bett aufzuwachen, nicht kennen, und auch unsere Morgenmuffeleien nicht.«

Mi Fichi dushi ...

Dieselbe Atmosphäre wie in der Trainingshalle von Asiento, jedoch ohne den Schweißgeruch. Derselbe verschwörerische Ton. Dasselbe Bedürfnis, mal über etwas anderes zu sprechen als über Alltagskram. Manchmal lächelte er und sagte: »Du kannst mit mir zufrieden sein, ich *habe* gelesen.«

Ich *war* es auch. Ich hatte jetzt mehr Respekt vor ihm als damals, während er sein Geschäftsimperium aufbaute. So tief er auch gefallen war, er war nie verbittert oder gekränkt darüber. Wenn man ihm zuhörte, war das Gefängnis vor allem der Ort, wo er Zarathustra entdeckt hatte und wo er zu Erkenntnissen gekommen war, die ihn weitergebracht hatten. Schön, wenn so etwas möglich ist. Es tat mir dann auch ungeheuer weh, als ich ihn wegschicken mußte.

»Deine Tochter«, sagte er einmal zu mir, »ist eine zweite Fichi. Wenn ich sie sehe, sehe ich dich vor mir, als du zwanzig warst.«

Aber Dora war vierzehn, und er konnte die Finger nicht von ihr lassen.

Vom Base ermuntert, erlaubte er sich Dinge bei ihr, die er sich bei mir nie getraut hätte.

Dora hatte sich schon einmal darüber beklagt. Als ich es aber dann mit eigenen Augen sah, stieg eine rasende Wut in mir auf. Mit seinen dreckigen Pfoten! An meinem Kind, das gerade mal vierzehn war!

»Hau ab«, viel mehr brachte ich nicht heraus. »Hau ab, du Dreckskerl.«

Ich ließ ihm kaum Zeit, seine Sachen zu packen. Ich mußte mich zwingen, nicht auf ihn einzuschlagen.

Eine mehr als zwanzigjährige Freundschaft endete in weniger als zwanzig Sekunden.

Ai mi Dios, Riki.

Kein Mensch auf der Welt hat mich je so enttäuscht.

65

Riki Marchena
Ein schauendes
und ein tränendes Auge

Die d'Olivieiras unterhielten einen kompletten Fuhrpark. Mit dem Waschen des Firmenautos von Shon Igor, seinem Privatauto, dem Auto, in das Frau d'Olivieira mit ihrem Rollstuhl hineinfahren konnte, den Autos ihrer beiden Söhne und den Autos ihrer Schwiegertöchter war ich den ganzen Sonntagmorgen beschäftigt.

Shon Igor summte derweil wie eine Wespe um mich herum. Für ihn war ich ein »Betrüger«. Er hätte ein Auto früher für fünfundzwanzig Cent gewaschen. Das muß schon eine Ewigkeit hersein. Anscheinend beklagte er sich auch ständig bei ihr über mich, aber wie greisenhaft er auch auf sie einquatschte, Señora d'Olivieira blieb bei ihrer Meinung.

»Solange ich lebe, kann Ricardo jeden Sonntag kommen.«

Woraufhin Shon Igor sich trollte. Er und der altersschwache Dackel mußten eine ganze Menge aushalten. Mir gegenüber war die Señora nicht weniger kratzbürstig. Erste Frage. Ob ich denn wieder die ganze Woche verpennt habe? Niemals stellte sie mir zur Begrüßung eine andere Frage, und nie in einem netteren Ton. Und kaum hatte sie sie ausgesprochen, fing der Dackel an zu kläffen.

Das Dienstmädchen setzte mir die Reste vom vorigen Abend vor, die Reste des Sabbatmahls. Sie aßen wie Fürsten, die d'Olivieiras, vor allem, wenn sie in der Snoa gewesen waren.

Ich wusch die letzten Wagen.

Gegen Mittag war es Zeit für die wöchentliche Partie gegen Daniel oder Micha. Einsatz: Hundert Gulden.

Frau d'Olivieira ließ sich von ihrer Pflegerin zur grünen Tischtennisplatte in der Garage fahren. Genau beim Netz zog sie die Handbremse. Die Pflegerin – ein Mädchen aus Surinam, lang, schmal, bildschön – sorgte dafür, daß sie wieder aufrecht zu sitzen kam. Kurz nach ihrem siebzigsten Geburtstag hatte Frau d'Olivieira einen zweiten Schlaganfall erlitten; seither zog sich bei ihr alles schief, vom Mund bis zu den Schultern, von den Augenbrauen bis zu ihren Beinen.

Nur wenn sie aufrecht saß, konnte sie die Bälle richtig beurteilen.

Schlohweißes Haar.

Ein schauendes Auge und ein tränendes Auge.

Eine Hand schoß immer wieder in die Höhe, eine Hand blieb wie ein Stein in ihrem Schoß liegen.

Kostüm.

Niemals habe ich sie in etwas anderem gesehen als in einem grauen Leinenkostüm. In ihrer linken Jackentasche waren die hundert Gulden.

Sie zählte die Punkte. Sie rief: »*Game to Ricardo ... Game to Daniel ... Game to Micha ...*«

Ihre Söhne spielten gut. Niemals Halbprofis oder Profis gewesen. Aber mit fünf oder sechs Jahren schon angefangen. Dann spielt man auch noch mit vierzig mühelos Tischtennis, weil man die Technik in den Fingern hat. Ich mußte mich anstrengen, um zu gewinnen.

Nach dem dritten Satz (und einmal sogar nach dem fünften) verschwanden Danny oder Micha unter der Dusche. Schweißnaß waren sie nach dieser sonntäglichen Partie. Und jedesmal sagten sie dasselbe.

»Du bist einfach nicht zu schlagen, Riki.«

Danach konnte ich die hundert Gulden in Empfang nehmen, aus der Jackentasche ihrer Mutter.

Nicht ein Sonntag verlief anders. Nicht einen Sonntag ließ ich aus.

In dem einen Auge von Señora d'Olivieira, ihrem guten, konnte ich oft einen dunklen Fleck sehen, der immer größer wurde, wenn sie mich ansah ...

...

Shon Igor erzählte von seinen ersten Jahren auf Curaçao. Furchtbar arm seien sie gewesen, bis der Vater eine Autogarage aufmachte und Mitte der dreißiger Jahre die Vertretung für General Motors ergatterte ... Ich habe ihn mindestens hundertmal über seine arme Jugend erzählen hören. Meistens unterbrach ich ihn gleich mit irgendeiner Ausrede. Was ein Fehler war. Dann fing er nämlich sofort wieder an, mich als »stinkenden Choller« zu beschimpfen.

...

Zum Abschluß trank ich in der Küche eine Coca-Cola.

Dann fuhr mich Danny nach Saliña zurück. Aber inzwischen will er das nicht mehr. Ich stinke ihm zu sehr, sagt er. Der Kerl hat sich bei seinen Ausreden noch nie viel einfallen lassen. Hängt an seinem Auto. Und das obwohl er jedes Jahr ein neues bekommt ... Ist man ein Mitglied der Familie von d'Olivieira Tropical Cars, dann macht man doch nicht so ein Theater um seinen Wagen, oder? Na ja, soll meine Sorge nicht sein. Sie mögen mich, die Olivieiras. Und ein Sprichwort in Parera heißt: Spucke nie in den Suppentopf, aus dem du ißt.

66

Padre Hofman
Wo aber Gefahr ist, wächst das
Rettende auch

In wenigen Minuten hatte er erkannt, daß mit meiner Vergangenheit etwas nicht stimmte.
»Warum kommst du zu mir?« fragte ich, als er eines Sonntagnachmittags in mein Arbeitszimmer trat.
»Um Frau d'Olivieira einen Gefallen zu tun.«
»Nicht, um geheilt zu werden?«
»Wovon?«
»Von deinen Ängsten zum Beispiel.«
»Padre, wenn ich nie Angst gehabt hätte, hätte ich nie an mir gezweifelt, und ... und ...«
Er schloß die Augen, um sich besser konzentrieren zu können.
»... und dieser Zweifel hat mir in meinem Leben doch ein bißchen geholfen.«
Eine Antwort, die mir gefiel. Angst als Triebkraft. Nach Nietzsche: »*Der Mensch wird bestimmt von seinem Vermögen zu leiden.*«
»Warum hat dich Frau d'Olivieira hierhergeschickt?«
»Sie glaubt, daß ich wieder ganz oben sein könnte, wenn ich die richtige Hilfe bekäme. Professionelle Hilfe.«
»Und was meinst du?«
»Nun ...«
Ein breites Grinsen.
»Sie haben jedenfalls eine ganze Menge Bücher.«
Er ging zum Bücherschrank, las einige Titel, nahm ein

Buch aus dem Regal, schlug es auf und las laut vom Vorsatzblatt: *Hans Werner Hoffmann.*

»Ich dachte, sie hießen einfach Hofman?«

So kennen mich alle auf der Insel hier. Als Padre Hofman. Oder Hans Hofman. Aber es ist noch keiner auf die Idee gekommen, in meinen Bücherschrank zu gucken.

Ich sagte, Hans Werner klänge zu deutsch und Hoffmann, mit zwei f und zwei n, sähe auch zu deutsch aus.

»Na und?« war seine Reaktion.

Deutsche glauben immer, daß alle Welt sie hassen müßte. Treffen sie mal jemanden, der nicht gleich anfängt, auf die Moffen zu schimpfen, werden sie mißtrauisch. So sehr haben sie sich an den Haß gewöhnt, ja, sie haben ihn inzwischen richtig liebgewonnen.

Anfangs glaubte ich, ich hätte einen jämmerlichen Junkie vor mir, der mir schmeichelte, weil er etwas von mir wollte. Riki spürte das und nahm mir das Mißtrauen, indem er mir erzählte, daß er schon immer gerne Deutsch habe lernen wollen.

»Ich spreche ja auch Spanisch«, sagte er. »Und das, nachdem die Spanier in diesen Gegenden so gewütet haben …. Nee, nee, manche Sachen muß man auseinanderhalten. Was ist wichtiger? *The singer? Or the song?*«

Noch am selben Abend erzählte ich ihm vom Barackenlager auf Bonaire.

Es lag am Meer. Ideale Lage, abgesehen vom Stacheldraht drumherum.

Ich war 1939 geflüchtet. Von Berlin nach Köln. Von Köln nach Maastricht. Ich fand Unterschlupf in einem Kloster. Einer der Brüder sagte zu mir: »Wenn du dich wirklich verdrücken willst, mußt du dieses wahnsinnig gewordene Europa verlassen. Versuch's mal über die Mission.«

Ein paar Monate später war ich auf einem Schiff. Ziel war eigentlich das Gebiet um den Amazonas, doch ich kam nicht weiter als bis nach Curaçao. Das Schiff sollte über Willemstad und Georgetown nach Belém fahren, mußte aber wegen einer zerbrochenen Schraube hier ins Trockendock. Wieder fand ich im Kloster Unterschlupf, diesmal in einem Kloster auf einem kahlen Berg, es beherrschte damals die halbe Insel. Dort ließ mich der Gouverneur in der Nacht vom 10. auf den 11. Mai 1940 verhaften, genau einen Tag nach dem Einmarsch der deutschen Truppen in Holland.

Ich hatte zwar mein Land aus Abscheu vor den Ereignissen verlassen, aber ich konnte nicht verhehlen, daß ich einen deutschen Paß hatte.

Ein paar Wochen später brachte man mich mit ungefähr zweihundert anderen Gefangenen in ein in aller Eile gebautes Internierungslager auf Bonaire.

Das war eine merkwürdige Ansammlung von Leuten. Holländische Kollaborateure, Kolonialbeamte, Krämer und andere Händler, die sich nicht einkriegen konnten über die neue Weltordnung; Landesverräter und antillianische Faschisten, die denselben Blut-und-Boden-Theorien anhingen wie die Irren, vor denen ich geflüchtet war; schwarze Freiheitskämpfer: Nationalisten und in den Augen der Regierung nicht weniger staatsgefährdend als die Nationalsozialisten; jüdische Flüchtlinge mit deutschen oder österreichischen Pässen, und Seeleute von einem deutschen Frachtschiff, das am 10. Mai in den Hafen eingelaufen war.

Die zwei größten Gruppen waren die vierzig weißen Antillianer, die keinen Hehl aus ihrer Bewunderung für Hitler machten, und die fünfzig bis sechzig deutschen Juden, die auf dem Weg nach Mittel- und Südamerika entweder auf Curaçao gestrandet waren oder die Insel gleich als Ziel gewählt hatten, aber noch nicht eingebürgert waren. Eine aberwitzige Situation: Aus Hitler-Deutschland geflohene Juden und Rassisten in ein und demselben Lager. Und ich mittendrin.

In meinen Papieren stand Berlin als Geburts- und Wohnort bis zu meinem neunten Lebensjahr. Ob das auch wirklich so war, konnte ich nicht herausfinden. Durch irgendein Geschehen in meiner Kindheit hatte ich die Eltern verloren. Außer den Jahren der Gefangenschaft war es das zweite, was ich mit Riki Marchena gemeinsam hatte; ein bestimmtes Ereignis in unserem Leben hatte einen Teil unseres Inneren zerschlagen. Riki aber konnte sich im Gegensatz zu mir an jede Minute des Dramas erinnern, bei mir war es viel konfuser, ich war nicht imstande, mir auch nur ein einziges Bild dessen, was geschehen war, in Erinnerung zu rufen. Es war in meinem Gedächtnis verblaßt. Oder gewaltsam daraus verbannt.

In meiner frühesten Erinnerung bin ich zwölf Jahre alt, etwas, was Riki kaum glauben konnte. Er hegte und pflegte seine Erinnerungen, egal wie grausam diese auch waren; er war in gewissem Sinne süchtig nach ihnen.

...

Im Lager auf Bonaire lernte ich zwei Menschen näher kennen.

Menardo de Maduro und Mara.

De Maduro war der Sohn eines jüdischen Geschäftsmannes und einer schwarzen Curaçaoanerin, man hatte ihn verhaftet, weil er in den zwanziger und dreißiger Jahren einige Streitschriften verfaßt hatte, in denen er gegen die Holländer aber auch gegen die katholische Kirche zu Felde gezogen war. Für ihn gab es zwischen den Kolonialbeamten und den Priestern keinen Unterschied: Beide hätten sie die Zerstörung und Ausrottung des typisch Antillianischen im Sinne. Die Kolonialmacht hatte alle Versammlungen verboten, die Priester die Tumba-Tänze. Er erzählte mir, daß noch vor Einbruch der Dunkelheit die Pater wie Dorfgendarmen in den Stadtvierteln patrouilliert hätten, um zu kontrollieren, ob nicht doch auf einem Hof oder hinter einem erleuchteten Fenster zu verwerflichen Rhythmen die Hüften geschwungen wurden. Erwischten sie ein paar Mädchen, die zusammen tanzten, dann trieben sie sie mit Stöcken auseinander.

Ich weiß nicht, was De Maduro mehr verübelt wurde, sein Nationalismus oder seine Kritik an der Kirche. Das Wort, das er am häufigsten benutzte, war *ignorancia*; denn die Pater hielten seiner Meinung nach das Volk bewußt unwissend. Nicht dumm – die Pater hatten den Unterricht auf der Insel eingeführt. Aber unwissend. Unaufgeklärt über ihr wahres antillianisches Wesen.

Bei seiner Verhaftung waren all seine Besitztümer konfisziert worden. Menardo de Maduro hatte seine Frau und seine Kinder mit leeren Händen zurücklassen müssen. Trotzdem beschloß er, mir, einem deutschen Pater, Niederländisch beizubringen, und während der Unterrichtsstunden wies er mich jedesmal auf die Unterschiede zum Papiamento hin, so daß ich auch diese Sprache schnell beherrschte.

Menardo de Maduro liebte die Sprache. Er schrieb im Lager Liedtexte auf das Innenpapier von Zigarettenschachteln (es war auf einer Seite silbern und auf der anderen Seite beschriftbar weiß). Die Lieder sollten übrigens bis weit in die fünfziger und sechziger Jahre in der ganzen Karibik populär bleiben und handelten von unerfüllter Liebe und Frauen, die ihre Körper bewegten wie Schlangen.

Er fragte mich andauernd aus. Ob ich an die Liebe glaubte. Ob zwei Liebende sich im Paradies wiedersähen. Und wie ich mir die Hölle vorstellte. Jedesmal, wenn ich an ihn denke, fällt mir ein Satz von Heidegger ein, den mir Mara beigebracht hatte: »*Fragen ist die Frömmigkeit des Denkens.*«

...

Mara. Eine kleine magere Frau Ende Zwanzig mit einer runden, immer beschlagenen Brille.

Niemand hat mich stärker spüren lassen, wie weit weg Europa war; sie brauchte nur einen Vogel zu hören, und war's auch nur einen Papagei oder einen wilden Wellensittich, dann bekam sie Heimweh nach den Sommern im Schwarzwald, wo es kühl war und die Luft so sauber und wo sich's unter freiem Himmel so gut las.

Sie hatte Jura studiert und wollte in die Anwaltskanzlei ihres Vaters in Stuttgart einsteigen. Aber man hatte die Kanzlei angezündet und Mara war nach Basel geflüchtet, wo sie wütend und fassungslos damit begann, die großen deutschen Denker zu lesen. Sie fing mit Kant an und war gerade bei Heidegger gelandet, als die deutschen Truppen in Polen einfielen. Noch am selben Tag beschloß sie, nach Südamerika zu fliehen.

Mara war in ihrem Zimmer im Hotel Americano verhaftet worden, wo sie auf ein Schiff nach Argentinien gewartet hatte.

In dem Barackenlager gab es kein einziges Buch, also tauschten wir Gedichte und Zitate aus, die uns noch in Erinnerung geblieben waren. So freundeten wir uns an. Mara hatte ein geradezu gußeisernes Gedächtnis, sie schüttelte Nietzsche-Aphorismen und schwere Heideggerkost einfach so aus dem Ärmel wie früher die Mönche Reliquien aus den weiten Ärmeln ihrer Kutten; ich dachte immer, ich hätte ein schlechtes Gedächtnis, aber wenn man auf einer verlassenen Insel sitzt, fällt einem dies und jenes dann doch noch ein. Der erste Satz, an den ich mich erinnerte, war von Hölderlin: »*Wo aber Gefahr ist, wächst das Rettende auch.*«

Menardo de Maduro beobachtete unser Tun amüsiert. Er behauptete, es wäre Liebe im Spiel, was ich entschieden leugnete. Aber Antillianer sind wahre Meisterkenner der menschlichen Schwächen, deshalb dürfte er sich wohl kaum geirrt haben. Jedenfalls vertrieben wir uns mit dem Austausch von Zitaten die Langeweile.

Das dauerte so lange, bis die Behörden endlich drauf kamen, daß es nicht besonders taktvoll sei, Faschisten und ihre Opfer gemeinsam in ein Lager zu stecken. Im Dezember 1941 brachte man die jüdischen Flüchtlinge auf die Plantage Guatemala. Mara und ich konnten uns jetzt zwar nicht mehr unterhalten, aber wir tauschten weiterhin Zitate aus, die wir auf Zigarettenverpackungen schrieben, wie wir es von Menardo de Maduro abgeschaut hatten. Ein kleiner Junge brachte die Zettel dann vom Lager zur Plantage und umgekehrt.

Das erste, was Mara mir auf diesem Weg schickte, waren ein paar Zeilen aus Nietzsches *Also sprach Zarathustra*, aus dem Lied des Zauberers.

»Wie bitte?« fragte Riki, als er das hörte.

Ich glaube, nur deshalb ist er bei mir geblieben.

...

Mara wurde eine Woche vor mir entlassen. Als ich freikam, hatte sie Bonaire schon verlassen. Sie muß auf Curaçao sofort eine Passage nach Nordamerika bekommen haben. Sie wollte erst eine Weile in New York oder Boston bleiben, bevor sie nach Europa zurückkehrte. Ich habe nie mehr etwas von ihr gehört.

Ich kehrte mit Menardo de Maduro nach Curaçao zurück.

Seine Fragereien und die Gespräche mit Mara hatten mir die Lust genommen, mich gleich wieder in die Gemeindearbeit zu stürzen. Vielleicht war's auch eine Glaubenskrise. Auf jeden Fall wollte ich mich dem Übersinnlichen wie Heidegger auf eine ganz neue Weise nähern. Ich war inzwischen der Meinung, daß der katholische Glaube über die Jahrhunderte hinweg zu einer Art Beschwörungsformel geworden war. Dagegen war ich überzeugt, glauben bedeutet, besonders unruhig zu sein und auch unsicher über Sinn und Zweck von Leben und Existenz. Ich wollte die

Freiheit des Denkens erkunden, ganz in Heideggers und Maras Sinn, die von ihm immer wieder den einen Satz zitierte: »*Ob ich auch ins Freie finde, weiß ich nicht; wenn ich mich nur so weit bringe und halte, daß ich überhaupt gehe.*«

Der Bischof schlug mir vor, zu unterrichten, und das schien mir auch ein guter Ausweg zu sein. Ich gab in einem katholischen Gymnasium ein paar Jahre lang Deutschunterricht. In den fünfziger Jahren betreute ich Obdachlose, die durch Alkohol oder Spielschulden auf der Straße gelandet waren. Später waren es dann die Drogenabhängigen. Ich nahm ein verfallenes Landhaus in Besitz und renovierte es mit Hilfe einiger Freiwilliger. Um es finanzieren zu können, lieferte ich täglich Beiträge für eine Kolumne im *Amigoe di Curaçao*. Es waren kurze Betrachtungen, die schnell die Form von Sinnsprüchen annahmen. Noch immer hatte ich das Gefühl, meine Einfälle müßten auf ein Stück Silberpapier passen.

Bei den Süchtigen vermied ich jede Art von Therapie. Sie konnten bei uns etwas essen, trinken, sie konnten sich duschen und bekamen eine Matratze zum Schlafen. Wer wollte, konnte sich mit mir unterhalten. Wenn einer wirklich von den Drogen loskommen wollte, bekam er Beruhigungsmittel von uns – so etwas wie Methadon gibt es ja für Crack- oder Base-Süchtige nicht. Und ärztliche Hilfe war auch möglich. Aber ich zwang niemanden dazu.

»Was ist das, dieser Zarathustra von Nietzsche?« fragte Riki am nächsten Morgen.

Ich suchte in meinem Bücherregal und fand ein Exemplar, das sich aus dem Einband gelöst hatte.

Um mein Holländisch zu verbessern, hatte ich nach dem Krieg viel Nietzsche gelesen, in niederländischer Übersetzung. Das Original legte ich daneben. Das war meine tägliche Ehrbezeugung an die kleine, zarte, hochgeistige Frau,

der es gelungen war, mit ein paar ausgewählten Zitaten mein ganzes Leben umzukrempeln.
Ich gab ihm fünf oder sechs Bücher.
Riki blieb ein halbes Jahr in meinem Heim. Sechs Monate lang las er jeden Tag ein paar Stunden Nietzsche. Wenn Lesen Zuhören ist, wie Nietzsche behauptet, dann hörte Riki mit angehaltenem Atem zu. Kerzengerade saß er auf einem Stuhl, während vor ihm auf dem Tisch das Buch lag, als wäre es eine Offenbarung.
Drogenabhängige können sich nur noch schlecht konzentrieren. Auch Rikis Aufmerksamkeit erschlaffte regelmäßig, aber es gelang ihm immer, mit eigener Kraft aus diesem Nebel wieder herauszukommen. Möglicherweise dank seiner fünfzehn Jahre Spitzensport – dank des Vermögens, immer wieder letzte Reserven zu mobilisieren. Vielleicht aber gab ihm das Lesen endlich die Stille, nach der er verlangte. Einmal sagte er zu mir. »Padre, es schreit immer in meinem Kopf!«
Nietzsches Art zu schreiben, dieses Kurze, Kräftige, Fragmentarische daran, kam ihm sehr entgegen. Mit der ihm typischen entwaffnenden Ehrlichkeit gestand mir Riki, daß er vieles überschlage, aber aus den Gesprächen mit ihm erkannte ich, daß er auch sehr vieles aufnahm.
Hier auf Curaçao finden sich überall Schilder der Zeugen Jehovas, auf denen steht: *Hesus ta bida, droga ta morto*, Jesus ist dein Leben, Drogen sind dein Tod. Bei Riki müßte das heißen: *Nietzsche ta bida, droga ta morto*. Er rauchte zwar immer noch Base, aber viel weniger als am Anfang, und ohne über die Stränge zu schlagen wie sonst ... einfach regelmäßig.
Ich glaubte wirklich, ihn mit ein paar Büchern gerettet zu haben. Vor allem mit dem Buch *Also sprach Zarathustra*, über das Mara im ersten Kriegsjahr zu mir gesagt hatte: »Das mußt du mindestens hundertmal lesen. Oder nie.«

67

Riki Marchena
Tugend ist Wille zum Untergang

Zuerst dachte ich, mein Niederländisch sei dafür nicht gut genug. Als ich das Padre Hofman sagte, rief er einen Confrater in Caracas an. Eine Woche später erreichte uns *Asi habló Zarathustra* mit der Post. Leider konnte ich den delirierenden Ausbrüchen Nietzsches auf Spanisch noch weniger folgen. Also dann doch auf Holländisch, da dröhnten die Sätze wie die Psalmen, die wir früher in der Schule der Pater auswendig lernen mußten.

Gerade wollte ich das Buch Pater Hofman zurückgeben – zu unzusammenhängend, zu unverständlich, zu hochgestochen und zu wirr –, als ich folgende zwei Zeilen las: »*... und Zarathustra will wieder Mensch werden. – Also begann Zarathustra's Untergang.*«

Mein Schicksal. Vollkommen.

Ai, und wie!

Ich war ja auch nur deshalb im Gefängnis gelandet, weil ich wieder ein ehrlicher Mensch werden wollte. Rettung und Untergang liegen so nah beieinander.

»*Tugend ist Wille zum Untergang.*«

Und gleich danach die Warnung vor zu vielen Tugenden.

»*Eine Tugend ist mehr Tugend, als zwei, weil sie mehr Knoten ist, an den sich das Verhängnis hängt.*«

Meine einzige Tugend war meine Ehrlichkeit gewesen; sie war der Galgen, an dem ich mich mit eigener Hand aufgehängt habe. Ein fester Knoten, aus dem ich mich nie mehr würde lösen können. Mein Schicksal, bis ins kleinste!

Trotzdem.

Trotzdem begriff ich nicht, woher die Erkenntnis denn jetzt stammte, aus Persien oder irgendwo aus Preußen? Ich fragte Padre Hofman danach. Er erklärte mir, daß Friedrich Nietzsche sich für Zarathustras Bauchredner gehalten habe. Das konnte ich gut nachvollziehen. Im Gefängnis hatte ich mir nur ein vages Bild von Zarathustra machen können. Über Zarathustra ist einfach zu wenig bekannt; jeder kann aus ihm den Guru machen, den er haben will.

Ich hatte allerdings schnell erkannt, daß sich Nietzsches Prophet von meinem gar nicht so sehr unterschied. Für seinen Zarathustra stand die Wahrhaftigkeit im Mittelpunkt, sie war die oberste Tugend, die Achse, um die sich alles drehte. Darauf baute Nietzsche auf.

Es gibt das Gute, und es gibt das Böse. Nietzsche sagt, daß Zarathustra den Kampf zwischen den beiden als *»die eigentliche Triebfeder des Räderwerks der Dinge«* sieht. Ich war zum selben Schluß gekommen. In Benchis dunklem Zimmer mit dem röhrenden Hirsch an der Wand. Auf Mabels Bett. Im Loch und im Gefängnis von Aruba. Im Haus über Baby Lagoon Beach. Und in sämtlichen anderen Häusern oder unter freiem Himmel. Eine lange Reise. Von ganz oben bis ganz nach unten. Und von dort wieder nach oben.

»Nicht die Höhe: der Abhang ist das Furchtbare! Der Abhang, wo der Blick hinunter stürzt und die Hand hinauf greift.«

Ein Bild, so treffend, daß mir ganz schwindlig davon wurde.

Allmählich wußte ich das Unterfangen zu schätzen, alles zusammenzuballen in einem Buch *»für Alle und Keinen«*, *»eine Art Abgrund der Zukunft, etwas Schauerliches, namentlich in seiner Glückseligkeit«*. Es gab mir Kraft, hier sprach jemand, der seinen Weg ging, und zwar ganz allein, der die Konfrontation nicht scheute, keine Konzessionen machte, der hinter jeden Satz ein Ausrufezeichen setzte, damit ja keiner an seinem Eigensinn zweifeln würde.

Was für ein Unterschied zu den Antillen ... Da ist keiner tapfer. Als Protest bleibt einem nur, die Insel zu verlassen. Wer hierbleibt, ist zur Scheinheiligkeit verurteilt, und so bekommt man früher oder später das Gefühl, versagt zu haben. Zwar reckt sich manche Hand noch in die Höhe, aber der Blick ist nach unten gerichtet.

Ein Ziel? Ai, ai, doch nicht hier! Wir leben hier, weil die Sonne immer scheint, der Wind immer weht und das Meer immer rauscht. Würden wir uns die Frage nach dem Sinn des Lebens stellen, dann würden wir uns vor Verzweiflung schnell die Haare raufen. Das ist es, was uns fehlt. Ein kleines bißchen Verzweiflung.

Durch Nietzsches Zarathustra sah ich die Dinge wieder schärfer. Er brachte Licht in mein Inneres, erleichterte das Gewicht des dauernden Zweifelns um ein paar Gramm.

Nein, als Blitz sah ich mich nicht, auch nicht als Niederschlag aus den Wolken, der Abkühlung brachte. Ich wollte keine Botschaft verkünden. Aber *»wer noch Ohren hat für Unerhörtes«*, dem wollte ich durchaus *»sein Herz schwer machen mit meinem Glücke«*.

68

Padre Hofman
Davon! Da floh er selber

Mit der Zeit nahm er den Ton Zarathustras an. Das Normale war ihm zu normal; alles war sofort *groß* und *erhaben*, *zart* und *rein*, und *voll fröhlicher Bosheit*. In wenigen Monaten hatte er sich die Sprache des Buches vollkommen zu eigen gemacht. Er sprach in Alliterationen, daß ich ganz verrückt davon wurde, er deklamierte mit biblischer Feierlichkeit, und so übertrieben, daß er damit leicht sein Vorbild in den Schatten gestellt haben dürfte, obwohl der ja auch nicht gerade bescheiden gewesen war. Er wurde zur perfekten Persiflage Zarathustras. Das war einerseits beeindruckend, andererseits beängstigend.

Aus Erfahrung weiß ich, daß viele Drogenabhängige im letzten Stadium glauben, auf dem höchsten Gipfel ihrer Träume zu sein. Der eine plant plötzlich einen Putsch; ein anderer meint, er könne Gold vom Himmel regnen lassen. Ein farbiges Mädchen, es war vollkommen abgezehrt und dürr wie ein Skelett, bat mich einmal um Geld für ein Satinkleid, weil sie sich für Marilyn Monroe hielt. Ich fürchtete um Rikis Verstand; die Schizophrenie saß auf der Lauer und würde ihn in Gefilde jagen, in die ihm keiner folgen könnte.

Manchmal erinnerte er mich aber auch an Menardo de Maduro, meinen Freund aus dem Lager. Er beklagte sich nur selten, wenn es ihm schlecht ging, sah stets, welchen Witz das Leben noch bereithielt, machte sich über die allgemeine Wichtigtuerei lustig und schonte sich selber dabei nicht. Als suchte er unbewußt ein Gegengewicht zur Zarathustra-Salbaderei, fragte er mich aufgeräumt, ob ich oft an den Tod denke, oder mich danach sehne, und wie ich mich darauf vorbereite.

Wir gingen fast jeden Nachmittag spazieren. Meistens den Küstenpfad entlang, ungefähr zwanzig Meter über dem Meer zu den Salzpfannen von Saliña und Jan Thiel. Den Weg war er früher oft mit seinem Onkel Tonio gegangen. Er mußte viel an seinen Onkel denken, wobei ihm manches leid tat und ihn anderes wieder kränkte. Er kam nicht darüber hinweg, daß sein Lieblingsonkel nie mehr etwas von sich hatte hören lassen.

»Irgendwie hatte ich immer das Gefühl, ein schlechtes Kind zu sein«, gestand er mir einmal. »Sonst hätte mein Vater die Flasche mit Salzsäure nicht getrunken. Meine Brüder waren älter, die brauchten sich nichts vorzuwerfen; aber mein Anblick hätte ihn rühren und davon abbringen müssen.«

Die Sache mit seinem Onkel lag wohl ähnlich.

»Onkel Tonio hat sich oft über meine Lebensweise geärgert. Nie konnte ich ihn davon überzeugen, daß ich dieselben hohen Maßstäbe habe wie er. Zwischen uns stand eine undurchdringliche Mauer.«

Manchmal aber kletterten wir auch auf den Hügel bei der Küstenfestung. Er zeigte mir die Stelle, wo er die zoroastrische Flamme errichten wollte, die Flamme der Gerechtigkeit. Die Idee ließ ihn nicht mehr los. Er hielt sich für eine Art Kreuzritter, für den Helden von Parera, der nach der sportlichen nun eine spirituelle Mission zu erfüllen hatte.

Wenn er mir von China erzählte, über den Tempel mit dem merkwürdigen Echo oder über die grauenerregende Disziplin der Spieler, ging mir oft durch den Kopf, wie jammerschade es war, daß jemand mit diesem Beobachtungsvermögen und dieser Neugier seine Zeit mit derartigem Unsinn vergeudete. Aber auch das ist ein Gesetz: Es sind immer diejenigen mit viel Phantasie, die sich selber ihr Grab schaufeln; Idioten riskieren nur selten ihre Haut, um vor etwas zu fliehen, aus dem einfachen Grund, weil sie die Wirklichkeit akzeptieren, wie sie ist.

Ich hatte ihm verboten, im Haus zu rauchen. Er tat es natürlich trotzdem, aber wie Nietzsche schon sagte: »*unsre Sehnsucht nach einem Freunde ist unser Verräter*«. In den letzten Jahren hatte ich nur selten so gehaltvolle Gespräche geführt wie mit Riki, und auch ein Dreiundsiebzigjähriger kann sentimental sein; ich drückte ein Auge zu.

Nur in einer Sache blieb ich unerbittlich: In meinem Haus durfte nicht gedealt werden.

Aber ich will erst einmal seine Version der Geschichte erzählen:

Eines Nachmittags kaufte er entgegen seiner Gewohnheit eine größere Menge Base, genug für vier oder fünf Tage. Er verstaute die Säckchen in seinem Nachttisch und verschloß die Schublade. Sein Mitbewohner, ein Choller, beobachtete ihn dabei. Diesem Mann ging es sehr schlecht, er hatte seit zwei Tagen nichts mehr geraucht, zitterte am ganzen Körper, der Schweiß stand ihm auf der Stirn und er war so bleich, als würde er gleich zusammenklappen. Er bat Riki um ein bißchen Stoff. Worauf Riki ihm antwortete: »Von mir aus. Aber das kostet dich fünf Gulden pro Portion. Sonst fragst du mich jeden Tag, und du kennst mein Prinzip: Jeder sorgt für seinen eigenen Stoff.«

Meine Version ist ganz anders.

Er hat nicht fünf, sondern zehn Gulden verlangt, und außerdem seine Ware noch zwei anderen Chollern angeboten. Einer der Männer kam daraufhin zu mir und beklagte sich, daß Riki ein Wucherer sei.

Riki noch eine Chance zu geben war zwecklos. Mit

nichts läßt sich einfacher Geld verdienen als mit Dealen; er würde es wieder tun. Und andere würden seinem Vorbild folgen; ich mußte ihn wegschicken.

Er schalt mir die Hucke voll. Nietzsches Zarathustra habe vollkommen recht, von allen Feinden seien die Priester die ärgsten. *»Nichts ist rachsüchtiger als ihre Demut.«* Und *»viele von ihnen litten zuviel –: so wollen sie Andre leiden machen«.* Ich sei so jemand, hätte fünf Jahre hinter Stacheldraht gesessen, nicht gerade ein Urlaub, und deshalb hielte ich jetzt Razzien unter den Süchtigen und setze ihn, Riki, aufgrund falscher Beschuldigungen auf die Straße.

Wenn Süchtige sehen, daß ihre Verführungskünste nichts fruchten, werden sie verletzend. Er schrie mich an, daß er sich für mich ein Bein ausgerissen habe; krumm und bucklig habe er sich gelesen und ich habe ihm nicht einmal helfen wollen. *»Repugnante! Nauseabundo!«* Wie hieß das noch auf Deutsch?

Ich gab ihm ein paar der Nietzsche-Bücher mit. *Así habló Zarathustra* durfte er auch behalten. Möglicherweise würde er doch noch etwas außer den Haßtiraden gegen Priester darin finden, das ihn dann wieder versöhnen könnte. Aber ich machte mir keine Illusionen ... Als erstes würde er die Bücher verhökern wie die Turnschuhe, die ihm sein Bruder gekauft hatte. Nur die Damenuhr, die er am Handgelenk hatte, behielt er; bis wieder mal Not am Mann wäre, dann würde er auch die ins Pfandhaus tragen.

»Padre, ich habe Fortschritte gemacht«, sagte er ein paar Tage, bevor ich ihn wegschickte.

»In welcher Hinsicht?« fragte ich ihn in der Hoffnung, er würde ein paar Tage lang die Finger vom Crack lassen.

»Der Tod macht mir keine angst mehr.«

Ich entnahm daraus, daß er sich vor dem Leben inzwischen gehörig ekelte.

Ich hatte schon früher Süchtige wegschicken müssen,

hatte streng bleiben müssen. Aber am Abend, als ich Riki vor die Tür setzte, fühlte ich mich plötzlich alt.

Am Morgen danach hatte ich keine Lust aufzustehen. Das blieb über Monate so. Seit dem Krieg hatte ich keinem mehr vom Lager auf Bonaire erzählt; Riki hatte mich zu dieser Episode meines Lebens zurückgeführt. Wie es dazu kam, weiß ich jetzt nicht mehr, jedenfalls wurde mir durch ihn wieder bewußt, was ich damals alles verloren hatte.

Monatelang war ich schwach und kränklich. In dieser Zeit las ich den *Zarathustra* noch einmal.

Eines Abends fand ich die Zeilen wieder, die mir Mara als allererste auf Silberpapier geschrieben hatte:

Geflohen!
Da floh er selbst,
Mein letzter, einziger Mitgenosse
Mein erhabener Feind,
Mein Unbekannter,
Mein Henker und Gott!

69

Riki Marchena
So gute Luft nur je vom Monde
herabfiel

Ich mußte wieder unter freiem Himmel schlafen. Oder in den Chollerhäusern von Scharloo. Halb eingestürzte Villen mit Aussicht auf das Waaigat.

Kubanische Bleiglasfenster mit Abbildungen von Blumengehängen: alle zerbrochen.

Typisch curaçaoanische Fliesen, gelb und orange, in endlose Mosaike gelegt: keine einzige mehr heil.

Terrazzo-Böden, die in Mode kamen, als sich ein zungenfertiger Neapolitaner auf der Insel niederließ: zersprungen, zerbrochen, zerborsten.

Pilaster: fast alle zerschlagen.

Häuser so groß wie Paläste, verlassen in Panik, nichts mehr davon übrig. Undichte Dächer, Treppenfluchten, die im Nichts endeten, hilflos in den Himmel ragten, wie nach einem Bombenangriff. Und überall die Scheiße von Chollern.

Nein, dort hatte ich es nicht gut. Ich handelte mir einen Husten ein, der Rachen und Lungen ruinierte. Immer öfter blieb mir die Stimme weg.

Herumstreunen.

Monatelang. Von Haus zu Haus. Von Ruine zu Ruine. Bis ich eines Tages einen merkwürdigen Namen las.

LA FUERZA DE LA BONDAD.

Von diesem Moment an schienen meine ärgsten Sorgen vorbei zu sein.

Ein Wellblechdach, das dicht war. Ein Raum, groß genug für eine Doppelmatratze. Ein Nachbar, der die Hintertür unter Beobachtung hatte, während er sich langsam mit Rum vollaufen ließ. Ein Dividivi auf dem Hof …

Wo ein Dividivi-Baum steht, hat mit Sicherheit einmal ein Indianer gewohnt. Der Dividivi war den Indianern heilig.

Nettes Häuschen.

Und da saß ich nun, in meiner kleinen Oase, *»einer Dattel gleich, braun, durchsüsst, goldschwürig, lüstern nach einem runden Mädchenmunde«*. Ai ja, »Sela«. Ich rauchte dort, als säße ich auf einer Wolke, *»die beste Luft schnüffelnd, Paradieses-Luft wahrlich, Lichte leichte Luft, goldgestreifte, so gute Luft nur je vom Monde herabfiel«*.

Ich hatte es dort um einiges besser als in den Villen auf Scharloo, wo ich nachts immer die Ohren spitzen mußte, ob nicht irgendwo Schritte zu hören waren, ob eine Holztreppe knarrte, ob Glas klirrte; ob ich das trockene Klicken eines aufgeklappten Stilettos hörte oder das noch trockenere Klicken, mit dem ein Schlagbolzen gespannt wird. Viele Leute, die sich in diesen Häusern herumtreiben, wollen rauchen, ohne Geld für die Steinchen zu haben, und weil sie keine Steinchen haben, sind sie entweder irre oder vollkommen ungenießbar.

In *La Fuerza* …

…

Viele Menschen sterben zu spät, manche auch zu früh; ich hatte mir wie Zarathustra vorgenommen, *»zur rechten Zeit«* zu sterben. Wenn möglich, nicht durch die Hand eines Mörders wie der historische Zarathustra, den man niedergestochen hat, während er allein im Palast über das Heilige Feuer wachte.

Oder erwartete mich das gleiche Schicksal?

Wäre ich den beiden Ganoven nicht über den Weg gelaufen …

Das waren Idioten, die aus purer Langeweile Blut sehen wollten. Oder einfach Schwachköpfe. Oder sie stammten aus Santo Domingo …

Aus Santo Domingo kommen nur Ganoven, Verbrecher, Diebe oder Huren nach Curaçao. Hätte ich hier auf der Insel das Sagen, dann würde ich allen ein *one way ticket* nach Santo Domingo verpassen, hopp, hopp, zurück, und das noch gratis. Denn Ordnung ist das halbe Leben.

Was wollen die nur von mir?

In meine Sprühflasche habe ich irgendein Giftzeug gefüllt. Jeder glaubt, es ist Glassex für die Autofenster drin. Falsch gedacht. Einmal sprühen, und meine Feinde sind ausgeschaltet.

Ohne die Sprühflasche verlasse ich das Haus nicht mehr. Oh, mir sitzt der Schrecken von der Jagd durch den Gang der Küstenfestung noch in den Knochen. Ach, was sage ich. Jagd! Sie haben mich runtergespült! Wie Dreck.

Vier, fünf Tage lang habe ich mich nicht mehr aus dem Haus getraut. Mußte mich erst mal wieder fangen. Dann mußte ich wieder ran.

70

Diane d'Olivieira
Mindestens zehn Steinchen

Entgegen unserer Abmachung stand er an einem Mittwoch vor der Tür. Eigentlich durfte er nur sonntags kommen, sonst würde mein Mann aus der Haut fahren. Shon Igor roch es nämlich, wenn Riki in der Küche gewesen war.

Er beschimpfte das jüngste unserer Dienstmädchen, ein überaus nettes Mädchen aus der Dominikanischen Republik. Warum sie ihm nichts zu essen gab. Waren denn keine Reste mehr da?

So frech hatte ich ihn noch nie gesehen. Als ich ihn zur Rede stellte, entschuldigte er sich tausendmal: Er habe seit Tagen nichts gegessen. Zwei Ganoven säßen ihm auf den Fersen, und er müsse sich verstecken. Ich glaubte ihm kein Wort, bis er sagte, er wolle ein paar Dinge mit mir besprechen. Für den Fall, daß er sterbe.

»Ach, hör auf«, sagte ich. »Wenn einer als nächstes stirbt, dann ich.«

Aber ich konnte es ihm nicht ausreden.

Während er das Essen hinunterschlang, erzählte er mir, was er sich vorstellte.

Wo man ihn begraben würde, war ihm ganz egal. Dort, wo es für mich am bequemsten sei ... er meinte: Um mit dem Rollstuhl hinzukommen ...

Es war ihm auch egal, wie viele Menschen zu seiner Beerdigung kämen. Wenn möglich, sollte ich darauf verzichten, alle Tischtennisspieler zusammenzutrommeln; und kein

Affentanz mit alten Männern in glänzenden Hosen, die den Sarg trügen und so.

Seine Familie wolle er lieber auch nicht dabeihaben. »Aber Sie werden sehen«, sagte er, »daß meine Mutter aus Aruba rüberkommt. Die läßt sich sonst nie blicken, nur wenn sie glaubt, es gibt was zu holen. Die denkt wahrscheinlich: Wer weiß, vielleicht hat Riki ja irgendwo noch ein kleines Sümmchen versteckt, für den Notfall.«

Es kümmert ihn auch nicht, was für ein Geistlicher vor dem Sarg herging, solange es nicht Padre Hofman war. Denn der hatte ihn mitten in der Nacht aus dem Haus gejagt und so was tut man auf dieser Insel nicht. Wenn man schon jemanden aus dem Haus wirft, dann tagsüber.

Überhaupt keinen Priester dabeizuhaben sei ihm doch am liebsten. In diesem Fall solle Mike Kirindongo eine Rede halten. So was könne der gut. Tiefe Stimme. *Présence*. Und, na ja, wenn Mike nicht wollte, wäre das auch nicht schlimm. Dann sollten halt einfach alle schweigen.

Nein, für ihn zählte nur eins. Daß das ganze »Theater«, wie er sagte, bei seiner Wiederauferstehung nicht noch einmal von vorn anfängt. Aber ja, er glaubte fest daran, aus dem Grab wiederaufzuerstehen; Zarathustra war sein Reisepaß zu Ahura Masda.

Ich fragte ihn, worüber er denn jetzt schon wieder spreche. Und er sagte: »Ahura Masda, der Allweise … Gott.«

Nur ein paar Sachen wollte er geregelt haben. Wenn er aus dem Grab auferstehe, wolle er sich nicht gleich auf die Suche nach einem halbwegs verläßlichen Dealer und nach Crack in annehmbarer Qualität machen müssen. Also bat er mich, sein Pfeifchen, ein Feuerzeug, zwei Päckchen Marlboro und einen tüchtigen Vorrat Base in seinen Sarg zu legen, mindestens zehn Steinchen. Und ich sollte unbedingt darauf achten, daß die Sachen auch wirklich noch im Sarg lägen, wenn man ihn zunagelte. Denn hier wurde ja alles sofort geklaut.

»Du bist verrückt«, sagte ich. »Wie soll ich denn an das Zeug drankommen? Du glaubst doch nicht, daß ich in meinem Rollstuhl zu einem Dealer fahre ... Ai no, Mann, das ist ein bißchen zu viel verlangt.«

Aber das hörte er schon nicht mehr. Er kippte eine Flasche Cola hinunter, und dann noch eine, gab mir einen Kuß auf die Stirn, den ersten Kuß, den er mir je gab, und sagte: »Versprochen ist versprochen!« Dann hinkte er den Weg hinunter, und ich konnte ihm nicht folgen, in meinem Rollstuhl.

71

Riki Marchena
Es kommt immer anders,
als man denkt

Eines Nachmittags, ich war gerade wach geworden, sah ich, wie sich eine Hand durch das kleine Fenster zwängte, in dem nur noch eine Scherbe steckte. Mit meinen schlaftrunkenen Augen sah ich zwar alles nur nebelhaft, aber die knotigen Finger und die Trauerränder unter den Nägeln fielen mir sofort auf.

Im anderen Fenster, in dem überhaupt kein Glas mehr war, tauchte eine kleinere Hand mit einer Plastikflasche auf. Der Deckel war schon abgeschraubt. Dann wurde die Flasche gekippt und ein Schuß Flüssigkeit landete auf den Lumpen. Der nächste Schuß zeichnete Kreise auf den Lumpenhaufen. Ein scharfer Geruch drang mir in die Nase.

Eine Flasche.

Es schien wie vorherbestimmt. Ai ja, es paßte wie die Faust aufs Auge, daß in meinem Leben eine Flasche noch mal eine große Rolle spielen sollte. Soll sein, sagte die Vorsehung, für Riki also noch mal eine Flasche. Diesmal zwar nicht mit Salzsäure gefüllt, sondern mit Terpentin. Oder war es Waschbenzin?

Die andere Hand schleuderte ein brennendes Streichholz ins Hausinnere. Ich beobachtete das Ganze, ohne mich zu rühren. Das Flämmchen ging aus.

Beim nächsten Versuch streckte sich der Arm weiter vor. Das Streichholz wurde diesmal nicht hereingeworfen, sondern direkt an den Lumpenhaufen gehalten. Der Rauch kräuselte sich leicht in der Luft wie über einem Stäbchen Weihrauch. Das Feuer zögerte. Nur nicht aufstehen, dachte ich, nicht wegrennen; tun, als wäre gar nichts los.

Das blaue Flämmchen folgte der Spur, die ihm die Flasche gelegt hatte, es machte einen Bogen nach links, und dann im Zickzack nach rechts; es kletterte höher und höher, wurde gelber und lebendiger, ganz lautlos. Es hüpfte über Hosen und Hemden und kam auf mich zu, kam geradewegs auf die Matratze zu. Dann traf es auf Holz und fing an zu fauchen. Wie ein zeterndes Weib.

Ich packte mein Pfeifchen, mein Feuerzeug ... meinen Eimer und die Fensterleder zusammen. Bibichis Gucci konnte ich in der Eile nicht finden; ich hatte die Uhr zu tief in der Matratze versteckt.

Noch bevor ich bei der Tür war, mußte ich vom Rauch so stark husten, daß mir schwarz vor Augen wurde. Ich bekam die Tür nicht gleich auf. Das Feuer schlug inzwischen schon durch die Holzwände und knallte.

Jemand riß von außen die Tür auf. Gerade noch rechtzeitig kriegte ich frische Luft in die Lungen. Von überall her kamen Leute gerannt. Mein saufender Nachbar stand auf der Veranda und schwenkte die Arme wie ein Schiffbrüchiger auf einem Floß. Ein anderer Nachbar schrie nach einem Schlauch zum Anschließen. Ich brüllte ihn an: »Du Armleuchter ... du weißt doch, daß das Wasser abgestellt ist!«

Eine alte Frau kam mit einer Schüssel Wasser angerannt und warf es gegen die Rückwand. Ganz gemächlich ging sie wieder weg, um kurz danach mit einer zweiten Schüssel voll Wasser zurückzukehren. Es war sinnlos, die Flammen kletterten schon den Dividivi hoch, aber die alte Frau füllte am Brunnen unten am Hügel eine Schüssel nach der anderen. Sie hielt es wohl für ihre Pflicht, und keiner versuchte, sie davon abzubringen.

Der Verkehr in Saliña kam zum Stehen. Ein paar Autofahrer wählten auf ihrem Handy die Notrufnummer. »Ai, ai, ai«, plärrte ein Zuschauer, »hier brennt's mal wieder wie in der Hölle.« Der Name des großen Landhauses in der Nachbarschaft veranlaßte ein paar Schaulustige zu noch mehr Witzen. Ich lachte tapfer mit.

Ich dachte nicht: Da geht sie hin, deine sichere Unterkunft. Und ich zerbrach mir auch nicht den Kopf darüber, wer das Feuer gelegt haben könnte. Nein, ich versuchte, mich daran zu erinnern, wodurch das Landhausparadies zur Ruine geworden war.

Es war die Schuld eines betrunkenen, holländischen Offiziers gewesen, der mit brennender Zigarette die Pulverkammer einer im Hafen liegenden Fregatte betreten hatte ... Ja, so war es. Das Schiff flog mit einem enormen Knall in die Luft, kein Gebäude am Quai blieb heil. Zweihundert Tote. Dreihundert. So war aus dem Landhaus Paradies eine Ruine geworden. Viele Jahre später baute man es wieder auf und gab ihm einen neuen Namen: HÖLLE.

Erst als ich die Sirenen hörte, geriet ich in Panik. Ich hatte monatelang in *La Fuerza* übernachtet, der Verdacht würde zuerst auf mich fallen. Wer hatte das Häuschen in Brand gesteckt? Natürlich, dieser Choller, der sich seit Wochen auf seiner Matratze da drin volldröhnt! Ich hätte zwar gute Gründe zu meiner Verteidigung ... könnte ihnen von der Hand erzählen ... vom Terpentingeruch ... vom Streichholz ... aber, wer würde mir glauben? Ich hatte keine Lust, noch einmal Major Chiqui Fontein gegenüberzusitzen. »*Na, Riki. Ist sie chronisch geworden, deine Pyromanie? Junge, dafür sitzt du wieder ein paar Jährchen! Ai nee, keine Ausreden. Gesteh's diesmal lieber gleich.*«

Ich nahm meinen Eimer, legte die beiden Fensterleder hinein, und bevor die Feuerwehr da war, war ich weg. Weit weg vom Paradies. Weg von Parera. Ich ließ die Rauchwolken hinter mir und überlegte, ob ich die Stadt nicht gleich ganz verlassen sollte. Ich könnte mich ja wieder, so wie das letzte Mal, bei meiner Tante in Santa Martha verstecken.

…

…

Am Berg Altenaweg, beim ehemaligen jüdischen Friedhof, hörte ich ein Gebrüll hinter mir. Ich drehte mich um und sah die beiden abgehalfterten Typen näherkommen.
Die?
Es waren unverkennbar die beiden Ganoven, die mich tagelang verfolgt hatten, bevor ich mich in meinem Häuschen verkroch.
Die?
Da ging mir ein Licht auf.
Die hatten mein Häuschen angezündet! Um mich rauszulocken, mich buchstäblich auszuräuchern. Als ich von Frau d'Olivieira zurückkam, hatten sie mich verfolgt und beobachtet, wie ich ins *La Fuerza* ging.
Nur vier Wände aus Holz. Keine Scheiben in den Fenstern. Der Fußboden voller Lumpen. Leichter ging's wirklich nicht: Ein Schuß Terpentin, ein Streichholz, und die Rache wäre komplett.
Selber schuld. Hätte ich den Kerlen halt meine Uhr gegeben! Wäre ich ihnen nicht durch den Gang bei der Küstenfestung entwischt! Mein ganzes Leben lang habe ich meine Gegner dadurch irritiert, daß ich sie eines spüren ließ: daß sie nicht schnell genug waren. Wenn nicht sogar träge. Plump.
Ich nahm die Beine in die Hand. Keuchend und aufgeregt wie Raubtiere, die die Angst ihrer Beute riechen, rannten sie hinter mir her. Der mit dem tränenden Auge, das wie ein außer Kontrolle geratener Kompaß in alle Richtungen kreiste, schwenkte seinen Revolver. Der Kleine kreischte, er wolle meine Fensterleder haben.

Meine Fensterleder?

Ich konnte es nicht fassen. Waren die beiden mir tage- und wochenlang gefolgt, weil sie wild waren auf meine Fensterleder? Zwei Fensterleder im Wert von fünfzehn Gulden neunzig, im Angebot beim Supermarkt Surprise?

Ich zuckte mit den Schultern. Konnte es nicht glauben. Ich wollte mich wegdrehen.

Da spannte Triefauge den Schlagbolzen.

»Her mit den Fensterledern!«

Wegen zweier Fensterleder hatten die beiden mein Häuschen abgefackelt! So weit war es mit der Insel also schon gekommen. Das reichte mir, ich hatte endgültig genug davon. Ob es meinen Tod bedeutete oder nicht, es war mir egal, ich rannte weg.

Worauf dieser Idiot doch tatsächlich schießt.

Die Kugel traf genau neben meinen Füßen auf den Gehsteig.

Ai Papa Dios. War mein Leben wirklich nicht mehr wert als zwei Fensterleder?

Ich gab ihnen meinen Eimer.

»*Por favor, kabayeros. Até aki.*«

Der Kleine grapschte die Leder aus dem Eimer. Triefauge tanzte vor Freude. Tagelang hatte er auf diesen Augenblick gewartet, endlich besaß er die Fensterleder, auf die er sein eitriges Auge geworfen hatte. Sein Glück war so übermächtig, daß er sich mit der freien Hand den Schwanz kneten mußte.

»*Wahrheit, Geist und Strom des reinen Denkens*«, erinnerte ich mich noch aus dem Zarathustra, »*sind die Strahlen der göttlichen Sonne, die den Pfad des Sterbenden erleuchtet, wenn er das Tal des Todes betritt.*«

Ich fand mich zwei Kerlen gegenüber, die eine Kugel auf mich abfeuerten, weil sie meine Fensterleder haben wollten. Wo bleibt da der Strom des reinen Denkens?

Es kommt immer anders, als man denkt. Am Berg Altena war eine Straßenbaustelle. Vor dem Gehsteig sah ich eine Eisenstange liegen. Reflexartig packte ich sie und schlug Triefauge mit einem Schlag den Revolver aus der Hand.

Hätte er nur etwas schneller reagiert, hätte er mich erschossen. Die Vorsehung gönnte mir aber noch ein bißchen Aufschub.

Mit dem zweiten Schlag traf ich den Kleinen am Schenkel, ungefähr in der Höhe der Hosentasche mit dem Fischermesser. Ich war so wütend, daß ich die Burschen am liebsten kurz und klein geschlagen hätte. Nichts konnte mich mehr aufhalten.

Sie schrien. Sie schrien Zeter und Mordio. Schrien und rannten davon.

»Er will uns umbringen!« brüllten sie dem Fahrer eines vorbeifahrenden Pick-up zu.

Das machte mich nur noch wütender. Ich sie umbringen! Als wäre ich nicht *ihr* Opfer!

»*Ousilio! Ousilio!*«

War fast zum Heulen; sie plärrten um Hilfe wie kleine Kinder.

Der Pick-up fuhr langsamer.

Sie rannten auf das Auto zu, sprangen auf die Ladefläche. Ich verfolgte sie noch, aber meine Achillessehne machte mir einen Strich durch die Rechnung; der brennende Schmerz verhinderte, daß ich sie einholen konnte, um ihnen die Köpfe einzuschlagen.

72

Mike Kirindongo
In seinem Hemd aus ägyptischer Baumwolle

Einen Tag zuvor hatte das Finale der lateinamerikanischen Meisterschaften stattgefunden.
Hier, auf dieser Insel.
Mit Eusebio Vaquarano, der im Finale der US Open gegen Riki verloren hatte. Und Alejandro Croes, Rikis arubanischem Erzrivalen. Und Gustavo Vano, dem siebenfachen Meister von Brasilien, der in seinem allerersten internationalen Turnier eine derartige Abreibung von Riki verpaßt bekam, daß er erst wieder lachen konnte, nachdem er zum siebten Mal lateinamerikanischer Meister geworden war. Und mit Kim Hae Ja, dem Argentinier chinesischer Abstammung, der sich noch daran erinnerte, wie er als Zwölfjähriger in Buenos Aires einen fast zwei Meter langen Tischtennisspieler sah und seine Mutter daraufhin fragte, ob denn auf den karibischen Inseln Riesen wohnten.
Zum ersten Mal wurde das *Campeonato Sudamericano de Tenis de Mesa* auf Curaçao abgehalten. Achtzehn Länder nahmen daran teil, und jeder wußte, daß es uns nie gelungen wäre, achtzehn Mannschaften auf diese Insel am äußersten Rand von Lateinamerika zu locken, wenn nicht Riki Marchena Curaçao zu einem markanten Punkt auf der Weltkarte des Tischtennis gemacht hätte.
Monatelang hatte ich auf ihn eingercdet. Ob er bitte eine Weile die Finger von dem Dreckszeug lassen könne. Ob er sich bemühen wolle, wieder vorzeigbar zu werden. Damit er

einigermaßen ansehnlich Vaquarano gegenübertreten konnte, der inzwischen die salvadorianische Männermannschaft betreute, und Vano, der Führungsmitglied des brasilianischen Tischtennisbundes geworden war, und schließlich auch Alejandro Croes, der Ehrengast der Spiele sein sollte, und Kim Hae Ja, der noch immer aktiv war.

Ohne das geringste Interesse hörte er mir zu. Ab und zu nur ein tiefer Seufzer.

»Versteh mich doch, Mike, versteh mich ...«

Er wollte nicht zum x-ten Male an seiner Vergangenheit gemessen werden. Ich könnte das ja seinetwegen mein ganzes Leben lang tun, aber für ihn war die Zeit des Tischtennis ein für allemal vorbei. Damals hatte er die Grenzen des Körpers gesucht, jetzt interessierten ihn die des Geistes. Über das alte Persien war er jetzt beim westlichen Denken angelangt, beim europäischen Nihilismus. Im Grunde eine optimistische Lehre. Alles hinter sich abbrechen, um es besser wiederaufzubauen. Davon könnten wir hier eine Menge lernen, wenn wir nicht allem Fremden gegenüber so negativ eingestellt wären. Wie stand es eigentlich um unsere angeblich so kosmopolitische Einstellung? Ich solle doch mal *Menschliches, Allzumenschliches* lesen, dann würde ich ihn besser verstehen. Das biete wirklich eine ganz neue Sicht auf die Dinge. Es sei wie für mich geschrieben; zufällig besaß er ein Exemplar, für fünfundzwanzig Gulden könne ich es haben ...

Schließlich überredete ich ihn doch. Um mir einen Gefallen zu tun, wollte er auf den Eröffnungsfeierlichkeiten erscheinen. Es schmeichelte ihm übrigens, daß er in der ersten Reihe neben Miguel Pourier sitzen durfte, dem Ministerpräsidenten. Er hatte viel von Miguel gelernt, damals, als er noch Tischtennis spielte.

Damit er sich nicht blamierte, mußte ich ihm allerdings ein Hemd kaufen, und zwar bitte nicht aus Nylon, sondern eins aus ägyptischer Baumwolle, dazu eine ordentliche Hose und geschlossene Schuhe. Und außerdem verlange er ein Entgelt für seine Anwesenheit. Schließlich hatte er ja dadurch Verdienstausfall, oder etwa nicht? Er konnte ja schließlich keine Autos waschen, während er bei der Eröffnung war.

Einen Tag bevor die Delegationen eintrafen, ließ ich die Kleider bei ihm abgeben.

Vergebliche Mühe.

Während der Feierlichkeiten blieb der Platz neben dem Ministerpräsidenten leer.

Vaquarano, Croes, Vano, Kim Hae, alle fragten, was mit Riki geschehen sei. Was sollte ich ihnen antworten? Daß er in der Gosse gelandet war? Daß es mit seinem Leben zu Ende ging und daß er genau wußte, wie jämmerlich dieses Ende war? Oder sollte ich es krasser formulieren: Daß Riki durch jahrelanges Crackrauchen paranoid geworden sei, obwohl er noch außerordentlich helle Momente habe.

Am letzten Tag der Spiele saß ich zum Lunch mit ein paar Funktionären im spanischen Restaurant *Tasca Don Francisco* beim Berg Altenaweg.

Es war ungefähr drei Uhr nachmittags, als wir das Restaurant verließen. Und wen sehe ich da in einem Hemd aus ägyptischer Baumwolle, eine Eisenstange schwingend, hinter zwei verlotterten Chollern herrennend, die gerade auf die Ladefläche eines Pick-ups sprangen, um ihre Haut zu retten?

Einen Moment lang war ich stolz auf ihn. Wir hatten in diesem Restaurant gesessen, hatten verhandelt, beraten und nicht mal gewagt, unsere Krawatten etwas zu lockern; während Riki der wahre Kämpfer geblieben war, ein Raufbold, ein Don Quichotte. Keiner von uns war noch echt, aber er in seiner Jammergestalt war es geblieben. Obwohl er kaum vorankam, weil er sein versehrtes Bein hinter sich herschleifte, kämpfte er brüllend und mit einer Eisenstange bewaffnet noch immer gegen das Unrecht.

Riki. Was für ein unverwüstlicher Geist! Was für ein Kerl! Doch dann nahm das Mitleid wieder überhand.

Riki würde nie Ruhe finden, nicht mal in der letzten Sekunde vor seinem Tod.

73

Riki Marchena
Kriechend zwischen hundert
Spiegeln

Wenn sie mir unbedingt die Schuld für das Feuer in die Schuhe schieben wollten, dann sollten sie doch. Wieder in den Knast. War mir inzwischen egal. Zwei Fensterleder; mehr ist mein Leben nicht wert.

Ich ging nach Saliña zurück. Autos waschen. Von den dreißig Gulden, die ich damit verdiente, kaufte ich gleich fünf Säckchen.

Verlieren. Man sieht's an den Augen, wenn einer auf der Verliererstraße gelandet ist. Häuschen weg. Matratze weg. Alle Habseligkeiten weg. Und was tut mein fester Lieferant?

Er verkauft mir Mistzeug.

Die Nacht unter einem Baum auf dem brachliegenden Grundstück beim Dr.-Martin-Luther-King-Boulevard verbracht. Merkwürdige Geräusche, die ganze Nacht durch.

Es war schon Mittag, als ich wach wurde. Auf den Ästen des Baumes saßen überall Ratten. Muß ein Obstbaum gewesen sein, die ziehen immer Ungeziefer an. Der Baum machte eine Vierteldrehung, und alle Ratten fielen runter. Vor mir kippte die Straße weg, und das Meer dahinter stellte sich senkrecht. Ein kleiner Junge mit einem riesigen Wasserkopf beugte sich über mich, sein Kopf wurde größer und größer wie ein Ballon, der fast platzt ...

Als ich versuchte, ihn genauer ins Visier zu nehmen, rannte er weg. Ich mußte kotzen, rappelte mich auf, hustete eine Menge Schleim und Blut. Mistzeug, Mistzeug ... das mußte das reinste Rattengift gewesen sein, was mir dieser verdammte Saukerl verkauft hatte.

In den heißesten Stunden des Tages kroch ich am Boden entlang. Die Galle kam mir hoch, die Nieren schienen zu explodieren. Ich mußte mich ablenken. O Weiser Herr ... Ich hoffte, daß mir ein Satz, ein Gedanke einfiele, der mir wenigstens eine halbe Minute Trost bieten könnte. Nichts.

Jedesmal wenn ich die Augen öffnete, sah ich Ratten. Ein ganzes Heer von Ratten. Sie waren überall, hatten mich eingekreist, kamen langsam auf mich zu. Hunderte, sie stupsten sich mit ihren Nasen an. »He, seht mal, da ist Riki ... Wollen wir Riki nicht ein bißchen beißen? ...«

Als es endlich etwas kühler wurde, stand ich mit letzter Kraft auf und torkelte nach Saliña. Bei der Rotunde ließ ich mich in den erstbesten schattigen Türeingang fallen. Es war die Tür zum Showroom von Tropical Cars. Komisch, ich landete immer wieder bei den d'Olivieiras. Aber diesmal brauchte ich auf nichts zu hoffen. Shon Igor würde mir keine Träne nachweinen, wenn ich krepierte. Ai nee, ohne Sha Diane in der Nähe würde er keinen Finger für mich krumm machen.

Ich fühlte mich in einen Schlaf gleiten, aus dem mich kein Orkan mehr wecken konnte. Kurz bevor ich in den dunklen Gang verschwand, erinnerte ich mich plötzlich an ein paar Worte. Es war *Der Letzte Gesang** Zarathustras. Aufgezeichnet von diesem Deutschen.

Jetzt –
einsam mit dir,
...

* Gesang: In Wirklichkeit stammen diese Worte aus den *Dionysos-Dithyramben*, und zwar aus dem Lied »Zwischen Raubvögeln«.

*zwischen hundert Spiegeln
vor dir selber falsch,
...
ungewiss,
an jeder Wunde müd,
...
in eignen Stricken gewürgt,
...
Selbsthenker!
...
Ein Kranker nun,
der an Schlangengift krank ist;
ein Gefangner nun,
...
in dich selber eingehöhlt,
dich selber angrabend,
unbehüflich,
steif,
ein Leichnam –,
...
Lauernd,
kauernd,
Einer, der schon nicht mehr aufrecht steht!
...
verwachsener Geist! ...*

Niemals mehr klar. Würde das von jetzt an immer so bleiben? Niemals ... niemals ... jemals ... jemals ...

Dann flehte ich Bibichi herbei. Liebe Bibichi. Gib mir doch einen Kuß auf die Stirn. So wie beim letzten Mal ... Ein Kuß von meiner Schwester auf die Stirn ... Damals, als ich sieben war ...

Und nach diesem Kuß glitt ich endlich weg, hinein in den dunklen Gang.

Jahrhunderte später höre ich jemanden meinen Namen rufen. Auf der anderen Straßenseite hält ein Auto. Ein richtiger Schlitten. Ein furchtbar alter Chevrolet.

Die Tür geht auf. Ein Mann steigt aus. Ohne auf den Verkehr zu achten, überquert er die Straße. Reifen quietschen, Gehupe. Der Mann schwankt. Er geht so unsicher wie ich. Bei jedem Schritt droht er hinzufallen.

Ich erkenne ihn, ohne ein zweites Mal blinzeln zu müssen. Kein Zweifel. Ich frage mich, ob ich schon hinüber bin und er derjenige ist, der mich nach meiner Wiederauferstehung als erster begrüßen kommt, aber dann fällt mir ein, daß im Jenseits wohl kaum Chevrolets fahren, wenigstens nicht die alten Chevrolets wie früher auf Curaçao.

Ich richtete mich auf. Er schließt mich in die Arme, er klopft mir auf die Schultern.

Er sagt: »*Disculpe... disculpe...*«, und ich begreife nicht warum.

74

Tonio Lzama Lima
Maßlose Melancholie

Am Ende verband keiner mehr etwas mit meinem Namen. Der neue Manager des Avila Hotels in Caracas hatte noch nie etwas von einem Lzama Lima gehört und fand es dann auch schlichtweg lächerlich, daß ich für meine Suite keinen Cent bezahlte. Von einer Übergangsregelung wollte er nichts wissen; wie einen Sack Müll setzte er mich auf die Straße, zusammen mit meinen sieben Koffern und meinem uralten, aber kerngesunden Papagei.

Ich mietete ein Zimmer in einer Pension. Oben auf einem Hügel gelegen, weil das Klima dort milder ist. Je weiter oben man auf den Hügeln von Caracas wohnt, desto sicherer, gesünder und teurer wohnt man. Teurer vor allem. Das Viertel, in dem ich mich einmietete, war es so entsetzlich teuer, daß ich mein Abendessen ausfallen lassen mußte. Mit leerem Magen zu Bett, wie damals in Fleur de Marie, als ich noch ein Junge war. Ich versuchte, es mit Humor zu nehmen, und dachte immer wieder: Was für ein Abgang für jemanden, der in jedem Restaurant umsonst bewirtet wurde und die Hälfte der Gerichte unangerührt stehenlassen mußte, weil am nächsten Tag ein schweres Spiel bevorstand.

Ein Jahr später verließ ich Venezuela und kehrte auf die Insel zurück, die mir die erste große Chance meines Lebens geboten hatte. Wer weiß, vielleicht würde sie mir ja vor meinem Tod noch mal eine letzte Gunst erweisen. Auf so einer kleinen Insel ist man gegenüber Koryphäen aus längst vergangenen Zeiten milder gestimmt, egal, wie lächerlich oder bejammernswert sie inzwischen geworden sind. Wimbledon '54 könnte in Curaçao den einen oder anderen möglicherweise noch sentimental stimmen, und obwohl ich schon weit in den Sechzigern war, hoffte ich, ab und zu doch noch ein paar Stunden geben zu können.

Ich bezog ein einfaches Haus, nahm für vier Vormittage pro Woche eine Haushälterin, verbrachte die Zeit bis zum Mittag in der Nähe des Tennisplatzes und langweilte mich den Rest des Tages. Ich kannte beinahe niemanden mehr auf der Insel. Wer nach seinem fünfzigsten Geburtstag noch die Stadt oder gar das Land wechselt, der schließt einen Pakt mit der Einsamkeit; nicht mal für eine Partie Bridge wagte ich es, bei Leuten anzuklingeln. Mein treuester Freund wurde Johnnie Walker.

Nie viel getrunken. Aber einmal damit angefangen, verlangte mein Körper immer wieder danach, und das mit verblüffender Überzeugungskraft. Als hätte er, nach meinem Rückzug aus dem Spitzensport, auf neue Reize gewartet. Mit dem ersten Glas entspannte sich mein Magen, mit dem zweiten verschwanden meine Kopfschmerzen, mit dem dritten die Verkrampfung in meinen Gliedern, mit dem vierten die Unsicherheit – die schlimmste meiner Plagen.

Einmal trank ich in einer einzigen Nacht zwei Flaschen Whisky leer. Es war kurz vor der Regenzeit. Das Trinken hatte mich schwitzen lassen, und ich wollte mich, bevor ich zu Bett ging, noch duschen. Ich lief voll gegen die Wand, und nicht mal da kam ich auf die Idee, es wäre besser, eine dritte Flasche zu öffnen, aber auf einem Stuhl oder im Bett sitzend.

Im Badezimmer dann rutschte ich aus und knallte mit dem Rücken auf den Rand der Duschwanne. Die Haushälterin fand mich erst am nächsten Morgen.

Einen Rückenwirbel gebrochen und zwei gequetscht. Gipskorsett. Sieben Monate im Krankenhaus, bewegungslos. Rehabilitation. Wieder aufstehen lernen. Sitzen lernen. Gehen lernen. Es braucht nicht viel, um aus einem Mann den Schatten seiner selbst zu machen.

Ich hatte Riki keinen Augenblick vergessen. Jemanden wie Riki vergißt man nicht. Nein, ich wollte nur nicht an ihn denken müssen, und als ich ihn da im Eingang von Tropical Cars liegen sah, wußte ich plötzlich auch warum.

Vor so etwas hatte ich immer Angst gehabt. Aus der Bahn geworfen zu werden. Etwas suchen und nicht wissen was. Höher und höher steigen, jeglichen Bodenkontakt verlieren. Ich konnte einfach nicht mitansehen, was mit ihm passierte, ich hatte Angst, seine maßlose Melancholie würde mich anstecken. Nicht aus Abneigung und Widerwillen habe ich eines Tages jeden Kontakt zu ihm abgebrochen, sondern aus purer Feigheit. Deshalb sagte ich »*disculpe*« zu ihm, als ich ihn dort liegen sah. Ich hätte klüger sein müssen. Milder. Weniger Angst vor mir selber haben sollen.

Entschuldigen aber konnte ich mich nur mit Johnnie Walker. Ich mußte ihm klarmachen, daß ich kein Haar besser war als er. Der Motor meines Wagens tuckerte; der Chevrolet stand halb auf der Straße, aber ich blieb neben Riki sitzen, anfangs ohne ein Wort zu sagen, geschlagen, niedergedrückt, verstummt.

Früher sagte ich manchmal tagelang kein Wort. Erst mußte ich ein bestimmtes Spiel, erst ein bestimmtes Turnier gewinnen, dann kämen auch die Worte wieder. Ich redete erst, wenn meine Mutter mich dazu aufforderte. Oder mein Neffe Ferry. Mein Neffe Len. Oder Riki, der sich immer so klein wie möglich machte und sich unter dem Tisch versteckte, um nicht ins Bett zu müssen. Doch einmal platzte es aus ihm heraus, und von unten war sein dünnes Stimmchen zu hören: »Onkel Tonio ... erzähl mir doch noch noch mal von Wim-ble-don.«

Prinzessin Margaret auf der Tribüne, unter einem riesigen Regenschirm. Es goß wie aus Kübeln. Das Rätsel, warum ich meine Konzentration verlor. Die Hand der Prinzessin danach. Das Lächeln, das so lange dauerte. Die Stimme, kühl wie der Wind.

Beichte ist ein großes Wort; aber ich sagte Riki, wir seien in jeder Hinsicht des anderen Spiegelbild. Im Aufstieg war ich ihm vorangegangen, im Verfall er mir ... Das Ergebnis war das gleiche. Und wenn wir eins vom Sport gelernt hatten, dann, daß am Ende nur das Ergebnis zählt.

Er setzte sich auf. Er stöhnte. Er streckte sich zitternd. Er klopfte mir vorsichtig auf den Oberschenkel, als wolle er mich trösten, und ich sagte: »Von einem Tag auf den anderen ein Schatten unserer selbst ... So oft haben wir gesiegt. Und was ist jetzt aus uns geworden, Riki?«

Er kniff seine Augen zu. Ein Lächeln. Oder hatte er Schmerzen?

»Traurige Champions, Onkel Tonio.«

Er hatte recht. Das waren wir: traurige Champions.

Ich bot ihm an, bei mir zu wohnen. Er wollte nicht. Zu spät. Niemals, niemals ... jemals, jemals ... Ob ich es begriffe? Ich würde ihn mit der Zeit verabscheuen. Er zöge so viel Ungeziefer an. Nein, er würde schon irgendwo einen Unterschlupf finden. Und wenn nicht, dann krepierte er halt auf der Straße. Machte ihm auch nichts mehr aus.

Sich am Fenster des Showrooms abstützend, stand er als erster auf. Dann half er mir beim Aufstehen. Zusammen schwankten wir über die Straße. Beim Einsteigen half er mir auch.

»Schönes Auto, Onkel Tonio. Ich mag die alten amerikanischen Schlitten. Schöne Farbe. Meergrün. Paßt farblich nun mal am besten zu dieser Insel.«

Ich widersprach ihm nicht. Armer Junge. Mein Auto war hellblau, oder bestenfalls türkisfarben, jedenfalls hatte es eine ganz andere Farbe als das Auto seines Vaters.

75

Mumu Beaujon
Rein

Mama schaltete den Rückwärtsgang ein.
»Ist hinten genug Platz, Mumu?«
Ich saß auf der Rückbank und hatte ein Buch meines Bruders auf dem Schoß.

Erst als ich das Bild gründlich betrachtet hatte – es war mal wieder irgendein gräßliches Viehzeug –, drehte ich mich um. Ich mußte meine Augen zusammenkneifen; es war schon fast dunkel.

Da schrie ich: »Stoppp!«
Ich riß die Tür auf und sprang aus dem Auto.
Schrie: »Mama, dein Choller. Genau hinter den Reifen!«
Vor Schreck fuhr Mam ein Stück vorwärts.

Er erhob sich halb, ich beugte mich zu ihm runter und brüllte ihn an: »Wie kann man nur so blöd sein. Warum legst du dich vor die Mauer statt dahinter?«

Er rieb sich ein paarmal über die Augenbrauen, als wüßte er nicht gleich, wer ich war. Er war schon wieder dürrer geworden. War wirklich grausig, er hatte kein Fleisch mehr auf den Knochen.

Aber die Hinterreifen hatten ihn nicht berührt.

Ich sagte ihm, er könne Mama ja fragen, ob er ihre Fenster waschen dürfe, dann gäbe sie ihm sicher Geld.

So nett war ich noch nie zu ihm gewesen.

Er schüttelte den Kopf. Seine Fensterleder waren gestohlen. Von zwei üblen Typen.

»Sicher Choller.«

»Ja, Mumu.«
Mama stellte den Motor ab und stieg aus dem Wagen.
»Welcher Idiot legt sich denn auf einen Parkplatz! ...«
Sie war wütend auf ihn. Furchtbar wütend. »Willst du vielleicht überfahren werden?« fragte sie.
Sie öffnete den Reißverschluß ihrer Handtasche und gab ihm zehn Gulden. Einfach so, ohne daß er etwas dafür tun mußte.
Um zu zeigen, daß er sich über das Geld freute, nickte er mir zu und fragte mich, wann meine Ferien anfingen.
Ich benutzte meine Finger.
»In vier Tagen.«
Dann wollte er noch wissen, ob wir über Weihnachten auf der Insel blieben.
»Nee«, sagte ich. »An Weihnachten fliegen wir immer nach Miami. Mama will zwar nicht noch mal nach Disneyland, aber wir gehen trotzdem hin.«
»Und wann kommst du zurück?«
»Eine Woche nach Neujahr.«
Er strich sich mit beiden Händen über das Gesicht, als hätte er furchtbar lange geschlafen und würde jetzt erst richtig wach.
»Ein neues Jahr«, sagte er. »Neu. Neu. Dann bin ich rein.«
Es tropfte ein wenig Blut aus seiner Nase.
»Rein?«
»Ja, rein. Ganz und gar rein.«
Er wischte sich das Blut von der Oberlippe.
»Der Unterschied zwischen Nichts und Etwas, zwischen Niemals und Jemals ... Verstehst du das, Mumu? Rein, rein ... Rein wie der Morgen. Rein wie die Luft über dem Meer.«
»Wie? Gehst du dich waschen?«
»Von oben bis unten. Von innen und außen. Durch und

durch frisch, vollkommen klar. Rein von allen Seiten. Wetten, Mumu?«

Ich konnte nichts dafür, aber ich mußte lachen. Pah, der und sauber! Daß ich nicht lache!